シャーロック・ホームズの事件簿

アーサー・コナン・ドイル

「高名の依頼人」をはじめ，「サセックスの吸血鬼」「這う男」など，おなじみベイカー街221Bを訪れる依頼人が持ち込む難事件。あるいは，サセックスのささやかな家に隠遁したホームズを待ち受ける事件……。1887年，『緋色の研究』で颯爽と登場し，たちまちのうちに名探偵の代名詞となるほどの人気を博したシャーロック・ホームズは，4長編56短編で全世界のファンを魅了し，いま鮮やかに退場する。「読者諸君，今度こそほんとうにシャーロック・ホームズともお別れだ！」深町版ホームズ全集，ここに完結。

シャーロック・ホームズの事件簿

アーサー・コナン・ドイル
深　町　眞　理　子　訳

創元推理文庫

THE CASE-BOOK OF SHERLOCK HOLMES

by

Sir Arthur Conan Doyle

1927

目　次

シャーロック・ホームズの事件簿

著者まえがき(1)

わがシャーロック・ホームズ氏が、よくあるテノールの元人気歌手のようになってしまうのを、私は危惧《きぐ》する。とうに盛りを過ぎているのに、なおも聴衆の人気に甘えて、何度も〝さよなら公演〟をくりかえす、あの手合いだ。こういうみっともない所業《しょぎょう》は避けるべきだし、ひとはだれしも、たとえ生身の人間であれ、はたまた想像力の産物であれ、いずれはものみなすべてのたどるべき道をたどるのが運命《さだめ》。とはいえ、想像上の人物については、どこかに彼のためのすてきなリンボが、天国と地獄の中間にあるといわれるあの古聖所が、用意されていると考えたくなるのも、また事実だ。ある種の理想的、かつ非現実的な居場所——そこでは、フィールディングの伊達《だて》男たちが、いまなおリチャードソンの美女たちに愛をささやき、スコットのヒーローたちが、いまなお肩で風を切って歩きまわり、ディケンズの愛すべきロンドンっ子たちが、いまなお笑いをふりまき、サッカレー(2)の俗物たちが、いまなおそのいかがわしい立身出世の途《みち》を探しもとめているかもしれない。願わくは、かかる国民的英雄を祭る合祀所《ヴァルハラ》のその片隅にでも、わがシャーロックとワトスンとが、しばしの安らぎの地を見いださんことを。かりにそのあいだ、どこかのより俊敏な探偵と、さほど俊敏でないその朋友とが、彼らふたりの空《あ》けた舞台の穴を埋めてくれるとすれば、それはそれで、また結構なことだ。

シャーロックの職業探偵としてのキャリアは、長きにわたるものだった。もっとも、その長さは、ときとして誇張される傾きがないでもない。たとえば、よぼよぼの老紳士が私に近づいてきて、シャーロックの冒険譚《たん》こそ自分の少年期を形成したものだ、などとのたもうたとしても、当人の期待しているらしい反応を私からひきだすことは無理だろう。ひとはだれしも、自らの生没年、もしくは個人的な事蹟が、かくも粗略に扱われるのを好まないものだから。これは冷厳なる事実だが、わがホームズがデビューを飾ったのは、『緋色の研究』および『四人の署名』という二冊のささやかな著作によってであって、これらは一八八七年から九〇年にかけて刊行されている。また、その後に長くつづくことになる彼の短編シリーズ第一作、「ボヘミアの醜聞」が、雑誌《ストランド・マガジン》に掲載されたのは、これよりさらに遅く、一八九一年になってからだ。さいわいこれが好評を博し、さらなる続編が期待されたため、いまを去る三十六年前のこのとき以来、シリーズは断続的に書き継がれてきた。現在では、総数五十六編にも及んで、それぞれ『シャーロック・ホームズの冒険』、『回想』、『復活』、『最後の挨拶』としてまとめられてきたが、ここに、さらに過去数年間に発表した残る十二編を収録して、『シャーロック・ホームズの事件簿』として刊行する運びとなった。

ホームズがこれらの〈冒険〉に乗りだした時期は、後期ヴィクトリア時代のまっただなかにあたるが、以来、エドワード時代というまことに短かった時代を通じて、彼の活動はつづけられ、さらに、近年の激動の時代を経てもなお、依然として独自のささやかな居場所を保持しつづけてきた。だからして、少年期にはじめて彼の冒険譚を読んだひとびとが、いまや初老の域に達し、成人したわが子がおなじ雑誌でおなじ〈冒険〉を追うのを見まもってきた、そう主張したとしても、あながち空言《くうげん》とは言えまい。けだしこれこそは、わが英国の読書大衆の辛抱づよさと忠実さ、それらを示すすてきな実例のひとつと言えるだろう。

『回想のシャーロック・ホームズ』の結末において、わがホームズを葬り去ろうとしたとき、私はあくまでもその決意をつらぬくつもりであった。自己の創作的エネルギーを、ひとつの方面にのみ費やすべきではないと感じていたからだ。その当時、かの青白い、削《そ》ぎとったような目鼻だちの、それでいて長い手足を持てあましているかのような人物は、私の想像力のうちの不相応に大きな部分を占有していたのである。そこで彼を始末することにしたのだが、幸か不幸か、その死は検死官により、厳正な検死審問を経て確認されたわけではなかったため、長期にわたる中断ののち、私が世間のお追従《ついしょう》まじりの要望にこたえて、かつての軽率な行為について釈明し、事態をとりつくろうことは、さまでむずかしいことではなかった。それをしたことを、いまでも私は後悔していない。実際問題として、これらの軽い読み物群を書くために、たとえば史書、詩作、歴史小説、心霊研究、劇作など、他のさまざまな文学分野における自らの限界をためし、発見するという行為が妨げられた、そういう事実はこれまでのところ、見あたらないからである。かりにホームズが存在しなかったとしても、これ以上に多くを成し遂げることは、私には無理だったろう――よしんば彼の存在が、よりシリアスな方面での私の著述を認めてもらううえで、多少の障りになっていたという事実はあったにしても。

というわけで、読者諸君、今度こそほんとうにシャーロック・ホームズともお別れだ！　長年の変わらぬご愛顧に感謝するとともに、いまはただ、諸君を日々の煩《わずら》いから解放し、真のロマンスの王国においてのみ見いだしうる気分転換をうながすというかたちで、なにがしかのお返しができたことを願うのみである。

アーサー・コナン・ドイル

（1）この「著者まえがき」は、《ストランド・マガジン》一九二七年三月号に、これとはわずかに異なるかたちで掲載されたもの。

（2）ここに列記されている作家たちについて。①フィールディング――ヘンリー・フィールディング（一七〇七―五四）。代表作は『トム・ジョーンズ』。②リチャードソン――サミュエル・リチャードソン（一六八九―一七六一）。代表作は『パミラ』、『クラリッサ』。③スコット――サー・ウォルター・スコット（一七七一―一八三二）。代表作『湖上の美人』、『アイヴァンホー』。④ディケンズ――チャールズ・ディケンズ（一八一二―七〇）。代表作『オリヴァー・ツイスト』、『二都物語』。⑤サッカレー――ウィリアム・メークピース・サッカレー（一八一一―六三）。代表作『虚栄の市』、『バリー・リンドン』。それぞれの作家についてここにコナン・ドイルが書いていることは、各自の作風を端的に言いあらわしている。

高名の依頼人

「いまとなっては、べつに弊害はあるまいよ」というのが、わが友シャーロック・ホームズ氏のご託宣だった。私が長年くりかえしてきて、このときがもう十回めぐらいでもあっただろうか、以下の物語を公表する許しを請うたときのことだ。こんなわけで、ここにようやく、ある意味でわが友のキャリアにおける頂点とも言うべきこの事件を、こうして記録にとどめることが許された次第である。

ホームズも私も、トルコ風呂には目のないほうだった。乾燥室で汗のひくのを待ちながら、心地よい疲労感に身をまかせつつ一服しているときなど、ホームズも普段よりはよほど口数が多くなり、人間味を帯びてくる。ノーサンバーランド・アベニューにある行きつけの店の二階には、一カ所、ほかとは隔離されたコーナーがあって、寝椅子がふたつ並べてあるのだが、一九〇二年九月三日、そこに並んで横たわっていたときこそ、じつはこの物語の発端にあたる。近ごろなにかおもしろいことはないかと私がたずねたのにたいし、ホームズが返事がわりに、くるまっていたシーツの下から、長く、痩せた、それでいて強靭《きょうじん》な腕をのばし、そばにかかっていた上着のポケットから、一通の封書をとりだしてみせたのだ。

「つまらんことを本人だけが大仰に騒ぎたてているのか、それとも、ほんとうに生死にかかわる大問題なのか」と、その手紙を渡してよこしながら言う。「いまはまだ、ここに書いてあること以外に、事情はかいもくわかっちゃいないんだけどね」

見れば、〈カールトン・クラブ〉から出された手紙で、日付けは前夜、文面は以下のとおりだった——

私ことジェームズ・デーマリー卿は、ここに謹んでシャーロック・ホームズ氏にご挨拶申しあげることを欣快《きんかい》と心得ます。きわめて重要かつ慎重を要する問題につき、ぜひともご相談いたしたき儀これあり、明日《みようにち》午後四時半におうかがいいたしまするゆえ、なにとぞご拝顔の栄を賜わりますよう、伏してお願い申しあげます。なお、ご都合のほどを〈カールトン・クラブ〉まで、電話にてお知らせいただければ幸甚です。

「むろん、承諾の返事はしておいたがね」と、ホームズは私の返した手紙を受け取りながら言った。「ところでワトスン、きみはこのデーマリーなる人物について、なにか知ってるか?」

「社交界では、だいぶ名が通ってるということぐらいかな」

「じゃあ、ぼくのほうが多少はましってわけだ。この男、新聞沙汰になっちゃ困るような面倒な揉め事を、うまくさばいてくれるという定評がある。ハマーフォード家の遺言状問題をめぐって、サー・ジョージ・ルイスと話をつけたのも、じつはこの男なんだ。天性、駆け引きに長《た》けていて、上流人士にしちゃ世渡りがうまい。だからぼくとしても、きょうの相談事というのが、ただの空騒ぎじゃなく、実際にわれわれの助力が必要とされている、そう期待せざるを得ないわけなのさ」

「われわれ?」

「そうさ。手を貸してくれるだろう、ワトスン?」

「そりゃもう、喜んで」

「そんなら、まだすこし時間がある――四時半だからね。それまでは、ひとまずこの件は忘れるとしようよ」


当時、私はホームズとはべつにクイーン・アン街に居を構えていたが、それでも、指定の時間には、ベイカー街に顔を出していた。きっかり四時半に、サー・ジェームズ・デーマリー大佐の来訪が取り次がれた。この人物については、ここであらためて説明するまでもあるまい。多くのひとがこの大物の飾り気のない、磊落《らいらく》な人柄、きれいに剃刀をあてた大きな顔、そしてなによりも、豊かで、響きのよい声音《こわね》、それらを記憶しておいでだろうから。アイルランド系特有の灰色の目からは、率直さが輝きでているし、微笑をたたえた、よく動く口もとには、気さくさがあふれている。もともと身なりに細かく気を配ることで知られているのだが、きょうもまた、ぴかぴかのシルクハットといい、黒のフロックコートといい、いやそれどころか、黒《くろ》繻子《じゅす》のタイに留めた真珠のピンから、ラベンダー色のスパッツ、磨きあげた靴にいたるまで、かねての評判どおり、一分《いちぶ》の隙もない。そんないでたちの大柄な貴族が、あたりを払う勢いではいってきたのだから、狭い部屋のうちは、その存在感で圧倒されたかたちとなった。

「やはりワトスン先生もごいっしょでしたな」と、丁重に会釈しながら言う。「じつはホームズさん、ワトスン先生にご助力いただくことも、ぜひ必要になるかしれんのです。なにせ今回の相手というのが、手荒なことなど平気の平左《へいざ》、文字どおり、どんなことでもしかねないというやつですから。ヨーロッパ随一の危険な男、そう言っても過言ではないでしょう」

「そういう尊称をたてまつられた悪党なら、これまでにも何度かお相手したことがありますがね」ホームズは微笑しながら言った。「煙草は？　おやりにならない？　では失礼して、パイプをやらせていただきます。いやまったく、今回の相手が、死んだモリアーティー教授とか、こちらはまだ生きていますがセバスチャン・モラン大佐とか、ああいう手合いよりも危険な人物となると、相手にとって不足はありませんね、これは。いったいなんという男です？」

「グルーナー男爵の名をお聞きになったことはないですかな？」

「というと、オーストリア生まれの、あの殺人者のことですか？」

デーマリー大佐はキッドの手袋をはめた手をあげ、愉快そうに声をたてて笑った。「いやはや、ホームズさん、やはりきみの目をのがれられるものなど、なにもないらしい。おそれいりました！　するともうあの男を、殺人者と見なしておられるわけですな？」

「ヨーロッパで起きた犯罪については、詳しく経過を調べておくのもぼくの仕事のうちですから。プラハでのあの事件に関して、多少なりとも記録に目を通しているものなら、あれがあの男の仕業《しわざ》であることを疑うはずもありませんよ！　なのにまんまと罪をのがれたのは、法を適用するうえで、完全に技術上の問題がひとつだけあったのと、証人のひとりが、なんとも疑わしい状況のもとに死んだのと、このふたつの事情があったために ほかなりません！　あの男の細君は、いわゆる〝不慮の事故〟により、シュプリューゲン峠で死亡したことになっていますが、そのじつ、亭主が手にかけたものであることは、あたかも現場を見てきたかのように明白そのものです。その後にイギリスへ渡ってきたことも承知してますし、遅かれ早かれ、あいつのやることがぼくの仕事とどこかでかかわってくる、そんな予感も持っていました。で、そのグルーナー男爵が、今度はまたなにをやらかそうとしてるんです？　まさか、むかし起きたその出来事が、あらためて表面化してきたというんじゃないでしょうね？」

「いや、事はもっと重大なんです。だいたい、犯罪などというものは、これを罰することもたいせつですが、それ以上に、それを未然に防ぐことこそ大事なのであってね。それにしてもホームズさん、目の前で、ある恐ろしい出来事が起こりつつある、なんともぞっとする事態がもたらされかけている、それをまのあたりにしながら、しかも、その結果がどう出るかも、わかりすぎるほどよくわかっている、なのに、ただ手をつかねて、それを回避することがまったくできずにいるというのは、なんとも情けない限りですよ。およそひととして、これほどつらい立場はないはずだ。そうでしょう？」

「でしょうね」

「だったら、わたしがこうして代理を務めている人物にたいしても、それなりの共感を寄せていただけるわけですな?」

「ほう、あなたがたんなる仲介者だとは知らなかった。どなたです、ご本人は?」

「いやホームズさん、その点はどうかあまり追及しないでいただきたい。大事なのは、わたしが立ち帰って、高名なそのかたのお名前はけっして話のなかには出なかったと、そう報告できるかどうかということでね。そのかたが行動を起こされたのは、あくまでも高潔な騎士道精神から出たことにはちがいないのですが、とにかく名前は出してほしくない、というのがご本人の意向でして。言うまでもなく、きみへの謝礼については、じゅうぶんに保証しますし、事を進めるうえでの行動の自由という点でも、いっさいご懸念には及びません。となれば、依頼人の実名がなんであるか、そういうことは、このさい些細なことではないですかな?」

「お言葉ですが」と、ホームズは言った。「ぼくのおひきうけする事件では、謎は一方の側にだけあればじゅうぶんなんです。それが両方の側にあっては、事は混乱をきたすだけ。というわけですから、せっかくですがサー・ジェームズ、この件はお断わりするしかありませんね」

客はおおいに困惑したようだった。失意と狼狽《ろうばい》から、大きな、表情に富んだ顔が曇った。

「ご自分の行動にどれだけの影響力があるか、よくおわかりになっておられないらしい。いいですかなホームズさん。おかげでわたしは、のっぴきならないジレンマに陥りましたよ。ここでわたしがありのままを話せば、きみも喜んでひきうけてくださるにはちがいないのだが、こちらにもこちらの約束があって、なにもかも洗いざらい打ち明けるというわけにはいかない。どうです、せめて許される範囲のことだけでもお話しすると、そういうことにしては?」

「わかりました。ただし、それをうかがったからといって、こちらからなんらかの言質《げんち》を与えるものではない――それをご了解いただいたうえでならね」

「結構です。では、まずうかがいますが、ド・メルヴィル将軍の名は、さだめしきみもお聞き及びでしょうな?」

「カイバル峠(1)で勇名を馳《は》せた、あのド・メルヴィル将軍ですか? それなら知っています」

「その将軍にご息女がひとりあります。ヴァイオレット・ド・メルヴィル――若く、美しく、財産もあり、高い教養もそなえている――あらゆる点で非の打ちどころのない淑女です。じつは、この清《きよ》らかな、天使のごとき麗人こそ、目下われわれが悪魔の毒牙から護ろうと腐心している、そのご当人なのです」

「すると、問題のグルーナー男爵が、なんらかの力でその令嬢を支配しているとでも?」

「そうです。それも、女性にとってはなにより強力な力――愛という絆によって。お聞き及びでもありましょうが、あの男、世にも稀《まれ》なる美貌の持ち主であるうえに、たくまずしてひとをひきつけるふぜいあり、ものやわらかな声音あり、おまけに、女性にはきわめて魅力的なものに思えるらしい、あのロマンティックな、謎めいた雰囲気までそなえている。聞くところによると、どんな女性をも思いのままにあやつり、またその強みを最大限に利用してきたとか」

「しかし、なぜまたそのような男が、ヴァイオレット・ド・メルヴィル嬢のような深窓の令嬢と近づきになれたんですか?」

「ヨット旅行で地中海へ出かけたおりに、知りあったとのことです。乗りあわせた客は、むろん、選《よ》りすぐりの顔ぶれだったんですが、会費は自弁の船旅だったので、いわばだれでも参加できた。旅行の主催者側も、男爵の正体にまでは気づいていなかったのでしょうし、気づいたときには、すでに手遅れだった。あの悪党め、令嬢につきまとい、とうとうその心を完全に虜《とりこ》にしてしまったのです。彼女の場合それは、愛するなどというなまやさしいものじゃない。一途《いちず》にあいつにのぼせあがって、取り憑かれていると言ってもいいほどでね。あいつでなくては夜《よ》も日も明けない、そんなありさまで、あいつに関する悪い風評などには、てんから耳を貸そうとしないし、なんとか目をさまさせようと、あらゆる手段を講じてはみたものの、いささかの効力もなし。でまあ長い話をはしょると、来月には、ついにあの男と結婚するつもりでいるらしい。すでに成年に達しているし、なにしろ鉄の意志力の持ち主ですから、本人がいったんこうと決めたからには、はたではなんとも手の打ちようがないのです」

「例のオーストリアでの一件、令嬢は知ってるのですか？」

「そこがあの悪党の抜け目のないところでね。すでに世間に知れわたっている過去の芳《かんば》しからざるうわさについては、なにもかも包み隠しなく打ち明けているのです。ただし、どの場合にも、自分はいっさい身に覚えがない、むしろ自分こそが悪質なうわさの被害者なのだ、そう言いまぎらしているようですがね。彼女のほうも、頭からそれを信じこんで、はたのものがなんと言おうと、てんで耳を傾けようとしないのです」

「おやおや！　ですが、いまのお話で、はからずもあなたの依頼人の身元がばれてしまいましたね。それはまぎれもなくド・メルヴィル将軍そのひとにちがいない」

客は居心地悪げに椅子のなかでもじもじした。

「そうだと申しあげれば、きみをだますこともできるでしょうがね、ホームズさん。しかし、そうじゃありません。ド・メルヴィル本人は、すっかり意気阻喪して、さしも剛毅な軍人も、この一件に関するかぎり、いまや廃人も同然のありさまでね。戦場では、ついぞ萎えることのなかった気力も、いまは衰え、弱々しい老いぼれとなりはてて、あのオーストリア人のような海千山千《うみせんやません》のつわものを相手にまわして闘うことなど、思いもよらぬありさま。とはいえ、わたしの真の依頼人は、この将軍とは旧知の仲であり、令嬢とも、彼女がほんの幼女だったころから、わが子同然に見まもってきた間柄でね。そんなわけで、今回のような悲劇を目前にして、手をこまぬいていることなどとてもできない。かといって、事の性質上、ロンドン警視庁《スコットランドヤード》に乗りだしてもらうこともできかねる。そこで、そのかたの判断で、きみにお願いしてみることになったのですが、先ほども言ったとおり、そのかたがじかにこの問題にかかわることはできない。それが動かせぬ条件なのです。むろん、ホームズさんの卓越した能力をもってすれば、わたしの依頼人がだれであるかは造作《ぞうさ》もなくつきとめることができましょうが、なにぶんこれは名誉にかかわる問題でもあり、どうかそればかりはご容赦いただき、あくまでも匿名氏のままにしておいていただきたい、そうお願いする次第です」

ホームズは悪戯《いたずら》っぽい笑みをもらした。

「そのことなら、だいじょうぶお約束できるでしょう。それに、ご依頼の趣《おもむき》にも興味がありますから、ひとつ手がけてみるとしますか。そちらへのご連絡は、どのようにしたらよろしいですか？」

「〈カールトン・クラブ〉で連絡がつきます。ただし、万一、緊急を要する事態になった場合は、わたし個人の電話もあります。番号は〝ＸＸ三一〟。こちらへお願いします」

ホームズはその番号を書きとめると、膝にメモ帳をひろげたまま、なおも微笑を浮かべてつづけた。

「ついでに、男爵のいまの住まいをご存じですか？」

「キングストンの近くの、〈ヴァーノン・ロッジ〉というところです。大きな屋敷ですよ。なにやらいかがわしい投機で当てたらしく、金はたっぷり持っているようですね。それだけにまた、敵にまわすと、いっそう手ごわいというわけで」

「いま現在、その屋敷にいますかね？」

「おります」

「いままでうかがったこととはべつに、この男についてなにかお聞きしておくことは？」

「金のかかる道楽をいろいろかかえていますな。とくに馬匹《ばひつ》の改良と飼育。ひところは、ハーリンガムのクラブでポロもやっていましたが、例のプラハでの事件があれこれ取り沙汰されるようになったため、クラブからは身をひかざるを得なくなった。いまは稀覯本《きこうぼん》と絵画の蒐集に凝っていますが、芸術的な方面では、天性、なかなかの才能があるようです。たしか、中国の陶器に関しては、その道の権威という定評があり、それについての著書も一冊あらわしていると聞いています」

「複雑な性格というわけですね」ホームズが言った。「犯罪者でも〝大〟のつく連中は、みんなそうしたものです。わが古なじみのチャーリー・ピースなんかは、バイオリンの名手でしたし、ウェインライトも、並みの芸術家ではなかった。ほかにも枚挙にいとまなしというところです。さてと、それではサー・ジェームズ、お帰りになったら、どうかその依頼人に、ぼくがグルーナー男爵と一戦まじえる気になったとお伝えください。いまはこれ以上は申しあげられませんが、二、三、心あたりの情報源がありますし、なんとか事態を打開する途《みち》はひらけると思います」

客が帰ったあと、ホームズは長いあいだじっと思案にふけっていて、私の存在すら忘れているようだったが、やがて、急に夢からさめたように、きびきびした態度にもどった。

「さあてワトスン、きみになにか考えは？」

「まずはその令嬢というのに、じかに会ってみるべきじゃないのかな？」

「おいおい、ワトスン、気の毒な傷心の老父さえ心を動かせずにいるものを、赤の他人のぼくがおいそれと出かけていって、どうなるというんだい？　もっとも、ほかの手がいずれも駄目だとなったら、きみのその提案にしたがわないでもないが、はじめはやはり、ほかの方面から攻めてみるべきだろう。まずはシンウェル・ジョンスンあたりが役に立ってくれるんじゃないかな」

これまでこの回顧録のなかでは、シンウェル・ジョンスンのことはあまりとりあげる機会がなかったと思う。というのも、わが友人のキャリアのうちでも、その後半生に属する事件はめったに筆にしてこなかったからだが、じつは、今世紀初頭のころから、この男がわが友人にとっては、かけがえのない助手となってきたのである。ジョンスンがまず名をなしたのは、言いにくいことだが、きわめて危険な大悪人としてであり、二度もパークハースト刑務所で服役した前歴の主としてであった。それがやがて前非を悔いて、ホームズの盟友となり、かつまた彼の手先として、ロンドンの巨大な暗黒世界に潜入し、情報収集の任にあたるようになったのだが、こうしてもたらされた情報は、きわめて重要、しかも実地に役だつものであることが証明されてきた。

かりにジョンスンが警察の〝イヌ〟であったなら、とうに正体が露顕《ろけん》していただろうが、さいわい彼の扱う事件は、じかに法廷に持ちだされるような性質のものではなかったため、同類のものたちのあいだでも、その活動が気《け》どられることはついぞなかった。さらに、二度も〝お勤め〟をしてきたという前歴がものをいって、この街のどんなナイトクラブでも、安宿でも、賭博場でも、自由に出入りできる身だったし、おまけに観察が鋭く、血のめぐりも速いとあって、情報収集役としてはうってつけの人物だった。いまシャーロック・ホームズが利用しようとしているのは、まさしくこういう人物だったのである。

あいにく私は本職のほうにさしせまった用事があり、このあと友人がどういう手段に出たのか、じかに自分の目で確かめることはできなかったが、それでも、打ち合わせのうえ、その夜に〈シンプスン〉で落ちあった。店の正面窓ぎわ、小さなテーブルに陣どって、ストランド街をひきもきらず流れる人込みを見おろしながら、ホームズはその日の経過を語ってくれた。

「ジョンスンはいまさかんに嗅ぎまわってるところだから、そのうちなにかを暗黒世界の暗い片隅からひきずりだしてきてくれるだろう。男爵の秘密をさぐりあてるためには、そういう地下の温床、犯罪の根っこをさぐることこそ肝要だからね」

「しかし、男爵の後ろ暗い過去について、令嬢はすでに知られている事実すら認めようとしないそうじゃないか。だったら、かりにきみが新事実をさぐりだしたとしても、それで決心をひるがえすことなんか、ないんじゃないのか？」

「わかるもんか。女性の感情、女性の心、そいつはつねに男にとっては解きがたい謎さ。殺人でさえも大目に見、犯人の釈明を聞き入れることがあるかと思えば、もっとちっぽけな、けちな犯罪に腹をたてるってこともありうる。実際、グルーナー男爵も言ってたが——」

「えっ、男爵と話したのか？」

「ああそうか、まだぼくの目論見《もくろみ》というのを聞かせてなかったんだっけな！　そうなんだ、ワトスン、ぼくはあの男と正面から渡りあってみたかった。まともにぶつかりあって、相手の人格の奥の奥、それをこの目で確かめたかったんだ。そこで、ジョンスンに指示を出したあと、こっちもすぐにキングストンまで馬車を走らせたんだが、男爵はいんぎんそのものだったよ」

「きみだということに気づいてたのか？」

「気づくも気づかないも、名刺を出して、取り次ぎを頼んだのさ。いやあ、敵ながらあっぱれなものだったね。氷のごとく冷静で、声音はまるで絹のよう、よくはやる医者みたいに物腰やわらかで、そのくせ有害なことたるや、コブラそこのけ。そう、まさしく犯罪の貴族たる資質に欠けるところなしというやつさ。うわべでは、アフタヌーンティーでもごいっしょに、とかなんとか言いながら、裏面には、死に神の残忍さをたっぷり隠し持ってる。いまにして思うんだが、早いうちにこのアーデルベルト・グルーナー男爵への注意を喚起してもらって、むしろさいわいだったという気がしないでもない」

「〝いんぎん〟だったと言ったね？」

「鼠《ねずみ》が出てくるのを予測して、舌なめずりしている猫、といったところかな。ああいう人物の愛想のいいのは、粗暴な人物の荒っぽいのより、もっと剣呑《けんのん》だ。まず挨拶からして、いかにもという感じでね。『早晩、お目にかかることになるものと思ってましたよ、ホームズさん』と、こうさ。『むろん、ド・メルヴィル将軍の依頼を受け、将軍の令嬢ヴァイオレットと、このわたしとの結婚を阻止するために動いておられる、と。どうです、図星でしょう？』

ぼくは無言で肯定した。

すると、『お気の毒ですが、せっかくの名声に傷がつくだけですよ』とくる。『こればかりは、貴君の力でどうこうできる問題じゃない。なんらかの危険も招くだろうし、骨折り損になるだけのことだ。悪いことは言いません――いまのうちに、さっさと手をひかれることです』

『これはおもしろい』ぼくは言いかえした。『たまたまこっちもおなじことを勧告しようとしてたところでね。かねてからあなたの頭脳には感服してましたが、こうしてちょっとお目にかかっただけでも、その敬意は深まりこそすれ、薄れてはいない。ここはひとつ、男と男として言わせてもらいますが、なにもいまさらあなたの過去をあばきたてて、不快な思いをさせるつもりはないんです。みんなすんだことですし、いまはあなたも平穏に暮らしておられる。しかし、ここであくまでもこの結婚にこだわられるようだと、いずれ強敵がいっせいにあなたを攻撃しはじめるでしょう。ついには四面楚歌《しめんそか》となって、このイギリスに居すわることもむずかしくなってくるという寸法。そうまでして、このゲームをつづける値打ちがありますか？　ここはおとなしくあの令嬢から手をひくのが、身のためというものですよ。あなたもいわば脛《すね》に傷持つ身、その内幕が彼女に知れては、あまりありがたくはないんじゃないですか？』

　男爵は鼻下にひげをたくわえ、その先をワックスでぴんととがらせていて、それがさながら昆虫の短い触角を思わせる。それをぴくぴくさせながら、さも愉快そうにぼくの並べたてる口上を聞いていたが、ここでとうとう、穏やかにくつくつ笑いだした。

『笑っちゃ失礼だが、どうも貴君のやりかたは、ろくな手札も持たずにカードで勝負に出ようとしているみたいで、笑止千万《しょうしせんばん》ですな、ホームズさん。まあ、それを貴君ほどうまくやれるものはいないでしょうが、それにしても、いささか哀れを誘いますね。そちらの手もとには絵札一枚あるじゃなし、それどころか、最弱も最弱、くず同然のカードがあるだけでしょう？』

『そう思われますか？』

『思うんじゃなく、そうだと知っているのです。はっきり言いましょう――こっちには強い手札がそろってますから、ここで手のうちを明かしても、いささかも痛手にはならない。さいわいにしてわたしは、かの令嬢の愛情を百パーセントかちえているのです。それも、わたしの過去における二、三の不幸な出来事を、包み隠しなく打ち明けたうえでのことですよ。ついでに、彼女にはこうも言っておきました。いずれどこかのよこしまな、肚《はら》に一物《いちもつ》ある人物――おわかりでしょうが、貴君のような人物のことです――があらわれて、わたしの悪口をあれこれ吹きこもうとするだろうが、そのときは、これこれこのように対応なさい、とね。そこでです、ホームズさん、いわゆる〝後催眠暗示〟というものがあるのは貴君もお聞き及びでしょうな？だったら、それがどのように働くものかもおわかりのはずだ。強力な個性をそなえた人間なら、安っぽい手品だの道具立てだのに頼らずとも、思いどおりの暗示はかけられるのです。というわけですから、彼女には貴君の来訪にたいする心構えはできているし、面会をもとめれば、会ってはくれるでしょう。父親の意向には、いたって従順なひとですから――もっともひとつだけ、この些細な一件に関してはその限りではありませんが』

といった次第でね、ワトスン、こっちは残念ながら手のうちを出しつくした感じで、あとはせいぜい体面を損なわないよう、泰然《たいぜん》として引き揚げてくるしかなかったんだが、ドアのノブに手をかけたとき、男爵が追い討ちをかけてきた。

『ああ、ついでですがホームズさん、フランス人の探偵で、ル・ブランという人物をご存じですかな？』と言う。

『知っていますよ』ぼくは答える。

『では、その人物がどうなったかということも？』

『たしか、モンマルトル界隈《かいわい》でならずものの一団に襲われて、一生、足腰の立たない体にさせ

HOWARD K. ELCOCK

られたとか』

『おっしゃるとおりです。妙な偶然ですがね、ホームズさん、じつはそいつもちょうどその一週間前から、わたしのことをうるさく嗅ぎまわっていたんです。貴君も他山《たざん》の石《いし》となさるがいい。あまりぞっとしない話ですからな。そうと思い知ったのも、あながちひとりやふたりじゃないはずです。とにかく、最後に言っておきたいのは、そちらはそちらの道を行き、こちらはこちらの道を行くということ。それだけです。では失礼！』

と、まあこういうわけなのさ、ワトスン。いま話せるのは、こんなところかな」

「剣呑なやつらしいね」

「剣呑なこと、このうえなしさ。はったり屋なら恐るるに足らないが、あの男はべつだ――脅し文句を並べるよりも先に、もっとひどいことを平然とやりかねないやつだからね」

「どうしてもきみが乗りだす必要があるのか？　そいつがド・メルヴィル嬢と結婚するのが、そんなにも不都合なことなのかね？」

「不都合ならおおありさ――あいつが前妻を殺していることは確かなんだから。のみならず、依頼人が依頼人だ！　いや、まあ、その点は、いま話題にするのは控えよう。そのコーヒーを飲んでしまったら、とにかく、いっしょにうちへきたまえ。腰の軽いあのシンウェルのことだから、もういまごろは、なにか報告を持ってきてるにちがいないよ」

はたせるかな、部屋で待ち構えていたのは、大柄で、粗野な、赤ら顔の男だった。血管のあちこちが瘤《こぶ》になってふくらんでいるところは、壊血病患者かとも思わせるが、黒い目は生きいきしていて、内面の抜け目のなさをあらわしている。どうやら、得意の分野で一働きしてきたと見え、すぐそばの長椅子に控えているのが、すなわちその証拠らしい。華奢《きやしや》な体つきだが、気性は激しそうな若い娘で、その若さとは裏腹な、青白く、思いつめたような顔は、これまで重ねてきた罪と嘆きとにやつれはて、すさんだ暮らしが古傷さながら、そこに跡を残しているのが読みとれる。

「こちらはミス・キティー・ウィンター」と、シンウェル・ジョンスンが肉厚の手をふって、その娘を紹介した。「この娘の知らないことなんぞ――いや、まあ、そいつは本人に語ってもらいましょう。あたしゃね、ホームズさん、伝言をもらってから一時間とたたないうちに、もうこの娘を探しあてててましたぜ」

「あたしを探すのなんか、造作もありゃしませんさ」と、その娘は言った。「いつだってずっぷりはまりこんでるんだから――この地獄に。ロンドンに。そこはこのデブちゃんとおなじですよ。古なじみなんです、このデブちゃんとは。でもねえ、いまいましい！　この世に正義ってものがあるなら、あたしたちなんかよりずっとひどい地獄に堕ちてて当然、ってやつが、ひとりいやがる！　そいつなんでしょう、ホームズさん、あんたの追ってるって男は？」

ホームズはにっこりした。「すると、われわれに味方してもらえるわけだね、ミス・ウィンター？」

「あいつがもともと行くべきところ、そこへ送りこんでやれるんなら、どんなお手伝いでもしますともさ」娘は炎のような口調で言った。青白い、決然たる面《おも》ざしにも、ぎらぎらした目つきにも、激しい憎悪がたぎっている——これほどの激情は、女性にもめったに見られない、そして男ならけっして見せないものだ。「あたしの過去なんぞ、いまさら訊くことはありませんよ、ホームズさん。どうせたいしたものじゃなし。でもね、あたしがこうなったのも、もとはといえば、あのアーデルベルト・グルーナーのせいなんだ。なんとかあいつに、目に物見せてやりたい！」両のこぶしをかたく握りしめ、狂おしく空中でふってみせる。「ああ、なんとかしてあいつを、穴にひきずりこんでやれたら！——これまであいつが大勢のひとをおとしいれてきた、その穴に！」

「じゃあ、事情は心得てるわけだね、なにもかも？」

「シンウェルのデブちゃんから聞きましたから。またもやどこかのばかな女を追っかけまわして、今度は結婚までするつもりなんだとか。それをやめさせたいんでしょ？　あいつが悪魔だってことはわかりきってるから、どこかのまともな料簡《りょうけん》を持った良家のお嬢さんが、あいつと並んで牧師さんの前に立とうとするのを、どうにかしてやめさせたい。それが旦那の望みなんでしょ？」

「それがね、あいにくそのお嬢さんは、まともな料簡をなくしちまってるんだ。恋に目がくらんでるのさ。そいつの悪行《あくぎょう》についちゃなにもかも聞かされていながら、それでも気にとめようとしない」

「人殺しのことを聞かされても？」

「そうなんだ」

「おやおや、いい度胸だね、お嬢さんのくせに！」

「ぜんぶ中傷だと言い張って、とりあおうとしないのさ」

「証拠をつきつけて、目をさまさせてやるってわけにゃいかないんですか？」

「そうしたいんだが、なんなら手を貸してくれるか？」

「このあたしってものが、なによりの証拠じゃないですか。あたしがその女に会って、あいつからどんな仕打ちを受けたかを洗いざらいぶちまけてやったら——」

「それをやってくれるかね？」

「やってくれるかって？　やらないでどうするものですか！」

「だったら、やってみる値打ちはあるかもしれん。しかしその女性は、そいつの悪事をあらかた聞かされてて、そのうえでそいつを許してるんだから、いまさらおなじことを蒸しかえしても、乗ってこないんじゃないかと思うんだが」

「そんなら、あいつがまだしゃべっていないようなことをぶちまけてやりますさ。騒ぎになった例の殺し以外にも、ひとりふたり、ひとを殺してるってことをね。いつもあの猫なで声でだれかのことを話していて、その途中でふっとあたしを見据えて、言うんです——『あの男も、所詮、あと一カ月の命だな』って。それも、眉一筋動かさずに。なのにあたしは、ほとんど気にもとめなかった。そのころは、あいつに首ったけでしたから！　その点は今度のおばかさんとおなじで、あいつのやることはなんでもありがたがってた。それでもたった一度だけ、気持ちがぐらついたことならありますよ。ええ、そう——いま思えば、いまいましいったら！　あのとき、舌先三寸であいつにたらしこまれていなければ、その夜のうちに逃げだしてたところなのに。じつはね、あいつ、ノートを持ってるんです――茶色の革表紙で、錠前つき、表紙にはあいつの紋章が金で箔押ししてある。きっとあの夜は、ちっとばかり聞こし召してたんでしょう――でなきゃ、あんなものをあたしに見せるはずがないもの」

「というと、どんなものだね？」

「つまりね、ホームズさん、あいつは女を蒐集してるんです。普通の男なら、蝶だか蛾だかを蒐集するところを、あいつは女を蒐集して、それを自慢にしてますのさ。ぜんぶそのノートにつけてあるんです。スナップ写真入りで、名前からなにから、いちいち詳しく書きとめてあるんですよ。けがらわしいったら、ありゃしない――そんなノートをつけるなんて、よっぽど下《げ》種《す》な男でも、やるもんですか。それをあのアーデルベルト・グルーナーのやつはやってたんです。『わがために身を滅ぼせしものたち』とでも、表題をつけようとすればつけられたでしょうよ。でもね、いまさらこんな話をしたって、どうにもなりませんよね。だって、そんなノートが旦那のお役に立つわけでもなし、たとえお役に立つにしても、こっちで手に入れられるものでもなし」

「どこにあるんだね、それは？」

「どこにあるかなんて、いまのあたしにわかるもんですか。あいつと手を切ってから、一年以上にもなるんですよ。当時、あいつがそれをしまってた場所なら知ってますけどね。ああ見えて、万事にきちょうめんで、猫みたいにきれい好きな男だから、あんがいいまでも、奥の書斎にあるデスクの整理棚に入れたままかもしれないけど。あいつの家、知ってますか？」

「書斎になら、はいったことがある」と、ホームズ。

「おや、もう？　けさ、とりかかったばかりにしちゃ、手回しがいいわね。アーデルベルトのやつも、今度ばかりは互角の相手に出くわしたってわけだ。表の書斎ってのは、中国の瀬戸物が置いてある部屋――窓と窓のあいだに、大きなガラスの飾り棚があったでしょう？　その部屋のデスクの後ろに、ドアがひとつあって、その向こうが奥の書斎――狭い部屋だけど、書類やらなにやらがぎっしり詰まってます」

「盗賊に押し入られる心配はないのかな？」

「アーデルベルトは臆病者じゃないですからね。よくよくあいつを憎んでる相手でも、あいつが豪胆だってことは認めるでしょう。自分の身を護ることぐらいはお手のものですよ。夜には警報器もありますし。だいいち、泥棒の狙うものなんて、あそこにありますか？――珍しい瀬戸物でもかっさらってくのならべつだけど」

「いんにゃ、それも駄目だ」シンウェル・ジョンスンが口を出した。いかにもその道の専門家らしい、きっぱりした口調だ。「どこの故買屋だって、そんな、鋳《い》つぶすこともできなきゃ、まるごと売りさばくこともできない瀬戸物のコレクションなんて、ひきうけるものかね」

「お説のとおりだね」ホームズが言った。「さてと、そんならミス・ウィンター、あすの午後五時にでも、もう一度きてもらえないかな？　それまでに、あんたの提案どおり、その令嬢に会ってもらえないかどうか、手だてを考えておくから。協力してもらって、たいへんありがたく思っている。言うまでもないが、ぼくの依頼人のほうからも、謝礼はたっぷり――」

「よしてくださいよ、ホームズさん」若い娘は大声でさえぎった。「あたしゃね、お金がほしくてやってるんじゃないんです。あいつを泥にまみれさせてやりたい――それさえできれば、苦労も報われますのさ。あいつのあのいまいましい顔を、この足で泥のなかに踏みにじってやれたら、お手伝いした甲斐もあったってもの。あすと言わず、旦那があの男を追っかけてるかぎりは、いつだって駆けつけますよ。あたしの居所なら、どんなときでもこのデブちゃんが心得てますからね」


その後に私がホームズに会ったのは、ようやく翌日の夜、ふたたびストランド街のレストランで落ちあって、食事をしたときだった。ド・メルヴィル嬢との会見の成果についてたずねると、はじめは肩をすくめたきりだったが、やがて口がほぐれたのか、その一部始終を語ってくれた。以下にしるすのは、彼の無愛想な、味もそっけもない口調をいくらかやわらげて、実生活に即した語り口に改めたものである。

「会ってもらう約束をとりつけるのには、なんの造作もなかった。当の令嬢は、今回の婚約によってははなはだしい親不孝を演じた埋め合わせに、ほかの問題では、なににもよらず、我《が》を殺して、親の言うなりになろうとしてるからね。将軍からも、お待ちしているという電話があったし、例の〝火の玉〟ウィンター嬢も時間どおりにあらわれたので、連れだってバークリー・スクエア一〇四番地の老将軍の屋敷まで行き、そこで馬車を降りたのが、ちょうど約束の五時半。

それにしてもあの屋敷、じつに陰気で、いかめしくて、まるで城みたいでね。並みの教会ぐらいじゃ足もとにも寄れないくらいの、ご大層な表構えさ。従僕がわれわれを案内したのは、黄色いカーテンのかかった広い応接間だったが、令嬢はすでにその部屋で待っていた。とりすました、青白い顔の、とっつきにくい女性で、その毅然としたよそよそしさたるや、深山《しんざん》の雪女そこのけって感じだった。

そうだなあ、やっぱりこのぼくには、あの女性のひととなりを一言で言いあらわすだけの表現が見つからないよ、ワトスン。まあ、この事件がかたづくまでには、きみもご当人に会う機会があるだろうから、そのときはきみなりに文才を発揮すればいい。とにかく、美人であることはまちがいないが、そこに現実ばなれした神秘性というか、崇高な目的から目をそらそうとしない狂信者めいたひたむきさというか、そんなものがつけくわわってる。何度か見てきた顔だよ、中世の巨匠の手になる絵画のなかで。こういう生身の女性とも思えぬ相手にたいし、男爵ごときけだものがどうやって魔手をのばせたものか、まあそのへんは見当もつかないが、俗に、両極端はひきつけあうとも言うからね——霊性と獣性、野人と天使というふうに。それにしても、そのかけはなれかたがこれほど極端な例って、まずほかに見たことがないね。

むろん、われわれの訪問の目的は、令嬢も承知のうえだった——あの悪党めが、さっそくわれわれへの偏見を吹きこんでおいたらしい。ウィンター嬢の出現には、さすがにちょっと驚いたようだが、それでも、お偉い尼僧院長が薄汚い乞食坊主でも迎えるといったふぜいで、われわれにそれぞれの席を指し示してみせた。きみも偉そうにそっくりかえってみたかったら、ねえワトスン、ぜひあのヴァイオレット・ド・メルヴィル嬢を見習うといいよ。『よくいらっしゃいました』そう言う声は、氷山から吹いてくる風さながら。『ご高名はかねがねうけたまわっております。さだめし、きょうのご訪問の目的は、あたくしの婚約者、グルーナー男爵を中傷なさるためでございましょうね。じつは、こうしてお目にかかりますのも、父のたっての願いに応じましたまでのことで、したがいまして、あらかじめお断わりいたしておきますけれど、そちらさまからどのようなお話がありましても、それであたくしの気持ちが揺らぐということはすこしもございませんので、どうかその旨、ご承知おきくださいませ』

なんとなく、彼女が気の毒になってきたよ、ワトスン。一瞬、自分の娘を気づかうような気持ちにさえなったほどさ。普段のぼくは、そう雄弁なほうじゃない。感情よりも、頭脳に頼ることの多い人間だからね。だがこのときばかりは、持って生まれた真情のありったけを吐露して、相手をかきくどいたよ。妻となってみてはじめて、夫の本性にめざめる女性、それでもなお、夫の血に汚れた手、好色なくちびるの愛撫に身をまかせねばならぬ女性――そういう女性の立場がいかにみじめで、おぞましいものか、縷々《るる》説き聞かせたわけだ。なにひとつ隠さなかったよ――その屈辱、その恐怖、その苦悩、その絶望、すべてを余すところなくぶちまけた。

だが、どれだけ熱弁をふるっても、相手の象牙のような頰には血の色ひとつさすでなく、うわのそらといった目にも、感情らしきものはちらっともあらわれない。いまさらのように、あの悪党の言ってた〝後催眠暗示〟というやつを思い出したよ。令嬢のあのようすを見たら、なにか恍惚《こうこつ》たる夢のなか、この世ならぬ夢想の世界に住んでるとしか思えなかったからね。だがそれでいて、こっちへの返答には、なにひとつ曖昧なところなんかないんだ。

『ずっと辛抱してお話をうかがってまいりましたけど、ホームズ様、あたくしの気持ちははじめに申しあげたとおりでございます。婚約者のアーデルベルトが、これまで波瀾《はらん》の人生をたどってまいりましたことも、そのためにひとさまから激しい憎しみを買い、不当な誹《そし》りを受けてまいりましたことも、あたくし万事、承知のうえですの。これまでにも、大勢のかたがそういう中傷をあたくしの耳に入れてゆかれましたけど、それもあなたさまでおしまいでございましょう。

たぶん、善意でなさっていることとは存じますけれど、それでもあなたさまは、お金で雇われる探偵でいらっしゃるとか。とすれば、事と次第によっては、逆に男爵のお味方をなさっていらしたかもしれませんわね。いずれにしましても、とくとご承知おきいただきたいのは、あたくしはあのかたを愛していて、あのかたもあたくしを愛してくださっている。だから世間がなんと言おうとも、窓の外で小鳥がさえずるほどにも感じないということです。よしんばあの気高《けだか》いかたが、ほんのかたときなりと堕落なさったことがあったとしても、それを真実の、本来の高みにひきあげてさしあげる、そのためにこそ、このあたくしは生まれてまいったとも申せます。というところで――』と、ここではじめてぼくの連れのほうへ目をやって、『――このお若いご婦人ですけれど、いったいどういうおかたでいらっしゃいますの？』

ぼくが答えるより早く、ウィンター嬢がそれこそつむじ風さながらにまくしたてだした。炎と氷とが対決する図というのがあるとすれば、このときのふたりがまさにそれだったよ。

『どういうおかたかって？　それは本人の口から言ってあげるわよ』そう叫んで、激情にくちびるをわなわなふるわせながら、ウィンター嬢はすっくと椅子から立ちあがった。『あたしゃね、ついこないだまで、あいつの情婦《いろ》だった女さ。あの男にたらしこまれて、さんざもてあそばれ、ぼろぼろにされたあげくが、ごみ溜めにぽいと捨てられた女のひとりだわよ。どうせあんただって、お嬢さん、じきにそうなるはずだけどね。たぶんあんたが捨てられるのは、ごみ溜めよりも、むしろ墓場へ、だろうけど、いっそそのほうがましかしれない。

言っときますけどね、このおばかさん、あいつといっしょになれば、それであんたも一巻の終わりだわよ。胸が張り裂けて死ぬか、首の骨が折れて死ぬか、それはあいつが決めてくれるだろうけど。あたしゃね、なにも親切心からこんなことを言ってるんじゃない。あんたが死のうが生きようが、こっちは屁とも思やしない。ただただあいつが憎いから、あいつへの腹いせに、あいつにされた仕打ちへのお返しをしてやりたいだけなのさ。まあ、それはどうでもいいけどね。なにもそんな目つきであたしを睨《にら》むことはないでしょうが、お嬢さん。だって、いっさいが終わってみたら、あんたのほうがこのあたしよりも、ずっと堕落した身分に落ちてた、なんてことになりかねないんだから』

『そういうお話はいたしたくございません』ド・メルヴィル嬢は冷ややかに言ったよ。『もう一度、はっきり申しあげておきますけど、あたくしの婚約者がこれまで三度ほど、性悪な女にひっかかったことがあるのはよく存じておりますし、そのときになにかまちがいを犯したとしても、いまは心から悔い改めている、そのこともこのあたくしが保証いたします』

『三度ほど、だって？』ぼくの連れは金切り声で叫んだ。『ばかだよ、あんたは！　お話にならないおばかさんだよ！』

『ホームズ様、どうかこれでおひきとりくださいませ』氷のような声が言った。『父の言いつけで、あなたさまにお目にかかりはいたしましたけど、このかたの罵詈雑言《ばりぞうごん》まで聞かされなくてはならない義理はないと存じます』

これを聞くなり、ウィンター嬢は悪態をつきながら躍りかかった。とっさにぼくが手首をつかんでひきもどさなかったら、このなんとも腹のたつご令嬢の髪をつかんで、かきむしっていたことだろう。ぼくが力ずくで玄関口までひきずってゆき、さいわいなんとか馬車に押しこむことはできたが、なにしろ、怒り狂って半狂乱になってるから、往来で一騒ぎやらかさなかったのが、まだしものめっけもんさ。このぼくですら、怒り狂うとまではいかないものの、かなりむかむかしてたのは確かだ。せっかく親切心から助け船を出そうとしているのに、まるでひとごとみたいに冷たく、よそよそしく、すましかえっているあの小面憎《こづらにく》さ、腹に据えかねたからね。

というわけで、事態は振り出しにもどった。はじめの一手が奏功しなかったからには、また新たな手を編みださなきゃなるまい。ついては、いずれきみにも一役買ってもらうことになるだろうし、そのためにも、きみと連絡を欠かさないようにしておきたい。もっとも、つぎの一手を指すとなると、それはこっちじゃなく、向こうの番じゃないかとは思うけどね」

はたせるかな、そのとおりになった、向こうが先制攻撃をしかけてきたのだ。といっても、まさかその令嬢がそんなことに関与しているはずもあるまいから、しかけてきたのは男爵そのひとだろうが。いまでも私は、そのとき新聞売り子の掲げているビラにふと目がとまり、ずきんと胸を刺されるような心地に陥ったその現場、そのとき立っていた歩道の敷石そのものまで、これとゆびさして教えることができそうに思う。場所はグランド・ホテルとチャリング・クロス駅との中間、隻脚の新聞売り子が夕刊を売っていて、時はあたかも前述のホームズとの会話から、わずかに二日後。黄色いビラに書かれた黒い文字が、忌《い》まわしいニュースを生々しく告げている――

シャーロック・ホームズ氏
暴漢に襲われる

ちょっとのあいだ、私は凝然と立ちつくしていたような気がする。そのあとの記憶は混乱しているが、どうやら、代金も支払わずにその売り物の夕刊を一部ひったくり、そのため売り子に食ってかかられたような覚えがある。それからようやく、とある薬局の店先に立ったまま、問題の記事をむさぼるように読んだのだが、その内容は以下のようなものだった――

著名な私立探偵シャーロック・ホームズ氏は、本日昼前、暴漢の襲撃を受け、瀕死の重傷を負った模様である。詳細はいまだ不明だが、事件発生は正十二時ごろ、場所はリージエント街の〈カフェ・ロイヤル〉の前、加害者はステッキをたずさえた二人組であるという。ホームズ氏は、頭部その他を強打され、医師団の発表によれば、容態は予断を許さぬとのこと。同氏はただちにチャリング・クロス病院に収容されたが、その後、本人のたっての希望により、ベイカー街の自宅に移された。襲撃犯人二名は、いずれも見苦しからざる風体《ふうてい》であったと言われ、野次馬の追及を避けて〈カフェ・ロイヤル〉にとびこみ、同店の裏口よりグラスハウス街方面に逃走したと見られるが、明らかに、同氏の日ごろの活躍と明察とに恨みをつのらせていた、犯罪者一味に属するものたちと観測されている。

この記事を読みおえるのももどかしく、私が通りかかった辻馬車にとびのり、ベイカー街さして急いだことは言うまでもあるまい。行ってみると、著名な外科医レズリー・オークショット卿がホールにいあわせ、卿の自家用馬車が家の前の歩道ぎわに停まっていた。

「いますぐにどうこうというものではないですな」と、卿は言った。「頭部裂傷が二カ所、それにすくなからぬ数の打撲傷。何針か縫う必要がありましたし、そのあと、モルヒネも打っておきましたから、しばらくは絶対安静が欠かせません。ただし、二、三分の面会ならば、しいてお止めするほどのこともありますまい」

医師のお墨付きが出たので、私はそっと足音を忍ばせて、暗くした部屋へはいっていった。怪我人はぱっちり目をあけていて、しゃがれ声でささやくように私の名を呼んだ。ブラインドが四分の三ほどおろしてあるが、隙間から日ざしが斜めにさしこみ、包帯の巻かれた頭を照らしている。白いリネンの圧迫包帯の表面まで、血の色が赤くにじんでいる。私はそばに腰をおろし、怪我人をのぞきこんだ。

「だいじょうぶだよ、ワトスン。そう心配するな」友人はひどく弱々しい声で言った。「じつはね、見た目ほど悪くはないんだ」

「そうか、そりゃよかった！」

「こう見えても、棒術にはいささかの心得がある。向こうの攻撃は、防御の構えであらかた受け流したんだ。あいにくふたりがかりでこられたんで、ちと持てあましただけさ」

「なにかぼくにできることはないか、ホームズ？　むろん、あの下種野郎が、そのふたりを送ってよこしたのに決まってる。きみが〝うん〟と言いさえすりゃ、すぐにも乗りこんでって、ぎゃふんと言わせてやるところなんだが」

「ほろりとさせてくれるじゃないか、ワトスン！　ただし、せっかくだが、それは無理だ。警察がつかまえてくれないかぎり、こっちは手出しができない。それにしても、鮮やかな逃げっぷりだったね。細部まで、完璧に計画が練りあげてあったんだな、あれは。それは確かだ。まあちょっと待ってくれ。こっちにも二、三考えがないじゃない。まず第一は、ぼくの怪我の程度を誇張して言いふらすこと。だれもがきみのところにようすを訊きにくるだろう。そしたら思いきり大袈裟に吹聴《ふいちょう》するんだ。一週間も保《も》てば御の字――脳震盪《のうしんとう》――譫妄《せんもう》状態――まあ適当なことを並べたてるのさ。いくら誇張しても、しすぎるということはない」

「しかし、レズリー・オークショット卿のほうはどうするんだ？」

「なに、あっちはだいじょうぶだ。いちばん傷のひどいところだけを診せるようにするから。その点はぼくがうまくやるよ」

「ほかにはないか？」

「そうだな。シンウェル・ジョンスンに連絡をとって、例の女性に身を隠させるよう伝えてくれ。いまごろは、おっかないおにいさんたちが、血眼《ちまなこ》で彼女を探してるだろう。もちろん、彼女がこっちの味方についたことは知れてる。このぼくを襲うことすら辞さないやからだから、あの娘をほっとくはずがない。事は急を要するよ。今夜のうちにやってくれるね？」

「これからすぐに行ってこよう。ほかには？」

「お手数だが、パイプをそこのテーブルに出しといてくれないか——それと、煙草のはいった例のスリッパもね。よし、それでいい！　あしたからは、毎朝ここへきてもらいたい。戦略を練るんだ」

　その夜のうちに、私はジョンスンと連絡をとり、ウィンター嬢をどこか静かな郊外にでもかくまって、ほとぼりが冷めるまで、潜伏させておくように手配した。

　それから六日間というもの、世間ではホームズが生死の境をさまよっているものとばかり思われていた。医師の発表は、つねに深刻な病状を思わせたし、新聞記事からも、暗い見通ししか得られなかったからだが、じつのところ、日ごと見舞いにゆく私の目には、さほど悪くはないことがはっきりしていた。本人の強靭な体質と強い意志力、それが奇跡をもたらしつつあったのだ。回復があまりに速いので、私などはときとして、ひょっとするとこの男、私にさえもそうは見せないものの、実際にはもっと速く回復しつつあるのでは、などと勘ぐってみることさえあった。もともとこの男には、妙に隠し事をしたがる癖《へき》があって、それがしばしば劇的な効果を生みもするのだが、おかげで彼が正確なところなにをたくらんでいるのか、最大の親友にさえ、推量しかねるといったことがままある。はかりごとは密なるをもってよしとするとはいえ、これではあまりに極端すぎるというものだ。私は他のだれよりもホームズに近しいと自負するものだが、その私ですら、つねに彼とのあいだには、あるへだたりがあるのを意識せざるを得ないのである。

七日めには抜糸が行なわれたが、逆にその日の夕刊には、丹毒を併発した旨の記事が載っていた。おなじ夕刊には、べつの記事もあったが、それは友人の容態如何《いかん》にかかわらず、ぜひとも耳に入れておかねばならないたぐいのニュースだった。金曜日にリヴァプールを出港する予定の、キューナード汽船の〈ルリタニア〉号、その船客名簿のなかに、アーデルベルト・グルーナー男爵の名があったのだ。さしせまったド・メルヴィル将軍の独り娘、ヴァイオレット嬢との婚儀を前に、どうしてもかたづけておかねばならぬ財政上の問題があり、合衆国に向かうのだとか。私の伝えるそのニュースをホームズはじっと聞いていたが、その青白い顔に浮かぶ冷厳な、思いつめたような表情からして、それがかなりの打撃であったことは感じとれた。

「金曜日だって?」と、声を高める。「それじゃ正味三日しかないじゃないか。あの悪党め、危険が身に迫ってきたとさとって、逃げだす気だな。そうはさせるものか！　ぜったい逃がしゃしないぞ！　となると、いよいよワトスン、きみに働いてもらうときがきたようだ」

「なんなりとお役に立つよ、ホームズ」

「よし。ならばこれから丸二十四時間、中国の陶器について徹底的に研究してくれたまえ」

彼はなにも説明しなかったし、私も説明をもとめなかった。長年の経験から、こういう場合は黙ってしたがうのが賢明であること、それは身にしみてよくわかっている。それでも、友人のもとを辞し、ベイカー街を歩いてゆきながら、さて、このような奇妙な指示をいかにして実行したものか、とつおいつ思案したものだ。結局、馬車をセント・ジェームズ・スクエアにあるロンドン図書館に乗りつけ、副館長をしている友人のローマックスに事情を打ち明けたあげく、一冊の浩瀚《こうかん》な参考書を借りだして、それをかかえて帰宅した。

よく言われることだが、ある分野の専門家を法廷で反対尋問する法廷弁護士は、一夜漬けでその方面の知識をしっかり頭にたたきこみはするものの、無事に尋問を終えると、一週間後には、覚えたことのすべてをきれいさっぱり忘れてしまうのだそうな。私とて、もとより陶器の権威を気どるつもりはないが、それでも、その夕方から夜を徹して、一度だけ小休止したのみで、さらに翌日もまた午前ちゅういっぱいをかけ、もっぱらそれについての知識を吸収し、さまざまな名前を記憶することに専念して過ごした。たとえば、偉大な芸術家にして装飾家でもあった作陶家たちの特徴。暦号が循環する特異な暦の謎。明《みん》の洪武帝《こうぶてい》時代の刻印と、永楽帝《えいらくてい》時代の逸品。清《しん》の御器廠《ごきしよう》監督官であった唐英《とうえい》の印文。さらには、宋《そう》や元《げん》といった早い時代の、すばらしい作品群、等々。これらの知識を頭いっぱいに詰めこんで、あくる晩にホームズのもとへとおもむいた。新聞情報だけでは、とても想像がつくまいが、彼はすでに床を離れて、いつものお気に入りの椅子に深々と腰かけ、椅子の腕に肘をついて、包帯にくるまれた頭を支えていた。

「おいおいホームズ、新聞じゃきみは死にかけてることになってるんだぞ」私は言った。

「そりゃそうさ、まさにそう思わせるように仕向けてきたんだから。ときにワトスン、宿題はやってきたかい？」

「ひとまずやるだけのことはやったつもりだよ」

「結構。その問題についちゃ、筋の通った受け答えができるね？」

「まあね」

「だったら、すまないが、あのマントルピースの上の小箱をとってくれたまえ」

彼はその小箱の蓋をとると、慎重なうえにも慎重な手つきで、なにやらきれいな東洋の絹につつまれた、小さな包みをとりだした。ひろげると、なかからあらわれたのは、世にも美しい深い藍色をした、一枚の繊細な造りの小皿。

「ていねいに扱ってくれたまえよ、ワトスン。正真正銘、明朝の薄手焼き磁器なんだ。クリスティーズでも、こんな逸品は扱ったことがないだろう。完全なセットなら、一国の王様の身の代金にも相当するほどの値打ちがある——いや、じつのところ、北京の紫禁城《しきんじょう》以外のところに、完全なセットが存在するかどうかも疑わしい。真の目利きなら、一目見ただけで、文字どおり狂喜するだろう」

「で、このぼくに、これをどうしろと言うんだ？」

ホームズは返事がわりに一枚の名刺を渡してよこした。〝ハーフ・ムーン街三六九番地、医学博士ヒル・バートン〟とある。

「これが今晩のきみの名前さ、ワトスン。これを持って、グルーナー男爵を訪問するんだ。あの男の日常の習慣についてはちょっと調べてみたが、だいたい八時半には、自宅でくつろいでいる。あらかじめ手紙を届けて、今夜、訪問するということと、そのさい、明朝の磁器の、ふたつとない逸品をお目にかけるべく、見本を持参する旨を予告しておきたまえ。名刺に医師としておいたのは、それなら地でいけるから、都合がよかろうと思ったからだが、同時に、きみはコレクターでもあり、たまたまこのセットを手に入れたが、男爵も同好の士と聞いているので、値段によっては譲ってもいい、そう持ちかけるわけだ」

「値段って、いくらぐらいだ？」

「よくぞ訊いてくれた。自分の持ちこんだ品物の値打ちもわからないんじゃ、たちまち馬脚をあらわすもとだからね。この品は、サー・ジェームズが手に入れてくれたんだが、おそらく出所は彼の依頼人のコレクションだろう。世界にひとつと言ってふたつはない品だ。そう言っても、誇張したことにはなるまいよ」

「だったら、一組そろえて専門家の鑑定にまかすとでも言ってみるか」

「すごいぞ、ワトスン！　きょうのきみは冴《さ》えてる。だったら、クリスティーズか、サザビーズあたりを引き合いに出すといい。きみはデリケートな人間だから、自分から値段のことを持ちだすのには抵抗がある、そんなふうに見せかけるのさ」

「しかし、向こうが面会を承知しなかったら、どうする？」

「なに、だいじょうぶ、きっと承知するから。あいつは蒐集マニアだし、それもほとんど病膏《やまいこう》肓《こう》に入《い》ってるくちだ。とりわけ、陶磁器となったら、ひとも知る権威だからね。まあかけたまえ、いま手紙を口述するから。返事はいらない。たんに、訪問するということと、その理由だけを書き送ってやればいいんだ」

それは簡潔だが、文面は丁重、いかにも好事家の心をそそりそうな、間然するところのない文章だった。すぐに地域のメッセンジャーが呼ばれ、その送達を委託された。かくしてそのおなじ晩、手には問題の貴重な小皿、ポケットにはヒル・バートン博士の名刺をたずさえて、私はひとり冒険の途についたのである。


美麗な邸宅といい、庭園といい、一目見ればサー・ジェームズの言っていたように、グルーナー男爵が財産家であることは歴然としていた。左右にみごとな灌木《かんぼく》の茂みがつづく、長く曲がりくねったドライブウェイをしばらく行くと、彫像があまた飾られた広い砂利敷きの広場に出る。ここはかつての金鉱ブームのころ、南アフリカのさる金山王が建てたもので、四隅に小塔を配して、長く、低く連なったその建物は、建築学的にはなんとも悪趣味なものながら、その壮大な造りと堅固さとで、あたりを睥睨《へいげい》していた。大聖堂で主教の椅子にすわっていても似あいそうな執事があらわれて、私を邸内に請じ入れ、さらに執事から、フラシ天のお仕着せを着た従僕に引き継がれて、私は男爵の居室へと通された。

男爵は、窓と窓とのあいだの大きなガラスケースの前に立っていて、扉のひらかれたそのケースには、彼の陶磁器コレクションの一部がおさめられていた。私がはいってゆくと、彼は小さな茶色の花瓶を手にしたまま、こちらをふりかえった。

「どうかおかけください、ドクター。ちょうどいま、わたしの宝物をながめて、これにまだなにかをつけくわえる余地があるかどうか、思案していたところです。いかがです、このささやかな唐代の品――七世紀のものですが、きっとあなたもご興味がおありでしょう。繊細な細工といい、深い光沢といい、これほどの逸品はちょっと見あたりますまい。ところで、明朝の小皿をご所持だそうですが、いまお持ちになっておられますか？」

私はていねいに包みを解き、皿を彼に手わたした。彼はデスクにむかってすわると、すでに暗くなりだしていたところから、ランプを手もとにひきよせ、じっくりとそれを検分することにとりかかった。皿をながめている彼の顔を、黄色いランプの光が照らし、私は私で、心ゆくまで男爵の面ざしを観察することができた。

たしかに、群を抜く秀麗な容姿だった。美男として、ヨーロッパじゅうに名をとどろかせただけのことはある。体格は中ぐらいだが、体つきがいかにも優雅で、しかもしなやかだ。肌の色は、東洋的と言ってもいいほど浅黒く、大きくて黒い目はものうげで、そんな目で見られると、女性は手もなくふらっとなるだろうと思われる。髪と口髭《くちひげ》とは、色は漆黒、短いひげは先をとがらせて、ワックスでかためてある。面だちは端正で、好感が持てるが、ただひとつ、その印象をぶちこわしにしているのが、一文字に引き結ばれた薄いくちびる。もしも殺人者のくちびるというようなものがあるとすれば、まさにこれだ——まるで鋭利な刃物で一太刀、切りつけた跡のような、薄く、酷薄そうな、非情そのもののくちびる。せっかく口髭をたくわえながら、そのくちびるをわざとむきだしにするように、ひげを上へはねあげているのは、この人物にしては、思慮が足りぬというものだ。なにしろ、そのくちびるがおのずと危険信号になって、彼の犠牲者たちにたいして警告を発しているのだから。話す声には魅力があり、態度物腰も申し分なく、年のころは三十をすこし出たばかりと踏んだが、あとで知ったところによると、もう四十二だという。

しばらくして、ようやく口をひらいた。「美しい——じつに美しい！　で、これと揃いの品を、六枚セットでお持ちだと言われる？　それにしても不思議なのは、これほどみごとな品なら、当然、どこかでうわさを耳にしていてもよかったはずだが、ということですよ。これに匹敵するものが、一組だけこの英国にあることは知っていますが、それはとうてい市場に出るような品じゃない。失礼でなければうかがいたいのですが、ドクター・ヒル・バートン、これをどういう筋から手にお入れになりましたか？」

「それはどうでもいいことじゃないですか」私はせいいっぱいさりげなく受け流した。「品が確かなものであることはおわかりいただけたはずだし、価格については、喜んで専門家の判断にまかせますよ」

「と聞くと、ますます腑に落ちませんな」黒い目にちかっと疑惑の光を宿らせて、男爵は言った。「これほどの値打ちものを扱うからには、取り引きの内容について、詳しいことを知っておきたいというのは当然の要求ではありませんか。この品が本物であることはまちがいない。それには一点の疑念もありません。しかしですよ、もし万一――わたしとしては、あらゆる可能性を考慮に入れておかねばならないのですが――もし万一、取り引きをすませたあとになって、これがあなたにはそもそも売る権利のない品だったと、そう判明したとしたら、そのときはどうされます？」

「その種の問題はけっして起こらない、そう保証するしかありませんね、わたしとしては」

「となると、今度は当然、そうおっしゃるあなたの保証にどの程度の価値があるのか、その点が問題になってきますな」

「それはわたしの取引銀行が保証してくれるでしょう」

「なるほど。しかしそれにしても、どうもこの取り引きには少々しっくりしない点がある、わたしにはそう思えるのですが」

「お気に召さなければ、それでもいいのです」私は無頓着をよそおって、軽く答えた。「たんにあなたがこの道の目利きだとうかがったから、真っ先にお目にかけたまででしてね。買い手はほかにいくらでも見つかるでしょう」

「わたしがこの道の目利きだと、どなたからお聞きになりました？」

「その方面の著書もおありだと承知していますよ」

「それをお読みになった？」

「いや」

「おやおや、ますます解《げ》せない話になってきた！　あなたはこの道の通を名乗られ、しかも、これほどの逸品を手に入れられるほどの蒐集家でもあられる。なのに、いまそこにお持ちのその品の、真の意味と値打ちとを教えてくれる一冊の書、それを参照しようとさえなさらない。これはいったいどういうことですかね？」

「たいそう多忙な身なので。開業医ですから」

「それではお答えになっていませんな。なんであれ趣味を持つ人間は、ほかにどんな用があろうと、それをほうりだしてでも趣味に熱中するものです。お手紙によると、陶磁器に造詣《ぞうけい》が深くておいでだということですが？」

「そのとおりです」

「では試みに二つ三つ、うかがってみてもよろしいですかな？　聞けば聞くほど、不審な点が多々出てくる、そう言わざるを得ないのでね、ドクター――いや、まあ、ほんとうにドクターだとしてですが。まずは、聖武天皇について、なにかご存じですかな？　また、天皇と、奈良の正倉院との関係は？　おや、これくらいのこともご存じありませんか。それでは、北魏《ほくぎ》朝と、これが陶磁器の歴史に占める位置について、すこし聞かせてください」

　私は憤慨したふりをして、さっと立ちあがった。

「無礼じゃないですか。わたしは好意からこちらにうかがったまでであって、小学生並みにテストされるいわれなどない。いかにも、そうした問題にたいするわたしの知識は、あなたのそれにくらべれば劣るかもしれないが、それにしても、そんな失敬な訊きかたをされたんじゃ、とても答える気にはなれませんな」

男爵はじっと目を据えて私を見た。いつのまにか、その目からものうげな色が消えて、急に炯々《けいけい》たる光が輝きだした。酷薄そうな口もとから、白い歯がちかっとのぞいた。

「きさま、いったいなんのつもりだ？　さては、スパイだな。さだめし、あのホームズの回し者だろう。はじめから、一杯食わせるつもりでやってきやがったか。あいつめ、死にかけてるそうだが、それでかわりに手先をよこして、こっちのようすをさぐらせようとしたわけだ。よくもずうずうしくこの屋敷にまで乗りこんできやがって。いいか、帰りもそう易々《やすやす》と退散できると思ったら、大まちがいだぞ！」

そう言いながら、すばやく立ちあがる。怒りに逆上していると見て、私も身構えながらあとずさる。あるいははじめから疑惑の目で見られていたのかもしれないが、いまの反対尋問で、こちらの化けの皮はもののみごとにひっぺがされてしまった。もともと、この相手をあざむきおおせるのが無理なのは、はっきりしていたのだ。男爵はサイドテーブルの引き出しに手をつっこむなり、あわただしくなかをかきまわしはじめたが、そのとき、なにか物音でも聞きつけたのか、そのまま動きを止めて、立ったまま耳をそばだてた。

それから、「くそっ！　しまった！」と叫ぶや、いきなり身をひるがえして、背後のドアから奥の部屋へと駆けこんでいった。

遅れじとばかりに、私もたったの二歩で、ひらいたままの戸口へ駆けつけた。そのとき見た室内の光景、それはいまなおありありと記憶に焼きつき、今後もけっして消えることはないだろう。庭に通じる窓が大きくあけはなたれ、そのそばに、なにやら無気味な亡霊さながら、ぼうっとした影となって立っているのは、だれあろう、わがシャーロック・ホームズ！　血のにじんだ包帯を頭に巻き、顔は青白くやつれている。それを見定めるいとまもなく、影はつぎの瞬間にはひらりと身を躍らせて窓の向こうに消え、ついで、外の月桂樹の茂みで、がさっと音がした。一声、怒号を放つや、この家のあるじはそのあとを追い、ひらいた窓へと突進した。

そのときである！　とっさの出来事だったが、それでも私はまざまざと見てとった。茂みのなかから、やにわに一本の腕――それも女性の腕――がつきだされたのだ。と同時に、男爵がぎゃっと一声、すさまじい叫び声をあげた――その声は、いまもこの耳の底に残っている。両手で顔をおさえるなり、男爵はあちこちの壁に頭をぶつけながら、しばし狂ったように部屋じゅうを駆けまわったあげく、最後にどさりと絨毯に倒れて、倒れたままのたうち、ころげまわった。悲鳴に次ぐ悲鳴――屋敷じゅうにその声が響きわたった。

「水をくれ！　水を！　後生だ！」

私はサイドテーブルにあった水差しをつかむと、倒れた男のそばに駆け寄った。同時にホールからも、執事や召し使いがどやどやと駆けこんでくる。いまでも覚えているが、そのうちのひとりは、私が怪我人のそばにひざまずき、その顔をランプのほうへ向けたとたんに、気を失って、その場にくずおれてしまった。浴びせられた濃硫酸が顔じゅうを腐食させ、耳やあごからもしたたっている。片目はすでに白濁しているし、もういっぽうは真っ赤にただれている。ほんの数分前、私が感嘆してながめたあの秀麗な面《おもて》が、いまは見るかげもない。まるで画家が描きかけのみごとな絵の表面を、濡れて汚れたスポンジでこすったかのようだ。目鼻だちはくずれ、変色して、人間のものとも思えぬ顔。おぞましい。

私は駆けつけてきた屋敷のものたちに、硫酸を浴びせられた経緯だけを手みじかに話して聞かせた。何人かはひらいた窓からとびだしていったし、ほかのものも庭の芝生までは駆けだしていったが、あいにく外は暗く、おまけに雨も降りだしている。男爵はなおも悲鳴をあげつづけ、そのあいまには、自分にこのような復讐をしかけてきた犯人を罵《ののし》り、呪っていた。「ちくしょう、あのあばずれだ！　キティー・ウィンターのアマだ！　くそ、悪魔め！　この返礼はきっとしてくれるぞ！　ただじゃおくものか！　えいくそ、痛い、ちくしょう、とても我慢できん！」

私はただれた顔面に油を塗り、赤剝《あかむ》けになった箇所には脱脂綿をあてがって、モルヒネの注射をしてやった。事件のショックに、いまは私への疑念も忘れたのか、男爵はこちらの手にすがりつき、さながら私にその見えない目を癒やす力がありでもするように、死魚のごとき目で必死に見あげてきた。なにも知らなければ、あるいは痛ましさに涙していたかもしれないが、なにせ、事ここにいたるまでの男爵の悪行は、忘れようとて忘れられるものではない。そんな相手がなおも焼けただれた手で、しきりにすがりついてくるのにはぞっとしたが、そのうちやっと、かかりつけの医者があらわれ、すぐつづいて専門医も駆けつけてきて、私をお役御免にしてくれた。警察からも、捜査係の警部がやってきたので、こちらには本物の名刺を渡した。はばかりながらスコットランドヤードでは、ホームズに劣らず顔が売れている私、いまさら身元を偽るのは愚の骨頂だし、無意味でもある。という次第で、ようやく私も、この忌まわしくも呪われた屋敷を辞去し、一時間とたたぬうちに、ベイカー街に帰り着くことができた。

ホームズはいつもの椅子におさまっていたが、その顔は青ざめて、疲れきっているのは明らかだった。自分も怪我人であることはさておき、さしもの鉄の神経の主も、今夜の一連の出来事には、だいぶまいっているらしく、私の語る男爵変貌の一幕に、おぞけだったようすで耳を傾けた。

「罪の報いだよ、ワトスン――罪の報いだ！　早晩こうなる運命だったのさ。これまでさんざん悪行を重ねてきた天罰だね」そう言いながら、テーブルから一冊の茶色のノートをとりあげてみせる。「これだよ、これが例のウィンター嬢の言ってたノートだ。これでもまだあの縁組みが阻止できないとなれば、もはや打つ手はないということになる。しかしまあ、これさえあればだいじょうぶだよ、ワトスン。きっとうまくいく。いささかでも自尊心のある女性なら、これに堪えられるはずはないからね」

「あの男の恋愛日記だね？」

「むしろ愛欲日記だろうな。まあ呼びかたはどうでもいいが、とにかく、あの娘からこの手記の存在を知らされたとき、とっさに思いついたんだ――それが手にはいりさえすれば、またとない武器になる、とね。そのときは、あの娘にうかうかそれを人前で吹聴されたりすると厄介だから、この胸三寸におさめておきはしたけれど、以来、ずっと思案をめぐらしてたのさ。

ところがそこで起きたのが、例の襲撃だ。おかげで、もうぼくを警戒する必要はない、そう男爵に思わせるだけの、絶好の契機が生まれた。願ってもない成り行きだったね。なんなら、もうちょっと先へ延ばしてもよかったんだが、相手がアメリカへ行くというので、急がざるを得なくなった。外遊するのに、まさかこれほど物騒な証拠物件を置いてくはずもないからね。さっそくにも行動を起こす必要がある。

かといって、向こうも用心してるから、夜間、盗みにはいるのは無理だ。むしろ、宵《よい》のうちのほうが、かりにあいつの注意をよそにひきつけておければ、そこに活路がひらけるかもしれん。という次第で、きみと、あの青い小皿の出番となったわけだ。とはいうものの、ノートを手に入れるには、そのありかを確実に心得てる必要があるし、きみの中国陶器に関する知識如何では、こっちの行動できる時間も、ほんの数分に限られてくる。それで、最後の土壇場になって、念のためにあの娘も連れていくことに決めたんだが、まさか彼女がマントの下に、後生大事に小さな包みを隠し持ってるなんて、さすがにぼくもそこまでは見抜けなかったよ。てっきり彼女は、こっちの仕事につきあってくれてるんだとばかり思いこんでたが、あにはからんや、向こうは向こうで、またべつの思惑があったってわけだ」

「男爵は見抜いてたよ、ぼくがきみの回し者だって」

「そうなりゃしないかと、じつははらはらしてたんだ。それでもきみは、りっぱに時間を稼いでくれたよ——ぼくがノートを探しだすだけの時間をね。あいにく、騒がれずに逃げだせるところまで、とはいかなかったが。ああ、ちょうどいいところへ、サー・ジェームズ、よくおいでくださいました！」

あらかじめ呼び出しを受けていたのだろう、それに応じて、われわれの温雅な依頼人があらわれたのだった。ホームズの報告する事件の一部始終を、彼は熱心にうなずきながら聞いていたが、やがて話が終わると、嘆声を発した。

「神業《かみわざ》ですな、ホームズさん――まさしく神業だ！　それにしても、あの男の負った傷というのが、ワトスン博士の言われるほど深いものだとすると、この忌まわしい手記を利用するまでもなく、ド・メルヴィル嬢との結婚を阻止するという、われわれの目的は達せられましょう」

ホームズはかぶりをふった。

「いや、そうはいきません――ド・メルヴィル嬢のようなタイプの女性が相手では。あの令嬢なら、男爵を生まれもつかない醜貌にされた犠牲者と見なして、かえって深くのめりこむだけです。事はそう簡単じゃない。われわれがたたきつぶさねばならないのは、あの男の肉体ではなく、精神面なのですよ。その点、この手記を見れば、さすがの令嬢も目がさめるでしょうし、またこの手記以外に、それを可能にしてくれるものも存在しない。なにさま、あの男の直筆なのですからね。令嬢も無視するわけにはいきますまい」

サー・ジェームズはその手記と、貴重な小皿との両方をたずさえて帰っていった。私もだいぶ長居をしたので、ここらで辞去することにし、卿につづいて外の通りに出た。一頭立ての四輪箱馬車《ブルーム》がそこで待っていて、卿は身軽にそれにとびのると、花形帽章をつけた御者《ぎょしゃ》に口早に指示を与え、あっというまに走り去っていった。故意に外套《がいとう》の裾をなかば窓の外にたらし、パネルに描かれた紋章を隠そうとしていたが、それでも、門口の明かりとり窓からさす光で、一瞬にしてその紋章を見てとった私は、思わずあっと息をのんだ。(2) そのまま私は踵《きびす》を返すと、ホームズの部屋へ駆けあがった。

「おいホームズ、依頼人の正体がわかったぞ。驚くなかれ、あれはほかでもない――」一刻も早くこの大ニュースをご注進に及ぼうと、私は息せき切って言いかけた。

だがホームズは、片手をあげて私を制しながら言った。「忠実な友人にして、侠気ある紳士さ。それでいいじゃないか、さしあたっては。いや、ぼくらにとっては、永久にそれでじゅうぶんだよ」

男爵の悪行のあかしである問題の手記、それがどのように利用されたかは私の知るところではない。おそらくあのサー・ジェームズが、然るべくとりはからったのだろう。それとも、問題がきわめて微妙なので、令嬢の実の父親にその役目は一任されたのか。いずれにせよ、効果は絶大だった。三日後に《モーニング・ポスト》紙に掲載された記事は、アーデルベルト・グルーナー男爵と、ヴァイオレット・ド・メルヴィル嬢との婚約が解消された旨を伝えていた。さらに、おなじ新聞には、キティー・ウィンター嬢を被告とする、警察裁判所での第一回公判の模様も報道されていた。硫酸を浴びせるという重罪によって告発されていたのだが、審理の過程で、酌量すべき情状があることが明らかになったため、判決は、読者諸兄姉もたぶんご記憶のことだろう、この種の犯罪にしては、もっとも軽いものとなった。じつをいうとシャーロック・ホームズも、家宅侵入のかどで告発されるおそれがないでもなかったのだが、その目的が正しく、依頼人がまたすこぶるつきの有名人ともなると、さしも峻厳な英国の法律も、いくばくかの人間味と柔軟さとを発揮するようになるらしい。その証拠に、わが友人はいまもって、被告席につくことをまぬがれているのである。

（1）カイバル峠は、パキスタンとアフガニスタンとの国境、ペシャワル西方にある峠。海抜一〇二七メートル。古来、中央アジアとインドとを結ぶ重要な交通路で、軍事上の要衝でもあった。第二次アフガン戦争（一八七八―八〇）では〈カイバル峠の戦い〉の舞台となった。

（2）御者のつけている花形帽章とは、英国王室の従僕のみがつけるもの。

白面の兵士

　友人ワトスンの考えかたというのは、視野こそ狭いが、ことのほか粘りづよい。久しく前からこの私に、自分の言葉で体験を書いてみろとしつこく言いつづけているが、このあたりもそのあらわれのひとつだろう。ことによると、こうしてワトスンに責めたてられるはめになったのも、私の自業自得かもしれない。従来、しばしば彼の書くものの浅薄なることを指摘し、厳密な事実と数字のみの記述にとどめずして、大衆の好みにおもねっている、などと攻撃してきた報いだ。「だったら、自分で書いてみろ！」そう反撃されて、やむなくペンをとりはしたものの、いざ書きはじめてみると、大事なのは、やはり読者になるべく興味を持たせるように書くことだ、そう実感したのは認めざるを得ない。そんな意味で、以下にご紹介する事件などは、ひとまず読者の期待を裏切るまいと思う。たまたまワトスンの書いたものには含まれていないものの、これは私の扱った事件のうちでも、きわだって特異なもののひとつだからである。

　なお、ワトスンの名が出たところで、ついでにお断わりしておくと、これまでわがささやかなる探偵稼業において、私が再三この、古い友人であり、伝記作者でもある男と行動をともにしてきたのは、けっして感傷や気まぐれからではない。ワトスンにはワトスンなりにすばらしい美質の持ち主なのだが、根が謙虚な男だから、私の実績を誇張ぎみに吹聴するあまり、自分の長所には、ほとんど目を向けることがないのだ。いってみれば、相棒として、こちらの結論やこれからの行動方針、それを先まわりして言いあててしまうような男は、いつの場合も厄介な存在なのだが、反対に、新たな展開があるたびにいちいち驚いてくれたり、先のことはなにひとつ予測できずにまごまごしていたり、そういう男なら、まさしく理想的な協力者になってくれるのである。

　備忘録を見ると、一九〇三年一月、ボーア戦争が終結してまもないころとあるが、私のところに、ジェームズ・M・ドッドなる人物の来訪があった。大柄で、潑剌《はつらつ》として、日焼けして、姿勢のよい、生《き》っ粋《すい》の英国人である。この当時、わが善良なるワトスンは、私とはべつのところに細君と所帯を構えていた。彼が私を無視して自己中心的な行動をとったのは、後にも先にもこのときだけだ。要するに、私はひとりぼっちだったのである。

　いつの場合も、私は窓に背を向けてすわり、来客には向かいあった椅子をすすめるから、おのずと客の顔には正面から光があたることになる。ジェームズ・M・ドッド氏はそこにすわったあと、しばしどのように話を切りだしたものか迷っているふぜいだったが、私はあえて助け船を出そうとはしなかった。向こうが黙っているうちは、こちらもゆっくり相手を観察できるからだが、それでも、ある程度のところで、依頼人にこちらの有能さを印象づけておくのが賢明であるのは心得ているから、やおら二、三の結論をご披露《ひろう》することにした。

「南アフリカからお帰りになったようですね」

「そのとおりです」少々驚いたらしい返事だ。

「義勇農騎兵団でしょう?」

「まさしく」

「ミドルセックス兵団にちがいない」

「図星ですよ、ホームズさん。まるで魔法使いですね」

すっかりめんくらっているらしい表情を見て、私はにっこりしてみせた。

「だってね、濃く日焼けした、いかにも男らしい紳士が訪ねてみえたんですよ。わがイギリス本土の太陽では、とてもそこまで日焼けするのは無理だし、しかもハンカチをポケットじゃなく袖口に押しこんでおられるとなれば、どういうかたかぐらい、たいてい見当がつくじゃありませんか。さらに、短いあごひげをたくわえておいでだから、正規軍ではないし、服のスタイルは馬に乗るひとのもの。ミドルセックスという点については、お名刺にスログモートン街の株式仲買人とありましたからね。シティーのかたなら、あの連隊にはいるのは、ほとんど決まったようなもの。ほかには考えられません」

「なにもかもお見通しなんですね」

「いや、見るものはあなたとおなじですが、ただ、見たものに注意を払うという訓練を積んでいるだけです。それはさておき、ねえドッドさん、けさお見えになったのは、なにも観察学を論じるのが目的ではありますまい。〈タクスベリー・オールド・パーク〉で、いったいなにがあったのです?」

「ホームズさん、どうしてそれを――！」

「いや、なに、べつにむずかしいことじゃありません。使われた便箋がそのお屋敷のものでしたし、きょうお越しになりたいというのも、たいそうさしせまった調子で書かれていましたから、なにか急な、しかも重大な事件が起きたと見るのは、当然じゃありませんか」

「なるほど、そう言われれば、たしかに。ただ、あの手紙はきのうの午後に書いたもので、じつはそれ以後にも、またいろいろとありましてね。実際、エムズワース大佐にたたきだされさえしなければ――」

「たたきだされた！」

「ええ、まあ、そういうことになるでしょう、せんじつめれば。とにかく、人情の通じないご老人なんです、あのエムズワース大佐ってのは。若いころは、軍隊でも、規律一本槍のごりごりだったそうだし、当時はまた、ずいぶんと言葉も荒っぽかった時代ですしね。ゴドフリーのことさえなけりゃ、つきあうのはごめんこうむりたい御仁《ごじん》ですよ、あの大佐殿は」

私はパイプに火をつけて、椅子の背にもたれた。

「はじめから詳しく話していただいたほうがよさそうですね」

依頼人は悪戯《いたずら》っぽくにやりとしてみせた。

「話さなくても、なんでもわかっておいでのような気がしたものですから」と言う。「しかしまあとにかく、事実だけをお伝えしますので、そのうえで、それがどういう意味を持つのか、ご教示いただければさいわいです。ゆうべ一晩、一睡もせずにあれこれ知恵を絞ってみたんですが、考えれば考えるほど、信じがたい出来事のように思えてきましてね。

一九〇一年の一月――つい二年前のことですが――ぼくが入隊したときに、ゴドフリー・エムズワースもおなじ中隊にはいってきました。エムズワース大佐といえば、クリミア戦争でヴィクトリア十字勲章をもらったほどの勇士ですが、ゴドフリーはその独り息子で、やはり血気盛んな若者でしたから、志願して入隊したのも当然だったわけです。実際、連隊でも随一と言っていい、りっぱな軍人でしたよ。われわれは親しくなりました。おなじ釜の飯を食い、喜びも悲しみもともにした同士だけが持てる友情、それを分かちあったわけです。われわれは戦友でした。これは軍隊では格別の意味を持つ表現でしてね。激戦に明け暮れたその一年間、文字どおり艱難辛苦《かんなんしんく》をともにした仲。ところがやがて、プレトリアに近いダイヤモンド・ヒルの戦闘で、彼は象撃ち銃の弾を食らって、負傷しました。その後、ケープタウンの病院からと、さらにサウサンプトンからと、一通ずつ手紙をもらいましたが、以後はどうしたことか、ぱったり音信がとだえてしまい、もう半年以上にもなるのに、なんの音沙汰もありません。ぼくとは大の親友だったのに、ですよ、ホームズさん。

やがて戦争が終わって、隊員は総引き揚げとなりましたので、ぼくも帰国後にエムズワース大佐に手紙を出し、ゴドフリーはどうしているかとたずねてみました。ところが、梨の礫《つぶて》なんです。しばらくようすを見て、また出しました。今度は返事がきたことはきたんですが、いたって短い、そっけない文面で、ゴドフリーは世界一周の旅に出て、向こう一年ぐらいはもどるまい。それだけです。

これじゃとても納得できなかったのは、お察しいただけるでしょう、ホームズさん。あらゆる点で、すこぶる不自然です。なにしろ、気のいい男で、親友をこんなふうに切り捨てるようなやつじゃない。ゴドフリーらしくもありませんよ。それに、たまたまぼくは知ってるんですが、彼はかなりの財産の相続人だということで、しかも親父さんとはあまり折り合いがよくない。親父さんは、ともすると横暴にふるまうし、そうなるとゴドフリーも、若さも手伝って、けっしておとなしくひっこんじゃいない。とまあそんな次第で、ぼくとしては納得できないので、とことん黒白をつけてやることにしました。ところがあいにく、こっちも二年も留守にしたあとですから、いろいろと問題が山積してまして、なかなかひまがとれない。ようやくすこし手があいて、もう一度ゴドフリーのことに目を向けるゆとりができたのは、やっと今週になってからなんですが、それでも、こうして乗りだしたからには、ほかのことはさておいても、あくまでも真相をつきとめるつもりでいるんです」

どうやらこのジェームズ・M・ドッド氏、敵にまわすと厄介なかわりに、味方に持てば頼もしいことこのうえない、といった人物らしい。青い目は毅然としているし、角張ったあごは、しゃべるほどに力がこもってゆく感じだ。

「なるほど。で、どうなさいました?」私はたずねた。

「まず第一歩は、ベドフォードに程近い彼の生家、〈タクスベリー・オールド・パーク〉へおもむいて、実状をこの目で見届けることでしょう。そこで、母堂に手紙を出しました——もう因業親父のほうは懲りごりでしたからね——それで正面突破を試みたわけです。ゴドフリーとは親友同士だった。ともに体験したことで、いろいろおもしろい話もあるから、なんなら聞かせてさしあげたい。たまたまご当地近くまで出かけるついでもあり、そちらのご都合さえよければ、うんぬん、とね。すると、すぐにねんごろな返事があって、どうぞ泊まりがけでおいでください、とのこと。そこで、さっそくこの月曜日に出かけていったわけです。

〈タクスベリー・オールド・パーク〉というのは、交通不便なところでしてね――どこから行くにしても、五マイルはある。駅に降りても、軽二輪馬車《トラップ》一台あるわけじゃないので、やむなく、スーツケース片手に、てくてく歩きましたよ。おかげで、着いたときには日もとっぷり暮れていました。家はかなり広い屋敷地のなかにあるんですが、これがだだっぴろいだけで、なんともとりとめのない建物。いってみれば、あらゆる時代のあらゆる建築様式がごたまぜになっていて、エリザベス朝のハーフティンバー様式(1)の基礎構造に始まり、ヴィクトリア時代様式の柱廊玄関にいたるまで、なんでもそろっている。なかにはいると、いたるところに、鏡板張りのパネルやら、タペストリー、古ぼけて絵の具も消えかかった絵画がずらり――いわば、影と神秘の館、といったところですかね。

ラルフという執事がいるんですが、これがまた、館の古さに負けないくらいの年寄りで、ほかに、ラルフよりももっと年を食っていそうな、そのかみさん。かみさんは、ゴドフリーの乳母だったとのことで、よく彼の口から、実の母親に劣らぬくらいなついていたと聞かされてましたから、見た目は鬼婆そこのけのご面相ながら、ぼくもけっこう親しみを覚えたものです。母親というひとも、好感が持てましたね――物静かで、小柄で、二十日鼠《はつかねずみ》みたいな感じで。しかし、父親の大佐にだけは、どうにも我慢がならなかった。

　大佐とは、着いて早々に衝突してしまいましてね。よっぽどそのまま駅にひきかえそうかと思ったんですが、それこそ向こうの思うつぼだと考えて、やっと虫を殺したんです。まっすぐ書斎に通されたんですが、行ってみると、そこに大佐がいました。大柄で、猫背で、くすんだ顔色をして、もじゃもじゃのあごひげは白髪《しらが》まじり、それが、雑然とものの置かれたデスクにむかってすわっている。鼻には赤い静脈が浮きでていて、その鼻が禿鷹《はげたか》の嘴《くちばし》然とつきだしてるわ、毛虫眉の下からは、灰色の目が眼光鋭くこちらを睨《にら》みつけてくるわ。なるほど、これならあのゴドフリーが、めったに父親の話をしなかったのも、道理だと思いあたりましたよ。

『で、なにかね、実際にはなにが目的で、ここを訪ねてくる気になったんだね?』のっけから、きしるような声でそう浴びせかけてきます。

　その理由なら、奥さんへの手紙に書いておいたとおりだ、そう答えましたよ。

『ふむ、ふむ。たしか、アフリカでゴドフリーといっしょだったとか。ただし、言うまでもなく、それを証明するのはあんた自身の言葉しかない』

『ゴドフリーからきた手紙をここに持ってきてますよ』

『それを見せてもらえるかな?』

　ぼくの手わたした二通の手紙にざっと目を通すと、ぽいと投げかえしてきました。

『ふむ、それで?』とまた訊きます。

『ぼくはご子息のゴドフリー君が大好きでした。多くの絆や思い出がぼくらを結びつけているんです。それが急に消息不明になったんですから、不思議にも思うし、いったいどうしたのか知りたくなっても、無理はないでしょう』

『それについては、いつぞやも手紙で消息を知らせてあげたはずだが。現在、世界一周の船旅に出ておってな。アフリカで無理をしたのか、だいぶ健康を害しておったんで、母親とも相談のうえ、このさい、完全な休養と気分転換とをはからせることにした。そんな次第だから、ほかにもせがれの身の上を案じてくれる友人でもあれば、あんたのほうからその旨、よしなにお伝え願いたい』

『承知しました。ですが、それならそれで、せめてご子息の乗られた船の名や、航路、日程などをお教えいただけませんか。追っかけて手紙を出せば、なんとか連絡もつくでしょうから』

そう頼むと、あるじは当惑し、また立腹もしたようでした。太い毛虫眉をひそめて、指先でとんとんといらだたしげにデスクをたたいていましたが、やがて顔をあげました。チェスで相手が妙手を指してきたのを受けて、どう立ち向かうか、やっと肚《はら》を決めたといった面持《おもも》ちでしたね。

『ドッド君とやら、あんたのようにそうしつこく出られたら、たいがいのものは迷惑する。あまりに押しつけがましいのは、無作法を通り越して、無礼にあたるのではないかな』

『しかしそれは、ひとえにご子息の身を案じるゆえですから、ご容赦願わねばなりません』

『いかにも。そう思えばこそ、こちらも大目に見てきた。とはいえ、そういう詮索がましい質問は、ここらで打ち切りにしてもらいたい。どこの家庭にも、内輪の事情というのがあって、いかに相手が善意でも、外部のものには明かしたくないということもあるのだ。家内はあんたから、アフリカでのゴドフリーについて聞くのを楽しみにしておる。だから、それを話してやってくれるぶんには、いっこうかまわない。しかし、せがれの現在および将来については、いっさい触れてもらいたくないのだ。そういう詮索は無意味であるばかりか、わしらをたいへんむずかしい、困った立場におとしいれるだけなのでな』

これで事態は暗礁に乗りあげてしまいました。ここまで言われちゃ、打開の途《みち》をさぐるのはむずかしい。やむなく、うわべは相手の言う事情をのみこんだふりをして、肚の底では、あくまでも友人の安否を確かめずにはおくものか、そう決意をかためたわけです。いやあ、じつに鬱陶《うっとう》しい一夜でしたね。あるじ夫婦に、ぼくを加えて三人、陰気な古めかしい部屋で黙々と食事をしたためました。奥さんは、なにかと熱心に息子のことをたずねようとするんですが、大佐のほうは、むっつりして、ひとを寄せつけない。

万事にうんざりしてしまったんで、失礼にならないころあいを見はからって、早々に寝室にひきとりました。一階にある大きながらんとした部屋で、陰気なことたるや、屋敷のほかの部分とおなじですが、なに、こっちは南アフリカの草っ原で、一年も露営生活をしてきた身、どこで寝ようと、とやかく言いはしません。カーテンをあけて、庭をながめると、半月が冴《さ》えて、すばらしい夜です。ごうごうと炎をあげている暖炉のそばにすわって、テーブルにランプをひきよせ、持ちあわせの小説を読んで気をまぎらわせようとしたんですが、そこへ、老執事のラルフが、補充の石炭を持ってきました。

『夜分、足りなくなりますといけませんので。冷えこむおりでもございますし、こちらのお部屋は、とくに冷えびえしておりますから』

そのまま出てゆくのかと思ったら、なにやら去りがたいようすで、もじもじしています。ふりむくと、皺《しわ》ぶかい顔に物問いたげな表情を浮かべて、まっすぐこっちを見ています。

『あのう、失礼でございますが、お客様、お食事のおりに、あなたさまがゴドフリー坊っちゃまのお話をなさっておいでだったのが、つい耳にはいってしまいました。じつは、家内は坊っちゃまの乳母を務めておりましたもので、その縁で手前なども、いわば坊っちゃまの育ての親と言ってもよろしかろうと存じます。で、つい、よそごととは思えませんのですが、あちらでは、坊っちゃま、たいそうなお働きでございましたとか』

『ああ、連隊随一の勇敢な男だったよ。げんにぼくなんかも、ボーア兵の銃弾の的になるところを、ゴドフリーのおかげで救いだされたくちでね。あのとき助けてもらわなかったら、いまここにはいなかったかもしれない』

すると老執事は、わが意を得たりとばかりに、痩せた手をこすりあわせた。

『ああ、やはり。そうでしょう、そうでしょうとも。それでこそゴドフリー坊っちゃまだ。お小さいころから、それは豪胆なお子様で、ここの庭にも、坊っちゃまのお登りあそばさなかった木など、一本もないと言ってもいいほどで。なにがあろうと、けっしてひるんだりなされなかった。まことに見あげた坊っちゃまで――いえ、見あげたおかたでございました』

ぼくは思わず立ちあがっていました。

『おい、いまなんと言った？　ございましたと言ったな？　まるでゴドフリーが死んだみたいな言《い》い種《ぐさ》じゃないか。いったいどういう事情なんだ。いったい全体、ゴドフリー・エムズワースの身になにがあったと言うんだ』

　ぼくは老執事の肩をつかんで詰め寄りましたが、相手はあとずさりするばかりです。

『なにをおっしゃりますやら、手前にはわかりかねますです、お客様。ゴドフリー坊っちゃまのことでしたら、どうかあるじにお訊きになってくださいまし。あるじが万事、承知しておりますので。手前のしゃしゃりでる筋合いではございません』

　そのまま出ていこうとしますが、ぼくは腕をつかんで放しませんでした。

『聞いてくれ。さがる前に、ひとつだけ答えてくれないか。返答を聞かないうちは、朝までもこの手を放さないからな。どうなんだ、ゴドフリーは死んだのか？』

　執事はぼくと視線を合わせることさえできないようでした。なんだか呪縛にでもとらわれている感じです。やがてその口から答えが絞りだされてきました。まったく予想外の、しかも、ぞっとするような答えでした。

『いっそお亡くなりになっていたのなら、どんなによかったことか！』そう叫ぶなり、執事はぼくの手をふりきって、そそくさと立ち去ってしまいました。

　もうおわかりでしょうが、ホームズさん、もとの椅子にすわりなおしたときのぼくの心境たるや、なんとも暗澹《あんたん》たるものでしたよ。いまの老執事の言葉には、たったひとつの解釈しかありえません。気の毒に、ぼくの友人は明らかになんらかの犯罪にかかりあったか、でなくばすくなくとも、家名を汚すような外聞の悪い問題をひきおこしたのです。それで、そのことが世間に知れないように、あの厳格な父親が息子をどこかに送りこみ、かくまっているのにちがいありません。思えばゴドフリーは、むこうみずな性格で、周囲に感化されやすいところがありました。きっと悪い仲間にそそのかされたかして、正道を踏みはずしたのでしょう。もしそうだとすると、まことに嘆かわしいことですが、それでもこのぼくには友人として、なんとか彼の行方をつきとめて、できることなら救いの手をさしのべてやる義務がある。そんなことをとつおいつ思案しながら、ふと顔をあげたときでした。なんと、目の前に当のゴドフリー・エムズワースが立ってるじゃありませんか」

ここで依頼人は深い感情に衝き動かされたように、いったん言葉をとぎらせた。

「どうかつづけてください。どうやら、ただならない様相を呈してきたようだ」私は先をうながした。

「ガラス戸の外に立って、戸に顔を押しつけてたんですよ、ホームズさん。さいぜんお話ししたように、部屋にはいったとき、カーテンをあけて夜の庭をながめたんですが、そのカーテンが、細めにあけたままになっていた。その隙間に、まるで額縁にでも入れたみたいに、彼の全身がぴたりとおさまってる。ガラス戸は両開きで、床までひらく形式ですから、実際には足もとまで見えたはずなんですが、ぼくの目にはいったのは、顔だけだった。その顔がなんというか、死人のように真っ青で──あんなに青ざめた顔はほかに見たことがありません。幽霊ならばそんなふうに見えるのかとも思いますが、しかし、目が合ったとき、その目はたしかに生きた人間の目でした。しかも、ぼくに見られたと気づくと、相手はいきなりとびすさって、そのまま闇のなかへまぎれこんでしまったんです。

　そのようすには、なんとなくぞっとさせられるものがありました。たんに、夜目にも白く、それもチーズのように白っ茶けた顔が浮かんでいたというだけじゃなく、もっとなにか人目をはばかるような――なにか陰険で、こそこそした、うしろめたそうな――ぼくの知るあの磊落《らいらく》で男らしいゴドフリーとは、およそそぐわない感じ。それがぼくの心に恐怖感をもたらしたんです。

　とはいえ、あのボーア人どもを相手に、一年から二年も戦ってくると、人間だれしも度胸が据わるし、行動も機敏になります。ゴドフリーが姿を消したか消さないうちに、ぼくは早くもガラス戸に駆け寄っていました。厄介な掛け金なんぞがついてて、戸をあけるのにちょいと手間どりましたが、それでもじきに庭先へとびだすと、小道づたいに、ゴドフリーが逃げたとおぼしき方向へ駆けだしました。

　小道はずいぶんと長くて、明かりもろくになかったんですが、それでも前方をだれかが走ってゆく気配だけはしました。追いかけながら、何度も名を呼びましたが、返事はありません。やがて小道が尽きて、道が何本にも枝分かれしている箇所へきました。分かれた道はそれぞれべつの方角へ向かい、その先には、さまざまな離れ家が点在しています。さて、どっちへ行ったものかと迷っているうち、どこかでドアのしまる音がはっきり聞こえてきました。けっして背後の母屋のほうからじゃなく、前方の闇の向こうから響いてきた音です。これでいよいよ、さっき見たのがまぼろしでもなんでもないことが確実になりました。ゴドフリーはぼくに気づかれたとさとって逃げだし、あげくに離れ家のどれかに逃げこんで、ドアをしめたんです。ぜったいまちがいありません。

さしあたり、これ以上はどうすることもできないので、部屋にもどって、一晩まんじりともせずに、いまの出来事をとつおいつ考えめぐらし、なんであれ辻褄《つじつま》の合う説明をひきだせないものか、思案を重ねて過ごしました。朝になってみると、気のせいか、大佐の態度もいくらか軟化したようでしたし、奥さんからも、近隣にいくつか名勝の地があるなどと聞かされもしましたので、この機をとらえて、もう一晩、ご厄介になれないかと切りだしてみました。不承不承ながら、承諾が得られたので、これでまたどうにか、丸一日という調査の機会が確保できたわけです。すでに、ゴドフリーがどこか近くに身を隠しているのはまちがいないと思っていましたが、さて、その場所がどこで、身を隠している理由はなんなのか、その点はこれからつきとめねばなりません。

屋敷はただだっぴろくて、散漫な造りですから、一個連隊が隠れていても、気づかれないくらいです。そんな家のなかに秘密があるとしたら、とてもぼくの手に負えるものじゃない。とはいえ、ゆうべ聞いたドアのしまる音、あれはたしかに母屋から聞こえてきたものとはちがう。となれば、まずは庭園の探索から手をつけるべきでしょう。さいわいその点では、なんの不都合もありませんでした。大佐以下、家人はそれぞれ目先の用事にかまけて、ぼくをほうっておいてくれたからです。

小さな離れ家はいくつもありましたが、庭のはずれに、ぽつんとひとつ、ほかのよりもいくらか大きめの別棟がありました――庭師か猟場番の住まいにでもなりそうな建物、といったところです。ドアがしまる音がしたのは、もしやここからじゃなかったか。そう思って、ぶらぶらと庭を散策しているふりをしながら、さりげなく近づいていったところ、おりしもその建物から、ひとりの小柄できびきびした、あごひげをたくわえた男が出てきました。黒い服に、山高帽という姿で――いってみれば、庭師らしい風体《ふうてい》ではぜんぜんないってことですが――それが驚くなかれ、出たあとでドアに鍵をかけたうえ、そのキーをポケットにしまったじゃありませんか。そして向きなおって、ぼくに目をとめ、とたんにぎくっとした表情がその顔をかすめました。

『ええと、こちらのお客さんですか?』そうたずねます。

ぼくは、いかにも当家の客だと答え、ゴドフリーの友人だとつけくわえました。

『ところがせっかくきてみれば、なんでも旅行ちゅうだとかで、残念でなりませんよ。会えればきっと喜んでくれたはずなのに』

『まったくですな。それはあいにくでした』相槌《あいづち》を打ちますが、それがなんとなくうしろめたそうなふぜいでね。『いずれまた折りを見て、出なおしてこられるとよろしいでしょう』そう言い捨てて、立ち去ってゆきましたが、しばらくしてぼくがふりかえってみると、庭のはずれの月桂樹の茂みに身をひそめて、こっちをうかがっているんです。

通りすがりに、そのこぢんまりした建物をとっくり観察してみたんですが、窓には分厚いカーテンがひかれていて、見たところ、ひとのいる気配はありません。かといって、あんまり図に乗りすぎると、依然としてどこからか監視されているふしもあり、へたをすると虻蜂《あぶはち》とらずになるばかりか、屋敷からつまみだされないでもありません。そこで、またぶらぶらと母屋のほうへひきかえし、こうなったら夜になるのを待って、あらためて調査に向かおうと心に決めました。暗くなって、あたりが静まりかえると、もう一度、庭へのガラス戸から抜けだし、足音を忍ばせて、例の謎めいた建物へと向かいました。

窓には分厚いカーテンがかかっていたと言いましたが、いま見ると、鎧戸までとじてあります。ただ、一カ所だけ光の漏れているところがあって、そこをじっくり調べてみると、なんと運のいいことに、カーテンがぴったりしまっていず、おまけに鎧戸にもちょっとした隙間があって、なかのようすが見てとれます。けっこう居心地のよさそうな部屋で、明るいランプがともり、暖炉にも赤々と火が燃えている。ちょうど真正面に、けさがた見かけた小柄な男がすわっていて、パイプをふかしながら、新聞を読んでいます——」

「何新聞でしたか?」私は口をはさんだ。

話の腰を折られて、依頼人は少々むっとしたようだった。

「それが大事なことなんですか?」と、反問してくる。

「きわめて重要ですよ」

「じつは、気がつきませんでした」

「しかし、普通の大判の新聞だったか、それとも週刊紙でよく見る小型の判だったか、それぐらいは気づかれたでしょう」

「そういえば、大判ではなかったですね。ことによると、《スペクテーター》だったかも。しかしそのときは、とてもそんなことに気を配ってる余裕なんかなかった。というのも、室内にはもうひとり、窓のほうに背を向けた男がいるんですが、それがどう見てもゴドフリーにちがいないんです。顔こそ見えませんが、肩のあたりの線など、たしかに見覚えがある。見るからに沈んだようすで、頬杖をつき、暖炉のほうに身をかがめています。さて、どうしたものかと迷っているとき、いきなり肩を強くたたかれました。ふりかえると、そこにいたのは、ほかでもないエムズワース大佐です。

『きたまえ！』低い声でそう言ったきり、大佐はそのまま無言で母屋へひきかえすと、ぼくにあてがわれた寝室にはいりました。手には、ホールからとってきた時刻表があります。

『八時半発のロンドン行きがある。八時に馬車を玄関にまわしておこう』

その顔は怒りに青ざめていますし、むろんぼくとしても、まずいことになったのは重々承知してますから、この場はただへどもどと陳弁《ちんべん》これ努め、これもひとえに友人の身を案じるあまりのことだから、と言い訳しました。

『いまさら弁解は無用だ』と、大佐はぶっきらぼうに言います。『あんたのしたことは、他家の私事に立ち入るという、もっとも恥ずべき行為にほかならん。客をよそおってはいりこんできながら、あげくはスパイになりさがりおった。もはや聞く耳は持たぬわ。二度と面《つら》も見たくない』

こうまで言われて、ぼくもついかっとなりました。それで、まあ、手きびしく言いかえしてやったわけです。

『ぼくはたしかにご子息の姿を見かけたし、あなたがなにか身勝手な理由で、彼を世間の目から隠しているということもはっきりした。どういうわけで、あんなところにとじこめるのか、そこまではわからないが、ご子息が行動の自由を奪われていることはまちがいない。はっきり言っときますが、エムズワース大佐、ゴドフリーの身の安全と無事とを確かめるまでは、ぼくはとことん真相の追及をあきらめませんからね。あなたがなにを言い、なにをしようと、それにおびえて、尻尾を巻くようなぼくじゃありません』

大佐は悪鬼のごとき形相になりました。一瞬ぼくも、こいつは手ひどくやられるかな、と思ったものです。はじめにお話ししたとおり、相手は痩せて筋ばってこそいれ、力の強そうな大男ですし、いっぽうぼくも、けっして弱虫じゃありませんが、この人物相手では、なまなかなことじゃ勝ち目はない。ところが、しばらく目を怒らせてぼくを睨《ね》めつけていたあげくに、大佐はぷいと背を向けて、部屋を出ていってしまいました。こっちもこれ以上ぐずぐずしちゃいられませんから、さっそく朝の指定された列車に乗り、まっすぐこちらへうかがって、先に手紙でお願いしておいたこの問題につき、お知恵とお力とを拝借しようと、急ぎ駆けつけてきたという次第です」

以上がこの客の持ちこんできた事件の顚末《てんまつ》だった。明敏なる読者はすでに見抜いておられようが、この問題の解明には、さしたる困難は存在しない。事の本質に到達するまでの選択肢なるものが、ごく限られているからだ。とはいえ、よし初歩的ではあれ、いくつか興味ぶかい、目新しい点もないではなく、それをこうして記録にとどめることも、それなりの正当性はあろうかと考える。よって、以下、いつもの論理的分析法を駆使して、ありうべき解答に迫ってゆくこととしよう。

「屋敷の使用人ですが、ぜんぶで何人くらいいますか?」まずたずねた。

「ぼくの知るかぎりでは、老執事とそのかみさんだけのようですね。いたって簡素な暮らしぶりと見受けました」

「では、別棟のほうには、使用人はいない?」

「いません。問題のあごひげの男が使用人でないならば、ですが、あの男はどう見ても、使用人よりは上の身分だと思います」

「それは非常に参考になりますね。母屋からその別棟へ、食事を運んでいるらしいようすはありませんでしたか?」

「そう言われてみると、たしかにラルフ老人がバスケットをさげて、庭の小道をその別棟のほうへ歩いてゆくのを見かけました。そのときは、食べ物だとは夢にも思いませんでしたが」

「土地の人間に、なにか訊いてみましたか?」

「訊きました。駅長や、村の旅籠《はたご》の亭主などに。むかし戦友だったゴドフリー・エムズワースについて、なにか知っているかとたずねただけですが、どちらも、ゴドフリーならいま世界一周の船旅に出ていると、そう答えましたね。除隊して家へ帰ってきたが、すぐまた旅に出てしまった、と。どうやらその話が広く流布しているようです」

「その点に不審がある、などということは口に出されなかった?」

「出していません」

「それはまことに賢明でした。しかしこの件は、ぜひとも調べてみるべきでしょうね。ごいっしょに〈タクスベリー・オールド・パーク〉へ出かけてみましょうか」

「きょう、これからですか?」

たまたまそのころというのは、友人ワトスンがのちに「アビー・スクール事件[2]」として発表した、グレイミンスター公爵と深いつながりのある事件に取り組んでいるさいちゅうだったし、さらにトルコ皇帝から依頼された事件もあって、こちらはほうっておくと、政治的に由々しき大事をひきおこすおそれがあり、したがって、早急に対策を講ずる必要がある。そんなわけで、いま備忘録を参照してみると、私がジェームズ・M・ドッド氏と同道でベドフォードシャーへおもむくことができたのは、やっとつぎの週の初めになってからだった。ユーストン駅へ向かう途中、私たちの馬車は、ひとりのいかめしく寡黙な、鉄灰色の髪をした紳士を拾った。あらかじめ私が必要な手はずをととのえておいたのである。

「ぼくの古い友人でしてね」と、私はドッドに説明した。「このかたにおいでいただいても、まったく用はなかったということになるかもしれないが、いっぽうまた、きわめて重要なある役を担っていただけるかもしれない。まあいまの段階では、そのへんをこれ以上詳しくご説明するまでもないと思いますが」

ワトスンの書いたものを読んでおいでの読者なら、言うまでもなく、私が事件に取り組んでいるさいちゅうは、けっしてよけいな口をきいたり、心のうちを明かしたりはせぬことを心得ておられるだろう。いまも、ドッドは少々めんくらっているようだったが、それでもとくになにも言わず、以後、私たちはそのまま三人連れで馬車を急がせた。汽車に乗ってから、私は一度だけドッドにある質問をしたが、これはむしろ三人めの連れに聞かせるためだった。

「庭からご友人があなたを見ていたそうですが、顔をはっきりごらんになったんですね？　ひとちがいじゃありますまいね？」

「その点はまちがいありません。鼻をガラス戸に押しつけて、正面からランプの光を浴びてたんですから」

「他人の空似ということもありえますが？」

「いやいや、ぜったいにゴドフリーでした」

「しかし、顔が変わっていたそうじゃありませんか」

「顔の色だけですよ。肌の色が――なんというか――魚の腹みたいな白さでした。洗いざらしたというか、漂白されたというか」

「顔全体がそういう色だったんですか？」

「ではなかったと思います。ひたいをガラス戸に押しつけていたので、そこだけとくにはっきり見えはしましたが」

「呼びかけたんですね？」

「いや。一瞬ぎょっとして、度肝を抜かれて、とっさには声も出ませんでした。それからやっとわれにかえって、あとを追ったんですが、前にも言ったとおり、見失ってしまったんです」

これで事件は解決したのも同然だった。あとはひとつだけ、些細な点で仕上げをほどこすだけだ。かなりの道のりを馬車に揺られ、ようやく依頼人の言うとおりの古ぼけた、妙にだだっぴろい屋敷にたどりつくと、老執事のラルフが応対に出た。馬車はきょう一日、借りきってあったので、同道を願った年配の友人には、こちらから声をかけるまで、馬車で待機していてくれるように頼んだ。ラルフというのは、小柄な皺くちゃの老人で、型どおりの黒い上着に霜降りのズボンというういでたちだったが、ただひとつ、型破りなところがあった。茶色の革手袋をはめていて、私たちを見るなり、あわててそれを脱ぎ、ホールのテーブルに置いたのだ。

たぶんこのこともワトスンが語っていると思うが、私という人間は、異常に嗅覚が鋭い。その鋭敏な鼻が、通りすがりにかすかな、それでいて刺すようなにおいを感知した。どうやら、ホールのテーブルからにおってくるようだ。ひきかえして、帽子をいったんテーブルに置き、わざとそれをとりおとして、拾うふりをしながら、手袋から一フィートばかりのところへ鼻を近づけてみた。まちがいない。問題のタールのような奇妙なにおいは、まぎれもなくその手袋から発している。かくして、書斎に通されたときには、事件の決着はすでについていた。おっと、いけない！　自分で自分の物語を語るとなって、あやうく手のうちをさらしてしまうところだった！　実際、ワトスンがいつも大詰めで大向こうをうならせることができるというのも、連鎖のうちのこういうつなぎめを周到に伏せておくからなのだ。

エムズワース大佐は書斎にはいなかったが、執事のラルフに刺《し》を通じさせると、急いでやってきた。廊下から足早な重い靴音が聞こえてきたと思ったら、いきなりドアがばたんとひらいて、見るも恐ろしい形相の老人がとびこんできた。ひげをふるわせ、顔をゆがめて、これほどものすごい憤怒《ふんぬ》の相というのは、私にしても、はじめて見るものだ。手には私たちの名刺を握っていて、やにわにそれを目の前で小さく引き裂き、たたきつけて、靴で踏みにじった。

「この罰当たりのお節介野郎め、二度とうちの敷居はまたぐなと言っておいたろうが！　きさまのそのいまいましい面なんぞ、こんりんざい見たくもない。断わりもなくのこのこやってきたからには、力ずくで追いだされるのも覚悟のうえだろうな？　見ていろ、いますぐ一発、食らわせてやる！　おうとも、蜂の巣にしてくれるわ！　それからきさま――」と、私のほうを向いて、「――きさまも同罪だ。きさまの下劣な稼業はよく承知しておるが、その評判の才覚とやらは、どこかよそで用いるがよい。この家には、きさまの儲け口などありはせんのだ」

「だからって、おいそれとひきさがってたまるものですか」と、私の依頼人が毅然として言いかえした。「ぼくは帰りませんよ――ゴドフリー自身の口から、いわれのない拘束を受けてなどいないと聞かされるまでは」

押しかけ客を睨みつけながら、この家のあるじはベルを鳴らした。

「ラルフ、州警察に電話しなさい。警部に頼んで、巡査をふたりよこしてもらうんだ。押し込み強盗にはいられたと言ってな」

「お待ちなさい」そう言っておいて、私はドッド氏に声をかけた。「ドッドさん、もとよりお

気づきでしょうが、ここではエムズワース大佐の言われることこそ正当であって、このお屋敷うちにいるかぎり、われわれにはなんの法的権利もありません。しかしまたいっぽう、あなたの行動は大佐の令息の身を案じるがゆえのことで、まったく他意はない旨を大佐に理解していただかねばならない。というわけで、これは希望として申すのですが、ここで五分ほど、大佐とふたりきりでお話しさせていただきたい。そうすれば、この問題にたいする大佐のお考えも変わってくると思うのです」

「そう簡単にうんと言ってたまるか」老軍人は言った。「ラルフ、なにをぐずぐずしておる。早く言いつけどおりにせんか！　警察に電話するのだ！」

「おやめなさい」そう言って、私はドアの前に立ちふさがった。「警察の介入を許したりすれば、それこそ大佐のなにより恐れておられる破局を招くだけですよ」それから、手帳をとりだして、ある言葉を書きつけ、そのページを破りとって、「さあ、この問題でわれわれはうかがったのです」と言いながら、大佐に手わたした。

　その紙をまじまじと見据えているうちに、大佐の顔からはしだいに血の気が失せ、ただ呆然とした表情だけが残った。

「どうしてわかった？」あえぐようにそう言うと、どさりと椅子に身を沈める。

「物事を知るのがぼくの仕事でしてね。商売柄というものです」

　大佐は痩せた手でもつれたあごひげをしごきながら、しばし黙然と考えこんでいたが、ややあって、やむをえぬといった身ぶりをした。

「よかろう、それほどまでにゴドフリーに会いたいと言われるのなら、会わせもしよう。わしの本意ではない。あんたがたの強要に負けて、いたしかたなくそうするのだ。ラルフ、ゴドフリーさんとケントさんに、五分ほどしたら、お客様ともどもそっちへ行くからと、そうお伝えしておきなさい」

　ころあいを見はからい、打ちそろって庭の小道づたいに歩いてゆくと、やがて庭はずれの、謎の離れ家の前に出た。あごひげのある小柄な男が入り口に立っていて、すくなからず意外そうな面持ちで一行を迎えた。

「ずいぶん急な展開ですね、エムズワース大佐。これではいままでの苦心が水の泡じゃないですか」

「やむをえなかったのだ、ケントさん。好ましくはないが、こうするしかなかった。ゴドフリーには会えますかな？」

「はあ、なかで待っています」ケントさんと呼ばれた男は背を向けると、先に立って一同を広い、簡素な調度を置いた室内に案内した。ひとりの男が暖炉を背にして立っていたが、その姿を一目見るなり、私の依頼人は両手をひろげて進みでた。

「やっと会えたな、ゴドフリー！　なつかしい！　おれだよ！」

　ところが相手は、手をふって、近づこうとする彼を押しとどめた。

「さわるな、ジミー。近寄るんじゃない。そうら、よく見ろよ！　これがあの颯爽《さっそう》たるB中隊の伍長勤務上等兵、ゴドフリー・エムズワースの成れの果てだ。わかるか？」

たしかに、そのようすは尋常ではなかった。かつてはアフリカの太陽に焼かれた、くっきりした目鼻だちの好青年であったにちがいないのだが、それがいまは、その日焼けした肌のいたるところに、妙に白っぽい、漂白したような斑点《はんてん》があらわれている。

「これだから、ひとに会うわけにはいかないんだ。きみならかまわないようなものだがね、ジミー。しかし、連れがなければもっとよかったのに。さだめし、それなりの理由があるんだろうけど、なにさま、不意打ちだからね」

「とにかくぼくとしては、きみが無事でいることを確かめたかっただけなんだ、ゴドフリー。せんだっての晩、庭からこっちをのぞいているのを見て、なにがなんでも真相をつきとめずにはおくものか、ってな気になったのさ」

「ラルフから、きみがきていると聞いたものだから、どうしてものぞいてみずにはいられなかったんだ。きみに見つからなきゃいいと思ってたんだが、ガラス戸をあける音がしたんで、あわてて逃げ帰ったという次第さ」

「それにしても、こういうことになったのは、いったいどういう事情からなんだ?」

「なに、べつに込み入った話じゃない」そう言いながら、ゴドフリー・エムズワースは煙草に火をつけた。「きみも覚えてるだろうが、プレトリア郊外の東部鉄道沿線、バッフェルスプルートで、朝がた戦闘があったろう?　そのとき、ぼくが撃たれたのを聞いてるかい?」

「聞いたよ、そのことなら。詳しい事情までは聞きもらしたが」

「あのとき、味方の三人だけが本隊からはぐれちまったんだ。ご承知のとおり、起伏の多い土地だったからね。三人とは、シンプスン——そら、禿《は》げのシンプスンという渾名《あだな》のあったやつだ――それに、アンダースンとぼく。三人してボーアの野郎どもを追い散らしてたんだが、ほかに待ち伏せしてた一隊がいて、あべこべに三人とも包囲されちまった。シンプスンとアンダースンはあえなく戦死。ぼくも象撃ち銃で肩を一発やられたが、それでも必死に馬にしがみついて、あれで六、七マイルは走ったろうか、そのうちとうとう気が遠くなって、鞍からころげおちちまったという次第だ。

息を吹きかえしたときには、もう夜になっていた。どうにか立ちあがりはしたものの、足はふらつくし、胸はむかつく。ところが、意外なことに、すぐそばに家があるじゃないか。広いポーチがあって、窓もたくさんある、かなり大きな家だ。寒くて死にそうだった。覚えてるだろうが、日が暮れると、きまって襲ってくるあの土地特有のしびれるような寒さ。身を切るような爽快な冷気というんじゃなく、おなじ寒さでも、なんとも不愉快な、じわっとしみこんでくる感じの。とにかく、骨の髄まで凍えきってて、なんとかその家までたどりつかなければ、このまま凍死してしまいそうだ。よろめく足を踏みしめて、やっとの思いでそのほうへ向かったが、意識は朦朧《もうろう》として、かろうじて覚えてるのは、のろのろと上がり口の階段をあがり、あけっぱなしになってた戸口から、大きな部屋にはいっていったということだけ。部屋にはベッドがいくつか並んでたから、やれうれしやとばかりに、そのひとつにころがりこんだ。だれかが使ったきり、シーツ替えもしてなかったが、そんなことにかまっちゃいられない。ふるえる体に、手あたりしだいにそこらの夜具をひっかぶるなり、たちまちぐっすり眠りこんだ。

目がさめたときには、朝になっていたが、なぜか、正気の世界にもどったんじゃなく、どこかの異様な夢魔の世界にとびこんじまったような気がした。カーテンもない大きな窓から、アフリカの太陽がさんさんとさしこんで、その寄宿舎然とした、白塗りのがらんとした部屋のうちを、隅々までくっきり照らしだしている。目をさましたぼくのすぐ前に、大きな南瓜《かぼちゃ》頭をした、小人じみた男がひとり立ってて、オランダ語でしきりになにかまくしたてながら、ぼくの目には茶色のスポンジみたいに見える気味の悪い両手を、興奮したふぜいでふりまわしてみせる。その男の背後にも、一団の人間が寄り集まっていて、この場のようすを興味津々、固唾《かたず》をのんで見まもってるんだが、その連中を見たとたん、ぼくは頭から冷水を浴びせられた心地がした。ひとりとして、五体満足な人間がいないんだ。どいつもこいつも、体が妙なぐあいにねじれたり、ふくれあがったり、どこかに欠損があったりする。この異様な集団がいっせいに声をあげて笑ったときなんか、じつに耳をふさぎたいほど恐ろしかったね。

どうやら、英語のわかるやつはひとりとしていないようだが、それでも、なんとか事情をはっきりさせなきゃならない。というのも、先頭にいる南瓜頭のやつが、だんだん腹をたてだして、あげくに、なにやら野獣めいた叫び声をあげながら、変形した両手をぼくの体にかけるなり、肩の傷からまた出血しだしたのにもかまわず、ベッドからひきずりおろそうとしはじめたからだ。ちびのくせに、猛牛そこのけに力が強く、もしもこのとき、どこから見ても管理職とわかる年配の男が、騒ぎを聞きつけて、とんできてくれなかったら、それこそなにをされてたかわかったもんじゃない。その人物がオランダ語で二言三言きびしく叱責すると、ぼくの〝いじめ役〟もようやくおそれいってひきさがったが、それを見届けたうえで、その人物はこちらに向きなおり、心底からあきれはてたといったふぜいでぼくを見据えた。

『いったい全体、どうしてまたこんなところへ？』と、目を円《まる》くして言う。『いや、お待ちなさい。だいぶ疲れておいでのようだし、その肩の傷も手当てが必要だ。わたしは医師です。すぐ包帯をしてあげますから。それにしても、驚いたものだ！　戦場よりもここのほうが、はるかに危険だというのに。ここはね、ハンセン病の患者を収容する病院ですよ。あなたはその患者のベッドに寝たのです』

これ以上は、語る必要もないだろう、ジミー。どうやら話に聞くと、この土地一帯が戦場になりそうだというので、前日、病院側の判断で、総員退去の指令を出したらしい。だがそのうち、イギリス軍がここよりもさらに前線へと押しだしていったので、こうしてこの医師の監督のもと、患者一同、ひきかえしてきたというわけだ。医師が言うには、自分はこの病気には免疫になっているつもりだが、それでも、ぼくのしたような真似をする気にはとてもなれない、と。そのあと彼はぼくを個室に入れて、ねんごろに看病してくれたうえ、一週間かそこらすると、プレトリアの総合病院へ転院の手続きもとってくれた。

これがぼくの背負いこんだ悲劇のあらましさ。以来ずっと、一縷《いちる》の望みにすがって過ごしてきたが、この家に帰ってくるとすぐ、顔にごらんのとおりの忌《い》まわしい徴候があらわれて、やはり感染していたことがわかった。となると、この先どうしたらいいだろう。さいわいここは一軒家だし、へんぴな土地柄でもある。使用人はふたりきりで、どちらも完全に信頼のおける人間だし、ぼくの起居できる別棟もある。さらに、秘密厳守という約束のうえで、外科医のケント先生も付き添ってくれることになった。この線でなら、けっこううまくいきそうだった。そうでないとなると、厄介なことになる——死ぬまで出られる見込みとてなく、だれひとり知った顔もない隔離病院で、これからの一生を送る、こんな悲惨なことはない。だがそれにしても、このことはぜったい秘密にしなくちゃならない。こんな静かな田舎でも、万一これが外にもれたら、大騒ぎになって、結局は忌まわしい隔離病院送り、ということになるのは知れてるからな。きみだっておなじだぜ、ジミー——いくら親友でも、これだけはきみにも秘密にしとくべきだったんだ。なぜ親父が折れたのか、いまだに納得がいかないよ』

エムズワース大佐は私をゆびさした。

「この紳士のせいだ。おかげで、不本意ながらこうせざるを得なかった」そして、さいぜん私の渡した紙片をひろげてみせた。そこには、〝ハンセン病〟の一語がしるされていた。「ここまで知られているのなら、いっそすっかり打ち明けたほうが、結果として安心できるのではないか、そう考えたのだよ」

「それでよかったのです」私は言った。「ことによると、かえっていい結果が出ないとも限らない。ところで、これまでこの患者を診察されたのは、ケント先生だけだったと拝察しますが、失礼ながらケント先生、あなたはこの種の病気には詳しくていらっしゃるのですか？　つまり、これらの熱帯性ないし亜熱帯性疾患の専門家であられる？」

「わたしとて専門教育を受けた医者ですから、ひととおりの知識は持っているつもりです」相手は少々むっとした面持ちで言いかえしてきた。

「いや、けっして先生の手腕を疑うわけではありませんが、ただ、場合が場合ですから、このさい、第三者の意見を徴することも大事ではないかと思うのです。これまで先生がそれを避けてこられたのは、さだめし、その結果として、患者の隔離が強く要求される事態になるのを懸念されたため、そうではありませんか？」

「そのとおりだ」エムズワース大佐がかわって答えた。

「それを予想しましたから、勝手ながら本日ここに、友人の医師をひとり連れてきました。思慮ぶかさという点では、絶対の信頼がおける人物です。以前、この男のために仕事のうえで力になってやったことがあるので、向こうもそれを恩に着て、いつの場合も医師としてでなく、友人として相談にのってくれるつもりでいるのです。名をジェームズ・ソーンダーズ卿といいます」

　聞いたとたんに、ケント医師の表情は、興奮と喜びとに輝いた。それはおそらく、司令官ロバーツ卿からじきじきに謁見を受けられると知ったときの、新米少尉の喜びに勝るとも劣らなかったろう。

「それはどうも、まことに光栄です」と、医師は口ごもりつつ言った。

「ではさっそく、サー・ジェームズにきてもらいましょう。いま、外に停めた馬車のなかで待機しています。そのかんわれわれのほうは、エムズワース大佐、書斎ででも待たせていただくとしますか。必要な説明は、そこでぼくのほうからさせてもらいます」

さて、こうなると、ワトスンのいないのが惜しまれるところである。ワトスンなら、ここぞというところで質問をさしはさんだり、嘆声をあげてみたりして、いわば常識を体系化したにすぎない私の単純な探偵術を、摩訶不思議な至芸の域にまで高めてくれるであろうに。私が自ら筆をとるとなると、こういう助けは期待できない。さりとて、語らずにすますわけにもいくまいから、ともかくも、そこでゴドフリーの母親をも含め、エムズワース大佐の書斎に集まったその小人数の聴衆に語り聞かせた一部始終、わが推論のよってきたるところをご披露しようと思う。

「ぼくの方法論は、まず、ありえない事柄をことごとく排除してしまえば、あとに残ったものこそ、いかにありそうになくても、真実にちがいない、そう推定するところから出発しています。場合によっては、ここで幾通りかの説明が残ることもありえますが、そのときは、それらひとつひとつをとことん検討して、どれかひとつが、証拠からしてじゅうぶんな説得力を持つにいたるまで、じっくり煮つめてゆくわけです。

といったところで、この原則を目下の事件にあてはめてみましょう。はじめこの話を聞くとすぐ、ゴドフリー君が父上の屋敷うちの離れ家に蟄居《ちっきょ》もしくは幽閉されているについては、三つの説明がありうると考えました。第一は、なんらかの犯罪にかかわって、身を隠しているというもの。第二は、精神に異常をきたしたが、周囲のひとびとは、専門の病院に入院させるのを望んでいないとするもの。そして第三は、なんらかの病気にかかって、隔離されているとするもの。この三つ以外に、納得のいく説明は思いつけません。となると、つぎはいよいよこの三つをふるいにかけ、比較考量する段になります。

犯罪説は、ここで検討するまでもありますまい。この地方に、未解決の犯罪が起きているという報告はありません。これは確実です。また、いまだ発覚していない犯罪ならば、その犯人を家のなかにかくまっておくよりは、さっさと国外なりなんなりに落としてやったほうが、家族にとっても、よほど安心でしょう。というわけで、この線での説明にも無理があります。

これにくらべれば、精神錯乱説のほうが、まだしも説得力があります。離れ家にもうひとりだれかがいるというのも、監視人を示唆しています。しかもその人物が出ていくときに、外から鍵をかけたというのですから、いよいよ患者の拘束を思わせて、この推定が強まります。しかしその反面、この拘束はあまり厳重なものではない。厳重なものなら、勝手にそこを抜けだして、友人を一目見にくる、なんてことはできませんからね。ドッドさんはご記憶でしょうが、たとえばケント先生の読んでいた新聞の名をたずねたとき、ぼくはそのへんの推論をかためようとしていたわけです。かりにそれが《ランセット》とか、《英国医学雑誌》などであれば、おおいに推理に役だったことでしょう。しかしいずれにせよ、精神に異常をきたした人間を個人の屋敷うちにかくまっておくというのは、資格を持った医師なりなんなりが付き添い、かつまた当局にその旨を届けでてあるかぎり、けっして法に触れる行為ではありません。では、なぜこうまでしてひた隠しに隠さねばならないのか。こう考えてくると、この説もやはり事実には合致しそうもない。

残るは第三の可能性ですが、これはめったにないことですし、とてもありそうにないことのようでありながら、これだとすべてが符合するように思われてくるのです。南アフリカでは、ハンセン病は珍しくない。なにかよほどの偶然から、ゴドフリー君はそれに感染したとも考えられる。なんとしてでも、隔離病院にだけはやりたくない。となると、周囲のひとたちは非常につらい立場に立たされるわけです。

うわさが広まれば、必然的に当局の介入を招きますから、秘密はぜったいに守らねばならない。謝礼さえじゅうぶんに出せば、患者の面倒を見てくれる献身的な医師を見つけるのも、さほどむずかしいことではありますまい。また、暗くなってからであれば、患者の拘束をゆるめてはならない理由もないでしょう。皮膚に白斑ができるのは、この病気特有の症状です。こう考えてくると、この仮説は非常に説得力があります。これだけの説得力があれば、これを事実と決め、それにもとづいて行動しても、まちがいはなさそうです。そんなつもりで、このお屋敷にきてみると、なんと、食事を運ぶ役のラルフが手袋をしている。その手袋が消毒薬にひたしてあるとわかれば、もはや一点の疑念もありません。というわけで、大佐、秘密を見破ったことをこの一語であなたにお知らせしたわけです。それに、口では言わずに、書いてお見せしたのも、ぼくがじゅうぶん信頼にこたえられる人間であることを示すためでした」

こうして私がこのささやかな事件の絵解きを終えようとしているとき、ドアがあいて、著名な皮膚科医がその謹厳な姿をあらわした。ところが、いつもはスフィンクスのようにいかめしいその顔が、珍しくほころびて、目には温かい人間味さえ宿っている。つかつかとエムズワース大佐に歩み寄ると、握手をもとめながら言った。

「わたしはしばしば凶報を伝える役まわりで、その逆はめったにないんですがね。今度ばかりは、たいそう喜ばしい。あれはハンセン病ではありません」

「なんですと？」

「疑似ハンセン病、もしくは魚鱗癬《ぎょりんせん》の明白な症例ですな。皮膚に鱗《うろこ》状の斑紋ができる疾患で、まあ見た目はよくないし、なかなか治りにくいものではありますが、それでも完治の見込みはありますし、だいいち、伝染性もありません。いかにも、偶然と言えば珍しい偶然ですな、ホームズさん。しかし、はたしてほんとうに偶然かどうか。われわれ人間の与《あずか》り知らぬ、微妙な力が働いていたのかもしれない。感染の恐怖にさらされてからこっち、あの青年の味わったにちがいない懸念は、それはもうおそるべきものがあったはずだ。その懸念が肉体的に作用して、本人の恐れていたのとそっくりおなじ疑似症状を生みだしてしまった。そうは考えられませんかね？　いずれにせよ、わたしの医師としての名誉にかけて――おや、これはこれは！　夫人が失神なさったようだ。きっと喜びのあまりのショックでしょう。この回復には、ケント先生のお力を借りるのがよろしいでしょうな」

（1）〝ハーフティンバー様式〟については、本全集『恐怖の谷』第三章の訳注（同書六三頁）を参照のこと。
（2）シャーロッキアンのあいだには、ここで言及されている「アビー・スクール事件」とは、本全集『シャーロック・ホームズの復活』所収の「プライアリー・スクール」の原典だとする説がある。

マザリンの宝石

ワトスン博士にとっては、ベイカー街二階のあの乱雑に取り散らかった部屋、そこを再訪するのは心楽しいことであった。まことこの部屋こそは、これまで多くのめざましい冒険の出発点となってきたところなのだ。あらためて周囲を見まわすと、壁にかかった科学の図表だの、酸で焼け焦げた跡のある実験台だの、隅に立てかけられたバイオリンのケースだの、かつてはパイプや煙草の袋がはいっていた石炭入れだの、なつかしいものがいろいろ目につく。最後に博士の目は、にこにこ笑っているビリーの、若々しい顔のうえにとまった。若いに似ず、たいそう利発で、機転も利くこの給仕こそ、かのむっつりと冷笑的な大探偵をとりまく、うそ寒い孤独と寂寥《せきりょう》という空間、それをわずかながらも満たすのに役だってきたのである。

「なにもかもぜんぜん変わっていないね、ビリー。おまえもそうだ。ホームズさんにも変わりはないんだろう?」

わずかに憂わしげな面持《おもも》ちで、ビリーはしまったままの寝室のドアのほうを見やった。

「いまはお休みのようですけどね」

時刻は七時、心地よい夏の宵《よい》である。もっともワトスン博士は、旧友の暮らしが時間的に不規則なのをよく心得ているから、べつに意外にも思わなかった。

「というと、また事件にかかわってるんだな?」

「ええ。いまもそれでとびまわっておいでなんです。お体が心配になるくらいですよ。だんだん顔色も悪くなるし、やつれもめだつのに、なにも召しあがらないんですから。たとえばハドスンさんが、『お夕食は何時になさいますか、ホームズ様?』って訊くでしょ。すると、『七時半だ、あさっての』と、こうなんですから。事件に夢中になってると、いつもそうだってこと、むろんご存じでしょうけど」

「ああ、そうだろうな。よくわかるよ」

「だれかを追ってるらしいです。きのうなんか、職探しをしてる労働者になってお出かけでしたし、きょうはまた、老婦人。ぼくまでまんまとだまされちゃいました。先生の変装上手は、とうに承知してるはずなのに」ソファにもたせかけてあるひどくかさばったパラソル、それをビリーはゆびさした。「あれもその老婦人の変装道具のひとつですよ」

「それにしてもビリー、その事件とは、いったいどういう事件なんだ?」

ビリーは国家の一大事でも語るように、声をひそめてみせた。「ワトスン先生だから言いますけど、ほかにはもらさないでくださいよ。例の宝冠ダイヤモンドの事件なんです」

「なに?――あの十万ポンドの侵入盗事件か?」

「そうなんです。ぜひともとりもどさなきゃ、てなわけで、首相や内相がおそろいで訪ねてみえて、そら、そこのソファにすわられたんですよ。ホームズさんはすごくていねいに応対なさって、できるだけのことはすると約束なさったんで、お二方も安心なさったようでしたが、そこへ今度はキャントルミア卿が――」

「ほう、あのひともか！」

「そうなんです。おわかりですよね、それがどういう意味か。言わせてもらうと、あれは鼻持ちならないひとですね。首相となら、けっこううまくやれそうだし、内務大臣だって、腰が低くて、気さくなひとみたいだから、べつに文句はないんだけど、あの閣下にだけは、我慢できない。ホームズさんも、おなじお気持ちのようですね。なにしろ、ホームズさんの腕をぜんぜん信用してなくて、捜査を依頼すること自体、じつは反対なんですって。むしろ、ホームズさんが失敗すればいい、とさえ思ってるんですよ、あのひとは」

「で、ホームズさんはそのことを知ってるのか？」

「知るべきことで、ホームズさんの知らないことなんて、あるはずがありません」

「ふむ。ならばぜひとも捜査を成功させて、キャントルミア卿の鼻を明かしてやりたいものだな。まあ、それはそれとして、なあビリー、あの窓の手前にカーテンがおりてるが、あれはなんのためだい？」

「ホームズさんが三日前にとりつけられたんですよ。じつは、向こうにおもしろいものがあるんです」

進みでたビリーは、張り出し窓の手前のアルコーブを仕切っているカーテンをひいた。

ワトスン博士は驚きの叫びをおさえきれなかった。旧友そっくりの蠟《ろう》人形が、そこに置かれていたのだ。着ている部屋着からなにから、本物に生き写しで、それが顔を四分の三ほど窓のほうへ向け、ややうつむきかげんに、ありもせぬ本を読むふぜい。体は肘かけ椅子に深々と沈めている。ビリーは人形の首を抜きとると、宙にかざしてみせた。

「もっともらしく見せるために、ときどき角度を変えるんです。むろん、ブラインドがおりていないかぎり、けっしてさわったりはしませんけどね。おろしてないと、向こうから丸見えですから」

「前にも一度、おなじような仕掛けを使ったことがあるよ(1)」

「ぼくのくる前のことですね」そう言ってビリーは、窓のブラインドをわずかにあげ、外の通りを見おろした。「向こうからこっちを見張ってるやつがいるんです。ほら、いまもあの窓のところにいますよ。見てごらんなさい」

　ワトスンがそのほうへ一歩踏みだしかけたとき、寝室のドアがあいて、長身瘦軀《そうく》のホームズが姿をあらわした。顔は青ざめ、やつれてはいるが、足どりや身のこなしは、あいかわらずきびきびしている。たった一歩で窓ぎわへ行くと、もとどおりブラインドをおろしてしまった。

「よし、これでいい。ビリー、おまえ、いまあぶなかったんだぞ。おまえの身に万一のことがあると、こっちはおおいに困るんだ。やあワトスン、なつかしき古巣へようこそ。それにしても、きわどいところにきあわせたもんだ」

「そうらしいな」

「ビリー、おまえはもうさがっていい。なあワトスン、あの子には手を焼いてるんだ。いったいどこまで危険にさらしていいものか、とね」

「危険って、どんな危険だ?」

「急な死に見舞われる危険さ。そのてのなにかが、今夜、やってきそうな予感がする」

「なにか、というと?」

「殺されるかもしれんってことだよ、ワトスン」

「おいおいホームズ、冗談も程々にしろよ!」

「いくらユーモア感覚に欠けるぼくだって、冗談ならもうすこしましなのを考えだすさ。だがまあ、それはそれとして、いましばらくは、くつろいでいても悪くはあるまい。アルコールをやってもいいかな? 炭酸水《ガソジーン》サイフォンも、葉巻も、以前とおなじ場所にある。きみもむかしよくかけてたあの肘かけ椅子、あれにすわってみせてくれないか。まさか、ぼくのパイプや、嘆かわしい煙草なんかを、忌《い》み嫌《きら》うようになっちゃいまいね? なにせ近ごろは、これを食べ物がわりにしなきゃならない始末なんだから」

「なんでものを食べないんだ?」

「空腹のときのほうが、頭が冴《さ》えるからさ。きみも医者ならよく心得てるだろうけどね、ワトスン、血液の働きが消化作用に費やされれば、そのぶん、頭のほうは血のめぐりが悪くなる。ぼくは頭脳人間だからね、ワトスン。ほかはただのつけたしだよ。だから、まずは頭——頭を第一に考えてやらなきゃならないのさ」

「それにしてもホームズ、いまかかえてる事件の、なにがそんなに危険なんだ?」

「ああ、そうだな。万一、その危険が事実になった場合のために、きみにも加害者の名前と住所ぐらい、覚えておいてもらったほうがいいかもしれん。いざそうなったときには、ロンドン警視庁《スコットランドヤード》にその旨、伝えてやってくれ――お名残《なごり》惜しいが、これでお別れだ、ぼくからよろしく、そう言ってね。相手の名前はシルヴィアス――ネグレット・シルヴィアス伯爵だ。さあ、書きとめたまえ。書いておくんだよ！　住所は北西郵便区、ムアサイド・ガーデンズ一三六番地。書いてくれたかい？」

　ワトスンの律儀そうな顔が懸念にひきつった。ホームズがつねに非常な危険を冒して仕事をしていることは、知りすぎるほどよく知っているし、またその言うことが、けっして誇張などではなく、むしろ控えめな表現であるのも、じゅうぶん心得ているからだ。だが同時に、このワトスンという男、いつの場合も行動のひとであって、いまもすぐさま敢然と立ちあがった。

「だったらホームズ、ぼくも一役買わせてくれ。ここ一両日、手があいてるんだ」

「おやおや、ワトスン、きみは道徳的にちっとも進歩していないね。かねてからの悪癖に加えて、嘘までつくようになったか。だれが見たって、患者の絶えない忙しい医者だってこと、一目瞭然だぜ」

「なに、手がはなせないほどの重患はいないんだ。それにしても、きみの言うその悪党、逮捕させることはできないのか？」

「いや、できるさ。やろうと思えばね。だからこそ、相手もやきもきしてるんだ」

「ならば、なぜそうしない？」

「ダイヤのありかがわからないからだよ」

「あ、そうか！　ビリーも言ってたが——盗まれた宝冠ダイヤを探してるんだって？」

「ああ、あの特大の黄色いダイヤ、〈マザリンの宝石〉だよ。すでに網は投じたし、獲物もかかった。ところが、肝心のダイヤはまだ手にはいらない。となれば、雑魚《ざこ》をつかまえたところで、いったいなにになる？　たしかに、あいつらを牢にほうりこんでやれば、それだけ世のなかは明るくなるかもしれん。しかし、ぼくの狙いはそれじゃない。あくまでも宝石のほうなんだ」

「で、そのシルヴィアス伯爵とやらも、網にかかった魚の一匹なのか？」

「そうだ。ただの魚じゃなく、あれは鮫だけどね。嚙みつくんだ。もうひとり、ボクサーのサム・マートンというやつもいる。このサムはたいしたワルじゃない。伯爵が手先に使ってるだけだ。鮫という柄じゃないね。図体こそでかいが、頭はからっぽ、のろまな砂潜り《すなもぐ》(2)ってところだ。ただしこいつも、網のなかでじたばたしてるってことに変わりはない」

「で、そのシルヴィアス伯爵だが、いまどこにいるんだ？」

「きょうは午前ちゅういっぱい、ずっとそいつにつきまとってたんだよ。婆さんに化けてたんだ、ワトスン。変装があんなにうまくはまったのは、はじめてだね。一度なんか、パラソルを拾ってくれてさ。『失礼ですが、マダム』とか言ってね。ほら、半分イタリア人の血をひいてるから、いかにも南国の人間らしく、その気になれば、驚くほど愛想がよくなる。ところが逆にそうでないときには、それこそ悪魔の化身。いやまったく、ワトスン、人生では風変わりな出来事にいろいろ出くわすものだね」

「ひょっとしたら、そのときのその出会いが、悲劇につながっていたかもしれない」

「そう、ひょっとしたらね。とにかく、そいつを尾行して、行った先がなんと、ミノリーズの通りにあるストラウベンジー老人の作業場。ストラウベンジーは空気銃の製作者だ——なかなか腕のいい鉄砲鍛冶らしいが、げんにその銃がいま、向かいの窓からこっちを狙ってるんじゃないかな。きみ、ぼくの蠟人形を見たかね？　ああそうか、ビリーが見せたんだな。ま、とにかく、いつなんどきその空気銃の弾がとんできて、この人形のみごとに完成された頭をぶち抜いてくれるかしれんというわけだよ。おや、ビリー、今度はなんだい？」

ふたたびあらわれた少年は、一枚の名刺をのせたトレイを手にしていた。ホームズはその名刺を一瞥《いちべつ》すると、眉をあげ、会心の微笑を浮かべた。

「ご本人だぜ、おい。こいつは予想外の展開になったな。われからすすんで死地にとびこむってやつだよ、ワトスン。いい度胸じゃないか！　きみもおそらく評判は聞いてるだろうが、こいつ、猛獣狩りの名手なんだ。仕留めた獲物のうちにこのぼくも加えられれば、こいつの赫々《かくかく》たる戦果に、錦上花《きんじょうか》を添えることになる。それにしてもこれは、やはりぼくの探索の手が身近にのびてきているのを、敵も自覚してるってことだろうね」

「すぐに警察を呼びにやりたまえ」

「そのうちにね。いまはまだ早い。きみ、ちょっと窓の外を見てくれないか、ワトスン。用心してな。だれか通りをうろついてるやつはいないかい？」

ワトスンは慎重にカーテンの端から外をのぞいた。

「いるぞ。戸口の近くに荒っぽそうなのがひとりいる」

「そいつがサム・マートンだよ——忠実だが、頭は少々お留守なサムだ。このお客人はどこだい、ビリー?」

「待合室です」

「ベルを鳴らしたら、こっちへお通ししてくれ」

「かしこまりました」

「ぼくは部屋にいないかもしれないが、それでもお通しするんだよ」

「はい、先生」

ビリーがさがって、ドアがしまるのを待ちかねたように、ワトスンは友人に詰め寄った。

「おいホームズ、こいつは座視するわけにはいかないぞ。相手は死に物狂いになってる。なにをしでかすかわかったもんじゃない。ひょっとすると、きみを殺すつもりで乗りこんできたんじゃないのか?」

「そんなことは覚悟のうえさ」

「そんならぼくも、このままここにいさせてもらおう」

「いられると、えらく迷惑なんだがね」

「向こうが迷惑するっていうのか?」

「いや、あいにくだが——こっちがだ」

「そう言われたって、きみをほっとくわけにはいくまいが」

「いや、いくさ。ぜひ、そうしてもらうよ、ワトスン。きみは一度だってぼくの期待にそむいたことがない。今度だって、きっと最後までその枠のなかで行動してくれると信じている。この相手は、むろん、向こうなりの思惑があってやってきたんだろうが、やってきた以上、こっちもこっちなりの思惑で、ひきとめておくことだってできるんだ」ホームズは手帳をとりだして、一、二、三行、走り書きした。「一っ走り辻馬車でスコットランドヤードまで行って、捜査課のヨール君にこれを渡してくれ。それから、警官隊といっしょにもどってくるんだ。こいつを逮捕するのは、そのあとのことだよ」

「わかった。喜んでひきうけよう」

「きみがもどってくるまでには、宝石のありかをつきとめておくつもりだがね」ホームズはベルを鳴らした。「さて、こっちは寝室を抜けて出るとしよう。ほかにもうひとつ出口があるというのは、じつに重宝なものじゃないか。向こうからは見られず、こっちだけがこの鮫のようすを見てやれる。それをやってのけるうまい方法があるってことは、きみも覚えてるだろう」

という次第で、やがてビリーがシルヴィアス伯爵を案内してきたとき、その部屋は無人だった。この著名な狩猟家にして、賭博師、遊び人でもある客は、色の浅黒い大柄な人物で、見るからに威圧的な漆黒の口髭《くちひげ》の下には、酷薄そうな薄いくちびるが隠され、いっぽうその上には、鷲の嘴《くちばし》のように曲がった鼻がつきでている。身なりは申し分ないが、きらびやかなタイに、輝くタイピン、ぎらぎら光るいくつもの指輪など、いかにもけばけばしい印象だ。

後ろでドアがしまると、どこかに罠が仕掛けてありはしないかと疑うように、鋭いが不安げな目であたりを見まわしたが、やがてその視線が、窓ぎわの肘かけ椅子の背にのぞいている、動かぬ頭と部屋着の襟《えり》とを認めると、はっとして、激しく息をのんだ。はじめその表情は、完全な驚愕以外のなにものでもなかったが、しばらくするうち、徐々にその黒く獰猛《どうもう》な目のなかに、しめたといわんばかりの残忍そうな光が浮かんできた。もう一度あたりを見まわし、だれも見ているものがないのを確かめるや、太いステッキをなかばまでふりあげて、忍び足でその無言の後ろ姿のほうへ近づいていった。いままさに躍りかかって、一撃を加えようと、腰をやや沈めかげんにしたそのせつな、冷ややかな、あざけるような声が、ひらいた寝室の戸口から聞こえてきた――

「おっと、それをこわさないでくださいよ、伯爵！　こわすのは勘弁してください！」

　暗殺者は驚愕に顔をひきつらせ、よろよろとあとずさった。一瞬、その鉛を仕込んだステッキをあらためてふりかざし、攻撃の矛先《ほこさき》を人形から実物へと向けかえる構えを見せたが、相手の泰然自若《たいぜんじじゃく》たる灰色の目と、嘲弄《ちょうろう》を含んだ微笑とに気《け》おされたか、知らずしらず、ふりあげた手をおろした。

「なかなかみごとな細工でしょう」ホームズは蠟人形のほうへ歩み寄りながら言った。「フランスの彫塑《ちょうそ》職人、タヴェルニエの作ですよ。蠟人形づくりにかけては、あなたのお友達のストラウベンジー、彼の空気銃づくりの腕に勝るとも劣りますまい」

「空気銃だと？　なんのことだ！」

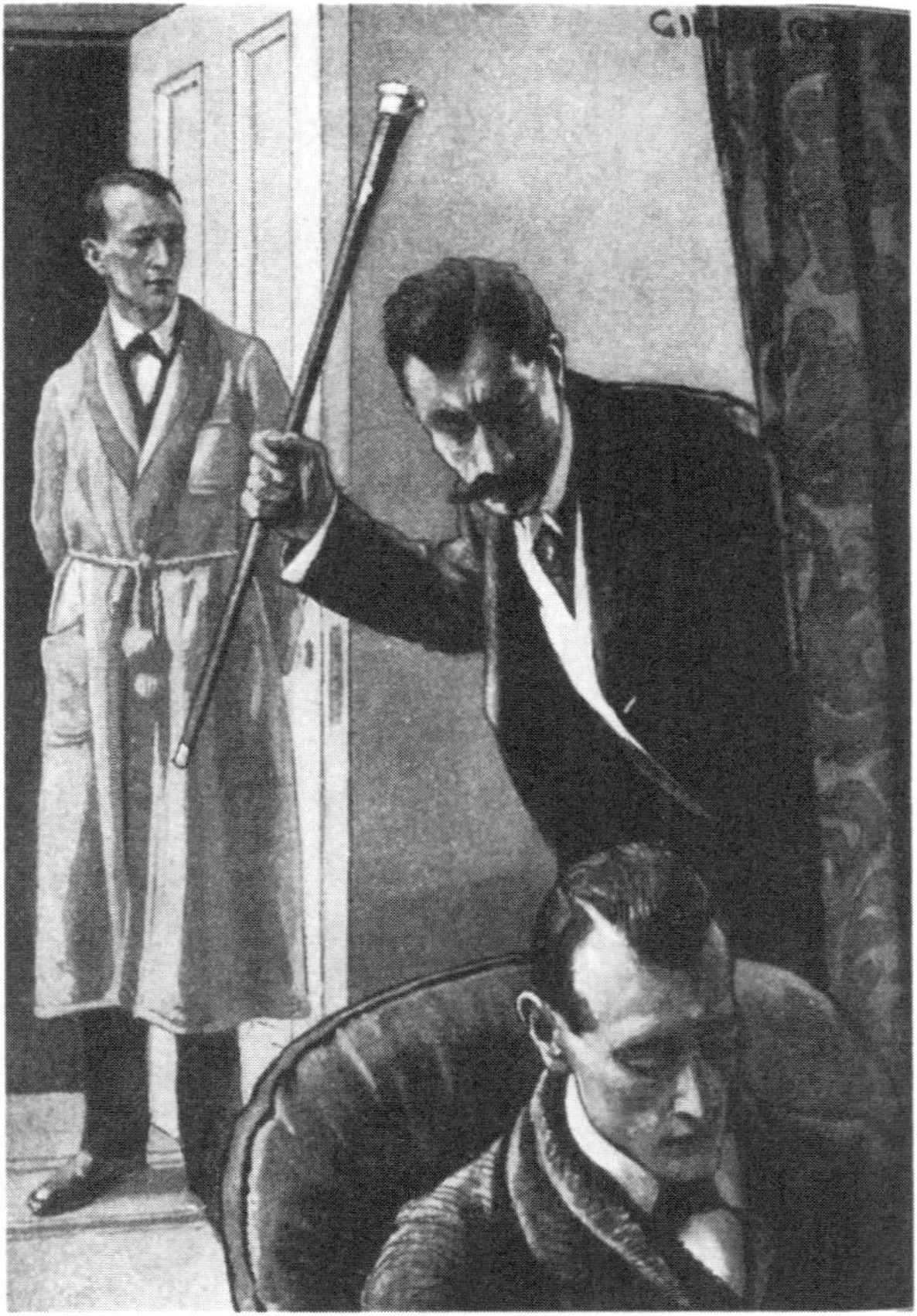

「どうか帽子とステッキとを、そこのサイドテーブルにお置きください。結構です。ではその椅子へ、どうぞ。なんならその拳銃もお出しいただきましょうか。ほう、なるほど。その上にすわっているほうがいいとおっしゃる。ならばそれでもかまいません。ともあれ、よいところへおいでくださいました。ちょうどこちらも、ぜひお話ししたいと思っていたところで」

伯爵は顔をしかめ、太い、威嚇《いかく》的な眉をぴくぴくさせてみせた。

「こっちもきさまと話をつけたかったところだ、ホームズ。そのために出向いてきた。いましがたきさまをたたきのめそうとしたこと、それを否定はせんがね」

ホームズはテーブルの端に腰かけて、片脚をぶらぶらさせた。

「なにやらそんなふうなご料簡《りょうけん》らしいことはわかりましたよ。それにしても、なぜまたこのぼくに目をつけたんです？」

「きさまのお節介ぶりが目に余るからだ。手下どもにこのわしを尾行させたろうが」

「手下ども？　とんでもない！」

「とんでもないが聞いてあきれる！　こっちでもそいつらを尾行させたんだから、まちがいはない。そっちがその手でくるなら、こっちもおなじ手でいくまでだ、ホームズ」

「あのねえ、シルヴィアス伯爵、細かいことを言うようですが、ぼくと話をなさるなら、呼び捨ては勘弁してもらえませんか。もとよりぼくは職業柄、警察の犯罪者写真台帳に載ってる連中とは、あらかた昵懇《じっこん》の仲になっておかなきゃならない。そのなかで、あなたひとりを別扱いしなきゃならないのは、おたがい不愉快なことじゃありませんか」

「なるほど。ではホームズさん――これならどうだね？」

「結構！　しかし、いまのお話にあったぼくの手下どもというのは、あなたの思いちがいですよ、はっきり言って」

シルヴィアス伯爵は、はっはっは、とあざけるように笑った。

「目端《めはし》が利くのが自分ひとりだと思っちゃいかんな。きのうは老いたる賭博師、きょうは老婦人。一日じゅう、わしをつけまわしておったろうが」

「いやまったく、お褒めにあずかって恐悦至極です。いつぞやダウスン男爵にも言われたことがありますよ――男爵が縛り首になる、その前夜のことでしたが。ぼくが探偵になったことで、司法は得をしたけれども、演劇界にとっては、損失だった、とね。ところが今度はあなたまでが、ぼくのささやかな扮装をそこまでお褒めくださるとは」

「なんだと？　あれはきみだったのか――きみ本人だったと？」

ホームズは肩をすくめた。「ほら、あの隅に見えるでしょう、パラソルが。あれこそあなたがミノリーズで、ご親切にも拾ってくださったものですよ。あのときはまだ、なんの疑いもお持ちではなかったようですが」

「そうと知ってたら、きみは二度と――」

「――この陋屋《ろうおく》に帰り着くことはできなかった。そう、そのことはよく承知していましたよ。とかく人間というものは、機会を失して、あとで悔やむことになる。たまたまあのときのあなたがそうだったので、こうしていまお目にかかれるというものです」

伯爵は目を怒らせ、いっそうけわしく眉根《まゆね》を寄せた。「そう聞いては、ますます穏やかではないな。手下ではなく、お節介にもきみ自身の変装だったとは！　要するに、わしをつけまわしていたことは認めるわけだ。なぜだね？」

「そこですよ、伯爵。かつてあなたはアルジェリアで、よくライオン狩りをなさってた」

「それがどうかしたかね？」

「なぜ、なさいました？」

「なぜだと？　気晴らしだよ――その興奮――その危険！　すばらしい楽しみだ！」

「加えて、国家のために害悪を取り除くという意味合いもある？」

「いかにも！」

「ぼくの理由も、要するにそれですよ！」

伯爵はすっくと立ちあがった。手がおのずと腰のポケットにのびた。

「おすわりください、さあさあ！　じつはまだほかにも、実際的な理由があるんです。例の黄色いダイヤモンドがほしいんですよ！」

シルヴィアス伯爵は椅子の背にもたれ、狡猾《こうかつ》な笑みを浮かべた。

「ほう、これはまた、驚いた話だ！」

「ぼくがそのためにあなたをつけまわしてる、それぐらいのことはご存じだったはずです。今晩、こうして訪ねてみえたのも、ぼくがどこまでそれについて知っていて、このさいぼくを消すことがどこまで必要か、それをさぐるためだった。実際、あなたの立場から見れば、そうすることがぜったい必要でしょうね。なぜならぼくはすべてを知りつくしてるし、たったひとつ不明な点も、これからあなたに教えていただけるはずですから」

「ほほう、なるほどね！　で、その、たったひとつ不明な点というのは？」

「言わずと知れた、宝冠ダイヤモンドが現在どこにあるのかということです」

伯爵は鋭く相手を見据えた。「ははあ、それが知りたいと？　どうしてこのわしが、そのありかをきみに教えられるというんだ？」

「あなたにはそれが可能なはずだし、また必ずそうしてもらいます」

「いやはや！」

「ぼくにはったりは利きませんよ、シルヴィアス伯爵」そう言って、じっと相手を見つめるホームズの双眸《そうぼう》は、しだいに輝きと集中力とを増し、脅威を秘めた二本の剣の切っ先のようになった。「あなたはまるきり素通しのガラスだ。心の奥まで、すっかり見透かせますよ」

「それなら、むろん、ダイヤのありかも見通せるはずだ！」

ホームズはしてやったりとばかりに手をたたき、それから、あざけるように相手に指をつきつけた。「ほら、語るに落ちた。やっぱりあなたは知ってる。ついに認めましたね！」

「なにも認めるものか」

「いいですか、伯爵。あなたさえ道理をのみこんでくれれば、ここで取り引きしてもいいんですよ。そうでないと、いずれあなたは痛い目を見ることになる」

あきれたといわんばかりに、シルヴィアス伯爵は天を仰いでみせた。「はったりは利かないと言ったのは、そっちじゃなかったかね？」

ホームズは思案げに相手を見つめた。チェスの名手が、最後の詰めの一手を考えているといった目つきだ。それから、なにを思ったかデスクの引き出しをあけると、厚ぼったい手帳をとりだした。

「この手帳になにがおさめてあるか、わかりますか？」

「知るものか、そんなもの！」

「あなたですよ！」

「なに、わしが？」

「そうです、あなたですよ！　あなたのすべてがこのなかにある――あなたのよからぬ行動、極悪非道のすべてが」

「いいかげんにしろ、ホームズ！　我慢にも限界があるぞ！」伯爵は目を怒らせて叫んだ。

「みんなこのなかにあるのですよ、伯爵。たとえば、ハロルド老夫人の死の真相とか。夫人はあなたにブライマーの土地を遺してくれましたが、それもあなたはたちまち博奕《ばくち》で失ってしまった」

「夢でも見てるのか！」

「まだありますよ――ミニー・ウォレンダー嬢の身になにがあったか、その一部始終も」

「ちっ！　そんなものがなにになるものか！」

「まだまだ種は尽きません。そら、これは、一八九二年二月十三日、リヴィエラ行きの豪華列車内で起きた強盗事件の記録。こっちには、おなじ年の、リヨン銀行《クレディ・リヨネ》を舞台にした小切手偽造事件」

「ばかな、そいつはなにかのまちがいだ」

「だったら、ほかのは事実だってことですね？　そこでです、いいですか伯爵、あなたもカードはおやりになるはずだ。相手が切り札を独り占めにしてるとわかったら、あっさり勝負を投げだしたほうが、おたがい時間の節約になる、そうは思いませんか？」

「そういう話が、さっき言ってた宝石とやらと、なんのかかわりがあるんだ」

「まあまあ、落ち着いて、伯爵。心を静めて聞いてください。ぼくの話の進めかたは退屈かもしれませんが、いずれ要点にはいりますから。いまも言ったとおり、あなたのしてきた悪行《あくぎょう》はすっかりばれている。なかんずく、宝冠ダイヤモンド盗難事件におけるあなたと手下の用心棒氏との所業《しょぎょう》、これはしっかりおさえてあるんです」

「ばかばかしい！」

「あなたをホワイトホールまで乗せていった辻馬車、そこから帰ったときの馬車、どっちの御《ぎょ》者《しゃ》にも当たりはつけてあります。宝冠陳列ケースのそばで、あなたを見かけたという使丁《コミッショネア》(3)もいます。さらに、アイキー・サンダーズ――彼はあなたからダイヤを分割してくれと頼まれて、断わったそうですね。なにを隠そう、当のアイキーが密告してきたんですから、もはや勝負あったというところでしょう」

伯爵のこめかみに青筋が浮きだしてきた。浅黒く毛深い両手をかたく握りしめているが、感情をおさえかねて、その手がぶるぶるふるえている。なにか言おうとするのだが、口がぱくぱくするばかりで、言葉が出てこない。

「まあ、ぼくの持ち札はこんなところです」ホームズはつづけた。「これで手のうちはすっかりさらけだしました。しかし、一枚だけ足りないカードがある。ほかでもないダイヤのキングです。宝石がどこにあるか、それだけはぼくも知らない」

「死ぬまで知ることはあるまいよ」

「ほう、そうですか？　道理をわきまえちゃどうです、伯爵。自分の置かれた状況をじっくり考えてみることですね。いまつかまれば、どうせ二十年は食らいこむことになる。サム・マートンも同様。だったら、ダイヤを握ってたって、いったいなにになります？　なんにもなりゃしない。しかるにいっぽう、それをこちらに引き渡してもらえるなら——そう、あえて重罪に目をつぶることもないじゃありません。こっちはべつにあなたやサムの身柄がほしいわけじゃない。目あてはダイヤ、それだけです。思いきって吐きだしておしまいなさい。そうすれば、ぼくに関するかぎり、あなたは自由だ。大手をふって天下をのし歩ける——今後も行ないを慎んでいさえすればね。ただし、つぎにまたなにかやらかしたら——そう、そのときはもはや一巻の終わり。しかし、今回のところは、ぼくの任務はダイヤをとりもどすことにあって、あなたをつかまえることにはないんです」

「で、もし拒絶したら？」

「さよう、そのときは——やんぬるかな！——ダイヤのかわりに、あなたの身柄をいただくということになるでしょうね」

いつベルを鳴らしたのか、ビリーがそれにこたえて姿を見せていた。

「どうでしょう、伯爵、この相談には、ご友人のサムも加えてやっては？　なにせ、利害関係があるはずですから、彼にも。ビリー、戸口の外に、図体の大きな、不細工な旦那がいるはずだから、ここへくるようにと伝えてやってくれ」

「きたくないと言ったら、どうします？」

「手荒な真似はだめだよ、ビリー。あの旦那には、力ずくは通用しない。シルヴィアス伯爵がきてくれとおっしゃってる、そう言えば、きっとくるはずさ」

ビリーが出てゆくなり、伯爵が言った。「きさま、今度はまたなにをたくらんでる？」

「じつはね、さっきまでここに友人のワトスンがいたんです。鮫が一匹と砂潜りが一匹、網にかかったと話してたところでしてね。いまその網を絞りにかかってますが、そうすると二匹がそろって揚がってくるという仕掛けです」

このかんに、伯爵は椅子から立ちあがり、手を後ろにまわしていた。いっぽうホームズも部屋着のポケットに手を入れて、そこからなにかを半分のぞかせている。

「きさま、けっしてベッドの上じゃ往生できんぞ、ホームズ」

「自分でも、しょっちゅうそう思ってますよ。まあ、どこで死のうが、たいしたちがいはありませんが。それよりも伯爵、あなたこそこの世から退場するときには、横になってじゃなく、縦にぶらさがって、ということになるんじゃありませんか？　だからって、いまから先のことを思いわずらっても、気がめいるばかりだ。現在の限りなき享楽に身を投じることこそ、最高と言うべきでしょう」

とつぜん、犯罪の巨匠の黒い、威嚇的な目のなかに、野獣めいた光がぎらついた。ホームズも緊張し、身構える。もともと長身なのに、いまはまた一段と背が高く見える。

「ピストルなんかひねくっても、無駄ですよ」と、穏やかな声で言う。「ご自身でもよくおわかりでしょうが、よしんばそいつを抜くだけの隙をぼくが見せたにしても、あえて発砲する勇気は、あなたにもないはずだ。なにせ、音は大きいし、扱いにくいしろものですからね、リボルバーなんて。空気銃にかぎりますよ、やっぱり。ああ！　そう言ってるところへ、あなたの尊敬すべきご友人のご入来《にゅうらい》だ。やあやあ、こんにちは、マートン君。往来で立ちん坊してるのは退屈だったでしょう」

ボクサーだというその若者は、がっしりと頑丈な体つき、石板みたいに平べったい、鈍くて強情そうな顔をしていた。それがおずおずと部屋の入り口に立ち、困惑顔であたりを見まわしている。このような愛想のよい応対を受けるのははじめてのことで、相手のその態度の底に、うすうす悪意を感じはするものの、さて、それにどう応じるべきか、とまどっているというところ。あげく、救いをもとめて、抜け目のない相棒のほうへ目をやった。

「伯爵、いったいこれはどうなってるんで？　この野郎はなんだっていうんですかい？　なにがあったんです？」野太く、耳ざわりな声だ。

伯爵は肩をすくめたきり。そこでホームズがかわって答えた。

「要するにね、マートン君、もはや年貢の納めどきであると、そういうことですよ」

ボクサーは、なおも相棒にむかって訴えかけるのをやめない。

「ねえ、この野郎、ふざけてるんですかい？　こっちはぜんぜんふざけるような気分じゃないですぜ」

「そりゃそうでしょう」と、ホームズが言う。「そのうち、夜がふけてくると、ますますふざけるような気分じゃなくなるでしょうがね。さてと、どうします、シルヴィアス伯爵。これでもぼくは忙しい身ですから、時間を無駄にするのはごめんです。ちょっと失礼して、寝室にひっこみますから、ぼくのいないあいだ、せいぜい気楽にやっててください。こっちに気兼ねせずにすめば、ご友人と忌憚《きたん》のない話もできようというもの。ぼくはバイオリンで〈ホフマンの舟歌〉でもやらせてもらいますよ。五分たったらもどってきますから、そのときに最終回答をお聞かせください。どっちを選べばどうなると、それはわかっていますね？　あなたがたの身柄をいただくか、さもなければ宝石をこっちへもらうか、ふたつにひとつです」

部屋の隅に置かれたバイオリンを通りすがりにとりあげて、ホームズは寝室に姿を消した。ほどなく、しめきったドアの向こうから、一度聞いたら耳について離れないあの曲の、長くひきのばされた、すすり泣くような調べがかすかに聞こえてきた。

伯爵が自分のほうに向きなおるや、マートンはせきこんで問いかけた。「いったいどうなってるんです？　あの野郎、ダイヤのことを知っていやがるんで？」

「知りすぎるくらいに知ってる。知らないことはないくらいだ」

「ちっくしょう！」血色の悪いボクサーの顔が、ますます青ざめた。

「アイキー・サンダーズの野郎が、われわれを売ったんだ」

「売った？　あいつが？　くそ、いまにこっぴどい目にあわせてくれる。それで縛り首になろうと、かまうものか」

「いまさらあいつを痛めつけたって、なんの得にもならんよ。それより、これからどうしたものか、まずそいつを決めてかからんとな」

「ちょい待ち」ボクサーは胡散《うさん》くさげに寝室のドアのほうを見やった。「あの野郎、抜け目のなさそうなやつだ。目が離せないですよ。まさか立ち聞きしていやしまいな」

「バイオリンを弾きながらじゃ、立ち聞きも無理だろう」

「それもそうか。でもひょっとして、カーテンのかげにだれかいやしないかな。それにしてもこの部屋、なんでこんなにカーテンだらけなんだ」そう言いながら見まわすうちに、はじめて窓ぎわの人形に気づいて立ちすくみ、口をぱくぱくさせながらそちらをゆびさした。

「ちょっ！　ただの人形じゃないか」伯爵が叱りつける。

「え、人形？　うへえ、驚いた！　マダム・タッソーだってこうはいかないや。部屋着からなにから、そっくりそのままじゃないか。けどそうなると、このカーテンがますます気になるねえ、伯爵」

「くだらん、カーテンなんかほっとけ！　ぐずぐずしてる場合じゃないぞ。時間がない。あいつはな、宝石のことでわれわれをぶちこめるだけの材料を握っているんだ」

「まさか！」

「おまけにだ、ブツのありかを吐きさえすりゃ、目こぼししてやろうとまで言ってる」

「なんですって？　あれを渡す？　十万ポンドのあのブツをですかい？」

「それがいやなら、食らいこむしかない」

マートンは短く刈った髪をごしごしかきむしった。

「ねえ、あいつ、ひとりきりなんでしょ？　ひとおもいに殺《や》っちまいやしょう。野郎さえ消しちまえば、もう心配はなくなる」

伯爵はかぶりをふった。

「ハジキも持ってるし、油断もしてないからな。たとえ一発、食らわせたところで、この場所が場所だ、逃げ道もない。だいいち、どんな証拠を握ってるか知らんが、もうそれをサツに知らせてるという可能性もある。おい！　なんだ、いまのは？」

かすかな物音、それも窓のほうから聞こえたようだ。ふたりとも、あわてて周囲を見まわしたが、それきりで、あとはしんとしている。椅子にすわったあの奇妙な像があるだけで、ほかにだれひとりいないのは確かだ。

「下の通りの音か」マートンが言った。「さあ、大将、おまえさんは知恵者だ。なにか名案を出してくださいよ。腕ずくがだめだってんなら、あとはその頭に頼るしかないんだから」

「まあ聞け、おれはあいつよりももっと利口なやつだって、さんざん虚仮《こけ》にしてきたんだ」伯爵は言いかえした。「いいか、宝石《いし》はちゃんとここの隠しポケットにはいってる。あぶなくて、そこらに置いとくわけにゃいかんからな。今夜のうちにも、このイギリスから持ちだして、日曜までにはアムステルダムで四つに切っちまうことにする。ファン・セダーのことまでは、さすがのあいつも感づいていないようだからな」

「ファン・セダーがあっちへ渡るのは、来週だと思ってましたがね」

「予定ではな。しかしこうなったら、どうでもつぎの便で発《た》ってもらわにゃならん。おれかおまえか、どっちかが宝石《いし》を持って、こっそりライム街へ行き、あいつと話をつけるんだ」

「けど、二重底ケースの用意がまだできちゃいませんぜ」

「やむをえん。いちかばちか、このままケースなしで運ぶしかあるまい。一刻も猶予はならんのだ」

ここでまた、狩猟家特有の本能が働いてか、伯爵は口をつぐみ、けわしい目で窓のほうをうかがった。だいじょうぶ、さいぜんのかすかな物音がしたのは、やはり下の通りからだったようだ。

「ホームズについてだが」と、言葉をつづけて、「あいつなら簡単にだませるはずだ。あのばかめが、ダイヤさえ手にはいれば、われわれを捕らえるつもりはないとよ。ならば、ブツを渡すと約束してやろうじゃないか。でたらめなありかを教えてやって、それがガセネタだとあいつが気づく前に、肝心のブツはオランダに渡ってる、われわれのほうも、とうにこの国におさらばしている、そういう寸法さ」

「なある、うまい手だ！」サム・マートンは声をあげながら、にやりと笑った。

「そんならおまえは、さっそくあのオランダ人のところへ走って、いますぐ動きだすように伝えてくれ。おれはおれで、あのまぬけめに、出まかせを吹きこんでやる。ブツはリヴァプールにある、そう言ってやるよ。それにしても、くそっ、なんて陰気な曲だ。神経にさわる！　ブツがリヴァプールなんかにゃないってこと、それにあいつが気づくころには、宝石《いし》は四つになってるし、われわれは広い海の上だ。おい、ちょっとこっちへきてみろ。あの鍵穴からのぞかれるといかん。そら、ダイヤはこのとおりだ」

「よくもまあ、そんなむきだしのままで持ち歩いていられるもんだ」

「身につけてるより安全な場所、ほかにあるかね？　われわれがホワイトホールから持ちだせたものなら、おれの住まいからだって、いつだれが持ちださないとも限るまい」

「ついでだ、もうちょっとよく拝ませてくださいよ」

シルヴィアス伯爵は、相棒にどこか冷ややかな一瞥をくれたきりで、目の前につきだされた薄汚れた手には、見向きもしなかった。

「なんだ、おれがひったくるとでも思ってるんですかい？　いやだねえ、大将、あんまり水くさいじゃありませんか」

「わかったわかった、そう怒るな、サム。内輪もめしてる場合じゃないだろう。そんなら、窓のほうへくるがいい。明るいところで、この結構なお宝をじっくり拝ませてやるから。こうやって、明るいほうへかざして――おい、こら！　なにをする！」

「やあやあ、ご苦労さん！」

人形があったはずの椅子からひょいととびだすなり、貴重な宝石をひっさらったのはホームズだった。と思ったときには、早くもそれを片手に握り、もういっぽうの手で、ぴたりと伯爵の頭にリボルバーの狙いをつけている。悪漢ふたりは驚きのあまり、たじたじと後ろにさがった。彼らが立ちなおるより早く、ホームズはベルを鳴らしていた。

「暴力はいけませんよ、お二方——どうか暴力はご遠慮を！　家具をこわされちゃ困りますからね！　お二方とも、もはや絶体絶命だってことはおわかりでしょう。階下には、すでに警官隊も待機していますし」

伯爵は驚きのあまり、怒ることも、恐れることも忘れているようだった。

「しかしまた、いったいどうして——？」と、あえぎつつ言う。

「そのご不審はごもっとも。お気づきではないようですが、寝室からこのカーテンの向こう側へ、べつのドアが通じていましてね。蠟人形をどけるとき、てっきり音に気づかれたかとひやっとしましたが、さいわい福の神はこっちにほほえんでくれました。おかげで、ぼくに聞かれてるとわかったら、おくびにももらさないだろうきわどいお話、それをたっぷり聞かせてもらいましたよ」

伯爵は万事休すといったしぐさをした。

「きさまにはかぶとを脱いだぜ、ホームズ。まったく悪魔そこのけだ」

「まあ、当たらずといえども遠からず、ですかな」いんぎんな微笑を見せつつ、ホームズは言いかえした。

サム・マートンの鈍い頭にも、ようやく事態がのみこめてきたようだった。いま、部屋の外の階段に重々しい足音が響いてきたところで、はじめて彼は沈黙を破った。

「くそっ！　これで一巻の終わりかよ！　だけど、あのいまいましいバイオリンの音、ありゃいったいなんなんだ？　いまだに聞こえてるじゃないか！」

「ちょっ、ちょっ！」ホームズは軽く舌打ちしてみせた。「おっしゃるとおり、聞こえてますな。まあ、ほうっておおきなさい。近ごろできたあの蓄音機とかいう発明、ありゃなかなか便利なしろものですよ」

どやどやと警官隊がなだれこんでき、手錠がかちゃかちゃ鳴り、二人組は待たせてあった馬車へとひったてられていった。ワトスンだけはあとに残り、ホームズの頭を飾る月桂冠に、ここでまた一枚、新たな葉が加えられたことを祝福した。ところが、ふたりの友人同士の会話は、ほどなくふたたび中断させられることになった。いつに変わらず泰然自若としたビリーが、トレイに一枚の名刺をのせてあらわれたのだ。

「キャントルミア卿のご入来です」

「お通ししてくれ、ビリー。かしこきあたりの利益を代表される、ごりっぱな貴族様だよ」ホームズは言った。「すぐれた人物だし、忠誠心にも篤い御仁《ごじん》だが、如何《いかん》せん、頭がかたい。少々へこませてやるとしようか。からかってさしあげるのさ。いまここで起きたことは、まだなにひとつご存じないはずだからね」

ドアがあいて、痩せ型のいかめしい人物がはいってきた。細くとがった顔に、中期ヴィクトリア時代ふうの、黒く光る頰髯《ほおひげ》を生やしているが、それがなんとも不似合いなのは、背が曲がって、歩く足どりもよぼよぼとおぼつかないせいである。ホームズは愛想よく進みでると、ほとんど反応を見せない相手の手を握った。

「よくおいでくださいました、ロード・キャントルミア。季節のわりには冷えこむようではありますが、このとおり室内はだいぶ暖かです。外套《がいとう》をお預かりしましょうか？」

「いや、結構。脱ぎませんから」

ホームズは、なおもしつこく袖にかけた手をはなさない。

「まあどうかご遠慮なく！　ここにおります友人のワトスン博士も、こういう急激な気温の変化は、油断がならぬと申しあげるはずです」

いくらか不興げに、卿はかけられた手を払いのけた。

「結構だと申しておる。いずれにせよ、長居をするつもりはありません。きみが自ら買って出たこのたびの仕事、これがどう推移しておるか、それを確かめに寄ったまでですから」

「いや、むずかしい仕事です——きわめてむずかしい」

「さもあろうと思っとりましたよ」

老廷臣のその言葉にも、また態度にも、ありありと軽侮の色があらわれていた。

「だれしも限界というものはあるものでしてな、ホームズ君。だがすくなくともそれあるがゆえに、ひとは自惚《うぬぼ》れという陥穽《かんせい》に陥らずにすんでおるのです」

「ごもっともです。ぼくもまったく途方に暮れているところでして」

「さもあろう」

「とりわけ、困った問題がひとつありましてね。それについては、卿のお力を借りられるのではないかと思っているのですが」

「いまさらわしの力添えをもとめるのは、ちと遅きに失するのではないですかな？　きみにはきみなりの万能の手段があるものと思っておったのだが、しかしまあ、せっかくだから、このさい力を貸さぬでもありません」

「じつはロード・キャントルミア、実際に宝石を盗みだした一味、こちらのほうは確実に法に照らして処断できるのですが――」

「捕らえたうえでならな」

「いかにも。しかし、このぼくが困っておりますのは――その盗品の収受者をどう扱うかという、この問題でして」

「それを論ずるのは、いささか気が早すぎるのではないかな？」

「いや、何事にも、あらかじめ心積もりをしておくに越したことはありません。そこでです、その収受者であるという決定的な証拠、それはなんであると卿はお考えになりますか？」

「言うまでもなく、げんに宝石を所持しておるということだろう」

「では、それをもってその人物を逮捕なさいますか？」

「もとより言うまでもないことだ」

ホームズはめったに笑わぬ男だが、このときばかりは、年来の友人ワトスンの知るかぎりにおいて、もっともそれに近い反応を示した。

「そういうことなら、まことに申しあげにくいことながら、卿ご自身を逮捕なされるよう勧告させていただきます」

キャントルミア卿は、怒り心頭に発したようだった。血色の悪い頬に、わずかに往年の激情の火らしきものがちらついた。

「野放図も度が過ぎるというものだぞ、ホームズ君。官界にあって五十年、これほど無茶な相手に出あったのははじめてだ。これでもわしは多忙の身、多くの重要問題に参与しておって、こういう愚かしい冗談につきあうだけの、ひまも趣味も持ちあわせてはおらん。よろしいか、ホームズ君、率直に言うが、わしは当初からきみの力量に疑問を感じておって、この種の捜査は正規の警察力にまかせるほうが安心だと、つねにそう主張してきたわけだ。いまのきみのふるまいで、この信念に誤りがなかったことが確認できた。では、これで失礼する」

ホームズはすばやく身をひるがえすと、老貴族とドアとのあいだに立ちふさがった。

「お待ちください、閣下。〈マザリンの宝石〉をただ一時的に所持なさるのならともかく、げんにそうして身につけたままで立ち去られるとなると、由々しき犯罪になりますぞ」

「まだそのようなことを！　もう我慢ならん！　どきたまえ！」

「その前に、まずその外套の右のポケットをお検《あらた》めください」

「なんだと？　どういうことだ！」

「さあさあ——ここはひとまず、お検めを」

つぎの瞬間、老貴族は仰天して立ちすくんでいた。ふるえる手のひらには、黄色く輝く巨大な宝石――ご本人は目をぱちくり、口をあわあわさせるばかりだ。

「なんと！　なんと！　これはどうしたことだ、ホームズ君！」

「いや、申し訳ありません、ロード・キャントルミア！　ご無礼いたしました！」と、ホームズ。「ここにおります友人もきっと肯定するでしょうが、ときにこういう悪ふざけをしたがる癖《へき》がぼくにはありまして。しかも、何事もことさら芝居がかった筋書きに仕立てたがる。で、ついその悪癖が出て——たしかに野放図の度が過ぎたことは認めますが——先ほど閣下がお見えになったとき、そのダイヤをポケットに落としこませていただいたと、そういうわけです」

老貴族はじっと手のひらの宝石を見つめ、それから、目の前でにこにこ笑っている顔に視線を移した。

「なるほど、すっかりあわててしまった。しかし――さよう――これはいかにも〈マザリンの宝石〉にまちがいない。ホームズ君、きみには幾重にもお礼を言わねばならんな。きみのユーモアのセンス、これは少々ねじくれておるし、またそれを発揮する場面も当を得ておらんと言わざるを得ないが、すくなくとも、きみのみごとな職業的手腕にたいするさいぜんのわしの暴言、これはいさぎよく撤回させていただこう。だがそれにしても、どうしてこれが――」

「事件はまだ終わってはおりません。やっと半分までできただけです。細かな説明はあとまわしでよろしいでしょう。とはいえ、ロード・キャントルミア、これからお帰りになられて、上《うえ》つ方《かた》のお歴々にこの上々の首尾についてご報告になれるのは、さぞかし楽しいことと拝察いたします。どうかそれに免じて、ぼくの悪ふざけもお見のがしくださいますよう。ビリー、閣下をお送り申しあげたら、ハドスン夫人に伝えてくれ。用意ができ次第、二人前の夕食を運んでくれるように、とね」

（1）本全集『シャーロック・ホームズの復活』所収の、「空屋の冒険」を参照のこと。

（2）砂潜り、別名鎌柄《かまつか》――コイ目の淡水魚で、食用になる。河川の中流域や、湖水の砂底に棲む。釣りやすいとされている。

（3）使丁《コミツシヨネア》については、本全集『シャーロック・ホームズの冒険』所収の、「青い柘榴石」注1を参照のこと。

〈三破風館〉

これまで私が友人シャーロック・ホームズ氏とともにしてきた冒険は多々あるが、そのなかでも、ここに述べる〈三破風館〉にからむ事件ほどに、ドラマティック、かつ唐突な始まりかたをした例はほかにあるまい。そのころ、ベイカー街にはちょっとご無沙汰していた私は、ホームズの活動が現在どういう方面に向いているのか、そのへんはとんと不案内なままに打ち過ぎていたのだが、なぜかその朝の友人は妙に口数が多く、私を暖炉のいっぽうの側の、だいぶ傷みのきた低い肘かけ椅子にすわらせると、自分はパイプをくわえて、それと向かいあった椅子にとぐろを巻いた。ところが、さて話を、となったところで、だしぬけに客があらわれたのである。客というよりも、怒り狂った猛牛が闖入《ちんにゅう》してきた、そう言ったら、このときの印象をより明確に伝えられるかもしれない。

ドアが乱暴に押しひらかれたかと思うと、巨漢の黒人がとびこんできた。それほど喧嘩腰でいなければ、その風体《ふうてい》はちと滑稽《こっけい》にも見えただろう。なにしろ、思いきり派手なグレイのチェックのスーツに、サーモンピンクのタイをなびかせ、扁平な顔に、つぶれた鼻、黒くけわしい目には、鬱屈《うっくつ》した敵意をくすぶらせ、それがぬっと頭をつきだしながら、私たちふたりを見くらべて言ったものだ。

「どっちがホームズの旦那だ？」

ホームズがものうげな笑みとともに、パイプをあげてみせた。

「ほう！　おまえさんがそうかい」そう言って、客はどことなく無気味な、足音を忍ばせるような歩きかたでテーブルをまわってきた。「そんなら言うがね、ホームズの旦那よ、他人のことにちょっかいを出すのは、やめてもれえてえもんだね。他人がなにをしようが、おまえさんの知ったこっちゃあるめえが。わかったかよ、ええ？」

「つづけてくれ。おもしろい」ホームズが言った。

「なに？　おもしれえだと？」乱暴者はうなった。「おれがちょっぴり締めあげてやらにゃならなくなったら、おもしれえなんどとほざいちゃいられめえぜ。おまえさんのようなお利口野郎なら、前にも何度か締めあげてやったことがあるが、どいつも最後にゃ利いたふうな口はきけなくなってたぜ。おい、ホームズの旦那よ！　こいつを見な！」

彼は節くれだった巨大な握りこぶしをふりまわして、友人の鼻先につきつけた。ホームズはそのこぶしを、さも珍しそうにじろじろながめた。「生まれつきこうなのかい？　それとも、おいおいにこんなふうになったのかね？」

氷のように冷静な友人の態度に出鼻をくじかれたのか、あるいは、私が暖炉の火かき棒をとりあげるかすかな物音が耳にはいったのか、いずれにしても、客の剣幕はここでいくらかおさまった。

「とにかくだ、いちおう警告はしたからな」と言う。「おれのダチに、ハロウの一件にかかわってるやつがいるんだ――そう言えば、なんのことかわかるだろう――そいつがな、おまえさんにゃくちばしをつっこんでもれえたくねえんだとよ。わかったか？　世のなか、おまえさんが取り仕切ってるわけじゃねえし、おれだって、法律なんど知ったことかってえくちよ。だからな、どうでもそっちがちょっかいを出す気なら、いつだっておれが相手になってやる。それを忘れるなよ」

「じつはね、こっちもあんたにはかねがね会いたいと思ってたんだ」ホームズは言った。「あいにくあんたのその体のにおい、どうにも鼻について困るから、どうぞおかけくださいとまでは言わないがね、ともかくもあんた、スティーヴ・ディクシーだろう、ボクサーの？」

「おう、いかにもおれはそういうもんだ。だから、ホームズの旦那よ、減らず口をたたくと、おれがまさに本物のボクサーだってこと、いやってほど思い知らされることになるぜ」

「減らず口？　あんたこそずいぶん口が減らないじゃないか」ホームズは相手の分厚いくちびるをじろじろ見ながら言った。「しかしまあ、それはそれとして、〈ホウボーン・バー〉の前でパーキンズ青年を殺《や》ったのは、あれは――おや、どうした！　まさかお帰りじゃあるまいね？」

　黒人が急に顔を鉛色にして、後ろにとびすさったのだ。

「そんな世迷《よま》い言《ごと》、だれが聞きてえもんか」と言う。「パーキンズだかなんだか、そんな野郎が、おれになんのかかわりがあるってんだ、ええ、ホームズの旦那よ？　あの若《わけ》えのが厄介事に巻きこまれたときにゃ、おりゃバーミンガムの〈ブルー・リング〉でトレーニングのさいちゆうだったんでい！」

「ほう、そうか。まあそういうことは、治安判事に聞かせてやるべきだな、スティーヴ。こっちはこっちで、だいぶ前からあんたとバーニー・ストックデールに目をつけてるんだが——」

「ねえ、勘弁してくれよ！　ホームズの旦那——」

「もういい。とっとと帰るがいい。こっちで用があれば、いつでも迎えをやるから」

「じゃあ失礼しますぜ、ホームズの旦那。勝手に押しかけてきやしたが、悪く思わねえでくだせえよ」

「そうはいかんな。だれに頼まれてきたのか、それを言わないかぎり、けさのことを水に流すわけにいかんぞ」

「なんだ、そんなことなら、秘密でもなんでもありゃしねえ。いま旦那の言った、その御仁《ごじん》に言われてきたんで」

「だったら、そのバーニーをけしかけたのは、いったいだれなんだ」

「勘弁してくだせえよ、ホームズの旦那。おれだって知らねえんですから。ただこう言われただけなんで——『おいスティーヴ、ホームズのところへ行って、ハロウの一件に首をつっこむと、ヤバいことになるぞ、って、そう言ってきな』ってね。嘘も隠しもしねえ、これだけのことなんでさ」

　言うが早いか、つぎの質問をされないうちにと、客は闖入してきたときに勝るとも劣らぬすばやさで姿を消した。ホームズは低くくつくつ笑いながら、パイプの灰をはたきおとした。

「あいつの縮れ毛頭をぶち割るはめにならずにすんで、よかったよ、ワトスン。きみが用心よろしく火かき棒を構えていたのは見えてたけど、じつはあの男、どちらかというと無害なやつでね。図体はでかいが、頭はからっぽ、ガキ大将みたいなものさ。しかも、いま見たとおり、すぐ腰砕けになっちまう。スペンサー・ジョンの一味で、最近の一味の悪事にも一役買ってるから、いずれひまができたら、黒白をつけてやるつもりでいたんだ。やつのすぐ上の兄貴分が、バーニーといってね、こっちはもうすこし目端《めはし》の利くやつだが、そいつと組んで、暴行とか恐喝とか、もっぱらそのへんで稼いでる。それにしても、きょう、ああしてあいつを送りこんできた人物、今回の一件の背後にいる真の黒幕、そいつがだれなのか、ぜひ知りたいものだよ」

「しかし、なんだってきみを恫喝《どうかつ》して、手をひかせようとするんだ?」

「要するに、ハロウ・ウィールドの事件のためさ。こうなると、いよいよこの事件から目が離せなくなったな。だれだか知らんが、わざわざこんな真似までするところから見ると、たしかにこの事件の裏にはなにかがひそんでいる、そう思わざるを得なくなってきた」

「いったいどういうものなんだ、そのハロウ・ウィールドの事件って?」

「それをきみに話そうとしてたところで、さっきの椿事《ちんじ》が出来《しゅったい》したというわけさ。見たまえ、これがメーバリー夫人からの手紙だ。きみさえよけりゃ、これからさっそく電報を打って、出かけてみるとしようじゃないか」

シャーロック・ホームズ様（と、手紙は始まっていた）——

とつぜんお手紙をさしあげる無躾《ぶしつけ》をお許しください。最近、当屋敷に関して不思議な出来事があいつぎ、そのことでぜひ相談にのっていただきたいと存ずる次第でございます。明日なら、終日、在宅しております。屋敷はウィールドの駅から歩いてもすぐでございます。亡夫モーティマー・メーバリーも、そのむかし、あなたさまのお世話になったことがあると聞き及んでおります。なにとぞよろしくお願い申しあげます。かしこ。

メアリー・メーバリー

差出人の住所欄には、〝ハロウ・ウィールド在、〈三破風館〉にて〟とあった。

「というわけなんだよ、ワトスン」ホームズが言った。「都合がつくようなら、ぜひいっしょに行ってみようじゃないか」

短い汽車の旅、さらに短い馬車の旅――それでわれわれはめざす屋敷に着いた。一エーカーばかりの草深い荒れ地のなかに、木造に煉瓦《れんが》を配した別荘ふうの建物があり、階上の窓の上に申し訳ばかりにつきでた三カ所の出っ張りが、館の名のいわれを示している。館の背後には、陰気な、ねじけたような小さな松林がひろがり、全体の印象は、うらぶれて、見すぼらしい。ところが、建物に一歩はいってみると、調度などはまことにりっぱなもので、しかも、われわれを迎えてくれた女主人が、教養と、淑女としてのたしなみとを身のこなしの端々にまでのぞかせた、すこぶる魅力的な初老の婦人であった。

「ご主人のことは、よく覚えておりますよ」と、ホームズが挨拶がわりに言った。「といっても、あのささやかな事件でお役に立ちましたのは、もうだいぶ前のことになりますが」

「もしかすると、息子のダグラスの名のほうが、夫よりももうすこしおなじみぶかいかもしれませんわ」

ホームズは興味津々のていで夫人を見つめた。

「ほほう！　すると、ダグラス・メーバリー君はご子息でいらっしゃる？　ぼくもちょっと存じあげていましたが、もとよりあのかたのことなら、ロンドンじゅうで知らないものはありますまい。じつにすばらしい青年でした！　いま、どこにおられます？」

「あの世ですわ、ホームズさん、亡くなりましたの！　ローマの大使館に勤務しておりましたけど、つい先月、肺炎で命を落としました」

「それはお気の毒に。ああいうかたが亡くなられるとは、とても信じられません。あれだけ気鋭の若者は、めったにいなかった。非常な熱血漢で――覇気満々だったのに！」

「血の気が多いのも、良し悪しですわ、ホームズさん。それがあの子の命とりになりました。あなたはあの子が――快活で、生気にあふれていた時代だけをご存じなのでございます。それがいつのまにか、陰気で、気むずかしく、むっつり考えこんでいるばかりの子になってしまった。悲嘆のどん底に落ちこんで――たったの一カ月で、あの雄々《おお》しかった元気いっぱいの子が、虚脱しきった皮肉屋になりさがってしまいましたの」

「すると、恋愛問題――女性となにかあったとでも？」

「と言いますか、悪魔に魅入られたとでも申しますか。でもまあ、あの子の話を聞いていただきたくて、おいで願ったわけではございませんのよ、ホームズさん」
「いかようにでもお役に立ちますよ――ワトスン博士も、このぼくも」
「じつはこのところ、たいそう妙なことばかり起こりますの。この家へ移ってまいりましてから、一年ばかりになりますけど、ここでは隠居暮らしのつもりですので、ご近所づきあいなどもあまりございません。ところが三日前のこと、不動産屋だとおっしゃるかたが見えまして、あるお客様から頼まれて探している家に、この屋敷がちょうどうってつけなので、譲ってはくれまいか、お金に糸目はつけないが、と、ずいぶんと妙なお申し出でなんですの。

こことおなじ程度のお屋敷なら、ほかにいくらも売りに出ているだろうに、へんなお話もあるものだとは思いましたけど、まあ悪い話でもございませんので、ためしにわたくしの買ったときの値段より、五百ポンドほど高く切りだしてみましたの。すると即座に、それでいいとおっしゃって、ついてはそのお客様は、家具調度ぐるみで譲ってほしいというご希望なので、ついでにそちらのほうも値をつけてもらえまいか、そうおっしゃいます。家具のなかには、もとの家から持ってきたものもございますし、ごらんのように、けっこうよい品もそろっておりますので、わたくし、思いきった金額、それも端数なしの額を持ちだしてみました。すると、こちらもやはり即座に承諾なさいましてね。じつはわたくし、かねがねゆっくり旅行などしてみたいと思っておりましたけど、そういう次第で、このお話さえまとまれば、一生だれにも気兼ねなく、好きな旅をして暮らせそうなんですの。

そんなわけで、きのう、そのかたがさっそく契約書をこしらえてお持ちになりました。いまにして思えば、そうしてよかったと思いますけど、念のためにわたくし、それをハロウにお住まいのわたくしの顧問弁護士、スートローさんにお目にかけました。すると、スートローさんのおっしゃるには、『奥さん、これはたいへんな書類ですよ。これにサインなさったら最後、奥さんは法的にはお屋敷からなにひとつ持ちだせないことになります。身の回りの品にいたるまで、なにひとつ、ですよ』と、こうなのでございます。そこで、晩になってまた不動産屋のかたがお見えになったとき、そのことを申しあげて、こちらは家具だけのつもりなのだと申しました。

するとそのかたは、『いやいや、それでは困ります。いっさい合財、残らずいただきたいのです』そうおっしゃいます。

『衣類や宝石なども、ですの？』

『いや、まあ、その種の細々《こまごま》した品なら、多少の譲歩はいたしましょう。それでも、この家から持ちだされるときには、こちらで目を通させてもらいます。このたびの買い主は、気前こそいいですが、なんというか、気まぐれでしてね。言いだしたら、あとへはひかぬ気性なのです。すべてか、さもなくば無か、そういうたちなのですな』

『でしたら、このお話はなかったことにしていただきますわ』わたくしは申しました。それで結局、家を手ばなす話は沙汰やみになってしまったわけですけど、なににもせよ、最初から最後まで、おかしなといえばおかしな話ですので、それでわたくし――」

ここで、話にはまことに妙な邪魔がはいった。

　ホームズがふと片手をあげて相手を制すると、大股に部屋を横切って、勢いよくドアをあけはなつなり、ひとりの大柄で痩せた女の肩をつかんで、室内へひきずりこんだのである。ひきずられてはいってくる女のようすたるや、小屋からひっぱりだされる大きな、不恰好な鶏そのまま。ぎゃあぎゃあわめきながら、ばたばた身をもがいて、とても見られたざまではない。

「はなしとくれよ！　なにをしやがるのさ！」と、金切り声で叫びたてる。

「まあ、スーザンじゃないの。いったいこの騒ぎはどうしたことなの？」

「それがね奥様、お客様がお昼食を召しあがるかどうか、それをうかがいにまいりましたら、いきなりこのかたがとびかかってきたんですよ」

「もう五分も前から、この女の気配には気づいてたんですが、ちょうどお話が山場にさしかかったところなので、わざと黙っていたんです。なあスーザン、あいにくおまえには喘息《ぜんそく》の気《け》があるようだ。こういう仕事には、その喉のぜいぜいが邪魔になるってわけだよ」

　スーザンは仏頂面《ぶっちょうづら》で、だが同時に意外そうでもある面持《おもも》ちで、自分をとりおさえた男を見なおした。「どっちにしろ、いったいあんた、だれなのさ。なんの権利があって、あたしをひきずりまわすんだい？」

「なに、おまえの面前で、訊いてみたいことがあってね。うかがいますが、メーバリー夫人、奥さんはぼくに相談の手紙をお出しになるということを、ほかのどなたかにお話しになりましたか？」

「いえ、ホームズさん、どなたにも」

「お手紙を投函したのは、だれです?」

「それはこのスーザンですけれど」

「やっぱり。ねえスーザン、奥さんがぼくに相談をもとめられたってことを、おまえは手紙でか、使いを出したかして、だれかに知らせた。だれに知らせたのかね?」

「でたらめ言わないでおくれ。だれにも知らせるもんか」

「いいかねスーザン、喘息持ちの人間は、そう長生きはできないかもしれんぜ。嘘をつくと、天国に行けなくなる。さあ、だれに知らせたんだ?」

「これ、スーザン!」女主人が叫んだ。「やっとわかりましたよ、おまえが恥知らずな不忠義者だって。そういえば、こないだ、垣根ごしにだれかと話していた。わたしは見ましたよ」

「だれと話そうが、あたしの勝手でしょ」スーザンはふくれっつらで言いかえす。

「じゃあこっちから言ってやろう。その相手はバーニー・ストックデール。どうだ、図星だろう?」ホームズが言う。

「ふん。知ってるんなら、訊くことないじゃないのさ」

「確信はなかったが、これではっきりした。じゃあなスーザン、バーニーの黒幕はだれだ。それを教えてくれたら、十ポンド進呈するが、どうだい?」

「だれかさんはね、あんたが十ポンドくれるごとに、千ポンドずつ、はずんでくれるんだよ」

「ほう、よっぽど金持ちの男なんだな。おや、笑ったね——すると、女か。どうだ、ここまでばれてるんだから、いっそあと一息、その女の名前を吐いて、十ポンド手に入れたら?」

「それを吐くくらいなら、地獄に堕ちるほうがまだましだよ」

「これ、スーザン！　なんという口をおききだえ？」

「ふん、もうおまえさんなんかのお世話にゃならないよ。こんなうち、こっちからおんでてやる。荷物はあした、とりによこすからね」スーザンは肩をそびやかして入り口へと向かった。

「じゃあな、スーザン。喘息には、阿片安息香《あんそくこう》チンキがよく効くよ――」

スーザンが顔を真っ赤にして、ぷりぷりしながら出てゆくなり、ホームズは一転して快活な調子からきびしい面持ちに返って、言葉をつづけた。

「さてと、どうやらこの一味は本気らしいですな。じつに周到な動きを見せてます。たとえば、奥さんのお手紙ですが、消印はゆうべの十時だった。にもかかわらずスーザンは、さっそくそれをバーニーに伝え、バーニーはまた、それをさらに黒幕にご注進に及んで、指令を受けるだけのひまがあった。黒幕は――さっきぼくがへまを言ったと思いこんで、スーザンがにやりとしたようすから見ると、その黒幕はどうやら女性のようですが――その段階で、すぐさま対策を講じた。スティーヴが呼ばれ、一夜明けたけさ十一時には、早くもぼくのところに乗りこんできて、手をひけと脅している。じつに手まわしがいいですよ、たいしたものだ」

「でもいったい、なにが目的なのでしょう」

「さよう、それが問題ですな。奥さんの前にこの家を持ってたのは、どういう人物です？」

「隠退なさった船長さんですわ。ファーガスンさん、とかおっしゃいましたかしら」

「その人物について、とくになにか聞いていませんか？」

「さあ、べつになにも」

「じつはその人物が、お屋敷うちになにかを埋めたかどうかしたんじゃないか、などと想像したんですがね。もっとも当節では、だれしも財物を隠すのには、郵便局の貯金を利用するようですが。しかし、世のなかには変人もいますからね。またそういう変人でもいなければ、この世もずいぶんと退屈なところになるでしょうが。とにかくそんなわけで、最初はぼくも宝物埋蔵説をとったんですが、さてそうなると、なぜ連中がお宅の家具までほしがるのか、その理由がわからない。もしや、奥さん自身もそれとご存じないまま、ラファエロの絵とか、シェークスピアのファースト・フォリオ版とか、そんなものをご所持なのではありますまいね？」

「いいえ。貴重なものといったら、クラウン・ダービーの茶器一揃いぐらいのものですわ」

「それだけじゃ、とてもこの大がかりな謎の解答にはなりそうもないですね。だいいち、それならそれで、なぜこれがほしいとはっきり名指ししないのか。その茶器がほしいなら、これこれの値段で譲ってほしいと言えばすむわけで、なにもうちじゅうのものをいっさい合財、買い占めるには及ばない。やっぱりこれは、いまは奥さんがそれをお持ちのことに気づいてはおられないが、気づけば、けっして手ばなしはなさらないだろうもの、そういうものを狙っているのにちがいありません」

「ぼくの読みもおなじだね」私もそばから口をはさんだ。

「ワトスン博士もああ言ってますし、話はこれで決まりですね」

「でもホームズさん、それはいったいなんなのでしょうか」

「ひとつ純粋な心理的分析という手法によって、もうすこしその謎に迫ってみましょう。奥さんがこの家にこられて、一年余りになるということでしたね？」

「かれこれ二年近くになりますわ」

「ますます結構。その長いあいだ、奥さんの持ち物をほしがるものなど、だれひとりいなかった。それが三、四日前になって、とつぜん、是非にという人間があらわれた。この事実から、どんなことが考えられるでしょう」

「その品物がなんであれ、それはつい最近、この家にきたばかりだ。そうとしか考えられないね」私はまた口を出した。

「よし、これでもうひとつ決まりだ」ホームズは言った。「では奥さん、ごく最近、このお屋敷にきたばかりのもの、なにかありますか？」

「いいえ、今年になりましてからは、なにも購入してはおりません」

「おやおや！　それは不思議だ。ではこの問題については、もうすこしはっきりしたデータがつかめるまで、さしあたり事態の推移を見まもることとして、さっき言われた弁護士さんですが、有能なかたですか？」

「ストローさんなら、たいへん有能なかたでいらっしゃいます」

「お宅の使用人ですが、ほかにもだれかお使いですか？　それとも、いましがた出ていったあのうるわしのスーザン、あの女ひとりだけですか？」

「もうひとり、若いメイドがおります」

「ではそのメイドさんを使いにやって、ストローさんに一晩か二晩、こちらに泊まっていただくように手配なさることです。用心棒が必要になるかもしれません」

「だれにたいする用心棒ですの？」

「さあね。全体が雲をつかむような話ですから。向こうがなにを狙ってるのかがわからないかぎり、当面は逆の糸口からさぐることにして、まずは背後にいる親玉をつきとめるしかありますまい。問題の不動産屋ですが、連絡先はわかっていますか？」

「名刺にあった名前と職業だけですけど。ヘインズ・ジョンスン、競売ならびに不動産鑑定となっています」

「商工人名録をあたってみても、どうせ載ってやしないでしょう。まっとうな商売人なら、事務所の住所を隠すはずもありませんから。ともあれ、またなにか新しい進展でもありましたら、すぐにお知らせください。事件はおひきうけしました。いずれきっと解決すると、大船に乗った気でおられてよろしいですよ」

　ホールを横切ろうとしたとき、ホームズのなにものをも見のがさぬ目が、一隅に積みあげてある数個のトランクやケースを見つけた。それぞれに貼られたラベルがひときわ目をひく。

「ほう、〝ミラノ〟に〝ルツェルン〟か。イタリアからきたものですね」

「死んだダグラスの持ち物でございます」

「まだ荷ほどきされていないようですが、いつからああして置いてあるのですか？」

「届きましたのは先週でございます」

「しかし、先ほどのお話では――いや、まあとにかく、これこそがあるいは〝失われた環〟かもしれない。なにか貴重なものが、このなかにはいっていないとは言いきれませんからね」

「でも、そんなはずはないと存じますわ、ホームズさん。ダグラスは、お給料と、わずかな年金だけで暮らしておりましたから、なににせよ貴重品など持っているはずはございません」

ホームズはしばし考えこんでいたが、あげくに言った――

「もはや一刻の猶予もなりません。奥さん、すぐにこれを二階の奥さんの寝室へ運ばせてください。そしてなにがはいっているか、なるべく早く調べてみることです。あした、もう一度うかがって、その結果を聞かせていただきますから」

この〈三破風館〉が厳重な手配のもとに見張られていることは、すぐにはっきりした。庭の小道を出て、高い生け垣の角を曲がったとたんに、例の黒人ボクサーが物陰にたたずんでいるのに出くわしたからだ。不意のことではあり、こういう物寂しい場所で遭遇すると、相手がいっそう恐ろしげに、威嚇《いかく》的に見える。ホームズもすぐにポケットに手をやった。

「銃を探してるんですかい、ホームズの旦那？」

「いや、香水瓶だよ、スティーヴ」

「けっ、旦那もおかしなおひとだぜ」

「このぼくに追われる身になったら、おかしいのなんのとは言っちゃいられまいよ、スティーヴ。そのことは、けさも警告しておいたはずだが」

「じつぁあ、そのことなんだけどね、ホームズの旦那。あれ以来、おれもじっくり考えてみたんだが、例のパーキンズの旦那の一件についちゃ、もう勘弁してもらえねえかね。そのかわり、おれでできることなら、なんでもお手伝いしやすから」

「なるほど。だったら、この件でおまえたちを後ろであやつってるのはだれか、それを教えてもらおうか」

「知りませんったら、ホームズの旦那！　けさも言ったとおり、そのことについちゃ、おりゃなんにも知らねえんで。バーニーの兄貴の指図で動いてるだけなんだから」

「そうか。じゃあ言っとくがな、スティーヴ。この家の奥さんはもとより、屋根の下のいっさい合財、かまどの下の灰までも、ぜんぶこのぼくの保護下にあるんだ。それを忘れるなよ」

「へえ、わかりやした、ホームズの旦那。肝に銘じておきやしょう」

ふたたび歩きだしてから、ホームズは言った──

「どうやらあいつ、わが身があやうくなって、すっかりおじけづいたようだな。知っていさえすれば、一味の黒幕がだれかも、きっとぺらぺらしゃべったろう。ぼくがスペンサー・ジョン一党のことや、スティーヴがその一員であるのを知ってたのは、もっけのさいわいだった。そこでだ、ワトスン、どうもこの一件はラングデール・パイクの得意分野らしいから、これからちょっと会いにいってくる。帰るころには、事件の内幕がもうすこしはっきりつかめているだろう」

その日はそこでホームズと別れたきりになったが、あとの時間を友人がどこでどう過ごしたか、それはだいたい想像がついた。ラングデール・パイクというのは、社交界のスキャンダルに関しては生き字引のような男だ。この風変わりで怠惰な男は、毎日、起きているあいだは、きまってセント・ジェームズ街のあるクラブの、通りに面した張り出し窓の内側にとぐろを巻いていて、首都ロンドンのゴシップすべての受信局であるのと同時に、発信局にもなっている。うわさによれば、そうして集めた下世話な情報を、大衆の好奇心におもねる低俗な赤新聞に寄稿して、毎週、四桁にのぼる金を稼いでいるとも言われる。ロンドンでの市民生活という深く、どろどろした汚泥の底に、かりにもなにか普段とは異なる渦巻きや、主流に逆らう流れが生じたりすれば、それは汚泥の表面に網を張ったこの人間ダイヤルによって、機械的な正確さで感知されてしまうのだ。ホームズは、それとなくこのラングデールの情報収集に力を貸すいっぽう、ときには先方からの返礼に与《あずか》ってもいるのである。

あくる朝早く、ベイカー街の部屋を訪れた私は、友人のようすから、万事とどこおりなく運んでいるとの印象を受けたが、にもかかわらず、はなはだおもしろからざる不意打ちが私たちを待ち受けていた。つぎのような電報が舞いこんできたのである——

至急コラレタシ。昨夜依頼人宅ニ夜盗ガ侵入。目下警察ガ調査中。すーとろー。

ホームズがひゅっと口笛を鳴らした。「事はいよいよ大詰めにきたな。それにしても、思ったより展開が早かった。この事件の背後には、よほど強力な推進力が働いていると見える。これまでにわかっていることから推しても、けっして意外じゃないけどね、ワトスン。このスートローというのは、むろんメーバリー夫人の顧問弁護士なんだろうが、こうと知ってたら、いっそゆうべはきみにでも泊まりこんでもらうべきだった。ぬかったよ。この弁護士氏、どうもあまり頼りになりそうもない。とまれ、こうなったらもう一度、ハロウ・ウィールドに足を運ぶしかあるまいな」

　行ってみると、前日までの落ち着いた〈三破風館〉のたたずまいが一変していた。庭木戸の外には、野次馬が何人か集まっているし、窓やゼラニウムの花壇を調べている巡査もふたりばかり。家にはいると、白髪の老紳士が出てきて、弁護士だと名乗ったが、連れだってあらわれたのが、赤ら顔のせかせかした警部で、さながら旧知のごとくにホームズを出迎えた。

「やあやあホームズさん、これはあなたが乗りだすほどの事件じゃありませんぜ。ただのありふれた押し込みでして、われわれ田舎警察でもじゅうぶんかたがつきます。専門家のご出馬を願うまでもありません」

「ほう、それなら安心だ」ホームズは言った。「すると、ただのありふれた夜盗だと？」

「おっしゃるとおり。もうホシの当たりはついてますし、すぐにでも挙げてごらんにいれますよ。バーニー・ストックデールの一味で、図体のでかい黒人——ちょくちょくこの近辺で目撃されておるんです」

「それはすばらしい！　で、奪《と》われたものは？」

「それが、たいしたものは盗られておらんようなのです。メーバリー夫人にクロロフォルムを嗅がせて、それで家のなかを——ああ！　ちょうど奥さんがおいでだ」

きのう会ったばかりのあの依頼人が、きょうは青ざめた病人のようなふぜいで、若いメイドの肩にすがってはいってきた。

「ホームズさん、せっかくご忠告をいただきましたのに、申し訳ございません、それを無にするようなことになってしまいました」と、力なくほほえんで言う。「こんなことでわざわざストローさんのお手を煩《わずら》わせるのも、そう思いまして、結局、なんの用心もいたしませんでしたの」

「わたしもけさはじめて、事情をうかがったばかりでしてね」と、弁護士が釈明する。

「せっかくホームズさんが、だれかに泊まりこんでもらうようにとおっしゃってくださったのに、おすすめにしたがわず、罰が当たりました」

「お見受けしたところ、たいそうお顔色がよくないようですが、ゆうべのことを説明していただくのは、ご無理でしょうか」ホームズが言った。

「それならすっかりここに書きとめてありますよ」警部が分厚い手帳をたたいてみせた。

「それでも、奥さんさえあまりおつらくないようなら——」

「と申しましても、お話しするようなことはほとんどございませんのよ。もちろん、あの恥知らずなスーザンが手引きしたのだと存じます。家のなかのようすは、一から十までのみこんでいたようですので。わたくし自身は、クロロフォルムをしませた布を口に押しあてられたのだけは覚えておりますけど、それからどのくらいのあいだ意識をなくしていたのか、それもわかりません。気がついたときには、ベッドのそばに男がひとりいて、もうひとりべつの男が、息子の荷物のなかからなにかの包みをとりだして、立ちあがるところでした。荷物の一部がひらかれていて、中身が床に散乱していました。包みを持った男が逃げだすまぎわになって、わたくし、思わずとびおきて、しがみつきました」

「あぶないことをなさったものだ」と、警部。

「とにかく、しがみついたことはついたんですけど、すぐふりはなされて、おまけに、もうひとりの男に後ろから殴りつけられたんだと思います。それ以後は、なにひとつ覚えておりません。物音を聞きつけてやってきたメイドのメアリーが、窓から外へむかって大声で叫びはじめましたので、まもなく警察のかたが駆けつけてきてくださったんですけど、もちろんそのときには、悪者たちはとうに逃げ去ったあとでした」

「なにを盗っていったんですか、その連中は？」

「それがね、値打ちのあるものは、なにも盗られていないようなんです。そもそも息子のトランクには、貴重品などはいっていなかったはずですし」

「その連中、なにか手がかりになりそうなものでも残していきませんでしたか？」

「しがみついたとき、夢中でもぎとったんだと思いますけど、紙が一枚、残っておりました。くしゃくしゃになって床に落ちていましたけど、息子の筆跡で、なにか書いてございます」

「要するに、捜査にはたいして役だたんということですよ」警部が口をはさんだ。「これが犯人の書いたものだとでもいうのなら、ともかくも――」

「まったくね。これだから常識人は始末が悪い！」と、ホームズがつぶやいた。「それでもぼくとしては、やはりちょっと見てみたい気がするな」

警部は手帳のあいだから、一枚の折り畳んだフールスキャップ判の紙をとりだした。

「わたしはどんな些細なことでも見のがしはしません」と、いささか得意げに言う。「ホームズさんも、ぜひこれを実践なさるとよろしい。これは二十年の経験によって得た教訓でして。いつの場合も、指紋やらなにやら、そういったものが出てくる可能性がありますから」

ホームズはその紙を受け取って、入念に検《あらた》めた。

「警部さん、きみはこれをどう思います？」

「わたしの見るかぎりでは、なにか妙な小説の結末といった感じですな」

「いかにも。風変わりな物語のおしまいと見ていいでしょうね。ごらんのように、ページの上端にナンバーがふってある。このナンバーは二四五ですが、残りの二百四十四枚は、いったいどこへ行ったんだろう」

「当然、押しこんだ賊どもが持ち去ったんでしょうな。ずいぶんと結構な獲物にありついたものだ！」

「それにしても、おかしいじゃないですか。こんなものを奪うために、わざわざ押し込みを働くなんて。その点で、きみになにか考えはないですか、警部さん？」

「そうですな。要するに、手あたりしだいにそこらのものを持って逃げたんでしょう。たいした収穫だと、いまごろは大喜びしてますよ、きっと」

「それにしても、なぜ息子のものを狙ったりするのでしょうか」メーバリー夫人が首をかしげた。
「さよう、階下にめぼしいものがなかったので、二階へきてみたんじゃないですか？　わたしはそう読んでいますが、ホームズさん、あなたはどうお考えなのです？」
「よく考えてみないと、まだなんとも言えませんね、警部さん。ちょっとワトスン、この窓ぎわまできてくれないか」そこで私たちふたりは部屋の窓ぎわに立ち、ホームズがその紙に書かれた文章を読みあげた。文の途中から始まっていて、全体はつぎのとおりだった——

——顔は切り傷や打撲傷のためにおびただしい血にまみれていたが、心の傷からの出血にくらべれば、それも物の数ではなかった。思わず窓を見あげて、そこにかのうるわしの顔《かん》容《ばせ》が、彼が命をかけて愛してきたあの美しい面輪《おもわ》が、苦悶《くもん》と屈辱にあえぐこの姿を見おろしていると気づいた、そのときの胸の痛みにくらべれば。しかも、彼女はほほえんでいた——おお、神も照覧あれ！　彼女はほほえんでいた——見あげる彼を、無情な悪魔さながらに見おろしつつ。そのときだった、愛が死に絶え、憎しみが生まれたのは。男は目的なしには生きられぬものである。そなたの抱擁《ほうよう》をもとめることが許されぬのであれば、ああ、わが佳人よ、そのときは、そなたの破滅と、わが復讐の完全なる成就と、このふたつのみを目的として、私は生きてゆくであろう。

「文法が混乱してるね」と、紙を警部に返しながら、ホームズが笑みを浮かべて言った。「気がつきましたか？　途中で〝彼〟が急に〝私〟に変わっている。筆者が書きながらつい自分の文章に感情移入して、クライマックスではとうとう、主人公と自分とを同一視してしまっている。その証拠ですよ」

「いずれにしても、たいしたものじゃなさそうですな」そう言いながら、警部はそれをもとどおり手帳のあいだにはさんだ。「おや！　もうお帰りですか、ホームズさん？」

「こういう腕利きのかたが事件を担当しておられるからには、ぼくなんぞの口を出す余地はないでしょう。ついでですが、メーバリー夫人、たしかおっしゃっておいでしたね――ゆっくり旅にでも出たいと？」

「ええ、それが生涯の夢ですわ、ホームズさん」

「どちらへお出かけになりたいですか？　カイロ、マデイラ、それともリヴィエラ？」

「そりゃもう、お金さえあれば、世界じゅうをまわってみとうございます」

「なるほど。世界一周旅行ですか。では、失礼します。晩までに、またなにかご連絡することになるかもしれません」

　窓の外を通るとき、ふと目にはいったのは、警部がにやにや笑いながら、しきりに首をふっている姿だった。その笑い顔は、こう語っているようだった――「ああいうお利口な手合いってのは、必ずどこか奇矯《ききょう》なところがあるものさ」と。

　ふたたびロンドン都心の喧騒のまっただなかに帰り着くなり、ホームズが切りだした――

「さてワトスン、ぼくらのこのささやかな旅も、いよいよ終幕に近づいた。ついでにあと一踏ん張りして、このまま事件を終結に持っていったほうがいいと思うんだが、それにはきみもいっしょにきてくれると心強い。こういう取り引きには、証人がいてくれたほうが安全でもあるしね。相手は名にし負うイサドラ・クラインなんだ」

私たちは辻馬車を拾い、グローヴナー・スクエアの、とある屋敷へと急いだが、その馬車のなかで、これまで何事か思案にふけっていたホームズが、いきなりむっくり身を起こした。

「ところでワトスン、今度の事件の筋道、きみにはもうすっかり読めてるんだろうね？」

「とんでもない、ぜんぜん見当もつかないよ。うすうすわかってるのは、これから会いにいくのが、事件の黒幕の女性だということだけさ」

「まさにそれだよ！　だけど、イサドラ・クラインという名前を聞けば、なにか思いあたることはあるだろう。言うまでもなく、だれ知らぬものもない、あの絶世の美女だよ。彼女に比肩《ひけん》する美女は、まずほかにいないだろうね。純粋のスペイン人で、先祖は十六世紀に中南米を征服した、強大な征服者《コンキスタドール》だ。一族は代々ペルナンブーコで総督を務めてきたそうだが、彼女自身は、ドイツ人のクラインという年寄りの砂糖王と結婚して、まもなく、世界一美しく、世界一金持ちの未亡人となった。それからさ、ありあまる余暇と金に飽かせて、したいほうだいのご乱行が始まったのは。大勢の愛人をこしらえたが、そのひとりに、ロンドン社交界でもその名を謳われた、かのダグラス・メーバリーがいたというわけだ。

あらゆる点から見て、これはダグラスにとっては、たんなる恋の火遊び以上のものだったようだね。彼は社交界で浮き名を流す軽薄な伊達《だて》男とちがって、すべてを与えるかわりに、すべてを要求しもするという、剛毅で誇り高い男だった。ひきかえ、女のほうはというと、小説でよく見る〝つれなき美女〟のタイプさ。いっとき気まぐれが満たされてしまえば、それきりもう見向きもしない。しかも相手がその変化についてゆけず、なおもつきまとうようだと、ぐさりと寸鉄ひとを刺す言葉で、それを思い知らせるすべも心得ている」

「するとあれは、ダグラス自身の物語だったのか」

「やれやれ！　やっとわかってきたようだね。聞いたところでは、いまあの女、息子と言ってもいい年恰好の、ローモンド公爵と結婚しようとしているらしい。年齢のちがいだけなら、公の母堂も目をつぶってくれるかもしれないが、派手なスキャンダルが明るみに出たんでは、話がもつれることは必至だ。そこで、なにがなんでも——ああ！　やっと着いたぞ！」

それは、ウェストエンドでも屈指の角地を占める、宏壮な屋敷だった。機械人形のような従僕が私たちの名刺を受け取ったが、やがてもどってくると、奥様はお留守でございます、と告げた。

「ではお帰りまで待たせてもらいます」ホームズが快活に言った。

たちまち人形の機械がこわれた。

「お留守と申しあげたのは、あなたさまにたいしてだけお留守、ということでございます」

「結構。これで、待つには及ばないということがはっきりしたわけだ。お手数だがきみ、これを奥様にお渡ししてくれたまえ」

ホームズは手帳の一ページを裂きとると、二、三語、走り書きして、折り畳み、従僕に手わたした。

「なんて書いてやったんだい？」私はたずねた。

「なに、〝では、警察沙汰にいたしましょうか〟そう書いただけさ。だいじょうぶ、これで通用するはずだよ」

そのとおり、事態が一変した——しかも、驚くべき迅速さでだ。一分後には、早くも私たちは、広々として豪奢《ごうしゃ》な飾りつけの、『アラビアン・ナイト』にでも出てきそうな客間に通されていた。室内はわざと薄暗くして、ところどころをピンクの電灯が照らしているきりだが、それから察するに、どうやらここの女主人も、〝絶世の美女も薄暗がりのほうを好む〟という年配にさしかかっているようだ。私たちがはいってゆくと、ご当人が長椅子から立ちあがった。背がすらりとして、威厳に満ちたたたずまい、非の打ちどころのない体つきに、美しい仮面のような面《おも》ざし。いかにもスペイン美人らしいすばらしい目が、殺意を含んでじろりと私たちを見据えてきた。

「失礼じゃありません？——こんなふうにいきなり押しかけてくるなんて。それにこの、ひとをばかにしたような伝言、これはなんなのですの、いったい？」さっきの紙片をつきつけながら、いきなり食ってかかってきた。

「いまさらお返事の要はないでしょう。ぼくはマダムの知性を高く評価していますから、わざわざ釈明するような失礼はいたしません。もっとも、正直に申すと、その知性もこのところ、ちと曇ってきているようですが」

「どう曇っていますの？」

「ごろつきを雇ってぼくを脅かせば、恐れて手をひくと思っておいでのところが、ですよ。危険を恐れてひきさがっていては、ぼくのような商売は成りたちません。というわけで、これはむしろあなたご自身のせいなんです。脅かされたればこそ、なにがなんでもメーバリー君の事件を洗ってみようという気になったんですから」

「いったいなんのお話やら、さっぱりわかりませんわ。あたくしがごろつきを雇って、なにをさせたとおっしゃいますの？」

　ホームズはうんざりしたように、女主人に背を向けた。

「やっぱりあなたの知性を過大評価していたようだ。では、失礼します」

「待って！　どこへおいでになるおつもり？」

「ロンドン警視庁《スコットランドヤード》に決まっています」

　部屋の戸口へむかって半分も行かないうちに、彼女が追いついてきて、ホームズの腕をつかんだ。一瞬にして、鋼鉄からビロードに変身してしまっていた。

「まあよろしいじゃございませんこと、おふたりとも。どうかこちらへいらして、おかけくださいましな。じっくりお話しいたしましょう。あなたさまには隠しだてなどしないほうがよろしいようですわね、ホームズさん。紳士としてのお心がけがおありでいらっしゃいますもの。女性の直感で、それぐらいわかります。お友達のつもりで、なにもかも申しあげましょう」

「と言われても、こちらもご同様とはお約束できかねますよ、マダム。ぼくは法律万能主義で

はありませんが、これでも微力ながら、正義の代弁者のつもりでおりますのでね。いちおうお話をうかがったうえで、こちらがどう出るかをお答えすることにしましょう」

「いまさら言うまでもありませんけど、あたくしが愚かでございました——あなたさまのような勇気のあるかたを脅かそうとしたなんて」

「いや、なにより愚かだったのはね、マダム。ああいうごろつきとかかりあいになることで、あとあとゆすられたり、裏切られたりしかねない下地をつくってしまったことですよ」

「いえ、いえ、それはちがいます！　あたくしだって、それほどおばかさんじゃありません。正直にお話しするとお約束しましたから申しあげますけど、バーニー・ストックデールと、連れ合いのスーザンとを除けば、この件でのほんとうの金主《きんしゅ》がだれなのかを知ってるのは、ただのひとりもおりません。そしてあの夫婦について言えば、なにも、その、今度がはじめてというわけじゃなし——」あとはあだっぽくにっこり笑って、小首をかしげてみせた。

「なるほど。つまり、試験ずみというわけだ」

「ふたりとも優秀な猟犬ですわ——けっして吠えずに、ただ獲物だけを追う」

「ところがね、そういう優秀な猟犬にかぎって、いずれは飼い主の手に嚙みつくようになるものなんです。まあ、そうなる前に、ふたりとも今回の押し込みの件で、逮捕されるのは目に見えてますがね。すでに警察が追っていますから」

「そうなればそうなったで、しかたありません。そのためにこそ、大枚《たいまい》の報酬を支払ってるんですから。あたくしの名が出ることはないはずですわ」

「このぼくが訴えて出ないかぎりはね」

「いえ、いえ、そうはなさいませんわ、あなたは。紳士ですもの。この件はね、女の秘密なんです」

「ではとりあえず、あの原稿をお返しいただきましょうか」

彼女はころころと声をあげて笑うと、暖炉に歩み寄った。そして、炉のなかにうずたかく積もった灰を火かき棒で突きくずしながら、「これを返せとおっしゃいますの？」と、言いかえしてきた。私たちの前に立って、いどむようにほほえんでいるその姿は、嫣然《えんぜん》として、なんともなまめかしかったから、およそホームズの対決する犯罪者のなかでも、これほど扱いにくい相手はいないのではないか、そんな気がしたほどだった。ところがホームズという男、この種の情緒には、まったく動かされないくちだ。

「これであなたの運命はとざされましたね、マダム」と、冷ややかに言ってのける。「たしかにあなたの行動は迅速だが、今回にかぎっては、ちとやりすぎたというものです」

彼女はからりと音をたてて、火かき棒を投げ捨てた。

「あきれたわからずやだわね！」と、いきりたって叫ぶ。「そんなら、ここに書かれていたこと、あたくしの口からすっかりお聞かせしましょうか？」

「うかがうまでもありません――その内容なら、すっかりわかっています」

「でもね、ホームズさん、あたくしの立場からも見ていただきたいの。生涯の大望があと一歩というところで潰《つい》えかかっている女の立場、それをわかってくださらなきゃ。そういう土壇場にきて、自分の身を護ろうとするのが、それほどいけないことでしょうかしら」

「しかし、もともとの罪はあなたにあるんですよ」

「ええ、ええ！　それはよくわかっておりますわ。あのひとは愛すべき青年でした、あのダグラスというひとは。ただね、たまたまあたくしの生涯の目論見《もくろみ》にあてはまるようなひとじゃなかったんです。彼は結婚を望みました――結婚を、ですのよ、ホームズさん――無一文の平民の分際で。結婚以下の関係では、承服できないと言うんです。しかも、だんだんしつこくなりましてね。いったん与えられたからといって、それがもっとたくさん、しかも、つねに自分だけに与えられなければならない――そう思いこんでいるようなんですもの。たまったものじゃありませんわ。それでとうとう、ありのままの現実をのみこんでもらうことにしたんですの」

「ごろつきを雇って、あなたご自身の窓の下でたたきのめさせた、そういうわけですね」

「ほんとに、なんでもよくご存じですこと。ええ、おっしゃるとおりですわ。バーニーとその手下に、追っぱらわせました。それはまあ、いくらか手荒だったことは認めます。でも、そのあと、あのひとがどうしたとお思いになりまして？　あれがかりにも紳士と言われるひとのすることでしょうか。あろうことか、小説を書いて、あたくしとのことを洗いざらいぶちまけましたのよ。むろんそのなかでは、あたくしが狼、あのひとは子羊。いちおう仮名にはなっておりますけど、いっさいがあからさまに書かれてるんですもの。ロンドンの人間なら、だれのことかぐらい、すぐに見当がつきます。こんな卑劣なやりかた、あなたならどうお思いになりまして、ホームズさん？」

「さあね、書くのは本人の自由でしょう」

「きっと、イタリアの空気にかぶれたんですわ。おまけに、むかしのイタリアふうの残酷趣味にまで。手紙をよこして、原稿の写しを送ってきました。これが出版されたら、さぞあたくしが打ちのめされるとでも思ったんでしょう。原稿は二部あるということでした——一部はあたくしに、もう一部は、小説の出版元に」

「その出版社向けのが、まだ先方に届いていないと、どうしてわかりました？」

「出版元がどこかは存じておりましたもの。じつは、あのひとが小説を書いたのは、これがはじめてじゃありませんのよ。ですから、そちらへ問いあわせて、イタリアからはまだなんの連絡もきていないということをつきとめました。そこへとびこんできたのが、ダグラスが急に亡くなったという話。でも、残る一部の原稿がこの世に存在するかぎり、あたくしも安閑《あんかん》としてはいられません。むろんそれはほかの遺品といっしょに、彼のおかあさまのところへ送りかえされるでしょう。それで、あのものたちを使うことにし、ひとりが召し使いとしてあちらのお宅に住みこみましたの。

あたくしとしては、万事、フェアに運びたかったんですのよ。けっして嘘じゃございませんわ。誠心誠意、そう努力いたしました。家財道具ぐるみで、そっくりあのお屋敷を買いとる用意もございましたし、あちらの言い値どおりにお支払いするつもりでもおりました。そうした努力がぜんぶ水の泡になってしまって、それでやむをえず、非常手段に訴えたというだけのことですの。こういうわけですわ、ホームズさん。かりにあたくしのダグラスにたいする仕打ちが冷酷すぎたとしても――そしてその点ではあたくし、ほんとに悪かったと後悔はしてますけれど――でも、かりにそうだとしても、これからのあたくしの一生がめちゃめちゃになろうとしているときに、ほかのどんな手段がとれたとお考えになりまして？」

シャーロック・ホームズは肩をすくめた。

「さてさて、こうなるとまた例によって、ぼくは重罪を見のがすということになりそうだ。ひとつうかがいますが、乗り物をはじめ、すべて一等クラスで、世界一周旅行をするとしたら、費用はどのくらいかかりますかね？」

イサドラ・クラインはあっけにとられて、目を円《まる》くしてホームズを見つめた。

「五千ポンドもあれば、足りるでしょうか」

「そうですわね。まあそんなところでしょう」

「よろしい。では、それだけの金額の小切手を切ってもらいましょうか。ぼくからメーバリー夫人に届けます。あのかたにすこしばかり気晴らしをさせてあげる義理、それがあなたにはあると思いますよ。それからね、マダム、ついでにもうひとつ――」と、ホームズは警告するように指をふって、「――くれぐれも用心なさることです。用心第一！　それが肝心！　迂闊《うかつ》に鋭い刃物をもてあそんでいると、いつかはその美しい手に怪我をすることになりますからね」

サセックスの吸血鬼

ホームズは最終便で届いた手紙のうちの一通に、さいぜんから入念に目を通していた。ややあって、乾いたくすくす笑いをもらすと——彼の場合、これがいちばん声をたてて笑うというのに近いのだが——その手紙を私のほうへほうってよこした。

「現代と中世、現実と突拍子もない空想、その混淆《こんこう》となると、これなんぞ、さしずめその極めつきだろうね」と言う。「どうだいワトスン、きみはそれをどう思う?」

文面は以下のようなものだった——

オールド・ジュアリー四六番地
十一月十九日

吸血鬼に関する件——

拝啓

このたび、本日付けの書簡をもって、当事務所の顧客、ミンシング・レーンの茶仲買商ファーガスン&ミュアヘッド商会のロバート・ファーガスン氏より、吸血鬼に関する照会に接しました。当事務所は、もっぱら機械類の評価・査定にたずさわるものにて、この種の問題は専門外と心得、ファーガスン氏には、貴殿をご訪問のうえ、右件につきご相談あって然るべき旨、ご返信いたしておきました。なお、当事務所は、〈マティルダ・ブリッグズ〉事件を貴殿がみごとに解決せられたる一事を、いまなお記憶いたすものであります。

敬具

モリスン、モリスン&ドッド法律事務所

担当者E. J. C.

「〝マティルダ・ブリッグズ〟といったって、若い女性の名前じゃないんだよ、ワトスン」と、ホームズはなつかしそうな口ぶりで言った。「船の名でね、スマトラの大鼠《おおねずみ》と関係がある。この件については、まだいまのところ公表する用意がないんだが、それにしても、驚いたね、吸血鬼とは。専門外と言うなら、われわれだってご同様さ。まあこうやって退屈してるのよりはまだましだが、なんだか『グリム童話』の世界にでも迷いこんじまった気がする。すまないがワトスン、ちょっと手をのばしてくれ。Vの項目になにかあるか、見てみようじゃないか」

私は後ろに反りかえって、ホームズの言う分厚い索引帳をとりおろした。それを膝の上にひろげたホームズは、ゆっくりと、いとおしむように目を走らせて、そこにしるされた事件記録を、一生をかけて蒐集してきたさまざまな情報を、ひとつひとつ読みかえしていった。

「〈グロリア・スコット〉号の航海《ヴオイツジ》か。これはいやな事件だったな。たしかきみも書いてくれてるはずだが、出来はあんまりかんばしくなかったみたいだぜ[1]。おつぎは、ヴィクター・リンチ、偽造犯だ。毒蜥蜴《ヴェノマス・リザード》またの名ヒーラ。こいつは忘れられない事件だよ！　つづいて、サーカスの美女ヴィットリア。金庫破りヴァンダービルトと殺し屋。鎖蛇《ヴァイパーズ》のいろいろ。それから、ハマースミスの怪人ヴィガー。おっと！　これはこれは！　やっぱりこの索引はたいしたものだよ。おろそかにはできない。まあ聞きたまえ、ワトスン。ハンガリーの吸血鬼《ヴァンパイア》伝説というのがある。それからもうひとつ、トランシルヴァニアの吸血鬼というのも」

　彼はしばらく熱心にページをくっていたが、熟読していたのもつかのま、すぐに失望したように鼻を鳴らして、その大冊をほうりだした。

「くずだよ、ワトスン、ぜんぶくずだ！　墓から抜けだして歩きまわる死体、それも、心臓に杭を打ちこまないかぎり死なないやつなんて、こんなのをいったいどうしろと言うんだ。狂気の沙汰だとしか言いようがないね」

「とはいってもね」私は反論した。「吸血鬼と言ったって、必ずしも死人と決まったものでもあるまい。生身の人間にも、そういう性癖《せいへき》を持ったものがいる可能性はある。どこかで読んだが、若さを保つために、老人が若者の血をすするという事象だってあるそうだ」

「なるほどね、ワトスン、たしかにきみの言うとおりかもしれん。ここに出ている伝説のうちにも、ちょうどその話の裏づけになりそうなのがあるからな。しかしだ、そんなことがまじめにとりあげるべき問題になると思うかね？　わが探偵社は、しっかり地に足をつけて立ってるんであって、また今後もそうでなくちゃなるまい。世のなかは広いんだ。幽霊まで相手にしちゃいられないよ。残念ながら、このロバート・ファーガスン氏とやらの相談事は、まともにとりあげるわけにはいかないね。どうやら、こっちのこの手紙が、当のご本人からのものらしいから、読めばなにを悩んでいるのか、すこしははっきりするだろうが」

はじめの手紙に気をとられて、これまで開封せずにテーブルにほうりだしてあったもう一通を、ホームズはあらためて手にとった。ところが、読んでゆくうちに、当初はその顔に浮かんでいた冷やかすような笑みが徐々に影をひそめ、強い関心と精神集中とをあらわす表情に変わっていった。読みおえると、その手紙を指先でつまんだまま、しばらくじっと考えこんでいたが、ややあって、はっと夢からさめたような面持《おもも》ちになった。

「ランバリーの〈チーズマン屋敷〉か。ランバリーって、どこだったっけ、ワトスン？」

「サセックス州だね。ホーシャムの南だ」

「じゃあそう遠くはないな。で、〈チーズマン屋敷〉ってのは？」

「これでもあのあたりには詳しいつもりだがね、ホームズ。古い屋敷が山ほど残っていて、それぞれに、何世紀も前にそこを建てた人物の名がついている。〈オードリー荘〉に、〈ハーヴィー館〉、〈キャリトン屋敷〉といったぐあいにさ。そこを持ってた当の一族は、とっくに忘れられてしまってても、名前だけは、建物とともに生き残ってるというわけだよ」

「まあそうだろうな」そっけない言いかただった。これは、ホームズ独特のプライドと負けず嫌い、これが両々相俟《あいま》って出てくる性向のひとつで、なにか新知識に接すると、たちまちそれを要約して、正確に頭のなかの所蔵庫にしまいこんでしまうのはいいが、それを教えてくれた相手には、めったに感謝をあらわしたためしがない。「いずれにしろ、この事件が終わるころには、ランバリーの〈チーズマン屋敷〉についても、もちっと詳しいことがわかるようになってるだろうけどね。この手紙、やっぱりロバート・ファーガスンからだった。ついでだがこの男、きみとは旧知の仲だと言ってるぜ」

「なに、ぼくと！」

「まあ読んでみたまえ」

ホームズは手紙を渡してよこした。書簡箋の上端には、いま話題になった住所が刷りこまれている。

シャーロック・ホームズ様

小生顧問弁護士より、貴兄に相談してはとの推輓《すいばん》を受けましたが、事の性質がきわめて微妙なものであるため、どのようにお話しすべきか、すこぶる困却いたしております。

小生は、ある友人の代理人としてこのお手紙をさしあげるものですが、この友人は、五年ほど前、硝石《しょうせき》の輸入を通じて知りあった、ペルーのさる貿易商の息女を妻にめとりました。この女性は非常な美女ではありますが、もともと異国の生まれにて、宗教を異にするゆえもあり、夫婦のあいだで、それぞれの趣味や考えかたに齟齬《そご》をきたすことも多く、いつしか友人の妻にたいする愛情も薄れ、この結婚は失敗だったと考えるにいたったようです。妻の性格のなかに、まったく夫たる自分の立ち入ることのできぬ側面がある、それを強く感じたためとも思われます。この事実は、妻としての夫人が、およそ男子の望みうるもっとも愛情ぶかい妻であり、どこから見ても、絶対の献身をもって夫にかしずいているだけに、なおのこと痛ましいものでありました。

さて、要件はお目にかかったうえで詳しく申し述べる所存でありますが、ここに本状をさしあげるのは、まずもって事情の概略をご説明し、はたして貴兄がこの問題に関心をお示しくだされるかどうか、それを確かめるためにほかなりません。じつは、くだんの女性が最近にいたり、平素のやさしく穏やかな人柄とは打って変わり、まことに奇怪な言動を示しはじめたのであります。友人にはこの結婚が再婚にあたり、死別した先妻とのあいだに一男がありますが、本年十五歳になるこの長男は、きわめて愛すべき、やさしい心根の少年であり、ただ、幼少のころの不幸な事故によって、少々体に不自由なところがあります。しかるに、この気の毒な少年にたいし、夫人が二度までもいわれのない打擲《ちょうちゃく》を加えている現場を発見されたのです。そのうち一度はステッキで殴打したため、少年の腕には、大きなみみず腫《ば》れが残ったほどでした。

とはいえこれとても、自分の腹を痛めた、生後一年にもならぬ愛らしい赤子にたいする行為にくらべれば、とるにたらぬものでしかありません。一カ月ばかり前のことですが、あるとき乳母がほんの二、三分、赤子のそばを離れたことがありました。すると、ふいに赤子がけたたましく、悲鳴のような声で泣きだしたのです。急いで部屋にもどってみますと、雇い主である夫人が赤子におおいかぶさり、どうやら首に噛みついているようす。見れば、赤子の首に小さな傷があり、血まで流れている。あまりのことに驚いた乳母は、その場であるじを呼ぼうとしましたが、夫人がそれだけは勘弁してと泣かんばかりにかきくどき、あろうことか、口止め料として、乳母に五ポンド握らせさえしたとか。それでいて、なぜそんなことをしたのか、事情についての説明はいっさいなされず、さしあたりその場はそれでおさまったわけです。

とはいうものの、このことで心にただならぬ印象を刻みつけられた乳母は、以来、夫人の言動に油断なく目を配るかたわら、深く愛する赤子の身に、いっそうの注意を払うようになりました。ところが、乳母が夫人を見張っているのとまったく同様に、母親のほうでも、乳母の動静をひそかに見張っているらしく、乳母がやむなく赤子のそばを離れるたびに、夫人がその機会をとらえて、赤子に近づこうとしているように思えてなりません。昼も夜も、乳母は赤子にたいする監視をゆるめませんでしたが、いっぽう母親のほうも、日夜、無言のうちにじっと目を光らせ、虎視眈々《こしたんたん》と隙をうかがっているようなのです。まことに信じがたいと思われるやもしれませんが、なにとぞ真剣にお受け取りくださるよう、せつにお願い申しあげます。なにぶんにも、ひとりの赤子の命と同時に、ひとりの男の正気がおびやかされているのは事実なのですから。

とかくするうちに、ついに恐れていた日がやってきました。もはやこうした出来事を主人の目から隠しきれなくなってきたのです。日ごと夜ごと、神経をすりへらしてきた乳母が、ついに緊張に堪えきれず、ある日いっさいを主人に打ち明けてしまったのです。いまこれを読んでおられる貴兄にとってもおそらく同様でしょうが、乳母の話は、主人にとっても、まったくの世迷《よま》い言《ごと》としか思えませんでした。彼の知る夫人は、どこまでも愛情細《こま》やかな妻であり、前記のように二度ほど継子を折檻《せっかん》した以外は、母親としても非の打ちどころのない女性なのです。それがどうして、かわいいわが子をわが手で傷つけることなどありえましょうか。きっとおまえは夢でも見ていたのだろう、そんな疑いをかけるのはばかげている、女主人をそのように中傷するのは許しがたい、そう言って彼は乳母をたしなめました。

ところが、そんなやりとりをしていたそのおりもおり、ふいにまた赤子の悲鳴にも似た泣き声が響きわたったではありませんか。主人も乳母も、あわてて子供部屋に駆けつけました。すると——ああ、ホームズさん、どうかお察しください、そのときの友人の気持ちを!——妻がそれまでひざまずいていた揺りかごのそばから立ちあがった。見れば、むきだしになった赤子の首にも、またシーツにも、真っ赤な血がこびりついている——そんなありさまをまのあたりにしたのですから。思わず恐怖の叫び声をあげて、妻の顔を明かりのほうへ向けてみると、口のまわりが血で赤く染まっている。もはや一片の疑いもありません——ほかでもないこの母親こそが、いとけないわが子の血をすすっていたのです。

事情はだいたいこんなところです。現在、夫人は一室に監禁されていますが、いまもって、一言の弁解もしようとせず、夫は半狂乱に陥っています。彼はもとより、友人たる小生も、吸血鬼についてはなんら知るところがありません。遠い異国の、荒唐無稽《こうとうむけい》な伝説とばかり思っておりましたのが、こともあろうに、このイギリスもサセックス州のどまんなかで、そういう事象に出あうことになろうとは。とまれ、詳しいことは明朝、お目にかかったうえでお話ししたいと存じますが、面会に応じていただけますでしょうか。どうか、この気も狂わんばかりの男のため、何分《なにぶん》のお力をお貸しくだされますように。この儀、もしお聞き届けいただけますならば、なにとぞランバリー在〈チーズマン屋敷〉のファーガスンまで、電報にてその旨お知らせたまわりたく、さすれば小生、明朝十時にご尊宅をお訪ねいたします。

敬具

ロバート・ファーガスン

追伸——たしかご友人のワトスン氏は、かつてブラックヒース・クラブでラグビーをやっておられたはずですが、当時、小生もリッチモンド・クラブでスリークォーターを務めておりました。貴兄に小生の人物証明をさしあげるとすれば、これくらいのものです。

「この男のことなら、もちろんよく覚えているよ」そう言いながら、私は手紙を置いた。「ビッグ・ボブ・ファーガスン——かつてリッチモンドに所属したうちでも、最高のスリークォーターだろうね。気のいいやつだったが、友人のことでこんなにも心配するなんて、いかにもあの男らしい」

一瞬、思案げなまなざしで私を見つめてから、ホームズはやおら首をふった。

「ひとというのは、わからないものだね、ワトスン」と言う。「きみにしても、まだまだぼくの知らない面がたくさんありそうだ。それじゃお手数だが、ひとつ電報を頼むよ。〝貴兄の事件につき、喜んでご相談に応ず〟とね」

「〝貴兄の事件〟でいいのか?」

「わが探偵社がぼんくらぞろいだなんて、受け取ってもらっちゃ困るからね。もちろんこれは当人の相談事さ。じゃあその電報を打ってしまったら、問題はひとまずあすの朝までお預けとしようか」


翌朝十時きっかりに、ファーガスンが大股にはいってきた。私の覚えている彼は、長身の、岩を切りとったかのように頑丈な体格、それでいて、柔軟な手足と、すばらしい敏捷《びんしょう》さとに恵まれ、その力で対戦相手のバックスをさんざんに翻弄《ほんろう》しつくしたものだった。およそこの世でなにが悲劇的だと言って、こちらがその全盛期を知っているすぐれたアスリートの、衰えはてた末路をまのあたりにすること以上に、胸の痛むことはあるまい。かつてのりっぱな体格は、いまや見るかげもなく、光り輝いていた金髪は薄くなり、肩は前かがみになっている。思うに、向こうも私を見て、同様の感慨に打たれたのではあるまいか。

「いよう、ワトスン」そう言う声は、しかし、あいかわらず深みがあり、張りもあった。「いつだったか、オールド・ディア・パークで、きみをロープごしに観客席にほうりこんだことがあったが、あのころの面影はまるきりないね。ぼくもご同様、だいぶ変わってると思うが、とりわけこの二、三日は、めっきり老けこんじまった。ホームズさん、電報を拝見して、いまさらほかのだれかの代理人のふりをしても、無駄だということがよくわかりましたよ」

「何事も単刀直入がいちばんです」と、ホームズ。

「ごもっともです。しかし、ひとりの女性が問題になってるというとき、その女性が自分の庇護し、かつ助けてやるべき対象であるとなると、これはなかなか話しづらいものでして。ともあれ、このさいこのぼくにいったいなにができるでしょう。警察にこんな話を持ちこんでみても、まともにとりあってもらえるとは思えないし、さればとて、子供たちだけはなんとしてでも護らなくてはならない。ねえホームズさん、これは狂気でしょうか。悪い血でも流れているんでしょうか。似たような事件、これまでに扱ったことがおありでしょうか。後生です、どうかお知恵をお貸しください。こちらはほとほと途方に暮れているのです」

「ご心中はお察ししますよ、ファーガスンさん。とにかくこっちにおかけになり、気をとりなおして、二、三の点にお答えいただきたい。ぼくはべつに途方に暮れてもいませんし、必ずや謎を解明できるという自信もありますのでね。まずうかがいたいのは、これまでどのような処置をとっておられるかということですが、奥さんはその後もお子さんがたに接しておいでなのですか？」

「いま思いだしても、ぞっとしますよ、ホームズさん。妻はまことに愛情細やかな女性なのです。全身全霊をあげて夫を愛する女性がいるとしたら、妻こそまさにそれでしょう。そんな女性が、夫にあの忌《い》まわしい、信じがたい秘密を知られたというので、心に深い傷を受けたようです。完全に口をとざしてしまい、非難されても口答えひとつせず、ただじっと、訴えるような悲痛な目でぼくを見つめるばかり。しかも、そうこうするうち、自分の部屋に駆けこんで、なかから錠をおろしてしまった。いまでは、ぼくと対面することさえ拒んでいます。結婚前から妻に仕えているドローレスというメイドがいるんですが――まあ使用人というよりは、もはや友達のようなものですね――これに食事だけは運ばせているという始末です」

「では、お子さんには、さしあたって危険はないわけですね？」

「メイスン夫人――乳母ですが――これが四六時ちゅう、赤子から目を離さないと約束してくれています。絶対的に信頼していますよ、この乳母のことは。それよりむしろ、あのかわいそうなジャックのことが心配です。手紙にも書きましたが、二度も妻から折檻されていますからね」

「しかし、怪我をするほどではなかったんでしょう？」

「ええ。容赦なく打たれはしたようですが。ただ、なんの罪もない、体の不自由な子であるだけに、いっそう不憫《ふびん》に思われましてね」この子のことを話すときだけは、ファーガスンのやつれた顔も、こころもちやわらぐように見えた。「あの子のようすを見れば、だれだっていじらしく思うでしょう。幼いころに高いところから落ちて、そのせいで背骨が曲がってしまったんですが、それでもホームズさん、心根はまことにやさしく、かわいい子なんです」

ホームズは前日の手紙をとりあげると、あらためて目を通しながら言った。「ほかにお宅にはどんなひとがおられますか、ファーガスンさん？」

「召し使いがふたり、いずれもわりあい新しい使用人です。それから、厩番《うまやばん》のマイクルという男――これも夜は母屋のほうでやすみます。あとは、妻とぼく、長男のジャック、赤ん坊、ドローレス、そしてメイスン夫人。これでぜんぶですね」

「察するところ、結婚なさったときには、奥さんのことをそれほど深くはご存じなかったようですね？」

「知りあってから、まだ数週間でした」

「そのドローレスというメイドですが、どのくらい前から奥さんに仕えていますか？」

「数年前からでしょう」

「すると、奥さんの人柄については、あなたよりもそのドローレスのほうがよく知ってる、そういう可能性もありますかね？」

「ええ、そう言ってもいいでしょう」

ホームズはなにかメモをとった。

「とにかく、ここでお話をうかがっているよりも、じかにランバリーへ出向くほうがよさそうに思われます。どう考えても、ごく内々に調査をすべき問題であることは確かですからね。お話のように、奥さんがそうやって部屋にとじこもっておいでだとすれば、われわれが乗りこんでも、さしてご迷惑にもなりますすまい。もちろん、夜は近くの旅籠《はたご》にでも宿をとりますし」

ファーガスンはほっとしたようすだった。

「願ってもないことです、ホームズさん。おいでいただけるのでしたら、ちょうどヴィクトリア駅発二時という、お誂《あつら》え向きの列車があります」

「でしたら、それで行きますよ。ちょうどいま手もあいていますし、この件に専念できますから。ワトスン君も当然、いっしょです。ただ、出かける前にあと二つ三つ、確かめておきたい点がありまして。お気の毒に、奥さんはご自分の赤ちゃんにも、またご長男のほうにも、同等に折檻をなさったわけですね？」

「そのとおりです」

「ただし、折檻とは言っても、方法はちがっていた、と。そうですね？　ご長男のほうには、打擲を加えられた」

「一度はステッキで、もう一度は手で、それもかなりひどく打ちました」

「なぜ打ったのか、その説明はいっさいなさらなかったのですね？」

「はあ。ジャックが憎いとだけ。憎いとは、何度も、何度もくりかえしていましたね」

「なるほど。継母の場合、ありがちなことではありますが。亡き先妻への嫉妬とでも言いますか。もともと嫉妬ぶかいたちなのですか？」

「はあ、まあ、たしかに嫉妬ぶかくはありますね。南国の女性らしく、激しく愛しもするが、それだけにまた、激しく嫉妬しもするという――」

「しかしご長男のほうは――ええと、十五歳でしたか――思うに、体が不自由なぶん、知能のほうは、人一倍、発達しておいでだと愚考するのですが、義理のおかあさんから打たれたことについて、ご本人はなんの説明もなさらないのですか?」

「はあ。理由なんかないと申すばかりです」

「普段は義理のおかあさんと仲よくしておいでなのですか?」

「いや。親子の情愛というようなものは、まったくありません」

「しかしご長男は、情愛ぶかく、心根がやさしいというお話でしたが?」

「およそ世のなかに、あれほど親思いの子はありません。ぼくにとってもかけがえのない息子です。ひたすら父親の一挙一動にのみ傾注して、ほかのものには目もくれません」

ここでまた、ホームズは何事かメモをとり、そのあとしばらく、物思いにふけっていた。

「言うまでもなく、あなたが再婚なさるまでは、その坊っちゃんとは男同士、無二の親友のように過ごしてこられたはずです。きっと離れがたい絆で結びついておられたのでしょうね?」

「ええ、それはもう」

「そして坊っちゃんが生まれつきそれほど親思いのお子さんであるとすれば、むろん、亡くなった実のおかあさんの思い出を、それは大事にしておられたはずだ。そうでしょう?」

「ええ、たしかに」

「なかなか興味ぶかいお子さんと拝察しました。あとひとつだけ、問題の折檻のことでうかがいますが、赤ちゃんにそういった奇怪な暴力を加えたのと、ご長男を打擲なさったのと、ふたつはおなじ時期に起きたことですか?」

「一回めは、おなじときでした。なんだか急に狂気にとりつかれて、鬱積《うっせき》した感情を子供たちふたりにむけて発散したかのような感じで。二度めのときは、ジャックひとりが対象でした。赤ん坊については、メイスン夫人も、とくになにも言ってはおりません」

「となると、問題はいよいよ複雑になってきますね」

「はあ？　どういうことでしょう、ホームズさん。よくわかりかねますが」

「まあそうでしょうね。ひとはだれしもまず仮説をたてておいて、時の経過なり、あるいは、より詳細な情報なりが、その仮説を打ち砕いてくれるのを待ちたがるものなんです。困った習性ですよ、ファーガスンさん。とはいえ、人間性とは弱いものですからね。気になるのは、ここに控えているあなたの旧友が、ぼくの科学的調査法なるものについて、過大な期待をいだかせてはいないかということなんですが、しかしまあ当面は、ご相談の件も、けっして解決不能とは思えないと、それだけを申しあげておきましょう。では、二時に、ヴィクトリア駅で」


ランバリーの〈チェッカーズ〉なる旅亭にいったん荷物を置いてから、サセックス特有の粘土層のなかを、長く曲がりくねった細道づたいに馬車を走らせ、ようやくファーガスンの住まいである古い一軒家にたどりついたのは、霧深い十一月の、どんより曇った夕暮れだった。

家は、農場主の居宅として建てられた、大きな、だだっぴろい建物で、中央部分は見るからに蒼古たる趣《おもむき》なのに、両翼は真新しく、チューダー様式の煙突が高くそびえるいっぽう、傾斜の急な、苔むした屋根は、ホーシャム特産の石板で葺《ふ》かれている。上がり口の石段は、すりへってくぼみ、ポーチをとりまく古びたタイルには、建物の初代のあるじにちなんで、〝チーズと男〟とを描いた判じ絵紋が刻まれている。なかにはいると、天井には何本もの太いオークの梁が平行して走り、床板は波打って、あちこちがひどくたわんでいる。全体として、崩壊に瀕したこの古い建物を支配するのは、歳月と腐朽のにおいででもあろうか。

建物の中央に、ひときわ大きな居間があって、ファーガスンが私たちを案内したのは、この部屋だった。いっぽうの壁に、大きな旧式の暖炉が切ってあり、裏側に一六七〇年の文字が見える鉄の囲いのなかでは、丸太が勢いよくぱちぱちと音をたてて燃えていた。

見まわすと、ここがさまざまな時代と地方色との入りまじった、ことのほか風変わりな部屋であるのがわかった。壁はなかばあたりまで鏡板張りになっているが、これは最初のあるじである、十七世紀の自由農民《ヨーマン》の名残《なごり》だろう。ところがこの、壁の下半分のパネルの部分には、選《よ》りすぐりのモダンな水彩画がずらりと飾られているのにたいし、壁の上半分、オークのパネルにかわって、黄色の漆喰《しっくい》が塗られている部分には、南米由来のさまざまな道具や武具が掛け連ねられ、こちらは明らかに、二階にいるペルー生まれの夫人のコレクションかと思われる。それらを目にするなり、生来の珍しもの好きから、たちまち好奇心をかきたてられてか、ホームズはつと立ちあがると、そばへ寄って、入念にそれらをながめていたが、やおらして、目に物思わしげな色をたたえて席にもどってきた。

その途中、ふいに声をあげて、「ほう！　これはこれは！　おいで！」と、呼びかける。

一隅に置かれたバスケットのなかに、一匹のスパニエルが寝そべっていて、呼ばれると、よちよちと妙な足どりで主人のほうへ近づいてきた。後脚の運びがぎごちなく、尾は床をひきずっている。ファーガスンのそばへくると、その手をなめた。

「ホームズさん、どうかなさいましたか？」

「その犬ですが、脚を傷めでもしたんでしょうか」

「獣医も首をひねっていました。麻痺の一種らしいのですが、あるいは髄膜炎《ずいまくえん》かもしれないとか。ただし、経過はよくて、もう峠は越えましたから、じきによくなるでしょう――なあ、そうだな、カルロ？」

ひきずった尾の先端までふるえが走って、肯定の意をあらわした。悲しげな目が私たちひとりひとりを見まわした。自分の病気が話題になっているのがわかるのだろう。

「急にこんなふうになったんですか？」

「ええ、たった一晩で」

「いつのことです？」

「四カ月前くらいでしょうか」

「それは興味ぶかい。非常に参考になりますね」

「どういうことですか、ホームズさん？」

「ぼくのすでに持っている説を裏づけてくれますから」

「すでに持っているって、いったい全体、なにをお考えなのです、ホームズさん。あなたにとっては、ただの知的なゲームにすぎないのかもしれないが、ぼくにはこれ、生死の問題なんですよ！　妻は殺人者になるかもしれず――息子はたえざる危険にさらされつづける！　どうか後生です、ホームズさん、じらさずに教えてください。事はおそろしく深刻なんです」

巨漢の元スリークォーターは、全身をわなわなとふるわせていた。ホームズがなだめるようにその腕に手をかけた。

「ファーガスンさん、答えがどう出るにせよ、あなたにはつらい結果になりそうです。そうならないよう、できるだけ努力はしますがね。いまはそれだけしか申せませんが、いずれロンドンに帰るまでには、なんとか黒白をつけてさしあげられると思います」

「ぜひともそうしてくださるようお願いしますよ！　ぼくはちょっと失礼して、二階の妻に変わりはないか、ようすを見てくることにしますので」

ファーガスンが五分ばかり席をはずしているあいだ、ホームズはまたしても壁に飾られた珍しい蒐集品を、仔細に点検して過ごした。やがてあるじがもどってきたが、その沈んだ表情から見て、事態がけっして好転してはいないことは明らかだった。彼といっしょに、背のほっそりと高い、褐色の肌をした娘がはいってきた。

「お茶の用意ならできているよ、ドローレス」ファーガスンが言った。「なににもよらず、奥さんに不自由のないようにしてやってくれ」

「奥さん、とても悪い」娘は声をはりあげて言うと、憤《いきどお》ろしげな目で主人を見据えた。「奥さん、なにも食べたくないです。とても病気。お医者さん、必要。わたしひとりだけ、お医者さんいない。とてもこわいです」

ファーガスンが問いかけるようなまなざしを私に向けてきた。

「ぼくでよければ、いつでもお役に立つよ」

「奥さんはワトスン先生に診てもらうこと、承知するだろうかね?」

「わたし、ご案内する。奥さん、許可いらない。お医者さん、必要です」

「じゃあ、すぐに行こうか」

メイドは強い感情をおさえかねているように、全身をふるわせていた。そのあとについて階段をのぼり、古びた廊下を歩いてゆくと、廊下のはずれに、四隅に金具を打った、どっしりしたドア。これではかりにファーガスンが力ずくで押し入ろうとしても、容易にこのドアはひらくまい。メイドがポケットからキーをとりだし、頑丈なオークの扉がぎいっときしみながらひらいた。私がはいったあと、メイドもすばやくそれにつづき、すぐさまドアにしっかり錠をおろした。

ベッドに横たわった女性は、明らかに高熱を発しているらしく、うつらうつらしていた。私がはいってゆくと、美しい目におびえた表情をたたえ、不安そうにこちらを見つめてきたが、夫ではないと知って安心したのか、ほっと溜め息をもらして、ふたたび枕に頭を落とした。私は病人を落ち着かせるような言葉をかけながら、そばへ寄って、脈をとり、熱をはかったが、そのあいだ病人はされるままになっていた。熱も脈搏《みゃくはく》数も高くはあったが、私の見るところ、それは体の病気というよりも、精神的、神経的な興奮からくるものらしかった。

「一日、二日、奥さんずっとこんなふうです。死ぬかも――こわいです、わたし」そばでメイドが言った。

患者は上気した端正な面《おもて》を私のほうへ向けた。

「主人はどこにおりまして？」

「階下です。呼んできますか？」

「会いたくありません。主人には会いたくありません」それきり言葉ははっきりしなくなり、うわごとでも口走るような口調になった。「ああ悪魔！　鬼！　あの悪魔めを、いったいどうしたらいいものか」

「なにかお力になれることでもありますか？」

「いえ、いえ。もう無駄です、どなたのお力も借りられません。おしまいなんです。なにもかも、もうめちゃめちゃ。いまさらどう骨折っても、とりかえしのつくことではありません」

どうやらなにか、奇怪な妄想にとらわれているらしい。あの善良なボブ・ファーガスンが、鬼呼ばわり、悪魔呼ばわりされるいわれなど、どこにあるだろう。

「奥さん」私は声をかけた。「ご主人は心から奥さんを愛しておられますよ。こういう仕儀になったのを、どれほど深く嘆き悲しんでおられることか」

もう一度、患者はその、どこまでも美しい目を私に向けた。

「夫があたくしを愛している？　それはそうでしょう。でも、それを言うなら、あたくしが夫を愛していないとでもお思いでしょうか。夫を傷つけるくらいなら、自分を犠牲にしても悔いはないとさえ思っていますのに。それほど深く夫を愛しておりますのに。なのに、よくもあのひとはあたくしのことを、あんなふうに思えるもの――よくもあたくしのことを、あんなふうに言えるものですわ」

「すっかり打ちひしがれておいでですよ、ご主人は。ただ、納得がいかないだけなのです」

「そうでしょうとも。納得がいかないのはわかります。でも、まずその前に、信じてくれるべきなんです」

「どうです、会って、話しあってみる気はありませんか?」私は水を向けた。

「いいえ、いいえ、だめ。忘れられませんの、あのときあたくしに向けてきたあの恐ろしい言葉。恐ろしい顔。二度と見たくありません。どうかもうおひきとりくださいませ。先生にご尽力願えるようなことも、いっさいございません。ただひとつ、このことだけあのひとにお伝えくださいまし。赤ん坊を渡してほしいって。そうする権利なら、あたくしにもございます。いま夫に言えることといえば、それしかございません」言うなり彼女はくるりと壁のほうを向き、それきり二度と口をひらこうとしなかった。

　階下へもどってみると、ファーガスンとホームズとは依然として暖炉の前で対座していた。私の報告に、ファーガスンは暗い面持ちで耳を傾けていたが、聞きおわると、言った――

「妻に赤ん坊を渡すなんて、そんなことができるものですか。いつまたあの奇怪な発作を起こすかしれないのに。赤ん坊のそばから、口を血だらけにして立ちあがったときのあのようす、忘れようったって忘れられるものじゃありませんよ」その情景を思いだしてか、ぶるっと身をふるわせる。「赤ん坊はメイスン夫人に預けておけば安心です。彼女の手もとから引き離すなんて、そんな気はぜったいありませんからね」

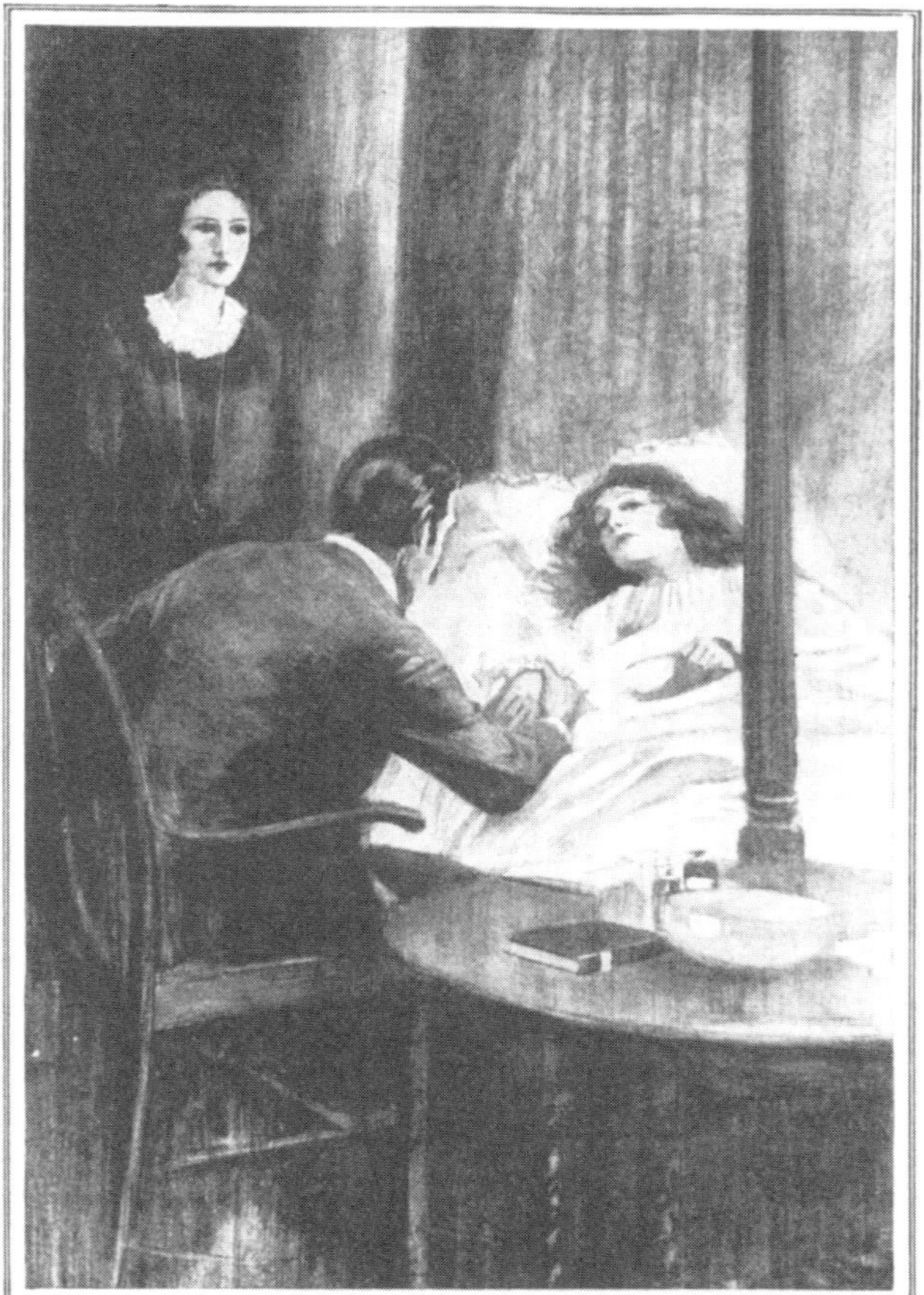

気の利いたメイド――この家でお目にかかった、唯一、当世ふうの存在と言ってもいいだろう――が、ちょうどお茶を運んできたところだった。その娘がお茶の給仕を始めたとき、ドアがあいて、ひとりの少年が姿を見せた。なかなか印象的な少年である――青白い顔に、亜麻色の髪、鮮やかなブルーの目。その真っ青な目が、父親を認めたとたん、突然の歓喜と興奮とにぱっと燃えあがった。駆け寄って、父の首に腕を巻きつけたそのようすたるや、恋する乙女もかくやと思わせるひたむきさ、奔放《ほんぽう》さにあふれている。

「なんだパパ、帰ってきてたのか、知らなかった」と、あたりもはばからぬ大声で言う。「知ってれば、ここで待ってたのに。でもよかった、あんがいお帰りが早くて！」

ファーガスンはいささか間《ま》の悪そうな面持ちで、少年の腕をやさしく首から解き放った。

「そうかい？」そう言いながら、愛情のこもったしぐさで亜麻色の髪に手を置く。「あんがい早く帰れたのはね、ここにおいでのホームズさんとワトスン先生が、さっそく相談にのってくださって、ここで一晩、過ごしていただけることになったからなんだよ」

「ホームズさんって、あの探偵のホームズさん？」

「そうだよ」

少年はさぐるような目つきで私たちを見た。私にはその目つきが、年齢のわりに鋭く、敵意を含んでいるように思えた。

「もうひとりのお子さんは、どんなごようすです、ファーガスンさん？　ぜひその赤ちゃんとも、お近づきになっておきたいものですな」ホームズが言った。

「じゃあ、メイスン夫人にそう言って、赤ん坊を連れてきてもらいなさい」ファーガスンが少年に指示した。

少年は奇妙なひきずるような足どりで出ていったが、医者の目で見ると、背骨に欠陥があることは明らかだった。まもなく少年はもどってき、そのあとから、赤ん坊を抱いた背の高い、痩せぎすの女がはいってきた。赤ん坊はとびきり愛らしく、金髪に、黒い目、アングロサクソンとラテン系の血の、みごとな混合を示している。もとよりファーガスンは目のなかに入れても痛くないようすで、すぐに腕に抱きとり、やさしくあやしだした。

「こんな子に危害を加えようとするなんて、そんな人間がいるとは信じられんよ」そうつぶやきながら、赤子の喉にぽつんと残る、小さな赤い傷跡をのぞきこんでいる。

そのときだった、なにげなくホームズのほうを見やった私は、彼の表情が異様な集中ぶりを示しているのを認めた。さながら古い象牙から彫りだした仮面のように、顔の筋ひとつ動かさず、ただちらりと父子のようすに目をやっただけで、いまは、炯々《けいけい》たるまなこを部屋の向こう端に釘づけにしている。その視線を追ってみたが、見たところ、霧雨に煙る陰気な庭を、窓ごしにながめているとしか思えない。

窓の外側には、鎧戸が半分ほどおろされていて、そのために視界が妨げられているはずなのだが、ホームズがそれほど神経を集中して見つめているのは、どう見てもその窓にちがいないのだ。そのうち、ふと微笑がその口辺をよぎったかと思うと、ホームズはまた赤ん坊のほうへ視線をもどした。赤ん坊のまるまるとした喉には、小さな傷跡がぷっくりとびだしているが、無言でその傷を丹念に検《あらた》めたあと、やおらホームズは目の前で打ちふられている、えくぼのできたこぶしを握り、握手でもするように軽く振り動かした。

「さよなら、おちびさん。きみもずいぶんと変わった人生のスタートを切ったものだ。ところでお乳母さん、あんたにだけ内密でちょっと話したいことがあるんですがね」

乳母を脇へひっぱっていった彼は、そこで二、三分、何事か真剣に言葉をかわしていた。私には、最後のところが二言三言、聞きとれただけだが、それは、「だいじょうぶ、その心配ももうじき解消されるはずだから」というものだった。この乳母というのは、寡黙でとっつきの悪い女で、ホームズと話したあとは、そのまま無言で赤ん坊を抱いてひきさがっていった。

「あのメイスン夫人ですが、どんな人柄です?」ホームズはたずねた。

「ごらんのとおり、いたって愛想のない女ですが、あれで気だてはいいのです。赤ん坊にも、献身的に尽くしてくれていますし」

「ジャック君はどう? きみはあのおばさん、好きかい?」いきなりホームズは少年のほうをふりかえった。少年の表情豊かな顔に、ふと翳《かげ》がさし、かぶりが横にふられた。

「ジャッキーは好き嫌いのはっきりした子でしてね」と、ファーガスンが少年の肩に腕をまわしつつ言った。「さいわいこのぼくは、好きなほうの部類に入れてもらってるようですが」

少年は甘ったれ声で喉を鳴らし、父親の胸に頭をこすりつけた。

ファーガスンはそれをやさしく押しのけて、「さあジャッキー、おまえはもう向こうへ行きなさい」と言い、少年が出てゆくまで、いとしげにその後ろ姿を見送っていた。少年の姿が消えると、そこでふたたびホームズのほうへ向きなおり、つづけた。「どうも、ホームズさん、あなたにはなんだか無駄足を踏ませてしまったような気がしてきましたよ。ご同情はいただけましたが、さりとてほかに打つ手もなさそうですし。やはりあなたなどから見ても、これはすこぶる微妙、かつ複雑な問題ということになるんでしょうね」

「いかにも、微妙な問題であるのは事実です」私の友人はそう答えると、おかしそうにちらっと口もとをゆるめた。「ですがいままでのところ、複雑とはぜんぜん感じていませんよ。これは要するに知的な推論の問題ですが、はじめに頭のなかで組みたてたその推論が、それぞれ独立した一連の出来事によってひとつひとつ裏づけられてゆくと、それまで主観的な推論でしかなかったものが、やがて客観的な事実へと変容する。そこでようやく自信を得て、ゴールに到達したと言いきれるわけです。じつのところぼくは、ベイカー街を出てくるより前に、そこに到達していました。あとはたんに、観察と、それにもとづく確認あるのみだったのです」

ファーガスンは大きな手をあげて、縦皺《たてじわ》の刻まれたひたいをおさえた。

「どうか後生ですから、ホームズさん」と、しゃがれ声で言う。「もしほんとうにこの件の真相がおわかりになってるんなら、じらさずに教えていただけませんか。ぼくはとても我慢できません。いったいどうしたらいいんですか？　おっしゃるように、事の真相にすでに到達されているのが事実なら、どうやってそこに到達されたか、なんて問題は、このぼくにはどうでもいいんです」

「いいや、もとよりあなたにはすべてを説明してさしあげねばならないし、必ず説明はさせてもらいます。しかしそれには、ぼくの流儀でやらせていただきたい。ワトスン、夫人はわれわれに会ってもさしつかえない状態かね？」

「病んではいるが、意識はしっかりしているよ」

「よし。夫人の前でないと、問題はかたづかないんだ。じゃあ行こうか」

「しかし、ぼくには会ってくれませんよ、妻は」ファーガスンが訴えた。

「いや、だいじょうぶ、お会いになります」そう言ってホームズは、手ばやく紙切れに何事か二、三行、書きしるした。「ワトスン、きみはすくなくとも入室権《アントレ》を持っている。ご苦労だが、これを夫人に渡してあげてくれ」

ふたたび私は階段をあがってゆき、用心ぶかくドアをあけたドローレスに、くだんの紙片を手わたした。いくばくもなく、室内から叫び声が聞こえてきた。驚きと喜びとが入りまじった調子だ。ほどなくドローレスがドアから顔をのぞかせた。

「奥さん、会います。奥さん、話を聞きます」

私が呼ぶと、ホームズとファーガスンとがあがってきた。部屋にはいるなり、夫人がベッドに起きあがっているのを認めたファーガスンは、一、二歩そのほうへ近寄りかけたが、夫人が片手をあげて、それを拒むしぐさをすると、そのままかたわらの椅子にどっかりすわりこんでしまった。いっぽう、ホームズも夫人に会釈し、ファーガスンの隣りに腰をおろしたが、夫人は大きく目をみはって、そのようすをじっと見つめていた。

「ドローレスさんには、席をはずしてもらってもいいんですが」ホームズが言いかけた。「ほう、そうですか、奥さんがそう言われるのであれば、こちらには異存ありません。さて、ファーガスンさん、これでもぼくは忙しい身ですし、話は簡潔直截《ちょくせつ》にいくことにします。手術は手ばやくすませるほど痛みがすくない、とも言いますしね。まず第一段階として、あなたの心の重荷を取り除くことから始めましょう。奥さんは、こよなく善良、かつ、こよなく愛情細やかな女性であられる。にもかかわらず、たいそうひどい誤解を受けておられるのです」

ファーガスンは喜びの声をあげ、すわりなおした。

「その証拠を聞かせてください、ホームズさん。一生、恩に着ます」

「もちろんそのつもりですが、ただしそのためには、べつの面で、あなたに深い傷を負わせることになりますよ」

「妻の潔白が証明されるのなら、ほかはどうなってもかまいません。どんなことでも、それにくらべれば些細なことです」

「では、話しましょう。まずは、ベイカー街ですぐにぴんときた、一連の推理からです。このご時世に吸血鬼というのは、あまりにもばかばかしい。いまのイギリスの犯罪世界で、そんなことがありうるとは思えません。にもかかわらず、あなたの観察報告は綿密かつ的確、これを疑うわけにはいかない。奥さんが口を血だらけにして揺りかごのそばから立ちあがる現場、それをたしかに目撃されているのですから」

「いかにも」

「そこでです、こういうふうには考えられませんか？――出血した傷口を吸ったのは、血を飲むためではなく、べつの目的からだった、とは？　たしか、わがイギリスの歴史にも、夫の腕の傷口から毒を吸いだした、とかいう王妃がいたと記憶していますがね」

「毒を！」

「南米にゆかりの深いご一家のことです。この目で見ないうちから、ぼくは直観的にさとっていましたよ——階下の壁に飾ってあるような武具のたぐいが、きっとどこかにあるにちがいない、と。実際に使われたのは、べつの毒かもしれませんが、その段階ではまず、それが頭に浮かんだわけです。それでこちらへうかがってみると、はたせるかな、小さな鳥弓のそばの矢筒がからになっている。これで予感が的中しました。もしもこの矢をクラーレなりなんなり、その種の猛毒にひたし、それで赤ちゃんをちくりとやれば、即刻、毒を吸いださぬかぎり、死にいたるのは必定です。

おまけに、あのスパニエルのこともある！　だれかがその種の毒を使おうと考えた場合、いまでも毒の効き目が薄れていないかどうか、まずはなにかでためしてみようとするでしょう。犬のことまでは予見していませんでしたが、すくなくともそれがなにを意味するかは、すぐに思いあたりましたし、またそれが、ぼくの再現してみた事件の構図にも、ぴたりとおさまってくれたわけです。

さあ、あとは言わなくてもおわかりでしょう。奥さんは、まさにそういう攻撃を恐れておいでだったのです。一度はその現場を目撃し、急いで毒を吸いだしたので事なきを得たわけですが、さればとて、その事実をあなたに告げることには二の足を踏まざるを得なかった。あなたがどれだけご長男を愛しておられるかはよくご存じですから、それを告げることで、あなたを嘆き悲しませるのに忍びなかったのです」

「ジャッキーが！」

「ぼくはね、さいぜんあなたが赤ちゃんをあやしておられるとき、ご長男のようすを見まもっていたんです。鎧戸が半分おりていて、そこの窓ガラスに顔がはっきり映っていましたから。およそ、あれほど深い嫉妬、あれほど残忍な憎しみが反映された顔というのは、このぼくもめったに出あったためしがありません」

「あのジャッキーが！」

「事実を直視なさらないといけませんよ。こういう行動の引き金になったのが、ゆがめられた愛情だったとすれば——あなたや、おそらくは亡き実の母親への、ほとんど偏執的なまでにつのっていた愛情だとすれば——それはそれで、いっそう痛ましいかぎりです。要するに、憎悪に魂を焼きつくされてしまった。体の不自由な自分とは対照的な、あの健《すこ》やかな赤ちゃん、健康と美に光り輝くばかりの赤ちゃん、それがなんとしても憎くてしかたがなかった、と」

「なんということだ！　信じられるものか、そんな！」

「奥さん、ぼくの申しあげたとおりですね？」

夫人はさいぜんから枕に顔をうずめてすすり泣いていたが、そう言われて身を起こすと、夫のほうに向きなおった。

「ああボブ、どうしてあたくしの口からそんなことが言えたでしょう。それがあなたにとってどれほどの打撃になるか、いやでもわかっていますもの。ならばいっそ、だれかほかのひとの口から、自然に耳にはいるのを待ったほうがいい。それでさっき、こちらの紳士が——なんだか魔法の力でもお持ちのようだけど——自分にはなにもかもわかっている、そう書いてきてくださったときには、ほんとに救われたような心地がしましたの」

「ジャッキー坊っちゃんのほうは、一年ほど海へでもおやりになることですね。それがぼくの処方箋です」そう言って、ホームズは立ちあがった。「ところで奥さん、ひとつだけ、まだはっきりしない点があるんですがね。ジャッキー君を折檻なさったお気持ちはよくわかります。忍耐にも限りがありますから。それにしても、ここ二日ばかり、赤ちゃんを手もとに置くのを禁じられて、よく我慢できましたね」

「じつは、メイスン夫人にだけは、事情を洗いざらい打ち明けてありますの。あのひとは経緯をすっかりのみこんでいるんです」

「ああ、やっぱり。だろうと思ってましたよ」

ファーガスンはベッドのそばに寄り、嗚咽しながら、ふるえる手をさしのべていた。

「さあワトスン、ぼくらもここで退場するとしようか」ホームズが小声で言った。「ドローレス嬢は奥様大事の一念で、この場は気を利かせるということを知らないようだから、きみ、そっちの肘を頼むよ。ぼくはこっちのをかかえるから。よいしょ、これでよしと！」後ろ手にドアをとざしながら、彼はつけたした。「あとは夫婦のあいだで話しあえばすむことだ。まかせておけばいいいさ」

この事件に関しては、あとひとつだけ、つけくわえておくべき事実がある。つまり、問題の発端となった手紙にたいして、ホームズが書き送った返事である。文面は以下のとおり――

ベイカー街
十一月二十一日

吸血鬼に関して――
拝復
十九日付けの貴信に関し、ご推薦ありし貴事務所顧客、ミンシング・レーンの茶仲買商ファーガスン&ミュアヘッド商会のロバート・ファーガスン氏よりご依頼の件につき、さっそく調査を行ないました結果、右案件は満足すべき結果を得て落着いたしました。ここにご報告申しあげます。貴事務所よりのご推薦を厚く感謝いたす次第です。

草々頓首《とんしゅ》
シャーロック・ホームズ

(1) 〝〈グロリア・スコット〉号の航海〟については、本全集『回想のシャーロック・ホームズ』所収の、「〈グロリア・スコット〉号の悲劇」を参照のこと。

ガリデブが三人

　これは考えようによっては喜劇だったとも言えるし、あるいは悲劇だったかもしれない。この一件のために、ひとりの男は頭を使わされ、私は血を流させられ、さらにべつの男は、法によって処断される身となった。だがそれでいて、これに喜劇の要素があるのは、どうしても否《いな》めないのである。さあれ、いずれであるかは、読者諸賢の判断にゆだねることとしよう。

　この事件がいつのことだったか、私には明確な記憶があるのだが、これには理由があり、ちょうどそのおなじ月に、ホームズが功によりナイト爵に叙せられるというのを辞退しているのである。このときの彼の働きについては、いずれ詳しく語ることもあろうかと思うので、ここではたんに、事のついでに触れておくにとどめる。彼の協力者であり、また腹心の友でもある私としては、軽率な言動は厳に戒《いまし》めねばならぬ立場にあるのである。

　とはいえ、重ねて言うが、このことあるがゆえに、ここで語ろうとする事件がいつ起きたかを特定できるのであって、それはすなわち、ボーア戦争の終結直後、一九〇二年の六月も末のことだった。その数日前から、ホームズはベッドでごろごろして過ごしていて、これはこの男にはちょくちょくあることで、けっして珍しくはないのだが、それがこの朝、やおら起きだしてきたのを見ると、手にはフールスキャップの用紙になにやら長々と書き連ねた文書、そしていつもは禁欲的な灰色の目には、いかにもおもしろそうなきらめきが宿っていたという次第なのである。

「ねえワトスン、金儲けのチャンスがあるんだがね」と、いきなり言う。「きみ、ガリデブという姓を聞いたことがあるかい？」

ない、と私は答えた。

「おやおや。ガリデブという名前の人間を見つけるとね、金になるんだってさ」

「なぜだい？」

「うん、長い話なんだが、反面、奇抜な話でもある。これまで人間性の複雑さはいろいろ研究してきたが、これほど風変わりなのに出くわしたのははじめてだ。まもなく、問題の人物が反対尋問を受けにあらわれるから、詳しいことはそれまでお預けとするけれど、とにかく、いま言ったその名の人物、それを探しだせばいいんだそうだ」

そばのテーブルに電話帳があったので、さして期待もせずに、それをめくってみた。ところが、あにはからんや、その風変わりな姓がちゃんとそこに載っているではないか。私は思わず歓声をあげた。

「おいおい、あるぜ、ホームズ！　ほら、ここだ！」

ホームズは私の手から電話帳をとった。

「〝N・ガリデブ〟か。住所は〝西郵便区リトル・ライダー街一三六番地〟。いや、がっかりさせちゃ悪いけどね、ワトスン、これはこの手紙をくれた当人だよ。住所も、ほれ、この手紙にあるとおりだ。必要なのは、この人物とはべつのガリデブなのさ」

このとき、ハドスン夫人がトレイに一枚の名刺をのせてはいってきた。私はその名刺をとりあげて、ちらりと見た。

「おい、またガリデブだぜ！」驚きに、思わず声がうわずる。「おまけに、イニシャルもちがう。〝弁護士ジョン・ガリデブ、アメリカ合衆国カンザス州ムアヴィル〟となってる」

ホームズは名刺を見ながらにこりと笑った。「残念ながら、もう一押しってとこだね、ワトスン。じつはこの人物も、ちゃんと筋書きにはいってるんだ。ただし、よりにもよってけさ、そのご本人があらわれるとは予測してなかったけどね。とにかく会ってみようか。ガリデブを名乗ってる以上、この件について、ぼくの知りたいことをもっといろいろと教えてくれそうな気がする」

ほどなくご本人が部屋に通されてきた。ジョン・ガリデブ氏は弁護士だそうだが、これが短軀ながら精力的な人物で、きれいに剃刀をあてた、円《まる》く、はちきれそうな顔は、いかにもアメリカの実務家といった感じである。全体として、小肥りで、なんとなく子供っぽく、それが満面に笑みを貼りつけて、実際よりはかなり若々しい印象。だがそれとは裏腹に、注目をひくのは、その目だ。およそ、人間の顔についている目で、これほど強烈に内面の動きを語っている目というのは、めったにお目にかかったためしがない。それほどに生きいきして、油断がなく、心の動きにつれて敏感に変化する目。言葉にはアメリカ訛《なま》りがあるが、さりとて、アクセントの特異さが耳につくというほどでもない。

「ホームズさんは？」と、私たちを見くらべながら言った。「ああ、やっぱり！　何度か写真を拝見したが、写真はたしかに〝真を写して〟いるところがある。ときに、わたしと同名のネーサン・ガリデブ氏から、手紙を受け取られたはずですな？」

「まあおかけください。いろいろと話しあうべき事柄がありそうです」そう言って、シャーロック・ホームズは先ほどのフールスキャップをとりあげた。「そう言われるあなたは、言うまでもなく、このお手紙にあるジョン・ガリデブ氏ですね？　お見受けしたところ、だいぶ前からこのイギリスにきておられるようですが？」

「へええ、どうしてそんなことがわかるんです、ホームズさん？」にわかに相手の表情豊かな目のなかに、警戒の色がちらついたようだった。

「身につけておられるもののすべてが、イギリス製ですから」

ガリデブ氏は無理に笑顔をつくろった。「ホームズさん、あなたがそういう小手先芸を得意にしているというのは、なにかで読んで知ってはいましたがね。まさか、自分がその標的になろうとは。それにしても、どこからそれを見抜いたんです？」

「上着の肩の線ですね。それから、靴の爪先──だれが見たってわかりますよ」

「おやおや、それほどイギリスふうに染まってたとは気づかなかった。仕事の関係で、しばらく前からこっちに滞在してるものですからね。だもんで、おっしゃるように、身につけるものの大半が、ロンドン仕立てになってるのかもしれない。しかしまあ、あなたもお忙しい体でしようし、こっちだってなにも、履いてる靴下の形をうんぬんするために、こうしてやってきたわけじゃない。そこに持っておいでのその手紙、そろそろその手紙に関する用件にとりかかろうじゃないですか」

なにかは知らぬがホームズの言動に、この男をいらだたせるものがあったようだ。福々しい顔から愛想のよさが消え、機嫌がいいとはお世辞にも言いがたい表情がとってかわった。

「まあまあ、そこは辛抱ですよ！　ガリデブさん、辛抱が肝心です！」友人はなだめるような調子で言った。「ここにいるワトスン博士にお訊きになってもわかりますが、こういうぼくの脱線癖も、どうかすると最後になって、本題と深いつながりがあったということが判明するんです。それはそうと、この手紙のネーサン・ガリデブ氏は、どうしてごいっしょにお見えにならなかったんですか？」

「そもそもあの男は、どういうわけでこれにあんたをひっぱりこんだりしたんです？」急に激したようすになって、客は逆ねじを食わせてきた。「だいたいね、あんただってそうだ――この問題に、どだい、なんのかかわりがあるっていうんです。これはね、ふたりの紳士同士の、ちょっとした商取引なんだ。なのにそのいっぽうが、こともあろうに探偵なんか頼むとは！　けさ、あの男に会ったところ、こっちに断わりもなしにそういうばかな真似をしたと言うから、それでさっそく駆けつけてきた次第ですが、それにしても、腹がたつ」

「しかしね、ガリデブさん、べつにあなたのことを悪く書いてきたわけじゃありませんよ。要するにあのひととしては、なんとか目的完遂のために協力したい、その一心でしてね。しかもその目的というのは、あなたがた双方にとって、すこぶる重要な意味を持つとか。ぼくならいろいろと情報を手に入れる手段がある、それをあのひとは知っていた。だとすれば、ぼくに相談してくるのも、ごく自然なことじゃないですか」

けわしかった客の表情が、徐々にほぐれてきた。

「まあ、それなら話はべつですがね。なにしろ、けさ訪ねていったら、探偵を頼んだと言うもんだから、すぐさまこちらの所番地《ところばんち》を訊きだして、とんできたような次第で。とにかくこれは個人的な問題なんで、警察になんかちょっかいを出されるのは御免こうむる。しかし、もうひとりのガリデブを探しだすのに、そちらの立場から力を貸してくれるというだけなら、それはそれで、異存ありません」

「ま、こちらもだいたいそんなつもりですがね」ホームズは言った。「というところで、せっかくこうしておいでいただいたんだから、あなたの口から、じかに詳しい事情を話していただければなによりです。ここにいる友人なども、細《こま》かな経緯はなにひとつ知らないのが実状ですし」

ガリデブ氏は、あまりにこやかとは言えない目つきで私を観察した。

「このひとにまで、聞かせる必要があるんですか？」

「相棒として、いつもいっしょに行動してますから」

「ふむ、べつに秘密にしなきゃならん理由もないですが。そんならなるべく手みじかに、事実だけを述べましょう。かりにあんたがたがカンザス州の人間だったら、アリグザンダー・ハミルトン・ガリデブというだけで、なにも説明なんかいらないんですがね。はじめは不動産で金を儲け、つぎにはシカゴの小麦相場で一財産築いたという人物ですが、やがて、その金をそっくりつぎこんで、この国なら優にひとつの州に相当するくらいの、広大な土地を手に入れた。場所は、アーカンザス河の流域で、フォート・ダッジの西にあたりますが、これが、牧草地あり、伐採地あり、耕作地あり、採鉱地ありで、とにかく、持ち主にとってはおいしい儲け話がごろごろしてるような土地なんです。

このひとには、親類縁者というものがまったくなかった――いや、あったのかもしれんが、すくなくともわたじは聞いたことがない。それでいて、自分の風変わりな姓にたいしてある種の愛着を持っているようでね。そんなところから、わたしとも縁ができたわけ。わたしは州都トピーカで弁護士を開業してたんですが、ある日、この老人の訪問を受けた。同姓の人間に出あえて、まことに喜ばしい。そう言います。なんでも、ガリデブ姓を名乗る人間を探しだすのが道楽だとかで、世のなかにもっとガリデブがいないものかどうか、草の根を分けても見つけだしたいと思ってるとかなんとか、しきりにそうくりかえす。

あげくにわたしにむかって、『きみにもぜひほかのガリデブ探しに協力してもらいたい！』そう言いますから、わたしはこれでも忙しい身で、とてもガリデブ探しになんかかつきあっちゃいられない、そう言って断わった。すると、『いまはそう言ってても、そのうち、わしの目論《もくろ》見《み》どおりに事が運んだら、きみだってきっと、躍起になって探しはじめるにちがいないんだ』そう言います。そのときは、冗談だと思って、ろくにとりあいもしませんでしたが、この言葉に大きな意味があったとわかったのは、それからまもなくでした。

というのも、ご老人、そのあと一年たらずで亡くなって、あとに遺言状が残されてたんですが、これがなんと、カンザス州開闢《かいびゃく》以来という、奇妙きてれつな内容でね。なんでも、全財産を三つに分けて、そのひとつをこのわたしに譲るというんですが、それにはひとつだけ条件がある。ガリデブという男をほかにもふたり探しだして、残りの三分の一ずつを分け与えた場合にかぎり、わたしにも三分の一が譲与されるというのです。各自の取り分は、それぞれすくなくとも五百万ドルにはなるはずなんですが、三人がそろわないことには、だれも遺産には指一本触れられない。

なにぶんにも、たいへんなチャンスですからね、わたしもすぐさま弁護士稼業をほうりだして、ガリデブ探しに乗りだしました。その結果わかったのは、合衆国内にはひとりもいないということ。それこそしらみつぶしに調べたんですが、ついに見つからずじまい。そこでとうとう、このイギリスにまで手をのばした、と。すると、さすがに歴史の古い国だけあって、ロンドンの電話帳にその名が載ってました。二日前にさっそく訪ねていって、いっさいを打ち明けたんですが、あいにくこの人物も、わたし同様の独り者で、女の縁者はいても、男の縁者はなし。遺言状の指定では、成年男子が三名となってますから、依然として、ひとり足らない。ですから、そのひとりを見つけるのに一肌脱いでくれるというんでしたら、手数料ぐらいは喜んで支払いましょうと、まあ、そういうわけですよ」

「どうだい、ワトスン、奇抜な話だろう？」と、ホームズは微笑を浮かべて言った。「まあぼくとしては、ガリデブさん、やはりこういう場合は新聞の尋ね人欄に広告を出すのが早道じゃないかと、そう思いますがね」

「もちろん、とっくに出しましたよ、ホームズさん。さっぱり手ごたえなしです」

「おやおや！　それにしても、これはたしかに非常に変わった事案です。ぼくのほうも、ひまを見て、二、三心あたりをあたってみることにしましょう。ところで話は変わりますが、トピーカのご出身とは、じつに奇遇ですね。むかし、あの土地に文通相手がいたんです――もう亡くなりましたが――ライサンダー・スター博士といって、一八九〇年ごろ、市長を務めていた人物です」

「ああ、あのスター博士ね！」客は言った。「あのひとの名は、いまだに地元では尊敬を集めていますよ。それじゃホームズさん、まあせいぜい連絡を絶やさんようにして、こっちとしても、おりおりの進行状況をご報告するくらいのことしかできませんが、それでもここ一両日ちゅうには、なにかお知らせできるはずです」

そう言い置いて、アメリカ人は軽く会釈し、部屋を出ていった。

ホームズはパイプに火をつけ、そのまましばらく、妙な薄笑いを浮かべてすわっていた。

とうとう私はしびれを切らし、たずねてみた。「で、どうなんだい？」

「不思議なんだよ、ワトスン――じつに不思議だ！」

「不思議って、なにが？」

「なにが不思議かって、ねえワトスン、いったい全体あの男は、なにが目的であんな駄法螺《だぼら》を吹きまくっていったんだろう？　よっぽどその疑問を真正面からぶつけてやろうかと思ったくらいだよ。愚直な正面攻撃こそ、最上の策ということだってあるからね。それをさしひかえたのは、ここはひとつ、だまされたふりをしておくほうが、上策だと思いなおしたからさ。

だいたいね、一年も着古したと見えて、イギリス仕立ての上着の肘は抜けてるわ、ズボンの膝は出ているわ、といったありさまなのに、この手紙や、ご本人の触れ込みのとおりなら、アメリカの地方出身で、ロンドンには最近やってきたばかりだという。しかもだよ、私事広告欄には、あいつの言ってたような尋ね人の広告なんて、ぜんぜん出ていやしなかった。ご存じのとおり、あの欄に出てるものなら、なにひとつ見のがすようなぼくじゃない。なにしろ、ぼくのお気に入りの猟場で、その気になれば、いくらでも獲物が狩りだせるんだからね。これほどよく肥った雄雉《おすきじ》がいたら、ゆめゆめ見落としたりするものか。ついでにもうひとつ、トピーカ市のライサンダー・スター博士なんてのも、ぼくがとっさに思いついた出まかせだよ。

要するに、あの男のどこを押してみても、出てくるのは空事《そらごと》ばかりなのさ。アメリカ人なのは事実なんだろうが、ロンドン暮らしが長くなるうちに、向こうの訛りさえ抜けかけてる。ではいったい、なにをたくらんでるのか。ガリデブ探しなんて、途方もない口実をもうけて、その裏にいったいどんな動機を隠しているのか。こいつは注目にあたいするよ。とにかく、あの男が悪党であるとして、おなじ悪党でも、とりわけしたたかな、頭の切れるやつだってことは確かだ。となると、このうえは、この手紙をよこしたもうひとりのガリデブ、こっちもおなじく悪党なのかどうか、それをつきとめずばなるまい。すまないがワトスン、ちょっと電話してみてくれないか」

言われたとおりに電話してみると、かぼそいふるえ声が聞こえてきた。

「はい、はい、わたしがネーサン・ガリデブです。ホームズさんはそちらにおいでで？　ぜひホームズさんとお話ししたいのですが」

友人が受話器を受け取り、そのあとは例によって、切れぎれな会話の断片しか耳にはいらなくなった。

「ええ、きましたよ。前からのお知り合いじゃないようですね？——いつから？——たった二日前——ええ、ええ、もちろん、非常に耳寄りな話ではありますが。今夜はご在宅ですか？ご同名のあのかたはきませんね？——結構です、じゃあうかがいます。できればあのかた抜きでお話がしたいものですから——ワトスン博士も同行します——お手紙のごようすでは、外出はあまりなさらないようですが——わかりました。じゃあ六時ごろうかがいますが、くれぐれもこのことは、あのアメリカ人の弁護士さんには内緒にしておいてください——結構です。では、のちほど！」

心地よい初夏の夕暮れだった。リトル・ライダー街というのは、あの不吉な記憶のまつわるかつての処刑場、タイバーン・トゥリーからは目と鼻の先、エッジウェア・ロードから分かれた細い脇道のひとつだが、そんな界隈《かいわい》でさえ、傾いた夕日の残照を浴びているいまは、街並みがこよなく美しく、金色に輝いて見えた。

目的の家というのは、大きくて古風な、初期ジョージ王朝様式の建物で、平らな煉瓦《れんが》造りの正面には、一階に張り出し窓がふたつあり、それだけがひどくめだっている。この家の一階がわれわれの依頼人の住まいで、そのふたつの低い張り出し窓があるのは、まさしく依頼人氏が日中の時間の大半を過ごしている、家の正面側の大きな部屋だとわかった。ホームズが通りがかりに、くだんの風変わりな姓を彫りこんだ、小さな真鍮《しんちゅう》の表札をゆびさしてみせた。

「だいぶ古びてるね、ワトスン」と、その真鍮板の表面が変色しているのを指摘する。「なにはともあれ、これが本名だってことだけは、これではっきりしたわけだ。この事実、覚えておいて損はないよ」

階段は共有になっていて、ホールにはさまざまな表札が並んでいた。事業所らしいのもあれば、個人名のもある。フラット式のアパートというよりは、むしろ、気ままな独身のボヘミアンの巣、とでもいった趣《おもむき》だ。ドアをあけてくれたのは、われわれの依頼人氏ご本人で、管理人の女性が四時には帰宅してしまうので、と言い訳した。

依頼人ネーサン・ガリデブ氏というのは、ひときわ背が高く、猫背で、締まりのない体つきをした人物だった。痩せこけて、ひたいは禿《は》げあがり、年のころは六十がらみ、およそ運動などとは無縁と見えて、顔は幽鬼のごとく青ざめ、肌はしなびて、つやがない。とびきり大きな円眼鏡《まるめがね》をかけ、ちょぼちょぼとつきでた山羊《やぎ》ひげを生やしているので、それが前かがみの姿勢と相俟《あいま》って、いかにも好奇心の強そうな印象を与える。それでも、全体の感じはというと、奇《き》矯《きょう》ではあるが、人好きのする好人物、そんなところだろうか。

彼の住んでいる部屋がまた、あるじに劣らず風変わりだった。まるで、ちょっとした博物館である。間口も奥行きもたっぷりある広い部屋なのだが、そこに戸棚や整理棚がずらりと並べられ、ひとつひとつに、地質学と解剖学の標本がぎっしり詰めこまれている。かと思うと、入り口の両側には、蝶や蛾の標本箱が並んでいるし、中央の大きなテーブルには、ありとあらゆるがらくたが所狭しと散らばっていて、そのなかから一本だけ、強力な顕微鏡の長い真鍮管がにゅっとつきでている。

見わたした私は、部屋のあるじの関心の幅広さに、一驚を喫した。こちらに古銭のケースがあるかと思えば、あちらには燧石《すいせき》製の器具を集めたキャビネットがある。中央のテーブルの向こうには、古い骨の化石をおさめた戸棚があるし、その上には、石膏製の頭蓋骨が並んでいて、それぞれの下には、〝ネアンデルタール人〟、〝ハイデルベルク人〟、〝クロマニヨン人〟などとしるした札が貼ってある。とにもかくにも、おそろしく多岐にわたる事柄を研究している学徒らしい。げんにいま、私たちの前に立つ当人の右手には、セーム革の小片があって、それでどうやら古銭の一枚を磨いていたようだ。

「シュラクサイのものですよ──それも最盛期の」と、その古銭をかざしてみせながら説明した。「あいにく末期にかけてはひどく質が落ちましたが、最盛期のものは、文句なしにすばらしい。まあ、ひとによっては、アレキサンドリア系のほうを好む傾向もありますが。

どこかそのへんに適当なところを見つけて、かけてください、ホームズさん。失礼して、この骨どもをかたづけてしまいますから。それからこちらは──ええと、ああ、ワトスン先生でしたね──お手数ですが、その日本の花瓶、それをちょっと脇へどけてくれますか？　いずれもささやかながら、わが終生の楽しみとも言えるものばかりです。まるきり運動をしないというので、医者からはしょっちゅう説教されていますが、これだけわたしをひきとめるものがそろっているというのに、これらをほうりだして出歩くなんて、そんな理由がどこにあるものですか。このキャビネットひとつをとってみても、きちんと整理して、目録をつくるとなれば、たっぷり三カ月はかかりますからね」

ホームズは興味ぶかげに周囲を見まわした。

「それにしても、ぜったい外出はされない、などということはないんでしょう?」

「まあ、ときおりは馬車を頼んで、サザビーズとか、クリスティーズなどへは出かけますがね。しかしそれ以外は、めったにこの部屋から出ることもありません。体もそうじょうぶではないし、なにより研究に忙しくて。でもねホームズさん、ご想像いただけるでしょうが、今度のこの途方もない幸運、これにはわたしも肝をつぶしましたよ──うれしい驚きではありますが、それでも、仰天はしますわな。あとひとりガリデブという男がいさえすれば、それで条件は満たされるわけで、必ずやあとひとりぐらいは見つかるものと確信しとります。わたしにも男のきょうだいがひとりいたのですが、あいにくもう死んでるし、女の縁者は、はなから資格がない。といっても、世間は広いですからな。きっとあとひとりぐらいは見つかるはずです。あなたにご相談したのも、かねがねあなたは、なにかと変わった事件を手がけられると聞いておったからでして。たしかに、あのアメリカの紳士の言うとおり、まずあのひとに相談すべきだったかもしれんが、まあわたしとしては、最善の途《みち》をとったつもりでおるのです」

「おっしゃるとおり、きわめて賢明な処置だったと思いますよ」ホームズは言った。「それにしても、そのアメリカにあるとかいう土地、ほんとうにそれを手に入れたいとお思いなのですか？」

「とんでもない。どんな条件を持ってこられても、これらのコレクションと別れることなど考えられません。ただ、あのひとの言うには、われわれの権利が確定したら、すぐにでもわたしの取り分を買いとってくれるんだそうで。なんでも、五百万ドルからの金額になるとか。じつは、わたしのコレクションに欠けているもので、いま売りに出ている標本が十種類以上はあるんですが、悲しいかな、ほんの数百ポンドの資金がないため、それが買えずにいる。ここで五百万ドルあったら、どれだけ助かることか。実際、現在でもわたし、国家的コレクションの中枢とも言うべきものを、すでに所有はしているのですよ。それでも、これがかりにもっと充実すれば、前世紀の偉大な博物学者、ハンス・スローンと肩を並べることだってできるかもしれないのです」

大きな眼鏡の奥で、目が輝いた。明らかにこのネーサン・ガリデブ氏は、もうひとり同姓の人物を探しだすためなら、あらゆる努力を惜しまぬつもりらしい。

「じつは、きょううかがったのは、事前に一度はお目にかかっておきたかったからのことで、ご研究の邪魔をする気は毛頭ありません」と、ホームズが言った。「ご依頼をいただいたご本人とは、個人的なつながりを持っておきたいものですからね。詳しい事情は、このポケットにあるあなたからのお手紙ですっかりわかっていますし、足りないところは、けさ、アメリカの紳士からもうかがいましたから、これ以上、おたずねすることもありません。たしか、あのかたのことは、今週まで、ぜんぜんご存じなかったんでしたね?」

「そのとおりです。火曜日に、はじめて訪ねてみえたんです」

「きょうのぼくとの話し合いについては、なにか言ってましたか?」

「はあ。その足でここへとんぼがえりしてきましたよ。なにやらえらくむくれているようでしたが」

「なにが気に入らなかったんでしょう」

「顔をつぶされたとでも思ったようでしたな。それでも、引き揚げるころには、もう機嫌を直してはいましたが」

「今後どうするつもりだとか、そんなことをなにかもらしはしませんでしたか?」

「いや、その種のことはなにも言いませんでしたな」

「あなたから金をとるとか、せびるとかいったことは?」

「めっそうもない! それはぜんぜんありません!」

「なにか、口には出さない目論見でも、持っていそうには見えませんでしたか?」

「いや。自分で言っていること以外には、べつに」

「さいぜん電話でぼくと打ちあわせたことを、あのかたにおっしゃいましたか?」

「はあ、まあ、成り行き上」

ホームズは考えこんだ。思案に暮れていることが、私にも見てとれた。

「こちらのコレクションのなかに、なにかとくに高価なものはありませんか?」

「いや。わたしは金持ちではないですし、コレクションそのものを自慢にしてはおりますが、とりわけ高価なものというわけではありません」

「では、盗難の心配はしておられない?」

「はあ、ぜんぜん」

「こちらには、いつからお住まいなんですか?」

「かれこれ五年近くになりますかな」

このとき、ドアに性急なノックの音がして、ホームズの質問は中断のやむなきにいたった。依頼人が掛け金をはずすやいなや、興奮した面持《おもも》ちでとびこんできたのは、けさ会ったあのアメリカ人弁護士である。

「やあ、やっぱりいましたね! まにあえばいいがと思って、急いで駆けつけてきました」手にした新聞を頭上でふりまわしながら、勢いこんで言う。「ネーサン・ガリデブさん、おめでとう! これであなたも大金持ちだ。われわれの苦労は報われました。上々の首尾ですよ。それからホームズさん、あんたにはよけいなお手数をおかけしたみたいで、お気の毒なことをしましたな」

彼はその新聞をわれわれの依頼人に手わたした。広告欄のうちの一カ所に、しるしがつけられている。ネーサン・ガリデブ氏は、立ったままそれを穴のあくほど見つめた。ホームズも、また私も、のりだしてその肩ごしにのぞきこんだ。広告の文面はつぎのとおりだった——

ハワード・ガリデブ
各種農機具製作
結束機《バインダー》、刈り取り機《リーパー》、手動および汽動耕耘機《プラウ》、条播機《ドリル》、砕土機《ハロウ》、農業用手押し車《カート》、
四輪荷馬車《バックボード》、その他、各種器材。
被圧井戸《アーテイージアン・ウエル》のお見積もりもうけたまわります。
ご用のかたは、アストンのグローヴナー・ビルまで。

「すばらしい！　これで三人そろったわけだ」この家のあるじは、息をはずませて言った。

「バーミンガムのほうまで探索の手をのばしてたんですよ」アメリカ人が言う。「すると、向こうの代理人から、地元の新聞に載ったこの広告が送られてきた。というわけで、善は急げです。早いところ話をまとめなきゃいけない。さっそくこのガリデブ氏に手紙を出しておきました。あすの午後四時に、あなたが事務所を訪ねてゆくからと」

「えっ、このわたしに会いにいけとおっしゃる？」

「どう思いますか、ホームズさん？　そのほうが賢明じゃないですかね？　わたしはこのとおり、風来坊のアメリカ人。それが、あっと驚くような話を持ちこむとなると、向こうがそうおいそれと信じてくれるとは思えない。ところがこのひとなら、身元も確かな、れっきとしたイ

ギリス人。こういうひとの言うことなら、だれだって耳を傾けるでしょう。なんならわたしもお供したっていいんだが、あいにくと、あしたはいろいろ用事がたてこんでましてね。もちろん、なにか面倒なことでもあれば、すぐに追いかけますから」

「さてと、なにせこんな遠方まで出かけるなんてこと、もう何年もなかったのでね」

「なにも大袈裟に考えることなんかないですよ、ガリデブさん。汽車の連絡なんかは、もうすっかり調べてあるんです。十二時にこちらを発てば、二時過ぎには向こうに着いて、その晩のうちにはもどってこられる。あなたとしては、この人物に会って、事の次第を説明し、彼の実在を証明する宣誓供述書をもらってきてくれればいいんです。だいいちね、ガリデブさん！」と、ここで一段と熱っぽい口調になって、「このわたしなんか、これだけのために、はるばるアメリカの、そのまたどまんなかからやってきてるんですよ。それにくらべれば、最後の仕上げとして、たかが百マイルばかりの旅をするぐらい、どうってことはないでしょうに」

「同感ですね」と、ホームズが相槌《あいづち》を打った。「こちらの紳士のおっしゃることは、妥当だと思いますよ、ぼくも」

そこまで言われてネーサン・ガリデブ氏は、いかにも浮かぬ顔つきで肩をすくめた。「ま、ぜひにということなら、行かねばなりますまい。実際、心苦しいですからね、あなたがそうおっしゃるのに、こっちがいやと言うのは——なにしろ、このわたしの一生に、これだけ輝かしい希望をもたらしてくださった、その大恩人なんですから」

「でしたら、話はこれで決まりですね」と、ホームズが言った。「むろん、結果がどうなったかは、ぼくのほうにもできるだけ早くお知らせいただけるんでしょう?」

「なんとかしますよ」アメリカ人はそう言うと、懐中時計を見ながらつけたした。「さて、それじゃわたしも、これでおいとまします。ネーサンさん、あしたはまた、バーミンガム行きをお見送りにきますからね。ホームズさん、方向はおなじでしたっけ? ちがう? では失礼。あすの晩には、吉報をお伝えできるでしょう」

アメリカ人が出てゆくと、友人の顔が急に晴れやかになって、それまでの屈託ありげな思案の色も、拭ったように消えているのがわかった。

「ガリデブさん、参考のために、ご自慢のコレクションをざっと見せていただくわけにはいきませんか? 職業柄、ありとあらゆる雑学の知識が、のちのち役に立つんです。このお部屋は、まさにその宝庫のようなものですよ」

依頼人はうれしそうに顔を輝かせ、大きな眼鏡の奥の目をきらきらさせた。

「おうわさはかねがねうかがっていますが、あなたはたいそうな知識人であられるとか。お時間さえあれば、いまからでも、すっかりごらんにいれますよ」

「それがあいにくと、そうはしていられないんです。しかし、こちらの標本は、どれもきちんと分類され、ラベルもつけてありますから、わざわざ説明の労をとっていただくまでもないでしょう。ひょっとしてあすにでも、時間がとれて、こちらに立ち寄ることができたら、ちょっとのぞかせてもらってもかまいませんか?」

「どうぞどうぞ、かまうものですか。あしたはむろん留守にしとりますが、四時前だったら、地階にソーンダーズ夫人がおりますから、頼めば鍵をあけてくれるはずです」

「それはどうも。あすの午後は、ちょうど体があいていますのでね。あなたからも、ソーンダーズ夫人のほうに一言、声をかけておいていただけると助かります。ついでですが、この家の管理を請け負っているのは、どこの不動産屋ですか?」

唐突な質問に、依頼人は目をぱちくりさせた。

「エッジウェア・ロードの、ホロウェイ・アンド・スティールですが。それがなにか?」

「いや、建物のこととなると、これでもいささか考証にうるさいほうでしてね」ホームズは笑いながら答えた。「この家がアン女王時代様式か、それともジョージ王朝様式か、どっちかと思いまして」

「そりゃもう、ジョージ王朝様式に決まっとりますがな」

「なるほど。ぼくは、もうちょっと古い時代のものじゃないかと思ってたんです。まあ、簡単に確かめられることですがね。それじゃガリデブさん、失礼します。バーミンガム行きが満足のゆく結果になりますよう、祈っていますよ」

不動産屋の事務所はすぐ近くだったが、行ってみると、きょうはもうしまっていたので、私たちはそのままベイカー街にもどった。ホームズがふたたび事件のことを話題にしたのは、夕食をすませてからのことだった。

「このささやかな一幕も、どうやら大詰めが見えてきたようだね。むろんきみだって、もうだいたいのところは目鼻がついてるんだろう?」

「目鼻どころか、どこが頭だか尻尾だかも見当がつかないよ」

「頭はもうすっかりわかってるし、尻尾だって、あすになればはっきりするはずだ。きみ、あの広告を見て、どこかへんだとは思わなかったか？」

「たしか、〝プラウ〟の綴《つづ》りがまちがってたね。Plough となるべきところが、Plow になっていた」

「じゃあ、きみも気がついたんだな？　すごいじゃないか、ワトスン、日々に進化してるよ。そうなのさ、あれはイギリス英語としてはまちがってるが、アメリカ英語としては、あれで正しいんだ。印刷屋が出稿された原稿どおりに活字を拾ったんだろう。ほかにも、〝バックボード〟がそうだね。あれもやはりアメリカ英語だし、おなじく〝被圧井戸〟というのも、アメリカでは普及してるけど、こっちじゃさほど見かけない。要するに、典型的なアメリカ人の出した広告なんだよ。それが、イギリスの会社が出したってことになってる。きみ、これをどう思う？」

「例のアメリカ人弁護士が、自分で出したとしか考えられないね。どんな意図があってやったことなのか、そこまではわからないが」

「そうかな？　考えられる説明なら、いくつかあるはずだよ。いずれにしても、あの善良なる化石じいさんを、バーミンガムくんだりまでひっぱりだしたかった。この点はいたって明白だね。だからあのときぼくの口から、わざわざ出かけていっても無駄足になるだけだ、そう言ってやってもよかったんだが、それよりむしろ、じいさんにはそのまま出かけてもらって、舞台は無人にしとくほうがいいと思いなおした。すべてはあすだよ、ワトスン。あすになれば、ひとりでにわかってくる」

翌朝、ホームズは早起きして、どこかへ出かけていった。昼食どきにもどってきたのを見ると、意外にも深刻そうな顔つきである。

「思っていたのより、事はずっと重大になってきたよ、ワトスン」と言う。「こんなふうに言うと、そうでなくても危険にとびこんでゆきたがるきみのことだから、いよいよ奮いたつだけだとわかってはいるが、言わずにおくのもフェアじゃないからね。なにしろ長いつきあいだから、きみの人柄はよくわかってるんだ。だがいずれにせよ、この事件にはまちがいなく危険が伴う。それを承知しておいてもらいたいのさ」

「危険を分かちあうのなんて、なにもこれがはじめてじゃないぜ、ホームズ。これが最後にならないように、とすら願ってるんだ。で、今回のは、具体的にどういう危険なんだい?」

「すこぶる手ごわい相手を向こうにまわしてるとわかったんだ。きょう、弁護士ジョン・ガリデブ氏の正体をつきとめてきたんだけどね。それがだれあろう、〝殺し屋〟エヴァンズ。凄腕で、情け容赦のないことで通っている悪党なのさ」

「と言われても、ぼくにはいっこう心あたりがないが」

「そうか、きみの商売では、簡略版『ニューゲート監獄暦報《カレンダー》』を頭に入れておくことなんて、とくに必要じゃないもんな。けさ、ぼくはロンドン警視庁《スコットランドヤード》へ行って、おなじみのレストレードに会ってきた。ヤードの連中は、どうかすると想像力や直観力に欠けるところはあるものの、手持ちの情報が徹底的、かつ組織的であることにかけちゃ、世界に冠たるものがあるからね。

われらがアメリカの友人についても、なにか記録がありはしないか、そう思って出向いてみると、はたせるかな、『犯罪者写真台帳』のページから、やっこさんの円っこい顔がにっと笑いかけてるじゃないか。写真の下に、ジェームズ・ウィンター、またの名モアクロフト、また一名〝殺し屋〟エヴァンズ、との注記がある」ホームズはポケットからメモがわりの封筒をとりだした。「記録から、要点を二つ三つ書き抜いてきた。シカゴ生まれで、年齢四十四歳。合衆国内で三人の男を射殺したことが判明している。政治的な圧力が働いて、まんまと服役はまぬがれ、その後、一八九三年にロンドンへ渡ってきた。

一八九五年一月には、ウォータールー・ロードのさるナイトクラブで、カードの賭けのもつれから、相手に発砲。結局、撃たれた相手は死亡したが、喧嘩はこの被害者のほうから売ったということにされた。死んだ男は、ロジャー・プレスコットといって、シカゴでは、文書偽造ならびに贋金《にせがね》づくりで鳴らした人物だ。〝殺し屋〟エヴァンズはこの件で服役し、一九〇一年に出獄した。以来、警察では要注意人物とされているが、わかっているかぎりでは、ひとまずまっとうな暮らしをしてきたらしい。といっても、常時、銃器を携行し、いつなんどきでもそれを使うことを辞さないという、すこぶるつきの危険人物ではあるんだけどね。わかったかい、ワトスン、これがわれわれの捕らえるべき獲物——しかもはっきり言って、捕らえるのには危険が伴うという獲物なんだ」

「だがそれはそれとして、いま現在は、いったいなにを狙ってるんだ？」

「いや、それはいずれはっきりしてくるはずさ。ぼくは不動産屋へも行ってきたんだ。わが依頼人氏は、自分でも言ってたとおり、あの部屋に住んで、五年ほどになる。それまでは、一年ばかり空き部屋だったが、それ以前の店子《たなこ》は、ウォールドロンと名乗る、まあいちおうは紳士ふうの人物だった。このウォールドロンの人相風体《ふうてい》は、不動産屋がよく覚えていたが、なんでも、背が高く、あごひげのある、色の浅黒い男だったとか。ところが、スコットランドヤードの記録によると、いま話したプレスコット、つまり〝殺し屋〟エヴァンズに射殺された人物、これがやはり背が高く、色が浅黒くて、あごひげをたくわえていたというんだ。となると、ひとつの作業仮説として、このアメリカ人犯罪者プレスコットこそ、現在わが無邪気な依頼人氏が小博物館として使用しているあの部屋の、先代の住人だったと考えていいだろう。という次第で、ようやく欠けていた連鎖の一環が見つかったわけだ」

「じゃあ、つぎなる連環は？」

「そうさな、それをこれから探さなけりゃならないのさ」

ホームズは引き出しからリボルバーをとりだすと、私に渡してよこした。

「ぼくにはべつに愛用のやつがある。われらがワイルド・ウェスト仕込みの友人が、その異名に恥じない行為に出ないとも限らないからね。こっちも備えはしておく必要がある。まだ一時間ほど時間があるから、ワトスン、なんなら昼寝でもして、英気を養っておきたまえ。そのあと、いよいよ〝ライダー街の冒険〟へむけて進撃開始だ」

私たちがネーサン・ガリデブの風変わりな住まいに到着したのは、きっかり四時だった。管理人のソーンダーズ夫人は、ちょうど帰宅するところだったが、快く私たちを部屋に入れてくれた。ドアの錠前はスプリング式で、とじれば自動的に錠がおりるし、帰りにはまちがいなく安全を確かめてゆくから、とホームズが請けあったからである。やがて玄関のドアがしまり、ソーンダーズ夫人のボンネットが部屋の張り出し窓の外を通っていった。これでいよいよこの家の一階は、私たちふたりだけのものとなったのだ。ホームズは手ばやく室内を点検し、暗い片隅に、壁からちょっと離して戸棚が置いてあるのを見つけた。そこで、この戸棚の後ろに隠れることにし、ここに身を落ち着けたうえで、ホームズがこれからの目論見をざっと話してくれた。

「あの男、わが愛すべき友人を、なんとかこの部屋から追いだしたかったんだ。それははっきりしている。ところがあいにくあのコレクター氏、外出ということをぜんぜんしない。そこで一策を講じることになり、そのために仕組んだのが、今度のガリデブの遺産相続騒ぎさ。ここの住人の一風変わった名前がヒントになって、ああいう奇想天外な策を思いついたのに相違ないが、それにしてもね、ワトスン、たしかに悪魔的なまでの妙案だったとは認めざるを得ないよ。しかも、たったそれだけのヒントから、驚くべき巧妙さで筋書きをつくりあげてる」

「しかし、いったいなにが目的だったんだろうな?」

「そこだよ。それを知るためにここへきたんだ。まあぼくの見たかぎりでは、わが依頼人氏はまったく無関係だろう。関係があるとすれば、あいつに殺された男のほうさ。ことによると、犯罪者仲間だったとも考えられる。そこでまあぼくとしては、この部屋になにか後ろ暗い秘密が隠されてる、そう睨《にら》んでるわけだ。はじめは、ここの蒐集品のなかに、所有者本人も気づかずにいるが、じつは大悪党に狙われるだけの貴重な品でもあるのかと考えた。ところが、悪名高いロジャー・プレスコットがこの部屋に住んでたとなると、これにはもっと深いいわれがあると見なくちゃなるまい。然《しか》り而《しこう》して、聖書の言葉を借りて言うなら、いまはただ〝忍耐によりてその魂を得べし〟(1)という運びになったってわけだよ、ワトスン」

実際には、さほど長く忍耐するほどのこともなかった。玄関ドアがひらき、またしまる音がしたので、私たちふたりは、薄暗がりで身を寄せあった。やがて、キーがかちりと金属的な音をたて、例のアメリカ人が部屋にはいってきた。後ろ手にそっとドアをしめたあと、あたりに鋭い視線を配り、異状がないのを確かめるや、やおら上着を脱ぎ捨てて、きびきびと中央のテーブルへ歩み寄った。その物腰からうかがえるのは、これから着手すべき仕事の内容と、それをどう進めるか、いっさいの段どりがすっかり頭にはいっているらしいということだ。

まず、テーブルを脇へ押しやって、その下の絨毯をめくり、くるくると巻きあげて床板をむきだしにすると、内ポケットから短い鉄梃《かなてこ》をとりだして、その場にひざまずき、せっせと作業に取り組みはじめた。まもなく、床板のずらされる音がしたかと思うと、そこにぽっかりと四角い穴が口をあけた。マッチをすった〝殺し屋〟エヴァンズは、短い蠟燭《ろうそく》に火をともし、われわれの視界から姿を消した。

ころやよし。ホームズが合図がわりに私の手首に触れ、私たちはそろって穴の口のほうへ忍び寄った。もとより、なるべく音をたてぬように気をつけはしたが、古い床板がふたりの重みできしみでもしたのか、いきなりアメリカ人が穴の口から首をのぞかせ、いぶかしげにあたりを見まわした。こちらに気づくと、不意を襲われた憤《いきどお》りに、目をぎろりと光らせて私たちを睨みつけたが、二梃の拳銃が自分の頭を狙っているのを知ってからは、その表情が徐々に照れ笑いに変わった。

「やれやれ！」穴から這いあがりながら、落ち着きはらって言う。「ホームズさん、やっぱりあんたにゃかなわないや。どうやら、はなっからこっちの狙いはお見通し、いいように手玉にとられてたらしいね。しかたがない、降参しますよ。このとおり、おとなしく――」

言うより早く、内ぶところからやにわにリボルバーを引き抜くなり、たてつづけに二発、浴びせてきた。とたんに、焼きごてを押しあてられたような激痛が私の大腿部を走り、それと同時に、がつんと音がして、ホームズの手にした拳銃が相手の頭にふりおろされた。朦朧《もうろう》とした私の目に、アメリカ人が顔面を鮮血に染めてその場にへたりこみ、すかさずホームズがその体をさぐって、ほかに武器はないか、検《あらた》めている光景が映った。と、つぎの瞬間には、わが友の痩せてはいるが強靭《きょうじん》な腕が体にまわされてき、手近の椅子まで私をいざなってくれた。

「ワトスン、だいじょうぶか、ひどい傷じゃないんだろう？　後生だ、たいした怪我じゃないと言ってくれ！」

怪我のひとつやふたつ、なにほどのことはなかった――いや、怪我などいくらしようとかまいはしない――いつもは冷ややかな仮面のごとき友のその顔に、こんなにも深い友愛と真実とがひそんでいるのを知ることができるのなら。友人の澄んだ、きびしい目が、わずかなあいだ曇り、強く引き結ばれたくちびるが、そっとふるえた。後にも先にもこのとき一度だけ、私はそこに偉大な頭脳のみならず、おおいなるハートの存在をも垣間見たのだ。多年にわたる私のささやかな、だがひたむきな友への奉仕のすべて、それはまさしくこの一瞬の啓示のためにこそ、積み重ねられてきたのだと言っていいだろう。

「なんでもないよ、ホームズ。ほんのかすり傷だ」

ホームズは早くもポケットナイフで私のズボンの布地を切り裂いていた。

「ああ、そうだね。かすっただけだ」ほっとしたように声をあげて、溜め息まじりにそう言ったが、やがてその視線が、上半身を起こしてぼんやりすわりこんでいるアメリカ人をとらえると、またいつもの冷たくきびしい表情にもどった。「おい、かすり傷だったから、おまえも助かったようなものだぞ。かりにもこのワトスンを殺してでもいてみろ、生きてこの部屋から出ちゃいかれなかったところだ。さあ、なにか言い分でもあるか？　あるなら言ってみろ」

なにも言い分はなさそうだった。相手はただ顔をしかめて、ごろんとそこに倒れているきりだ。私はホームズの腕にすがって、ともにその秘密の揚げ戸から、狭い地下室のうちをのぞきこんだ。エヴァンズの持ちこんだ蠟燭がまだともっていて、その光のなかに見えたのは、一群の錆びついた機械と、巨大なロール紙の山、散乱した瓶、そして片隅の小テーブルに、きちんと重ねて並べられた、無数の小型の紙の束だった。

HOWARD ELCOCK 24

「印刷機か──贋金づくりの設備だな」ホームズが言った。

「ああ、そうだよ」エヴァンズがよろよろと立ちあがって、そばの椅子にぐったり沈みこみながら言った。「ロンドン史上最大の贋札印刷機さ。プレスコットの機械でね。テーブルの上のが、そのプレスコットの製品。ざっと数えて、まあ二千束。一束あたり百ポンドで、どれをとっても、りっぱに通用する値打ちものばかりさね。なんなら、持って帰ったら、どうだ？　それで手を打とうや。かわりにこっちは、この場を見のがしてもらう、と」

ホームズは笑った。

「そうはいかないね、エヴァンズ君。この国には、きみの逃げこめるような、都合のいい穴なんかないのさ。プレスコットだが、きみが射殺したんだろう？」

「そりゃまあそうだけど、こっちだってそのために五年も食らいこんだんだ。先に手を出したのは、向こうだってのに。五年ですぜ──むしろこっちとしては、スープ皿ほどもあるでっかい勲章をもらってもいいくらいだ。およそこの世に、プレスコットの札をイングランド銀行の正札《しょうふだ》つきのやつと見わけられる人間なんて、どこにもいやしない。つまり、このおれがやっこさんを始末しなかったら、いまごろはロンドンじゅうにその贋札が氾濫《はんらん》してたところなんだ。

やつがどこでその札を製造してたか、それを知ってるのは、世のなかにたったひとり、このおれだけだった。とすれば、おれがこの家を狙うのは、理の当然でしょうが、ええ？　だというのに、この部屋には妙ちきりんな名前の、虫ばかのとんちき野郎が居すわってて、梃子《てこ》でも動きやがらない。となれば、こっちだって、そいつを追いだすために、一世一代の知恵をしぼることにもなるさね。いっそ、ひとおもいに殺《や》っちまったほうが、利口だったかもしれん。殺《や》るつもりなら造作《ぞうさ》もないことだが、こう見えてもおれ、けっこう気の弱いところがあってね。丸腰の相手にむかって銃をぶっぱなす、なんて気にゃ、とてもなれないのさ。それにしてもさ、ええホームズさんよ、結局のところこのおれが、どんな悪事を働いたっていうんだい？　そこの機械を使ったわけでもなきゃ、あのとんちき野郎を痛めつけたわけでもない。だったら、どういう罪状でひっくくるつもりかね？」

「まあせいぜい殺人未遂ぐらいだろうな」ホームズは言った。「とはいえそれは、このぼくの決めることじゃない。おつぎに控えてるお歴々の役目さ。とにかくいまのところは、おとなしくしててくれさえすれば、それでいい。すまないがワトスン、ちょっとヤードに電話を頼む。向こうもまんざら心待ちにしていないでもないはずだ」

　とまあこういったところが、〝殺し屋〟エヴァンズと、〝三人のガリデブ〟という彼の考えだした天才的な法螺話の、その一部始終である。後日、耳にしたところによると、気の毒に、あの善良なわれらが依頼人氏は、つかのまの夢があっけなく消えてしまったそのショックから、ついに立ちなおれなかったとか。なんでも、ブリクストンの老人ホームに入居したとかいう話だったが、その後の消息は聞かない。

　それにひきかえ、スコットランドヤードのほうは、プレスコットの印刷機械が発見されたその日、それこそ全庁を挙げてのお祭り騒ぎとなった。それまでは、どこかにその印刷機があることがわかっていながら、当のプレスコットが死んで、以後、どうしてもその所在をつきとめられずにいた、そのおりもおりとて、まさしくエヴァンズ様々といったところ。おかげで、何人もの捜査課のお歴々が、枕を高くして眠れるようになったが、それというのも、プレスコットの贋造技術はずばぬけていて、こういう男が存在しているというだけで、社会は危険な火種をかかえているのも同然だったからだ。警察当局としては、エヴァンズ本人も言うように、スープ皿ほどもある勲章でもなんでも贈りたいところだったろうが、あいにく、融通の利かないのが裁判所というもの。こちらはそんな甘い見解をとってはくれず、ためにわが〝殺し屋〟氏は、先ごろ出てきたばかりの暗い場所へと、またも逆もどりのはめとはなったのである。

（1）引用は、新約聖書『ルカによる福音書』第二十一章十九節より。

ソア橋の怪事件

チャリング・クロスにあるコックス銀行の金庫室のどこかに、長旅に傷んだ、古いブリキ製の文書箱がある。箱の蓋には、元インド派遣軍軍医、医学博士ジョン・H・ワトスンと、私の名がペンキでしるされている。なかには書類がぎっしり詰まっていて、その大半は、わが友シャーロック・ホームズ氏がおりおりに手がけてきた、多種多様な珍しい事件を記録したものである。

そのうちのあるものは、すくなからずおもしろくはあるのだが、あいにく、まったくの失敗に終わっているうえ、そもそも最終的な解決というものが欠けているので、ここで物語るには適すまい。およそ解答のない問題などというものは、研究者にとっては興味ぶかいかもしれないが、おおかたの読者には腹だたしいばかりだろう。

これら結末のない物語のなかには、自宅へ雨傘をとりにもどったきり、杳《よう》として消息を絶ってしまったジェームズ・フィリモア氏の事件がある。また、同様に注目すべきものとしては、カッター型帆船〈アリシア〉号の事件もある。この船は、ある春の朝、港を出たあと、ちっぽけなかたまりとなってただよっていた靄《もや》のなかへと消えてゆき、それきり、乗組員もろとも、あとかたもなく消失してしまったのである。さらに三つめ、やはり瞠目《どうもく》すべき事件として挙げられるのが、著名なジャーナリストで、決闘好きでも知られた、イザドール・ペルサーノにまつわる一件。発見されたとき、彼は目の前にマッチ箱をひとつ置き、じっとそれを凝視していたのだが、このときには完全に発狂していて、マッチ箱には、現代の科学にもいまだその正体がつかめない、きわめて珍しい蠕虫《ぜんちゅう》が一匹はいっていた。

まあこれら未解決の事件はべつとしても、発表できない事件はまだほかにもいくつかある。たとえば、なんらかの家庭内の秘密にかかわっているため、活字になりでもすると、上つ方《うえかた》のお歴々をあまた恐慌に陥らせる、といったたぐいの事件。信頼を裏切ってこれらを表沙汰にするなど、もとより考えられないことではあるが、それならそれで、いつか私の友人の気が向いたときにでも、この種の記録を選《よ》りだして、処分してもらうのが妥当だろう。

とはいえ、右のような数々の事例を除外したあとでも、残りは大なり小なり興味ぶかい事件ばかり、それもすくなからぬ件数にのぼり、かりにこれらを公表することで、読書大衆を食傷させ、かえって私のだれより尊敬してやまぬ人物の名声を傷つける、といったおそれさえなければ、とっくに私の手で世に出していたはずのものである。これらのなかには、私もじかにかかわっていて、目撃者として語りうるものもあれば、また、私自身は関係していないか、でなくば、ごく限られた役割しか果たしていないため、せいぜい三人称でしか語れない、というのもある。そういう意味で、これからお話しする事件などは、私の実体験としてお伝えできるもののひとつである。

十月の、ある荒れ模様の朝であった。起床し、身支度をととのえつつ、ふと外を見ると、この家の裏庭に彩りを添えてくれているただ一本のプラタナスの木の、その最後の葉が数枚、ひらひらと舞い落ちてゆくところだった。朝食のために階下へ降りてゆきながら、これではわが相棒もさぞかし陰気にふさぎこんでいるだろう、なにさま、偉大なアーティストの例にもれず、環境に左右されやすいたちだから、などとなかば身構える気持ちでいたのだが、案に相違して、ホームズはすでに朝食もほとんど終え、気分もいと晴れやかに、上機嫌そのものだった。

「さては、事件が舞いこんだな、ホームズ」私は指摘した。

「推理能力というのは、どうやら伝染するらしいね、ワトスン」と、友人も答える。「おかげできみも、みごとぼくの秘密を言い当てられるまでになったわけだ。そうさ、事件だよ、ご推察どおり。ここ一カ月ばかり、つまらん事件しかこないか、でなくばなにもないか、どっちにしても無聊《ぶりよう》をかこっていたところだが、やっとまた車輪が回転しはじめたってわけさ」

「ぼくも一口のせてくれるかね？」

「まあ、のせるというほどのこともないが、とにかく、きみが食事をすませたら、それを話しあうとしよう。まずはその前に、新しくきた料理女が腕をふるった固茹で卵二個、賞味してみたまえ。その茹で加減、どうやらきのうホールのテーブルで見かけた、《ファミリー・ヘラルド》なる読み物雑誌と、まんざら無関係でもなさそうだ。卵を茹でるという些細な仕事でも、時間の経過に気を配るぐらいの注意力は要求されるものだが、その種の注意力と、あのすてきな雑誌に載ってるラブロマンスを読みふけることとは、とうてい両立しそうもないからね」

十五分ばかりして、テーブルがかたづけられると、私たちはあらためて向かいあった。ホームズはポケットから一通の手紙をとりだしてみせた。

「金山王のニール・ギブスンって名、聞いたことがあるかい？」

「アメリカの上院議員の、かね？」

「そう。西部のある州から、一期だけ上院に出たことがある。それは事実だが、むしろそれよりも、世界一の金山王としての名のほうが通ってるだろうね」

「その男のことなら聞いてはいる。たしか、しばらく前からこのイギリスに住んでいて、名前もよく知られてるようだ」

「そうなのさ。五年ほど前、ハンプシャーでかなり大きな地所つきの屋敷を購入している。だったら、先ごろ細君が非業《ひごう》の死を遂げたという話も聞いてるだろうね？」

「もちろん。そう言われて、思いだした。そもそも名前が知られてるというのも、その事件があったからなんだ。もっとも、詳しい事情はぼくもまるきり知らないけどね」

ホームズは、手近の椅子に置かれた数紙の新聞をさしてみせた。「ぼくだって、よもやそのお鉢がこっちにまわってくるとは思っていなかったよ。そうと知ってたら、切り抜きぐらいはしとくところだったのに。じつをいうと、えらく世間を騒がせてるわりには、難事件でもなんでもない。被疑者のひととなりには興味をひかれるものの、それで証拠の確実さが割り引きされるわけでもないしね。この点は、検死陪審もおなじ見かただったたし、警察裁判所での審理も同様だった。現在は、ウィンチェスターで巡回裁判に付されている。どう考えても、報われない仕事のようだよ。いくらぼくでも、事実を発見する力こそあれ、それを変えさせることまではできないからね。なにかよっぽど思いがけない、まったくの新事実でも出てこないかぎり、あいにくだが依頼人の希望には添えないんじゃないかな」

「依頼人というと？」

「ああ、それを話すのを忘れてた。どうやらワトスン、話の前後をとりちがえるという、きみのややこしい癖が伝染したらしい。とりあえず、これを読んでみたまえ」

渡された手紙は、肉太の、達筆な文字で書かれていた。文面は以下のとおり――

クラリッジ・ホテル
十月三日

シャーロック・ホームズ殿

前略
迂生《うせい》はとうてい座視するに忍びません。神の造りたもうたこの世にまたなき女性が、死に追いやられようとしているのです。彼女を救うためならば、尽くせるかぎりの手段を尽くす所存です。事の真相は、迂生にはわかりません。否《いな》、わかっているふりをすることすらできません。ただひとつ、一点の疑念もなくわかっているのは、ダンバー嬢が無実であるということ、このことのみであります。
事の経過は、貴兄もご承知でしょう。知らぬものはおりますまい。国を挙げてのうわさの種になりながら、ダンバー嬢を弁護しようとする声は、まったく聞こえてきません。かかる腹だたしい不正を見るにつけ、迂生の心は狂わんばかりであります。かの女人は、蠅一匹殺すことさえ見過ごしにはできぬ、心ばえやさしき女性《にょしょう》なのです。よって、明朝十一時に貴兄を訪問なし、この暗黒に光明をもたらす手段なきやいなや、貴慮を得たく存ずる次第です。あるいは迂生は有力なる手がかりを持ちながら、浅慮にしてそれに気づかずにいるやもしれません。

とまれ、貴兄にかの女性を救わんとのご意向あらば、迂生の知るかぎりのすべて、持てるかぎりのすべて、わが存在のあらんかぎりのすべてを賭けて、それにご協力いたす所存であります。これまで貴兄は、再三その衆にすぐれし能力を発揮してこられたる由、それが偽りでないならば、いまこそそのお力をこの事件に傾注せられんことを。

草々頓首《とんしゅ》

J・ニール・ギブスン

「というわけなのさ」そう言いながらシャーロック・ホームズは、食後の一服をくゆらせていたパイプから灰をはたきおとし、ゆっくりと詰めなおした。「つまり、いまはこの紳士のご入《にゅう》来《らい》を待ってるところなんだ。事の経過については、いまからきみにこれだけの新聞に目を通してもらうひまもなさそうだから、ぼくの口から、かいつまんで話してあげるしかあるまい。この依頼人、世界の経済界の大立《おおだ》て者《もの》だそうだが、個人としてはどうやら、おそろしく粗暴で、手に負えないたちの御仁《ごじん》らしい。今回の悲劇の犠牲者となった夫人については、すでに女盛りは過ぎていたということぐらいしかぼくも知らないが、とにかく、夫人にとってさらに不幸だったのは、子供ふたりの教育のために、すこぶる魅力的な女性家庭教師が雇われていたということだ。関係者は以上三名、舞台はかつての荘園屋敷だった壮麗な館で、その館はわがイングランドの由緒ある荘園の中心と、まあそういったところだね。

つぎに、悲劇の顚末《てんまつ》だが、その夫人がある夜遅く、館から半マイル離れた庭園の一角で、倒れて死んでいるのを発見されたんだ。ディナードレスをまとい、肩にはショールといういでたちで、頭をリボルバーで撃ち抜かれていた。周辺には、凶器とおぼしきものはいっさい見あたらず、犯人につながるような手がかりも皆無だった。いいかい、ワトスン、凶器がそばになかったんだよ――ここが肝心なところなんだ！　犯行時刻は、宵《よい》もかなり遅くなってから。猟場番によって遺体が発見されたのが、十一時ごろ。警察と医者とがざっと状況を検《あらた》めてから、遺体は屋敷に運びこまれた。といったところだが、あんまり話をはしょりすぎたかな？　大筋はのみこんでもらえたかい？」

「よくわかった。しかし、なぜまた家庭教師に疑いがかかったんだ？」

「そうさな、まず第一に、いたって直接的な物証がいくつかあるのさ。リボルバーが見つかったんだよ。一発だけ発射されていて、口径も弾丸と一致するのがね。それが本人の部屋の衣裳簞笥《だんす》から発見されたんだ」そこまで言って、ふと言葉をとぎらせたホームズは、じっと目を据えて、「本人の――部屋の――衣裳――簞笥から――」と、いましがたの言葉をとぎれとぎれにくりかえし、それきり黙りこんでしまった。

どうやら、なんらかの思考の端緒《たんしょ》をつかんだらしいので、いまそれを妨げるのは賢明ではない、そう私は判断した。

と、ふいに彼は、はっと夢からさめたような面持《おもも》ちになり、またきびきびと話しはじめた。

「そうなのさ、ワトスン、拳銃が見つかったんだ。のっぴきならない証拠じゃないか、ね？ とまあ、二度の審問の陪審諸君も、こぞってそう考えたわけだ。さらに、死んだ奥方は、当の家庭教師の署名のあるメモを持っていた――ほかならぬ事件の現場となった、その場所で会おうと約束した書き付けをさ。どう思う、ええ？ おまけに、動機まであるときた。ギブスン上院議員という御仁は、ひとをひきつける力のある男だ。その夫人が死ねば、後釜として考えられるのは、さまざまな証言を総合するに、すでに雇い主から執拗に迫られていたと思われる、問題の若いご婦人を措《お》いてほかにはあるまい。愛欲と、金銭と、権力と、すべてがひとりの中年女性の命にかかっていたわけだ。醜悪だろう、ワトスン？ じつに醜悪だ！」

「まったくだね、お説のとおりだよ、ホームズ」

「しかも被疑者は、アリバイを申したてることもできなかった。どころか、問題の時間帯に、ソア橋――というのが、悲劇の舞台となったところなんだが――そこへ出向いたことさえ認めているんだ。認めないわけにはいかなかったろうさ――だって、通りすがりの村人が、そこで当人を見かけてるんだから」

「そんならもう決定的じゃないか」

「じつは、まだあるんだ。まだあるんだよ、ワトスン！　その橋というのは、端から端まで一径間《スパン》の、さほど長くはない石橋で、左右に欄干《らんかん》がついている。それが、細長くて深い、葦《あし》の茂った池の、いちばん幅の狭い部分にかかっているんだ。邸内の馬車道が橋の上を通っていて、池の名はソア池。夫人の遺体が横たわっていたのは、この橋のたもとだ。まあ、こういったところが、おもな事実なんだがね。おや、どうやら依頼人のご登場らしいぜ。約束の時間よりはだいぶ早いようだが」

ビリーがドアをあけたが、彼の取り次いだ客の名は、私たちの予期していたものとはちがっていた。マーロウ・ベーツ氏というのだが、これはわれわれふたりとも、はじめて耳にする名だ。痩せて、影の薄い、おどおどした感じの人物で、おびえた目つきに、ぴくぴくと痙攣《けいれん》するような、ためらいがちな動作。医者としての私の目から見ると、完全な神経症患者の一歩手前といったところである。

「だいぶ興奮しておいでのようですが、ベーツさん」と、ホームズが言った。「まあおかけなさい。しかしあいにくですが、長くはお相手できません。約束がありますので、十一時に」

「知ってます」客は息切れしているかのように、一語一語を短くとぎらせ、あえぎながら言った。「ギブスン氏はまもなくきます。わたしはあのひとに使われているものです。屋敷の管理をしております。ホームズさん、あいつは悪党です。おそるべきひとでなしなんです」

「ほう、穏やかではないお言葉ですね、ベーツさん」

「いやでも強い言いかたをしないと――時間がありませんので。わたしがここへきたことを知られたくないのです。あいつはいまにもやってきます。しかし、もっと早くくるわけにはいかない事情がありまして。あいつの秘書のファーガスン君から、あなたとのお約束のことを聞かされたのが、ついけさのことなんです」

「それで、あなたはお屋敷の管理人だと？」

「すでに辞表は出してあります。あと二週間で、あいつの呪われた軛《くびき》から、やっとのがれられる。ホームズさん、あれは酷薄な男ですよ。周囲のだれにたいしても、そうなのです。表向き、慈善事業にずいぶん精を出していますが、それも、私生活での不法不義を隠すための仮面にすぎない。しかし、なんといっても最大の被害者は、亡くなられた夫人でした。夫人への仕打ちは、じつに残忍そのもの――ええ、鬼畜の所業《しょぎょう》とは、まさにあれです！　夫人がどういう経緯で死に遭遇されたのかは知る由もありませんが、夫人の一生をめちゃめちゃにしたのが、あいつであることはまちがいない。ご承知でもありましょうが、夫人はブラジル生まれ、熱帯育ちでした」

「いや、それは初耳です」

「生まれも熱帯なら、気性もそうでした。太陽の子、情熱の子です。そういう女性らしい愛しかたで、ずっとご主人を愛してこられたのですが、夫人の肉体的な魅力――お若いころは、それはもうたいそうなものだったとか――それが衰えるにつれて、夫をひきとめる力も薄れてきた。われわれ使用人は、ひとり残らず夫人に同情し、夫人に肩入れし、夫人にたいするあの男の仕打ちに義憤を感じていました。ところがあの男は、すこぶる口達者で、狡猾《こうかつ》そのもの。わたしとしては、ぜひともこれだけはお耳に入れておきたかったのです。ゆめゆめあの男を額面どおりに受け取ってはなりません。肚《はら》に一物《いちもつ》も二物《にもつ》もある男ですから。さて、もう失礼しなくては。いえ、ひきとめないでください！　じきにあいつがやってきます」

おびえた目つきで時計を見るなり、この風変わりな訪問者は、文字どおり駆け足でドアへと向かい、姿を消した。

「いやはや！　驚いたもんだ！」しばしの沈黙のすえに、ホームズがつぶやいた。「ギブスン氏も、ずいぶんと忠実な使用人を持ったものだね。それでも、いまの警告はなかなか有益だったし、あとはそれを肝に銘じて、ご本尊の到着を待つばかりというわけだ」

ぴったり約束の刻限になると、階段に重い足音が響いて、著名な百万長者が部屋に案内されてきた。一目見ただけで、私にもいましがたのベーツ氏の恐怖と嫌悪のみならず、多年、あまたの商売敵《がたき》がこの御仁に投げつけてきた悪罵《あくば》の数々が、まことにもっともとうなずけたのだった。かりにわたしが彫刻家であったとして、ここに鉄の神経と、革そこのけに強靭《きょうじん》な心とを持った、成功した実業家の理想像をつくろうとしたら、このニール・ギブスン氏をこそモデルに選ぶだろう。背が高く、痩せてごつごつしたその風貌は、飢えと貪欲《どんよく》さとを示唆している。ご存じエイブラハム・リンカーンの面《おも》ざしから、高邁《こうまい》な精神を取り去って、かわりに下卑《げび》た表情を加えたような、とでも言ったら、いくらかこの男の印象を伝えられるであろうか。

その顔は、花崗岩《かこうがん》から彫りだしたかのようにけわしく、いかつく、酷薄そうで、そこに深い皺《しわ》が一面に刻まれているのが、さながら多くの死地をのりこえてきた証拠の傷のようだ。濃くもじゃもじゃした眉の下から、冷ややかな灰色の目が射るようにこちらを見据え、私たちふたりを交互に見くらべた。ホームズが私を紹介すると、ほんのお義理に頭をさげ、それから、ひとの上に立つことに慣れた人間らしい尊大なしぐさで、手近の椅子をぐいとひきよせ、骨ばった膝頭がほとんどわが相棒に触れんばかりの間近さで、腰をおろした。

「率直に申しあげるが、ホームズ君、この事件では、金に糸目はつけんつもりだ。それが真相を照らしだすのに役だつのであれば、札束に火をつけて燃やしてもらっても結構。あの女性は無実なのだ。なんとしてでも、疑いを晴らしてやらねばならん。それをきみにお願いしたい。いくら必要かね？」

「ぼくの調査料は、一定の基準にもとづいています」と、ホームズは冷ややかに応じた。「それを変えることはありません。ただし、場合によっては、まったく申し受けないこともありますがね」

「ほう、金に左右されることはないというのか。では、名声はどうかな？　みごとこの事件を解決してのければ、英米両国の新聞がこぞって書きたててくれるだろう。ふたつの大陸の両方で、話題の主になれるぞ」

「せっかくですが、ギブスンさん、べつに人気をあおってもらおうとも思いませんので。意外に思われるかもしれませんが、むしろぼくは、名前が出ないほうが動きやすい。それに、ぼくが興味をそそられるのは、あくまでも事件そのものでしてね。しかしまあ、こんな話は時間の無駄だ。事実をとりあげて論議するとしましょう」

「事実と言っても、おもな点は新聞に出ているとおりだ。お役に立つようななにかをつけくわえられるとは思えんね。しかし、きみのほうで参考のために訊いておきたいということでもあれば、なんなりと言ってくれ」

「では、ひとつだけうかがいたいことがあります」

「どんなことだ？」

「あなたとダンバー嬢との関係ですよ――正確なところ、どうなっているんです？」

　金山王はにわかに色をなして、荒々しく腰をあげかけたが、そこで超人的な自制心をとりもどした。

「それを訊くのは、さだめし、きみの権利だとでも言うのだろうな、ホームズ君？　つまりそうすることで、きみは義務を果たしていると？」

「そう受け取っていただいても結構です」と、ホームズ。

「では申しあげるが、われわれの関係は、もっぱら雇傭者と、被雇傭者の若い女性という間柄を出るものではない。子供たちのいる前でなければ、言葉をかわすことはおろか、顔を合わせることさえなかったと断言する」

　聞くなりホームズは椅子から立ちあがった。

「失礼ですが、これでもぼくは、けっこう忙しい体でしてね、ギブスンさん。無駄話をしているひまもなければ、そんな趣味もない。どうぞおひきとりください」

　客もやはり立ちあがっていた。見あげるほど背の高い、いかつい体軀《たいく》が、いまにものしかかりそうにホームズのそばに立ちはだかり、逆だった眉の下にぎらつく目からは、刺すような怒りの色が放射されてくる。血色のよくない顔面も、こころなしか紅潮しているようだ。

「いったい全体、それはどういう意味だ、ホームズ君。依頼を断わるというのか？」

「さよう。すくなくともギブスンさん、あなたから依頼されるのはお断わりだ。申しあげた意味は、はっきりしていたはずですが」

「たしかに意味ははっきりしていた。だが表向きはともかく、肚の底はどうなんだ？　報酬をつりあげたいのか、むずかしそうな事件と見て、恐れをなしているのか、それとも、なんなのだ？　こっちにもはっきりした返事を聞く権利ならあるぞ」

「まあね、そりゃあるかもしれない。では、お答えしましょう。この事件は、そうでなくても込み入っているのです。それをさらに不正確な情報によって紛糾させられては、たまったものではありません」

「つまり、わたしが嘘をついていると？」

「まあね、せいぜい遠まわしに申しあげたつもりですが、そちらがその表現に固執されるのであれば、こちらはそれでかまいません」

私も思わず立ちあがっていた。大富豪の表情がすさまじい悪鬼のごとき形相に変わり、こぶしがふりあげられたからだ。だがホームズはものうげな微笑を浮かべて、パイプに手をのばしたきりだ。

「お静かに願いますよ、ギブスンさん。朝食後は、ちょっとした議論をするだけでも、消化にはよろしくない。なんなら、朝の外気のなかで軽く散歩でもして、落ち着いて考えてみられたらどうです。おおいに得るところがあるんじゃないですかね」

金山王は努めて怒りをおさえた。私もそれには舌を巻かざるを得なかった。かっと燃えあがった憤激の炎が、超人的な自制心によって、一瞬にして氷のような、侮蔑《ぶべつ》まじりのよそよそしさに変わってしまったのだ。

「なるほど、ならば好きにするがいい。仕事の進めかたについて、きみにはきみの考えもあることだろう。いやだと言うものを、無理に押しつけるわけにもいくまい。しかしホームズ君、けさのきみのやりかたは、けっして賢明ではなかったな。わたしはきみよりもずっと強い人間を、何人も打ち負かしてきた男だよ。このわたしに逆らって得をした人間など、いまだかつていたためしがない」

「ぼくにそういう捨て台詞《ぜりふ》を吐いていったひとだって、これまでに何人もいましたがね。見てのとおり、まだぴんぴんしています」ホームズはうっすら笑いながら応酬した。「ではギブスンさん、ご機嫌よろしゅう。まだまだ学ばれるべきことが多々あるようですね」

客は足音も荒く引き揚げていったが、ホームズは泰然自若《たいぜんじじゃく》、夢見るような目で天井を見あげながら、黙然とパイプをくゆらせているだけだ。

ややあって、ようやく口をひらいた。「さてワトスン、なにか意見でもあるかい？」

「そうだね、ホームズ。ぼくとしては、まずあの人物が、行く手に立ちふさがる障害物は片っ端から排除していくタイプであるうえに、さっきのベーツという男が露骨にほのめかしていたとおり、細君との仲には秋風が立っていて、さだめし鼻についていただろうことを考えあわせると、これはどうやら――」

「まったくだ。ぼくも同感だよ」

「だがそれにしても、問題の家庭教師とあの男との仲、これは実際のところ、どの程度のものなんだろう。きみはどうやってそのへんに目星をつけたんだ?」

「はったりだよ、ワトスン、はったりさ! ぼくによこしたあの手紙の、型破りで熱っぽい、およそ事務的とは程遠い調子と、ご本人のあの自負心の強い、高ぶった態度や物腰を考えあわせると、どうやらあの御仁、被害者よりも被疑者のほうに、より深い思い入れがあることは明白だ。となると、事の真相に迫るためには、この三人の関係を正確に把握する必要がある。そこであのとおり正面攻撃をかけてみたんだが、そっちのほうは平然と受け流した。そこで、実際にはひどく疑わしいというだけでしかないことを、さも確信ありげに見せかけて、はったりをかましてみたわけさ」

「だとすると、そのうちひきかえしてくるかもしれないね」

「もどってくるさ、きっと。こざるを得ないはずだ。このまま事件をほうっておく気には、とてもなれまいからね。ほら! いま、ベルが鳴らなかったかい? やっぱり。あれはあの男の足音だ。やあやあ、ギブスンさん、いまワトスン博士とも話していたところですよ――もどってこられるのが遅いようだね、と」

部屋にはいってきた金山王は、出ていったときにくらべると、だいぶ気分も落ち着いたようだった。無念そうな目つきを見れば、自尊心を傷つけられた憤《いきどお》りが、いまだにくすぶってはいるものの、目的を遂げるためには、ここはひとつ良識にのっとって、折れるのもいたしかたない、そう観念したらしい。

「よく考えてみたんだがね、ホームズ君。どうも性急すぎて、きみの真意を誤解していたようだ。何事にまれ、事実だけを知りたいと言われるのはもっともだし、それでますますきみを見なおしたようだ次第だ。とはいえ、ここであらためて断言するが、ダンバー嬢との関係は、この問題にはまったく無縁のことだ」

「無縁か、そうでないか、それを決めるのはぼくの役目です。そうでしょう?」

「だろうな。たしかにそれはそうかもしれん。きみはまるきり外科医のようだな。あらゆる症状を訊きだしてからでないと、容易に診断をくだそうとしない」

「いやまったく。言えてますよ、それは。しかし同時に、こうも言えます——医者をあざむこうとする患者にかぎって、症状についてのさまざまな事実を隠したがるものだ、と」

「かもしれん。しかしホームズ君、たいがいの男なら、女性との関係をあけすけに質問されたら、たとえそれがうわついた関係ではなかったにしても、まずたじろぐだろう。どんな男も心の片隅には、自分ひとりの小さな秘密の花園を持っていて、土足でそこに踏みこまれるのを嫌うものだ。しかもきみは、いきなりそこに闖入《ちんにゅう》してきたんだからね。とはいうものの、目的は手段を正当化するとも言うし、いまは、なにはともあれ彼女を救うことこそが肝心。といった次第で、制札《せいさつ》はおろされた。門戸は解放された。どこからでも踏査してくれたまえ。なにが知りたい？」

「真実ですよ」

金山王は考えを整理しているように、しばし沈黙した。そのいかつい、皺ぶかい顔は、いよいよ沈痛に、重々しくなっていった。

それから、ようやく言った。「真実と言っても、話はごく簡単にすむ。いくつか話しにくい点もあり、口に出すだけで心が痛むという部分もあるから、必要以上につっこんだ話は避けるがね。

わたしが妻と知りあったのは、ブラジルで金鉱を探していた時代だった。当時の名はマリーア・ピントー、マナウスの政府高官の娘で、たいそう美しかった。わたしも若くて、血気盛んなころだったが、いま、より冷静な、より客観的な目で見なおしてみても、世にも稀《まれ》な、すこぶるつきの美女だったことはまちがいない。気性も激しく、直情的で、いかにも熱帯の生まれらしく、深情《ふかなさ》けというのか、思い込みの強さは、やや常軌を逸したところさえあり、要するに、それまで知っていた北米の女性には、まったく見られない魅力を発散していた。でまあ、つまるところ、その魅力にひかれて結婚したわけだ。

ところが、やがて新婚の甘い夢がさめてみると──といっても、それまでには何年もの月日が流れているんだが──いまさらながら、夫婦のあいだになにひとつ、まったくなにひとつ共通するものがないことに気づかされた。妻への愛情も、それとともに冷めた。いっそ、妻の夫への愛情も、同様に冷めていてくれたら、事はもっと簡単だったんだろうが、人の世とは、そして女の愛とは、ままならんものだ！　わたしがどんな仕打ちをしても、妻のわたしにたいする気持ちは変わらなかった。

わたしは妻につらくあたりつづけた。それを残酷だと言うものもあったが、それでもやめなかったのは、なんとか妻のわたしへの愛情を圧殺するか、憎しみへと転換してしまうことができれば、双方にとって、ずっと楽になるとわかっていたからだ。だが、なにをもってしても、妻の心は変えられなかった。二十年前にアマゾンの岸でわたしを熱愛したように、いまこのイギリスの森のなかでも、熱烈にわたしを愛することをやめなかった。実際、わたしがどんなむごい仕打ちをしても、妻の思い込みはいっそう強くなるばかりだったのだ。

そうこうするうちに、あのグレース・ダンバー嬢があらわれた。うちのふたりの子供の家庭教師を募集したところ、その広告を見て、応募してきた。たぶん、新聞で写真を見ているだろうが、世間がこぞって折り紙つきの美女と、はやしたてている女性だ。わたしとて、木石ならざること、そこらの男となんら変わらないつもりだし、ああいう美人と一つ屋根の下に起き伏しして、強くひかれるものを感じないのは無理だということ、これも認める。そこでだ、ホームズ君、そう聞いて、きみはわたしを軽蔑するかね？」

「そういう感情を持たれること自体は、とくに非難しようとは思いません。ただし、その気持ちを口に出されたのだとしたら、これはけしからんと思いますね。相手の女性は、ある意味であなたに依存する立場にあったんだし、あなたはその立場を利用して、彼女に迫ったと言われてもいたしかたないでしょう」

「なるほど、そういう見かたもあるか」百万長者はそう相槌《あいづち》を打ったが、ホームズの批判を受けて、目には一瞬、またも怒りの色がぎらついた。「だからといって、いまさらいい子になるつもりはない。生まれてこのかた、欲するものがあれば、いつの場合もそれをつかみとろうとしてきた人間だし、欲すると言うなら、彼女の愛をかちとり、わがものにしたいという欲求以上に、強い欲求を感じたこともない。ああ、言ったとも。言ったよ、それを彼女に」

「いやはや、言われたんですか！　ほんとに！」

ホームズはその気になりさえすれば、とてつもなくいかめしい顔のできる男である。

「言った。できるものなら結婚したいが、これればかりはわたしの力でもどうにもならない、と。このさい金は問題じゃない。きみを幸福にし、安楽に暮らさせてあげられるなら、どんなことでもいとわぬつもりだ、とも」

「なんとまあ、気前のいいことだ」ホームズはせせら笑った。

「まあ聞きたまえ、ホームズ君。わたしはここに証拠の問題できたのであって、道義を論ずるためにきたのではない。きみに批判される筋合いはないはずだぞ」

「いいですか、そもそもぼくがこの件を手がけようというのは、ひとえにその若い女性の身を思えばこそ、なのですよ」ホームズはきびしい口調で言った。「彼女にかかっている容疑がどんなものであれ、それは、いまあなたが自ら認められた罪――つまり、あなたの庇護下にあって、ほかに頼るひととてない女性を堕落させようとした罪――その悪質さにくらべれば、なにほどのこともない。あなたがたお金持ちのなかには、金さえ出せばどんな罪過をも償《つぐな》えると思っているやからも多いようですが、世のなか、そんなに甘くはないということ、これをぜひとも思い知らされるべきです」

意外にも、この手きびしい非難を金山王は平静に聞き流した。

「じつはな、わたし自身も、いまはそう感じはじめているところなのだ。こっちのもくろんだようには事が運ばなかったこと、それをむしろ神に感謝すべきだろうな。つまり、ダンバー嬢はわたしの告白に耳を貸そうともしなかったばかりか、すぐに辞職すると言いだしたのだ」

「だったら、なぜその言葉どおりにしなかったのです？」

「まず第一に、扶養すべき家族があり、せっかくの収入をふいにして、彼らを失望させるというのは、そう軽々にはできかねたのだ。それにわたしも、今後はけっしてそういう挙には出ない、それで彼女を困惑させたりはしないとかたく約束したので、やっと辞職だけは思いとどまってくれた。とはいえ、そのとき思いとどまった理由は、ほかにもないではない。ある意味で彼女は、自分がわたしにたいして影響力を持つことを知ってしまったのだ。しかもそれは、世界じゅうの他のいかなる影響力よりも強い。そういう力が自分にあることを知り、それを善用しようと考えたのだよ、彼女は」

「というと、どんなふうに？」

「さよう、まずわたしの仕事の内容についても、彼女、いくらかは知っていたのだな。言わせてもらうが、大きな仕事だよ、ホームズ君。そんじょそこらの人間には、思いも及ぶまい。相手を生かすのもつぶすのもわたし次第――まあ、だいたいは、ぶっつぶすほうが多いがね。それも個人ばかりじゃない。地域共同体あり、都市あり、国家あり。ビジネスとは、畢竟《ひっきょう》、弱肉強食の世界だ。弱いものははじきとばされる。わたしはつねに全力を尽くして闘ってきた、けっして弱音は吐かないかわり、他人がいくら泣き言を並べても、聞く耳は持たない。

しかるに、彼女はまったくべつの考えを持っていた。あるいはそのほうが正しかったのかもしれん。彼女の考えというのは、いっぽうで一万人もの人間が生活に困り、路頭に迷っているのをよそに、ひとりの人間だけが必要以上の富をむさぼるのは許されないというもので、またそれを口に出して言いもした。それが彼女の考えかただったし、また実際に、そこに金銭以上のなにか、より永続的、より精神的ななにかを見いだしてもいたのだろう。自分の言葉にならら、わたしが耳を傾けるということに気づいて、その力でわたしの行動を左右することにより、社会に貢献できると信ずるにいたった。そこでわが家にとどまることにしたのだが——そのあげくが、今回のこの忌《い》まわしい事件となったわけだ」

「事件それ自体について、なにかあなたとしての見解というものはありませんか？」

金山王はしばし口をつぐみ、手で頭をかかえて、思案にふけった。

「彼女には、非常に不利な状況だ。それは否定できない。そもそも、女性の心のうちは男にははかりしれないものだし、ときとして、男にははかりしれない行動に出ることもある。はじめはわたしも、不意のことではあり、すくなからず動転してもいたから、これはひょっとするとなにかのはずみで、平生の人柄にも似ず、とんでもないことをしてくれたのではないか、などと思いたくなったものだ。そのとき、その説明らしきものがひとつ頭に浮かんだのだが、ひとまずそれを話してみよう。

　死んだ家内が、異常に嫉妬ぶかいたちだったことは確かだ。そもそも嫉妬には、精神的なつながりへの嫉妬というのがあって、これは肉体的な面での嫉妬に劣らず、ときとして過激なものにもなりうる。妻の場合、肉体的な面で嫉妬にかりたてられる理由など、あるはずもなかった――本人もそれぐらいはよく心得ていたはずだ――にもかかわらず、精神的な面で、妻はあのイギリス女性が、妻である自分でさえ持ちえなかった影響力を、このわたしの心、わたしの行動に及ぼしていると気づいたのだ。それは善なる影響力だったのだが、だからといって、妻の気持ちがおさまるものでもない。妻は憎しみのあまり半狂乱になった。もともと体内には、つねにアマゾンの熱い血がたぎっている女だからね。あるいはダンバー嬢を殺してしまおうとまで思いつめたのかもしれない。さもなくば、拳銃でダンバー嬢を脅して、屋敷から追いだそうとでもしたのか。だがあいにく、そこで揉みあいになり、はずみで弾が発射された。それが逆に妻にあたった」

「その可能性なら、すでに考えてみましたよ」ホームズが言った。「いや、じつのところ、これが予謀殺人でないのなら、それ以外に説明のしようはありません」

「にもかかわらず、本人はそれをきっぱり否定している」

「かといって、だから決定的とも言いきれますまい。たとえば、そういう恐ろしい立場に立たされた女性が、無我夢中でリボルバーを手に握ったまま家へ逃げ帰るというのは、けっして考えられないことじゃない。さらに、混乱のあげく、自分がなにをしているかというわきまえもないままに、それを自室の衣裳簞笥にほうりこみはしたものの、のちにそれが発見されると、どうせどんな言い訳も通用しっこないのだからと考えて、いっそすべてを否定することで、なんとか言いのがれをしようとした、そうも考えられる。いかがです、こういう仮説をくつがえすような証拠、なにかありますか?」

「ある。ダンバー嬢の人柄だ」

「ははあなるほど、それはありうるかもしれませんね」

ホームズはそこで懐中時計を見た。

「おそらく、きょうのうちに必要な許可をとって、夕方の列車でウィンチェスターへ出向けると思います。じかにそのお嬢さんから話を聞いてみれば、もうすこし有利な材料が出てくるかもしれない。ただし、そうして出てきた結論が、必ずしもあなたのお気に召すかどうか、そのへんは保証のかぎりではありませんがね」

ところがその日は役所の手続きに手間どったため、私たちはウィンチェスターへ出かけるかわりに、ハンプシャーのニール・ギブスン氏の屋敷、〈ソア・プレース〉へ行くことにした。ギブスン氏自身は同行しなかったが、はじめにこの事件を調べた地元警察のコヴェントリー巡査部長の住所は聞いていたので、まずはそちらへおもむいた。

巡査部長は背の高い、瘦せて顔色の悪い男で、どこか秘密めかした、なにかにつけて韜晦《とうかい》したがるような趣《おもむき》があり、口にこそ出さないものの、実際にはずっと多くを知り、疑っているのではないか、そう思わせるところがあった。おまけに、ここぞというときになると、急に声を落として、ひそひそ声になる癖があり、さも大事なことでも聞かされるのかと思えば、それがごくあたりまえのことでしかない。とはいえ、こういった性癖《せいへき》さえのみこんでしまえば、元来はごくまっとうな、謙虚な人物と思えたし、自分が事件を持てあましていて、どんな助力でも得られるのなら大歓迎といった内情まで、いたってざっくばらんに打ち明けてくれた。

「いずれにしろ、きてもらうのならロンドン警視庁《スコットランドヤード》よりはあなたのほうが、ずっとありがたいですよ、ホームズさん。ヤードに乗りだされると、自分ら地元警察は、かりにうまく解決しても、手柄は持っていかれる、失敗すればお叱りをこうむる、どっちにしても損な役まわりです。そこへいくと、あなたは話のわかるかただと、かねがねうけたまわっとりますので」

「ぼくはぜんぜん表に出る必要などないんです。かりに捜査がうまくいっても、ぼくの名を出してくれ、などとはけっして言いませんから」ホームズは言った。

そう聞いて、わが陰気な巡査部長氏、明らかにほっとしたようだ。

「やっぱり度量の大きなかたはちがいますな。それに、お友達のワトスン先生も、信頼のおけるかただとうかがっとりますし。それではホームズさん、これから現場へご案内しますが、その前にひとつだけ、うかがっておきたいことがあります。ここだけの話ですがね」と、いかにもおそるおそるといったていであたりを見まわして、「ひょっとしてあなた、ニール・ギブスン氏本人が怪しいとは思われませんですか?」

「そのことなら、すでに考えてみましたよ」

「まだダンバー嬢には会っとられんそうですが、あのひとほどすばらしい、あらゆる意味でりっぱなご婦人はおられませんですよ。とすると、ギブスン氏が奥さんを亡きものにしたいと考えたとしても、べつに不思議はない。それに、もともとアメリカ人というやつ、われわれとはちがって、銃にかけては手が早いですから。ご存じでもありましょうが、凶器はご本人の拳銃なのですよ」

「その点は、はっきり確認できているのですか？」

「おりますとも。ギブスン氏所有の一対《いっつい》の、その片割れです」

「一対の片割れ？　じゃあ、あとのひとつはどこにあるんです？」

「じつはあのギブスン氏、あれやこれや、山ほど銃器を所有しとられましてな。対《つい》のもう片方は、結局、見つかりませんでしたが、それでも、ケースはありました。二梃が同時におさめられるようになっとるやつです」

「もともと一対だったのだとすれば、もう片方も必ず見つかるはずですがね」

「なんなら、ご自分で調べられますか？　あるだけぜんぶ、いつでも見られるようにしてありますよ」

「いずれそのうちに、見せてもらうかもしれません。さしあたりは、悲劇の現場をまず見ることにして、では案内してもらいましょうか」

ここまでのやりとりは、コヴェントリー巡査部長の住まいである質素なコテージの表側、村の駐在所にもなっている一室で行なわれたものだ。そこから約半マイル、黄ばんだ羊歯《しだ》がまじって、一面の金色とブロンズ色に揺れる吹きさらしのヒースの原を横切ってゆくと、ギブスン氏の屋敷、〈ソア・プレース〉の横手の門に出る。雉《きじ》の禁猟区を抜ける小道が一本あり、そこをしばらく行くと、やがて視界がひらけて、かなたの丘の頂《いただき》に、なかばチューダー様式、なかばジョージ王朝様式の、横に広く連なるハーフティンバー造りの館が見えてくる。

われわれの行く道のそばには、葦の生い茂る細長い池があり、池の中央のくびれた部分に、正門からの馬車道が通る石橋がかかっているが、池は橋の左右では大きくひろがって、ちょっとした湖水の趣を呈している。案内の巡査部長は、この橋のたもとで立ち止まると、すこし先の地面をゆびさしてみせた。

「あそこですよ、ギブスン夫人が倒れとったのは。あの石を目印にしてあります」

「きみが駆けつけたのは、遺体の運ばれる前でしたね？」

「そうです。まず駐在所に知らせがありましたから」

「だれの手配で、ですか？」

「ギブスン氏ご本人ですよ。急が告げられるや、ほかの使用人ともども屋敷から駆けつけてこられ、警察がくるまでは、なにひとつ動かしてはならんと命じられたそうです」

「それは賢明でしたね。新聞で読んだところでは、弾は至近距離から発射されていたとか」

「はあ、そのとおりです。ごく近くから」

「右のこめかみのあたりですね？」

「こめかみの、すぐ後ろです」

「どんなふうに倒れていたんですか？」

「仰向けでした。争った形跡はなし。ほかの痕跡もいっさいなし。凶器もなし。あったのは、遺体の左手にかたく握りしめられておった、ダンバー嬢のメモだけです」

「握りしめていた、と？」

「はあ。指をこじあけるのが一苦労でした」

「それは非常に重大ですね。死後に何者かが贋の手がかりを残そうと、メモを手に持たせておいた可能性が否定されるわけですから。なるほど、そうか！　たしかそのメモというの、ごく短いものだったはずだ。〝九時に、ソア橋で——G・ダンバー〟と。それだけでしたね？」

「そのとおりです」

「ダンバー嬢はそれを書いたことを認めているんですか？」

「認めとります」

「その点をどう弁明しているんですか？」

「それへの答弁は、巡回裁判まで延期されとります。いまのところは、なにひとつ言おうとせんのです」

「その一件、たしかに非常に興味ぶかいですね。メモの内容も、すこぶる曖昧だ。そう思いませんか？」

「さて、それはどうですかな」案内役の巡査部長は言った。「自分などが言うのはおこがましいですがね、むしろそれこそがこの事件全体のなかで、唯一、明白な点ではないかと思われますですが」

ホームズはかぶりをふった。

「メモが本物で、たしかに本人の自筆だと仮定しても、被害者にそれが届いたのは、指定の時刻よりもだいぶ前だったはずです――そう、すくなくとも一時間か、二時間は。なのに、どうしてそれまでずっと左手に握ったままだったんでしょう？　なぜそれを後生大事に持ち歩かねばならなかったんでしょう？　落ちあってから、あらためてそれを見る必要なんかなかったはずだ。妙だとは思いませんか？」

「はあ、なるほど。そう言われれば、たしかに妙かもしれませんですね」

「ちょっとここに腰を据えて、じっくり考えさせてください」

ホームズは石橋の欄干に腰かけた。そのままの姿勢で、俊敏な灰色の目を四方八方へ走らせているようだったが、ややあって、だしぬけに立ちあがると、橋を横切って、反対側の欄干に駆け寄るなり、ポケットから拡大鏡をとりだして、そこの石材を仔細に調べはじめた。

「こいつは妙だな」と、つぶやく。

「はあ、その傷なら、自分らも気がつきましたです。通行人の仕業《しわざ》でしょうな」

石材は灰色だったが、なかに一カ所だけ、六ペンス白銅貨ほどの大きさに、白く剝《は》げた部分がある。よく見ると、なんらかの鋭い打撃により、表面が欠落しているのがわかる。

「これだけの傷は、ひとがちょっとたたいたぐらいじゃつかないはずだ」ホームズは思案げに言うと、手にしたステッキで何度か欄干をたたいた。かすり傷ひとつ残らない。「ほら、やっぱり、かなり強烈な一撃だったんだ。それに、位置もおかしい。上から打ちおろしたんじゃなく、下から打ちあげたかたちになっている。見たまえ、傷があるのは笠石《かさいし》の下の、角だ」

「しかしここは、遺体のあった位置からは、すくなくとも十五フィートは離れとりますよ」

「そう、たしかに遺体からは十五フィート離れている。あるいは事件には無関係なものかもしれないが、いちおう留意はしておくべきでしょうね。さてと、ここにはもう見るべきものもなさそうだ。足跡はなかったんでしたね?」

「見てのとおり、地面が鉄板そこのけにかたいですから。痕跡はいっさいなかったです」

「じゃあ行きますか。まず館へ行って、さっきの話にあった銃器のコレクションを見せていただく、と。そのあとはウィンチェスターへ行くことにします。これ以上の捜査を進める前に、まずダンバー嬢に会っておきたいですからね」

ニール・ギブスン氏はまだロンドンからもどってきていなかったが、けさベイカー街を訪ねてきた、例の神経症タイプのベーツ氏がいたので、その案内で銃器を見せてもらうことになった。ベーツ氏はどこか凄みのある薄笑いを浮かべつつ、主人が長年の波瀾《はらん》に富んだ人生の過程で蒐集してきた、形も大きさもさまざまな小火器の、厖大《ぼうだい》なコレクションを見せてくれた。

「ギブスン氏は敵の多いひとです。あのひとの人柄ややりくち、それを知ってるひとなら、当然、想像がつくでしょうけどね」ベーツ氏はそう言った。「だもんで、寝るときも必ず枕もとのテーブルの引き出しに、装塡した拳銃を用意しておくんです。暴力的なひとですから、周囲のだれもがふるえあがったことだって、一度や二度じゃありません。お亡くなりになった奥様なんかも、たびたび恐ろしい思いをなさっていたはずですよ」

「実際に夫人に暴力をふるうところ、ごらんになったことがありますか？」

「いいや、さすがにそれはありません。しかし、ほとんどそれに近い、いわば言葉の暴力とでも言いますか、それなら聞いたことがあります。聞けばぐさりと胸に突き刺さるような、冷酷そのものの言葉——それを使用人の前でもおかまいなしに投げつけるのです」

そのあと、駅へ向かう道すがら、ホームズが言った。「われらが百万長者殿、私人としてはかくべつ心ばえすぐれた御仁とは言えないようだな。それにしてもワトスン、ここまでやってきたおかげで、いろんな事実が手にはいったよ。なかには新事実もいくつかあるが、かといって、結論をひきだすまでには、まだ少々、距離がありそうだ。

あのベーツ氏が主人を忌み嫌っているのは明らかだが、それでも、そのベーツ氏本人の口から、主人は急が告げられたときには、たしかに書斎にいたという証言をひきだした。夕食が終わったのが八時半、以後は事件が起きるまで、まったく普段と変わったことはなかった。急が知らされたのは、たしかにだいぶ遅くなってからだが、実際に悲劇が起きたのは、例のメモに書かれていた時刻の前後であることはまちがいない。ギブスン氏は五時にロンドンから帰ってきたが、それ以後、屋敷の外に出たという証拠は皆無だしね。

それにひきかえ、ダンバー嬢のほうは、ギブスン夫人とあの橋で会う約束をしたことを自ら認めているという。だがそこまでは認めながら、あとはなにも言おうとしない。抗弁は裁判のときまで保留しておけと、弁護士から言い含められているんだろう。しかしこっちとしては、ぜひとも彼女に訊いてみたい質問、きわめて重要な質問がいくつかある。だから、会って話を聞くまでは、とても落ち着いちゃいられないのさ。正直に言うと、ぼくにも彼女はやはりクロの心証が強いんだが、ただひとつ、そうは決めつけられない点もないじゃない」

「ほう、どういう点だい、ホームズ？」

「拳銃が彼女の衣裳簞笥から見つかったという事実さ」

「おいおい、ホームズ！」私は声を高めた。「それこそぼくなんかには、なにより決定的な事実だとしか思えないがね」

「それがそうじゃないのさ、ワトスン。はじめに新聞をざっと読んだときから、その点が少々ひっかかってはいたんだが、こうして事件に深くかかわるようになってみると、まさしくそれ以外に確固たる足がかりはない、そんな気がしてきた。こういう捜査では、あらゆる事実に一貫性があるかどうかを見なくちゃいけない。首尾一貫しないところがあれば、そこに欺瞞《ぎまん》があると疑ってかかる必要があるんだ」

「どうもきみの言う意味がよくわからないね」

「よし。それならワトスン、こう考えてみよう。いまかりにきみが、ひとりの女性であるとする。きみは冷静に、かつ用意周到に、ライバルを亡きものにしようとたくらんでいる。きみは抜かりなく計画を練った。メモも届けた。やがて犠牲者がやってくる。きみは凶器を用意している。計画は遂行された。ここまではすこぶる手ぎわよく、間然するところがない。

にもかかわらずだよ――これほど巧妙に犯行をやりとげておきながら、きみはすぐ手近の池にでも凶器をほうりこめば、葦が永久にそれをおおいかくしてくれるのも忘れて、後生大事にわざわざ自室まで持ち帰り、捜査が始まれば真っ先に探されるに決まっている、自分の衣裳簞笥に隠す。そんな愚劣な真似をすれば、九仞《きゅうじん》の功を一簣《いっき》に虧《か》くようなものじゃないか。いちばんの親友のぼくの目から見たって、もともときみは策士なんて柄《がら》じゃないけど、それでもまさか、これほどどじな真似はやらかさないはずだよ」

「その場の成り行きに動転して――」

「だめ、だめ、ワトスン、そんな説が受け入れられるものか。冷静に予謀された犯罪なら、犯跡をくらます手段だって、おなじく冷静に考え抜かれているものさ。だとすれば、いまわれわれは、なにかとんでもない思いちがいをさせられているに相違ない。ぼくとしてはそう思いたいんだ」

「しかしそうだとすると、説明を要する点が多々あるんじゃないか?」

「いかにも。じゃあ説明をつけてみようじゃないか。視点を変えてみれば、いままで決定的に不利だと思われていたものが、一転して、真実への手がかりになる。たとえば、問題のリボルバーさ。ダンバー嬢は、それにはまったく覚えがないと主張している。ここでわれわれの新たな仮説に立つなら、彼女が真実だと言うときは、それがそのまま真実なんだ。ならば、拳銃は故意に彼女の衣裳簞笥に入れられたことになる。だれが入れたのか。彼女をおとしいれたいと願うものの仕業に決まってる。その人物こそ、真犯人ではないのか。さあどうだね、かくしてはからずもわれわれは、すこぶる実り多き捜査の端緒をつかんだってわけだ」

いろいろと面倒な手続きがまだ終わらず、その夜、私たちはウィンチェスターに一泊することを余儀なくさせられたが、翌朝には、被告側の弁護をまかされている少壮の法廷弁護士、ジョイス・カミングズ氏と同道のうえ、監房にダンバー嬢を訪れることを許された。

それまでに耳にしていた評判から、彼女が美しい女性であることは予想していたが、それでも、実際に対面したときに受けた強い印象、それは生涯、忘れられないだろう。これならば、あの尊大不遜な百万長者までが、この女性のなかに自分をうわまわる力――自分を支配し、善導することさえできる力――そうしたものを認めたとしても、あながち不思議とするには足るまい。さらにまた、その力強い、くっきりした目鼻だちの、それでいて感受性に富んだ顔を見れば、かりにこの女性がなにかのはずみで衝動的な行為に走ることはありえても、それでもなおその内面には、生得《しょうとく》の気高《けだか》さというものがあって、それがつねに周囲のものに善き影響を与えずにはおくまい、そんなふうに感じられるのである。

ブルネットで、背がすらりと高く、ノーブルな容姿に、物腰も堂々としているが、黒い目のなかには、網にからめとられ、どう足掻《あが》いてものがれるすべのないことを知ったけものにも似て、訴えるような、頼りなげな表情がうかがわれる。それがいま、わが高名なる友人が目の前にあらわれ、救いの手をさしのべてきたと知って、青ざめた頰にはほんのり赤みがさし、私たちに向けてきたまなざしには、一抹《いちまつ》の希望の光さえ宿りはじめた。

「ニール・ギブスンさんから、たぶんわたくしどもの間柄についてはお聞き及びのことでしょうね?」と、低くふるえる声で問いかけてきた。

「聞いています」と答えるホームズ。「とはいえ、そのへんのことはあなたにも話しづらいでしょうから、あえてここで立ち入るには及びません。こうしてお目にかかってみて、ギブスン氏が言っておられたあなたの氏にたいする影響力のことも、さらに、おふたりのあいだが清《きよ》いものであることも、ふたつながら信ずる気になれましたよ。それにしても、なぜ法廷でそういう事情が明らかにされなかったんでしょうね？」

「まさかこんな嫌疑をかけられて、それがずっとついてまわるなんて、思いもよりませんでしたから。待っていれば、あえてご一家の痛ましい事情をさらけだすまでもなく、自然に時が解決してくれる、そう思っておりました。なのに、解決するどころか、事態はますます深刻になってきている。それがいま、やっとわかってきたところなんですの」

「いいですか、お嬢さん」と、ホームズは熱っぽく訴えた。「どうかくれぐれも甘い幻想はいだかれないようにお願いします。ここにおいでのカミングズさんも言われるでしょうが、目下のところ、すべてはこちらにとって不利な状況にあり、勝利をかちとろうとするなら、おたがい最善を尽くす必要があります。あなたの立場はさほど悪くはない、などと言うのは、ただの気休め、ひどい偽善にほかなりません。そういうわけですから、真実に到達するためには、あなたご自身にも、せいいっぱいご協力願いたいのです」

「申しますわ、何事も包み隠さず」

「では最初に、ギブスン夫人との間柄が実際のところどうなっていたのか、それをお聞かせください」

「奥様はわたくしを憎んでおいででしたわ、ホームズさん。熱帯育ちの激しい気性のありったけ、憎しみのすべてをわたくしに向けておいででした。何事も中途半端にはなさらないかたなのです。ご主人を深く愛していらっしゃればいらっしゃるだけ、そのぶん、わたくしへの憎しみもつのります。ご主人とわたくしとの関係を誤解なさっていたということもあるでしょう。亡くなったかたを悪く言いたくはございませんけど、ご主人を形而下《けいじか》的な意味で熱愛していらしたがために、わたくしとご主人とのあいだに結ばれていた精神的な、いえ、霊的とも言える絆、そういうものにはとうてい理解が及ばなかったのでしょうし、わたくしがお屋敷にとどまっているのも、ひとえにご主人を感化して、そのお力を善用していただきたいがためだということ、それもおそらくおわかりいただけなかったと存じます。

いまになってみると、そういうわたくしの考えかたがまちがっていたのがわかります。自分が不幸の原因になっていると知りながら、あえて踏みとどまっていたというのは、なんとしても言い訳のたつことではございません。もっとも、かりにその時点でわたくしがおいとまをいただいていたとしても、それでご一家の不幸が解消されたとも思えませんけれど」

「なるほど、よくわかりました」ホームズは言った。「ではつぎに、事件当夜のことを詳しくお聞かせください」

「存じておりますかぎりのことはお話ししますけど、でもホームズさん、それを証明することはいっさいできませんのよ。また、二、三の点――それも、いちばん肝心な点ですけど――これについては、説明もできなければ、説明らしきものを思いつくこともできません」

「事実さえお話しくだされば、説明のほうは、たぶんほかのものがつけられるでしょう」

「では、まずあの晩にソア橋の現場へ出向いたわけからお話ししますと、じつは当日の朝、奥様からお手紙をいただきましたの。お子さんがたの勉強部屋のテーブルに置いてありました。ひょっとすると、奥様ご自身がそこにお置きになったのかもしれません。

それによると、お夕食後にあの場所で会ってもらえないか、大事な話がある、またこのことはだれにも知られたくないので、返事は庭の日時計の上に置いておくように、と。なぜそこまで秘密にするのか、理由はよくわかりませんでしたけど、ともあれ、お約束に応じることにして、ご指定のとおりにいたしました。ご自分の手紙は、読後焼却してほしいとのことでしたので、勉強部屋の暖炉で燃やしました。

ギブスンさんは、普段から奥様にとてもつらく当たられて、わたくしなどもそのことで再三お諫《いさ》めしたことがあるのですけど、とにかくそんなわけで奥様は、たいそうご主人を恐れておいででした。ですから、こんなふうに過剰な用心をなさるのも、わたくしと会うことをご主人にさとられたくないため、とばかりそのときは思っておりましたの」

「にもかかわらず、夫人はあなたからの返事を最後まで手に握っていたんですね?」

「そうなんです。亡くなったときにそれをしっかり握っていらしたと聞いて、しんそこびっくりいたしました」

「なるほど。で、それからどうしました?」

「お約束どおり、出かけていきましたわ。行ってみると、奥様はもう橋のたもとで待っておいででした。迂闊《うかつ》なことですけど、わたくし、その瞬間まで、あのお気の毒な奥様が、それほどまでにこのわたくしを憎んでおいでだとは気がつきませんでした。ええ、なんだか気がふれてしまわれたみたいで――いえ、実際に、気がふれていらしたんだと思います。狂気のひとにありがちな、あの根深い自己欺瞞ですか、その種の自己欺瞞が働いて、微妙に精神の平衡を狂わせてしまったのだ、と。そうでなくてどうして、日ごろさりげなくわたくしと顔を合わせていながら、胸の奥に、あれほど深い憎悪をたぎらせているなんてこと、できるでしょうか。

そのとき奥様がなんとおっしゃったか、そこまでは申しますまい。とまれ、狂気じみた怒りのありったけを、それこそ火を噴くような恐ろしい言葉で投げつけてこられました。わたくしは言いかえすこともしませんでした――できませんでした。奥様のお顔を見るのさえ、恐ろしゅうございました。ただただ両手で耳をふさいで、その場から逃げだすのがせいいっぱいでした。逃げだしたあとも、奥様はずっと橋のたもとに立ったまま、金切り声でわたくしを罵《ののし》っておいででした」

「橋のたもとというと、あとで遺体が発見された場所ですね？」

「そこから二、三ヤードのところです」

「夫人が死に遭遇したのが、あなたの逃げだした直後だったと仮定して、それでも、途中で銃声は聞こえなかったのですね？」

「ええ、なにも聞こえませんでした。でもホームズさん、そのときはあまりのことに気が転倒して、無我夢中でおりましたし、一刻も早く自分の部屋に逃げこみたい一心でしたから、かりになにかあったとしても、とても気がつく余裕はなかったと存じます」

「自分の部屋に逃げ帰ったとのことですが、そのままあくる朝まで、部屋から出なかったのですか？」

「いえ、出ましたわ。奥様がお亡くなりになったという知らせが届いたとき、ほかのひとたちといっしょに、外へ駆けだしました」

「そのとき、ギブスン氏を見かけられましたか？」

「ええ。ちょうど橋からもどっておいでになったときに。もうお医者様と警察には、使いをお出しになったあとでした」

「だいぶ動揺しているように見えましたか？」

「もともと強い性格の、沈着冷静なかたですから。感情をそのまま外に出すようなことはいっさいなさいません。ただ、あのかたのひととなりをよく存じあげているわたくしの目から見ますと、ひどく心を痛めていらっしゃることはわかりました」

「ではいよいよ、肝心な点にはいります。あなたの部屋から見つかった拳銃のことですが、以前にそれをごらんになったことはありますか？」

「いいえ、ございません、一度も」

「発見されたのは、いつです？」

「あくる朝、警察が家宅捜索をしたときです」

「あなたの衣類のなかにあったんでしたね？」

「ええ。衣裳簞笥の底、衣類の下に隠されていました」

「いつごろからそこにあったのか、見当はつきませんか?」

「前日の朝まではございませんでした」

「どうしてわかります?」

「そのとき、箪笥のなかを整理いたしましたので」

「ほう、それは決定的だな。となると、その後に何者かがあなたをおとしいれるため、部屋に忍びこんで、拳銃をそこに隠したということになる」

「そうなりますでしょうね」

「ならば、いつのことでしょう、それは?」

「お食事時間のあいだか、でなければわたくしがお子さんがたと勉強部屋にいるとき、そのどちらかとしか考えられませんわ」

「つまり、夫人からの手紙を受け取ったのとおなじとき?」

「ええ。そのときか、あとは午前ちゅういっぱい」

「ありがとうございました、ミス・ダンバー。ほかになにか、捜査に役だちそうなこと、思いつかれませんか?」

「なにも思いあたりませんわ、あいにくと」

「じつは、現場の石橋にちょっとした暴力の痕跡があるのです。遺体があった場所の、ちょうど真正面にあたるところに、欄干の石が欠けた真新しい傷があるのですが、これについて、なにかお心あたりは?」

「ただの偶然だと存じますけれど」

「いや、奇妙ですよ、ミス・ダンバー、じつに奇妙です。よりにもよって、悲劇の起きたまさにその時刻、まさにその現場に、忽然《こつぜん》とそういう傷があらわれた。いったいなぜだと思われますか?」

「でも、どうすればそんな傷がつきますの? なにかよほど強い力でも加わらないかぎり、そういう跡が残ることはないはずですわ」

ホームズはそれには答えなかった。突如《とつじょ》として、その青白い、真剣な顔に、おなじみのあの張りつめた、放心したような表情があらわれた。私のこれまでの経験からすると、そういう表情こそ、彼の天才のまたとない発現にほかならない。彼の思考はいま重大な転機にさしかかっている。これは明白だ。だから、だれもあえて口をひらこうとせず、法廷弁護士、被疑者、私自身、全員が固唾《かたず》をのみ、まばたきすら忘れてホームズを見まもった。と、いきなり彼がはじかれたように立ちあがった。全身の神経をぴりぴりさせ、行動への激しい意欲と精力とが、体の隅々にまでみなぎっている。

「くるんだワトスン、さあ早く!」叫びたてる。

「ホームズさん、どうなさいましたの?」

「いや、どうかご心配なく。それからカミングズさん、あなたにもいずれご連絡します。正義の神のご加護があれば、裁判ではきっと、イングランドじゅうを沸きたたせるような、はなばなしい弁論ができるとお約束しますよ。ミス・ダンバー、あすにはニュースをお伝えできると思いますが、さしあたり当面は、ぼくを信じていてください。暗雲は晴れかかっている。やがて必ずや真実という光明が雲間からさしこんでくるはずです」

ウィンチェスターから〈ソア・プレース〉までは、汽車でさほど遠い距離ではなかったが、それすら私にはもどかしく思えた。ホームズにとっても、その距離がはてしなく長く感じられただろうことは想像に難くない。そわそわと落ち着きがなく、とてもじっとすわっていられないのか、車室のなかを行ったりきたりしてみたり、長く、神経質な指の先で、座席のクッションをとんとんたたいてみたり。あげく、どうにか目的地が近づいてきたあたりで、とつぜん私の前へきて、向かいの席にすわると——私たちは一等車をふたりで占有していた——私の両膝に手をかけ、こういう茶目っ気たっぷりな気分のときのつねとして、独特の奇妙に悪戯《いたずら》っぽい目つきで私の目をのぞきこんできた。

「ねえワトスン、たしかきみ、こういう小旅行に出かけるときには、きまって武器を身につけてるんじゃなかったかい？」

私がそうするのは、じつはホームズのためでもあるのだ。事件の謎を解くことに熱中しはじめると、身の安全を顧《かえり》みなくなるのが彼のつねだから。それゆえこれまでにも、いざというときに私のリボルバーが役だってくれたことなら、一再ならずあるのである。このことを、私はあらためてここで指摘してやった。

「うん、うん、わかってる。その点、ぼくは少々うっかり屋なんだ。だけど、いま、いまもげんにリボルバーを身につけてるのかい？」

　返事がわりに、私はそれを腰のポケットからとりだしてみせた。銃身は短く、大きさも手ごろだが、小型にしてはなかなか威力のあるしろものである。ホームズは安全装置をはずし、弾を抜きとってから、入念に検めた。

「重いね――たいした重さだ」

「ああ、頑丈にできてるからね」

　さらに一分ほど、彼はそれを見ながら思案にふけっていた。

「じつはねワトスン、きみのこのリボルバーが、いまわれわれの調べているあの事件と、密接なかかわりを持ってくるはずなんだ」

「おいおいホームズ、冗談はよせよ」

「冗談なものか、大まじめだよ。これからある実験をする。実験がうまくいけば、謎はすべて解けるんだ。そして実験の成否を左右するのが、これこの小さな銃器の働き如何《いかん》なのさ。こうして弾を一発だけ抜いておく。残りの五発はもとにもどして、安全装置をかける、と。さあ、これでよし！　弾の重みだけ銃の重みも増して、実験にはいよいよ好都合だ」

　ホームズがなにを考えているのか、私にはかいもく見当もつかなかったし、向こうもそれ以上は説明してくれようとせず、ただ黙然と考えにふけっているばかり。汽車がハンプシャーの小駅に着くと、私たちは客待ちをしていたおんぼろの二輪軽馬車《トラップ》を確保し、十五分後には、われらが腹心の友たる例の巡査部長氏の家に乗りつけていた。

「手がかりを、ですか、ホームズさん？　どんな手がかりです？」

「それはね、いつにかかって、ワトスン博士のリボルバーの働き如何にあります。ほら、これですよ。ところで部長さん、紐を十ヤードばかりもらえませんかね？」

　村の雑貨屋で、じょうぶな撚《よ》り糸の玉が手にはいった。

「これで必要なものはぜんぶそろったようだな」ホームズは言った。「じゃあ出かけましょうか。われわれのささやかな捜査行も、これで終わりとしたいものです」

　太陽は西に傾き、ゆるやかに起伏するハンプシャーの荒れ野は、みごとな秋のパノラマと化していた。並んで歩きながら、巡査部長がしきりにちらちらと懐疑的な、もしくは批判的なまなざしをこちらに向けてくるところを見ると、はたして気は確かかと、私の連れの正気をすくなからず疑問視しているのは明らかだ。しかも、犯罪の現場に近づくにつれ、友人がいつもの冷静さの裏で、じつは深刻な焦燥感にかられているのが私にもわかってきた。

　私がそう指摘すると、それに答えてホームズは言った。「そうなんだよ、ワトスン。以前にも、これと狙ったつもりがはずれて、どじを踏んだことがあるのは覚えてるだろう。こういうことでは勘が働くほうだが、それでも、ときとしてそれに裏切られることもある。さっき、ウィンチェスターの獄で、これが頭にひらめいたときには、ぜったいまちがいなしと思えたんだが、残念ながらこの活発な頭脳にも、ひとつだけ欠点があってね。活発すぎて、いつもむやみにべつの解釈をひねりだしては、せっかくそれまで追ってきた筋道を忘れてしまう。だがしかし――だがしかしだ――ま、ここはひとつ、やってみるしかあるまいよ、ワトスン」

歩きながらホームズは、紐の一端を私のリボルバーの銃把にしっかりくくりつけていた。いよいよ悲劇の現場に着くと、巡査部長の意見を聞きながら、遺体の横たわっていた正確な位置に注意ぶかくしるしをつけ、そのあと、あたりのヒースや羊歯の茂みを歩きまわって、かなりの大きさの石を見つけてきた。この石に、紐のべつの一端を結わえつけ、橋の欄干ごしにおろして、石が水面のすぐ上で揺れるところまでたらした。これだけの準備がすむと、私のリボルバーを手に、橋のへりからやや離れた、悲劇の地点に立った。拳銃と石とを結ぶ紐は、橋の向かい側の石の重みにひっぱられて、欄干ごしにぴんと張っている。

「さあ、行くぞ！」

そう叫ぶなり、彼は拳銃を自分の頭にあてがい、それから手をはなした。あっというまもなく、石の重みにひかれた拳銃は宙を飛び、したたか向かい側の欄干にぶつかると、そのまま欄干を越えて水中に没した。それが消えるか消えないうちに、早くもホームズは欄干のそばにひざまずいていたが、やがて予想どおりのものを発見したらしく、満足げな叫び声をあげた。

「これ以上に確かな実地証明があるものか！」うわずった声で言う。「見たまえ、ワトスン、きみのリボルバーが難問を解決してくれたぞ！」

そう言いながら彼がゆびさしてみせたのは、欄干の笠石の下の角にあらわれた、形も大きさも以前のとそっくりおなじ、第二の欠落だった。

「今夜は村の宿屋に泊まりますから」立ちあがると、驚き顔の巡査部長にむかって言う。「むろん、引っ掛け鉤《かぎ》でも持ってくれれば、いま落ちたワトスン君のリボルバーは、わけなく回収できるでしょう。と同時に、もう一組の拳銃と、紐と、重しとが見つかるはずです。復讐心にかられた当家の奥方が、自分の犯行をくらまし、殺人の咎《とが》を無実の犠牲者になすりつけようと企《くわだ》てた、そのための小道具ですよ。ギブスンさんのほうへは、明朝、お目にかかりますと伝えておいてください。そのうえで、ダンバー嬢の冤罪を晴らすための手続きにはいることになるでしょう」

その夜遅く、村の旅籠《はたご》でパイプをくゆらせながら、ホームズが事件の経過をかいつまんで復習してくれた。

「あいにくだがね、ワトスン、この『ソア橋の怪事件』というのをきみの年代記に加えてくれたとしても、それでぼくの株がまた一段とあがるというわけにはいくまいよ。なにしろこの事件では、最初から頭の働きが鈍くて、ぼくの技術の基本である想像力と現実との融和、それがまるきり欠けてたんだから。いまだから白状するが、はじめに見た石の欠落の跡だけで、真相解明へのじゅうぶんな手がかりになってたはずなんだ。もっと早くそれに気づかなかった自分を恥じるしかないね。

まあ、あの気の毒な奥方の心の動きというものは、それなりに底深く、とらえがたいものだった。これは認めなきゃなるまいし、またそれだけに、彼女のたくらみを解き明かすのは、けっしてなまやさしいわざじゃなかったわけだ。これまでいろいろと変わった事件にもぶつかってきたが、ゆがんだ愛情がひきおこしたものとして、これほど特異な例はまだなかったという

気がする。彼女にとっては、ダンバー嬢が肉体的な愛のうえでのライバルであろうと、はたまた精神的な意味でのそれにすぎなかろうと、等しく許しがたいものだったんだろう。

夫にしてみれば、奥方から向けられるあまりにもあからさまな愛情がかえってうとましく、なんとかそれを寄せつけまいと、わざとつらく当たったり、むごい言葉を投げつけたりしたわけだが、奥方のほうは、そんな仕打ちを受けるのもあの女のせいだと、罪もないダンバー嬢を逆恨みしたのにちがいない。最初は、いっそ面当《つらあ》てに死んでやろうかと考えた。つぎに、どうせ死ぬのなら、憎いライバルを道連れにして、ひとおもいに殺されるのより、ずっと恐ろしい目にあわせてやろう、とまあ、こうなったわけさ。

犯行の軌跡は、かなり明確にあとづけられるが、それから見ても、すこぶる隠微な心の動きが感じとれるね。まず、言葉巧みにダンバー嬢にメモを書くように持ちかけて、向こうが自らあの犯行現場を選んだように見せかけた。ただし、せっかく書かせたメモだから、なんとか発見してもらおうと、最後まで手に握っていたというのは、少々やりすぎだったよ。このことだけでも、もっと早くぼくの疑惑をかきたてていて然るべきだったんだ。

つぎに彼女は夫のリボルバーのひとつを持ちだして――あの屋敷に、ちょっとした武器庫が備わっていたのは、きみも知るとおりさ――それを自分の目的のために確保しておいた。それと対になったほうのやつは、一発だけ発射してから、当日の朝、ダンバー嬢の衣裳簞笥のなかに隠した。発射するだけなら、近くの森へでも行けば、人目もひかずに簡単にやれる。やがて時間がくると、あらかじめ考えておいたあのすこぶる独創的な凶器処分法を実演すべく、その舞台となる橋へ出かけていった。ダンバー嬢があらわれると、この世への置き土産とばかり、思いきり憎しみと痛罵《つうば》を浴びせたあげく、相手が音の聞こえないあたりまで逃げたころあいを見はからって、ずどんと一発、目論見《もくろみ》どおりのおそるべき計画を実行した。

かくして、連環はそれぞれの位置におさまり、連鎖はみごとに完成した。新聞各紙はさだめし、なぜ最初から池を浚《さら》わなかったのかと書きたてるだろうが、下種《げす》の後知恵と言うとおり、あとになってからなら、なんとでも言えるものさ。それにどっちみち、なにを探すのか、どこを探すべきかをはっきり把握していないかぎり、あれだけ広い、葦の生い茂った湖水を浚うなんて、容易なことじゃない。

まあこんなところだよ、ワトスン。これでひとまずわれわれは、ひとりの非凡な女性と、おなじくひとりの端倪《たんげい》すべからざる男性とを救ったわけだが、さて、この両者が将来、力を合わせるとなると――だってこれ、おおいにありそうなことだからね――かりにそうなったら、世界の経済界も、かのニール・ギブスン氏が浮き世の知恵を授けられる〝悲哀〟という名の学校で、何事かを学ぶ機会を得たのを知ることになるだろうね」

這う男

わが友シャーロック・ホームズ氏はかねてから、プレズベリー教授にまつわる奇怪な事件について、真相を私の手で公表すべきではないかと主張していた。それによって、二十年ほど前に大学を騒がせ、その反響がロンドンの知識階級社会にまで波及した、かの忌《い》まわしい風説、それをこれかぎり払拭することができるのなら、それだけでも意義はあると言うのだ。ところが、いざとなると、やはりいろいろとさしさわりがあって、この奇妙な事件の真相は、これまでずっと、私の友人の冒険の記録をあまた詰めこんだ、ブリキの箱の底深く眠りつづけてきたのである。それがいま、ついに許されて、ここに日の目を見ることになったわけだが、これはわが友ホームズが探偵稼業から身をひく直前、最晩年に扱った事件のひとつを構成する事実の大筋であって、これを公表するにあたっては、いまなおそれなりの思慮ぶかさと慎みとが要求されるのである。

一九〇三年九月初旬のある日曜日の夕方のこと、私は例によってホームズの簡潔きわまりない電報を受け取った。

都合ガヨケレバスグコラレタシ。悪クテモヤハリコラレタシ。S.H.

そのころの私たちふたりの関係というのは、いたって奇妙なものだった。ホームズは習慣のひとであり、その習慣というのも、ごく根強い、狭い範囲のものに限られているのだが、限られたそのなかに、この私も組みこまれていたのだ。たとえてみれば、私は彼にとって、バイオリンや、例のいやなにおいのする刻み煙草や、古く黒ずんだパイプ、索引帳その他の、あるいはそれ以下の、ろくでもない〝もの〟たちと同列に位置するのである。

いったん緩急あらんか、しかもそのさいに、多少は信頼のおける、度胸もいい相棒が必要だとなると、私の役割はおのずから明らかである。とはいえ、私の用途は必ずしもそれだけではない。まず、彼の知性を研ぐ砥石《といし》の役目。いわば刺激剤だ。彼は私を前に置き、思ったことを口に出してしゃべりながら思索をすすめる、といったやりかたが好きだった。口に出すのは、べつに私に聞かせるためではない。その意味では、ベッドの枠に語りかけているのも同然なのだが、それでも、いったん習慣になってしまうと、私がそれに反応を示したり、意見をさしはさんだりすることが、なにがしかの役に立つようにはなっているらしい。いかにも私の心の働きは、杓子定規で、のろいかもしれないが、かりにそれがホームズをいらいらさせたとしても、かえってその苛立《いらだ》ちに触発されるかたちで、彼本来の炎にも似た直観や印象などが、いっそう生きいきと、瞬発的に燃えあがる。まあこのような点にこそ、私たちふたりの絆のなかでの、わがささやかなる役割があると言えるだろう。

　さて、ベイカー街に行ってみると、ホームズは肘かけ椅子に丸くなり、膝を立てて、口にはパイプ、眉間《みけん》には縦皺《たてじわ》、深い物思いにふけっていた。なにかよほどの難問にぶつかり、呻吟《しんぎん》していることは明らかだ。手をふって、私のむかしからの定席である肘かけ椅子をさしてみせたきり、あとはものの半時間余りも、私がいることさえ忘れてしまっているようすだったが、そのうち、ようやく夢からさめたように、はっとしてわれにかえると、持ち前の悪戯《いたずら》っぽい微笑を浮かべて、古巣へようこそ、と声をかけてきた。

「少々ぼんやりしてたが、勘弁してくれ、ワトスン」と言う。「過去二十四時間内に、奇妙な事実をいくつか提示されたんだが、そのあと、それからの連想で、より一般的な問題に思索が発展していったわけだ。じつをいうと、探偵業における犬の役割について、ひとつ小論文でもものしてみようか、なんて、まじめに考えてたところなのさ」

「しかしホームズ、その分野なら、もうずいぶん研究されてるじゃないか」私は言った。「たとえばブラッドハウンドとか――警察犬とか――」

「いや、いや、そうじゃないんだよ、ワトスン。そういう面のことなら、いまさら言うまでもなく、はっきりわかっている。だがそれ以外にも、もっとはるかに複雑な側面があるんだ。以前、きみがその家をとりまく橅《ぶな》の木立にかけて、『橅の木屋敷の怪』と、おどろおどろしい表題をつけた事件があったろう。(1) あのときぼくは、子供の心の働きを観察することによって、その父親である男の、おつにすましかえった、非の打ちどころのない外見のかげに、犯罪者としての性向が隠れているという推論を組みたてるにいたった」

「ああ、その事件のことならよく覚えてるよ」

「いまぼくが犬について考えてることも、それと似たような面があるのさ。飼い犬はその家の生活をそのまま反映する。陰気な家には、陽気にじゃれつく犬はいないし、明るい家庭には、悲しそうな犬はいない。粗暴な言葉でどなる飼い主には、歯をむきだしてうなる犬、危険な人物には、危険な犬。だから、そのときどきでいっぽうの気分が変わるとすれば、それはもういっぽうの気分が、そのときどきで変わるのを反映している、そうも考えられるわけだ」

私は首をかしげた。「そうかなあホームズ、それはちょっとこじつけすぎじゃないか?」

私の批判などどこ吹く風と、ホームズはパイプを詰めなおし、すわりなおした。

「いまの説を実地に応用してみると、目下調査ちゅうの事件にぴったりあてはまるんだ。これがまさしく、〝もつれた綛糸《かせいと》(2)〟とでも呼びたいような事件でね。いま、その糸口を見つけようと躍起になってるところなんだが、なかでも有望な糸口のひとつが、〝なにゆえにプレズベリー教授の忠実な飼い犬、ウルフハウンドのロイは、飼い主である教授に嚙みつこうとするのか〟という設問にあるのさ」

少々がっかりして、私は椅子の背にもたれた。わざわざ仕事をほうりだしてまで馳《は》せ参じたというのに、それがこんなつまらない問題のためだったというのだろうか。そんな私のようすを、ホームズはじろりと見て、言った——

「きみはあいかわらずだね、ワトスン! もっともちっぽけに見える事柄こそが、なにより重要の問題を左右するってこと、これがきみにはいまもってわかっていない。それにしても、今度のこの一件、うわべだけ見ても、奇妙きてれつじゃないか。年配で、人柄もりっぱ、謹厳そのものの大学教授――むろんきみだって、ケンフォードの著名な生理学者、プレズベリー教授の名ぐらいは知ってるだろう？――そんな人物が、長年、忠実なウルフハウンドを友として生きてきた。ところが、最近にいたり、二度にわたって当のその愛犬に襲われてるんだ。これをどう思う、きみは？」

「その犬は病気なんだ」

「なるほど、それも考慮すべき点ではある。しかしね、その犬も教授以外の人間を襲ったりすることはけっしてないし、教授に反抗するのも、ごく限られた場合だけらしい。奇妙じゃないか、ワトスン――じつに奇妙だ。だがまあ、もしもいまのベルがベネット青年だとすると、約束の時間よりは、だいぶ早くきたようだ。彼がくる前に、もうすこしきみと、この話を煮つめておきたかったんだが」

階段にあわただしい足音がして、性急にドアがたたかれたかと思うと、新来の依頼人が案内も待たずにはいってきた。年のころは三十前後、長身のハンサムな青年で、身なりもよく、物腰にも品がある反面、挙措《きょそ》動作のどこかに、社会人らしい落ち着きよりも、学生じみたはにかみのようなものがうかがえる。ホームズと握手したあと、少々意外そうに私のほうを見た。

「じつはホームズさん、ご相談の件は非常に微妙な問題でしてね。ぼくがプレズベリー教授にたいしてどういう立場にあるか、それをお考えいただけませんか。どなたであれ、第三者の前でこの問題を論じたとなると、ぼくは釈明の余地がありません」

「その点なら、ご懸念には及びませんよ、ベネット君。ワトスン博士はいたって思慮ぶかい人物ですし、先行きこの事件では、助手がひとり必要になりそうな形勢ですのでね」

「それならまあ結構ですが。ホームズさん、当然、ご理解いただけるでしょうが、この件ではぼくとしても、ある程度、慎重にならざるを得ないんです」

「ワトスン、こちらはトレヴァー・ベネット君といって、かの大学者の仕事のうえでの助手であり、なおかつ教授の家に住みこんで、教授の令嬢とも婚約の間柄なんだ。そう言えば、きみにも事情がのみこめるだろう。つまり教授にしてみれば、このベネット君にあくまでも忠誠と献身とを要求する権利があるわけで、その点はわれわれも認めずばなるまい。ところが、いま現在、その忠誠と献身とを示す最善の道は、ここで思いきってとるべき手段をとり、目前のこの奇妙な謎を解明することにこそある、とまあ、そういう状況になってきてるのさ」

「それをぼくも期待しているのです。それだけがぼくの目的なんですよ、ホームズさん。ところで、こちらのワトスン先生は、詳しい事情をご存じなのですか?」

「あいにく、まだ説明しているひまがなくてね」

「それでしたら、新たな展開についてお話しする前に、ぼくからあらためてこれまでの事情をおさらいしておいたほうがいいかもしれませんね」

「それならぼくがやりますよ」ホームズは言った。「そうすれば、ぼくが事の始終をまちがいなくのみこんでるかどうか、それもはっきりしますからね。つまりこういうことなんだ、ワトスン。このプレズベリー教授というのは、ヨーロッパじゅうに名の聞こえた大学者で、生涯を学究の徒として過ごしてきて、これまで、とかくのうわさにのぼることなど、一度たりとなかった。夫人に先だたれて、いまは独り娘のイーディス嬢と暮らしているが、生来、なかなか精力的かつ積極的な、いや、見かたによっては、攻撃的とさえ言えるくらいの性格の主らしい。とまあ、こういったところが、ついここ二、三カ月前までの状況だったわけだ。

ところが、こういう生活の流れが、ふいに変わってしまった。教授は今年六十一歳になるんだが、これがとつぜん、同僚で、比較解剖学の講座を持っている、モーフィー教授の令嬢と婚約してしまったんだ。話に聞けば、それも年相応の情理を尽くしての求愛というよりも、若者みたいな熱狂的なのぼせあがりようで、およそこれほどひたむきな恋着というのは、めったには見られまいといったところ。相手のアリス・モーフィー嬢というのは、容姿も気だても非の打ちどころのない女性だから、教授がそこまでのぼせたのも無理からぬところはあるんだが、それにしても、教授の家族のあいだでは、この婚約に、諸手《もろて》をあげて賛成というわけにはいかなかった」

「あまりに常軌を逸しているように思われたものですから」と、客が言葉を補った。

「まさしく。常軌を逸しているし、ちと無茶でもあり、不自然でもある。それでも、プレズベリー教授は財産家だから、その点で相手かたの父親にはべつに異存もなかったんだが、当の令嬢にはまた、それとは異なる見かたがあったらしい。彼女にはすでに何人かの求婚者があり、世間的な名声ではプレズベリー教授には劣るかもしれないものの、すくなくとも年齢的には恰好の結婚相手と思われたんだが、どうやら令嬢自身は、教授のさまざまな奇矯《ききょう》さにもかかわらず、それを超えて、教授の人柄そのものに好ましさを見いだしたようなんだ。要するに、障害は年齢差だけだったのさ。

それまで平穏だった教授の生活に、とつぜん謎めいた翳《かげ》がさしはじめたのは、ちょうどこのころからだった。それまでは、一度もしたためしのない、不可解な行動をとるようになったんだ。行く先も言わずに、ふらりと家を出て、二週間も留守にしたかと思ったら、帰宅したときには、だいぶ旅行疲れしているように見えた。しかも、普段はいたって率直なひとなのに、このときの行く先についてだけは、頑として口をとざしている。それがたまたま、ここにいるベネット君が、プラハにいる学生時代の友人から手紙をもらい、その手紙に、当地でプレズベリー教授を見かけて、じかに話をすることはかなわなかったものの、たいへんなつかしく思った、とあったので、はじめて教授の旅行先が家族のみんなにも知れたわけなんだ。

さて、ここからが肝心なところになる。教授のようすに妙な変化があらわれたのは、この旅行以来のことだった。こそこそと人目をはばかるような行動が見えだしたんだ。周囲のひとたちも、その後の教授がいままでとは別人のようになってしまい、持ち前の高邁《こうまい》な気質がなんらかの暗い翳におおわれている、そんな感触をずっと受けてきた。ただし、頭脳までが変調をきたしたわけじゃなく、講義などはあいかわらずの名調子なんだが、それでいてつぎつぎに、なにか新奇で、なにかおどろおどろしい、ひとの意表をつく言動があらわれる。令嬢は非常に父親思いのひとだから、これまでに再三再四、父親とのかつてのつながりをとりもどそう、父親のその奇妙な、仮面でもかぶったかのような殻を打ち破ろうと心を砕いてきた。その点ではベネット君、きみも同様の努力をされたんでしたね？――しかし、効果はいっさいなかった。というところで、ベネット君、例の手紙の件ですが、それについては、きみの口から話してもらいましょうか」

「ワトスン先生、まずご理解いただきたいのは、これまでこのぼくにたいしては、教授はいっさい隠し事をなさらなかったということなんです。かりにぼくが教授の実子か、実の弟だったとしても、あそこまで全幅の信頼を寄せられることはなかったでしょう。秘書としてぼくは、教授宛てに送られてくる書状のたぐいは、ぜんぶこの手で処理していました。まずはぼくが開封して、内容別に仕分けしておくわけです。

ところが、教授が旅行から帰られてまもなく、こうした習慣がすっかり変わってしまったんです。なんでも、ロンドンから教授宛てに、切手の下に×印のついた手紙がくるはずだが、それだけはべつにしておいて、開封せずに渡すように、と。たしかにそれ以後、そういう手紙が何度かきましたけど、どれもロンドン東中央郵便区の消印があって、いかにも無学らしい下手くそな文字で宛て名が書かれています。それらにたいして教授が返事を出されたとしても、ぼくの手は通っておりませんし、こちらから出す郵便物を入れておく箱にも、それらしきものがはいっているのを見かけた覚えはありません」

「もうひとつ、例の箱のこともありましたね」ホームズがうながした。

「ああ、そうでしたね、箱のこと。教授は旅先から小さな木箱を持ち帰られました。ヨーロッパへ行かれていたことをうかがわせるのは、じつはそれだけなんです。ドイツなどでよく見かける、古風な趣《おもむき》のある彫刻がほどこしてあるんですが、その箱を教授は研究用の道具入れにしまわれました。ある日のこと、ぼくがカニューレ管を探そうとして、なにげなくその箱に手をかけたところ、意外なことにえらいご立腹で、ぼくの詮索癖が許せないと、容赦のない言いかたでなじられます。そんなことははじめてでしたから、ぼくもけっこう傷つきましたよ。箱に手を触れたのは、ほんとにたまたまであって、底意があったわけではないと弁明これ努めたんですが、そのあとは一晩じゅう、教授がけわしい目でこっちを監視しているのがわかって、いまだに警戒感を解いていないことを意識させられました」ここでベネット氏はポケットから、一冊の小型の日記帳をとりだした。「それが七月の二日のことです」

「きみはまことに見あげた証人ですね」ホームズが言った。「そこに書きとめられた日付け、それはあとで重要になってくるかもしれません」

「こういう整理法というのも、尊敬する先生から学んだことのひとつでしてね。ともあれ、教授の言動に異常なものを認めたときから、ぼくは自分の義務として、観察を怠るまいと心に決めたんです。それで、そのことがあったのは七月の二日だと、ここに書きとめてあるわけですが、この七月二日というのはつまり、飼い犬のロイが、書斎から階下のホールに降りてこられた教授にとつぜん襲いかかった、まさにそのおなじ日なんです。さらに七月十一日にも、似たようなことがあり、その後、七月二十日にも、またぞろおなじようなことが起きた、と——このノートによればそうなります。その二十日の出来事以後は、ロイを厩舎につながざるを得なくなりました。これまではいつも、よく馴れて、かわいい犬だったんですが――というような話、ホームズさんにはご退屈みたいですね」

ベネット氏はとがめるような口調になっていた。それもそのはず、ホームズのようすはどう見ても、話を傾聴しているようには見えなかったからだ。顔は仮面さながらに無表情だし、目は放心したように天井を見あげている。そのうちやっと、どうにか現実にもどったようすで、つぶやいた――

「奇怪だ！　じつに奇怪な話だ！　いまのお話、どれもぼくのはじめて聞かされることばかりですよ、ベネット君。というところで、これまでの出来事のおさらいのほうは、ほぼ終わったようですね。先ほどのお話では、またなにか新たな展開があったとかいうことですが？」

客の快活で屈託のない表情に、なにか不快なことでも思いだしたような翳がさした。「お話ししようと思っていたのは、おとといの晩に起きたことです。夜中の二時ごろにふと目をさますと、廊下の先から、なにやらくぐもった、鈍い音が聞こえてきます。起きだして、ドアをあけ、そっとのぞいてみました。申し遅れましたが、廊下のつきあたりには、教授の寝室があって――」

「いつのことだと言われましたっけ？」と、ホームズが口をはさんだ。

見当ちがいな質問で話の腰を折られて、客は明らかにむっとしたようすだった。

「いまも言ったように、おとといの晩――つまり、九月四日です」

ホームズはにっこりして、うなずいた。

「どうかつづけてください」
「廊下のつきあたりに教授の寝室があり、階段まで行くのには、ぼくの部屋の前を通らなけりゃなりません。いやまったく、ホームズさん、じつに恐ろしい経験でしたよ。これでも人並みには度胸が据わってるつもりですが、それでも、一目見て、ぞっとしましたね。廊下は暗く、途中にひとつだけある窓から、わずかに光がさしこんでくるきりです。その暗がりのなかを、なにか黒いもの、低くうずくまったものが、こちらへ近づいてくるんです。と、ふいにそれが窓からさしこむ光の下にあらわれ、それがほかでもない、教授そのひとだということがわかりました。

なんと、這いずり歩いてるんですよ、ホームズさん——這いずっているんです！　といっても、手と膝をついた、いわゆる四つん這いじゃありません。むしろ、しゃがんで、両手を床につき、その手のあいだにぐいと首をつきだしている、そんな感じなんですが、それでもその姿勢で、一見、楽々と動いています。あまりのことに、ぼくは呆然と立ちすくむばかり。ようやく教授が部屋の前まできたときになって、どうにか気をとりなおして廊下へ出ると、なんなら手をお貸ししましょうか、と声をかけたわけです。

ところが、教授の反応がこれまたただごとじゃない。やにわにぱっと立ちあがるなり、のっけからぼくに激しい悪罵《あくば》を浴びせかけてき、そのままそばをすりぬけて、階下へ降りていってしまいました。ぼくはそのあとも一時間ばかり、それとなく状況をうかがっていましたが、それきり教授はもどってこず、あのようすだとおそらく、部屋にもどったのは明るくなってからじゃないかと思います」

「なるほど。どうだい、ワトスン、きみはどう思う？　きみならこれをどう診断する？」ホームズがいきなり問いかけてきた。なにやら珍奇な標本をとりだしてみせる病理学者、とでもいった態度だ。

「腰痛症──腰痃痛《ようせんつう》だろうね、おそらく。発作のひどいときは、そんなふうに腰をかがめないと歩行できないし、痛いからついいらいらして、癇癪《かんしやく》を起こすもとにもなる」

「たいしたもんだね、ワトスン！　きみはいつでも現実を直視し、しっかと大地を踏みしめることを教えてくれるよ。だが、いまの場合は残念ながら、腰痛症の診断を受け入れるわけにはいかない。だって教授は、その直後にはちゃんと直立して歩いてるんだから」

「ぼくから見ても、いまほど教授が壮健だったことはありませんよ」ベネットもはたから言った。「実際、これほど元気いっぱいなのは、ぼくが弟子になってからでも、はじめてのことです。それでも、起きたことは起きたことで、これを無視するわけにはいきませんしね、ホームズさん。そもそもこれは、警察に持ちこめるような話でもなし、どうしたらいいのやら、ぼくらとしては途方に暮れるばかり。しかもなんとなく、これをきっかけにして徐々に破滅の淵へ押し流されてゆくような、妙な予感がしてならないんですよ。イーディスも──プレズベリー嬢ですが──まったくおなじ気持ちで、このまま手をこまねいて、安閑《あんかん》としているわけにはいかない、そんな気になっているんです」

「たしかに、すこぶる妙な、しかも暗示に富む事件ですね。ワトスン、きみはどう思う？」

「医者として言うなら、精神科の医者の領分じゃないかと思うがね。いわゆる老いらくの恋のために、脳の働きが変調をきたしたわけだ。なんとかその妄執を断ち切ろうとして、海外旅行にも出た。手紙や箱のことだが、それらはこれとはべつのなにかが関係してるんだろう。なんらかの個人的な取り引き——たとえば、公債とか、株券とか——その種の関連書類が箱にしまってあるんじゃないだろうか」

「すると、ロイというウルフハウンドは、教授のそういう商取引に不満だったというわけか。おいおい、ワトスン、これはそんなに単純なものじゃないよ。まあいまのところ、ぼくとして言えるのは——」

ここでシャーロック・ホームズがなにを言おうとしたのか、それはついにわからずじまいになった。おりしもドアがあいて、若い女性がひとり、部屋に案内されてきたからだ。その女性を見るなり、ベネット氏は声をあげて立ちあがり、手をさしのべて走り寄ると、おなじく手をさしのべつつ進みでた女性を迎えた。

「イーディス！　どうしたんだ！　なにかあったんじゃあるまいね？」

「ああジャック[3]、どうしてもあなたを追いかけなきゃいられなかったの！　だって、とてもこわかったんですもの！　ひとりでいると、こわさがいよいよ増すような気がしてきて」

「ホームズさん、こちらがいま話に出たプレズベリー嬢、ぼくの婚約者です」

「だと思いましたよ。そうだろう、ワトスン？」ホームズはほほえみながら応じた。「どうやらそのごようすでは、またしてもなにか新たな展開があったようですね？　それでさっそくわれわれにも知らせたほうがいい、そう判断されたわけだ」

新来の客は、快活で、目鼻だちのきりっとした、むかしながらのイギリス女性の典型といったタイプだったが、そう聞いて、ホームズに微笑を返しながら、ベネット氏のそばに腰をおろした。

「ベネットさんのホテルへまいりましたら、お留守だということでしたので、きっとこちらだろうと見当をつけましたの。もちろん、ホームズさんにご相談するということは、あらかじめ聞かされておりましたし。それにしてもホームズさん、なんとかかわいそうな父を助けてやっていただけませんかしら」

「そうしてあげたいのはやまやまですが、事件について、まだはっきりしない部分がだいぶありましてね。ことによるとお嬢さん、あなたの持ってこられたお話をうかがえば、いくらか事態に新たな光をあてられるかもしれない」

「じつは、ゆうべのことですの、ホームズさん。きのうは一日じゅう、父のそぶりはとてもへんでした。はっきり言って、自分のしていることをぜんぜん覚えていないというようなこと、父にはちょくちょくありますの。不思議な夢の世界に住んでるんですわ。きのうがちょうどそういう日でした。きのうの父は、普段の父ではありませんでした。うわべはたしかに父なんですけど、中身はそうじゃないんです」

「それで、どのようなことがあったんですか?」

「夜中に犬がひどく吠えますので、それで目がさめましたの。ロイはかわいそうに、このところずっと厩舎のそばにつながれています。じつはわたくしも、近ごろやすむときには必ずドアに鍵をかけることにしております。たぶん、ジャック（4）――ベネットさん――もお話しするはずですけど、最近はわたくしたちみんな、なんだかよくないことが起こりそうな気がしてならないものですから。

ところで、わたくしの寝室は三階ですけど、たまたまゆうべはブラインドがあがっていて、外は皓々《こうこう》たる月夜でした。犬が激しく吠えるのを耳にしながら、なんとなくその明るい窓を見ておりますと、ぎょっとしたことに、そこに父の顔があらわれたんです。びっくりするやら、恐ろしいやらで、気が遠くなりそうでした。その顔は外からガラスに押しつけられ、片手はどうやら窓を押しあげようとしているようす。もしもあのとき、窓がひらかれてたら、きっとわたくし、気がへんになっていたと思います。

ホームズさん、これ、けっして夢や幻覚ではございません。そんなふうにお受け取りになると、事実に目をふさぐことになりますわ。時間はだいたい二十秒ぐらいだったでしょうか、そのあいだわたくし、全身が麻痺したみたいに、ただ横になってその顔を見つめているきり。そうこうするうち、それはふっと窓から消えてしまいましたけど、それでも、とてもわたくしには――とてもベッドからとびだして、それが消えた窓の外をのぞこうなんて勇気はございませんでした。そのままがたがたふるえながら、朝までじっと縮こまっていただけです。朝食の席で父と顔を合わせましたけど、なんだか邪慳《じゃけん》で、ひとを寄せつけない態度。ゆうべのことなんか、おくびにも出しません。もちろん、わたくしもそのことには触れず、かわりに口実を見つけてロンドンまで出かけることにし――それでこうやってお邪魔したような次第ですの」

ホームズはこのプレズベリー嬢の話を耳にして、いたく驚いたようすだった。

「なんということだ。たしか、お部屋は三階だと言われましたね？　お庭にはそんなに長い梯子が用意してあるんですか？」

「いいえ、梯子などございません。ですから、なおのこと不思議なんですの。梯子もなくて、あの窓までのぼってこられる手段なんて、ありうるとは思えませんもの――なのに父は、たしかに窓の外にいたんです」

「しかも日付けは九月の五日」と、ホームズがつぶやくように言った。「これで問題はいよいよややこしくなりましたよ」

今度はプレズベリー嬢のほうが驚く番だった。ベネットが婚約者にかわって言った。「日付けのことをうんぬんされるのは、これで二度めでしたね、ホームズさん。それが事件となんらかの関連があるとでも？」

「その可能性はあります――おおいにあると言ってもいい。ただ、あいにくまだいまのところは、材料が不足しています」

「よもや、月の満ち欠けと狂気との関連、なんてことをお考えなんじゃありますまいね？」

「いや、そうじゃありません、ベネット君。それとはまったくべつの考えからです。さしつかえなければ、きみのその日記帳、しばらく預からせてもらえませんか。あとでゆっくり日付けをつきあわせてみたいので。

さてと、ワトスン、ここまでお話をうかがえば、もはやわれわれの行動方針は、余すところなく決定したと言っていいだろうね。いまのお嬢さんのお話によれば——そしてこのかたの直観力には、ぼくも全幅の信頼をおくものだが——教授はある特定の日時に起きたことについては、ほとんど、あるいはまったく記憶がないという。となれば、ここはひとつ、そういう期間ちゅうに約束ができていたふりをして、こちらから訪ねていってみるしかあるまい。約束した覚えがないのは、自分の記憶力のせいだとでも先方が思ってくれれば、めっけもんだ。そうして、まずは相手を間近でじっくり観察する。そこからこっちの作戦行動が開始されるわけだ」

「それは名案ですね」と、ベネット氏が言った。「ただし、念のために言っておくと、教授はときとしてひどく怒りっぽく、暴力的になる傾向がありますよ」

ホームズは莞爾《かんじ》として笑った。「すぐにもこちらから訪問すべきだと考えるのには、いくつか理由があるんです——かりにぼくの仮説が的中していれば、じゅうぶん説得力のある理由でもありますがね。すべてはあすですよ、ベネットさん。あす、ケンフォードでお目にかかりましょう。たしか、あそこには〈チェッカーズ〉なる旅亭があって、出されるポートワインは水準以上、シーツのたぐいも申し分がなかったはずです。さてと、ワトスン、これから二、三日は、多少の不便を忍ばなきゃならない成り行きになりそうだよ」

あくる月曜の朝、私たちは、かの有名な大学都市へとおもむいた。身軽なホームズには、こうした旅もたいした負担にはならなかったろうが、当時は私の医者としての業務もかなり多端にわたっていたおりとて、留守ちゅうの段どりをあれやこれやととのえるためには、目のまわるような忙しさを強《し》いられた。ホームズがあらためて事件のことを切りだしたのは、ゆうべ話していた古風な旅亭に到着し、スーツケースを預けてからのことだった。

「ねえワトスン、いまなら昼食前に教授をつかまえられそうだよ。十一時から講義があるが、それを終えたら、いったん家に帰って、一息入れるだろうからね」

「どういう口実で訪問するんだ?」

ホームズは手帳をのぞいた。

「八月二十六日に、周期的な興奮状態の波がきている。そういう時期には、自分の行動についての記憶も、いくぶん曖昧になっている、そう仮定しよう。そのときにお約束をいただいていると言い張れば、向こうも強硬に断わるわけにはいくまい。どうだい、ずうずうしく押し通すだけの度胸、あるかね?」

「当たって砕けろだよ」

「いいぞ、それでこそワトスンだ! 〝せっせと働く《ビジー・ビー》〟のと〝さらなる高みをめざす《エクセルショア》〟のとの合成。要するに、当たって砕けろ——われらのチームのモットーさ。案内役は、親切な地元のだれかが務めてくれるだろう」

そういう土地っ子のひとりが駆る小ぎれいな二輪辻馬車が、建ち並ぶ古めかしい学寮の前を勢いよく通り過ぎて、とある並木道に折れたかと思うと、やがて、ぐるりを芝生にかこまれ、満開の藤の花におおわれた、瀟洒《しょうしゃ》な家の玄関口に停まった。そこから見ても、プレズベリー教授の暮らしは、たんに快適なだけでなく、贅沢とも言える水準にあるようだ。

馬車が停まりかけたとき、正面の窓に白髪《しらが》まじりの頭があらわれ、もじゃもじゃの眉の下から、鋭い目が大きな角縁の眼鏡ごしにこちらをうかがっているのが見てとれた。すぐに私たちは教授の〝奥の院〟に通され、その奇行がこうして私たちをロンドンからひっぱりだすことになった謎めいた科学者と、正面から向かいあうことになった。態度にも、外見にも、どことって常軌を逸したところは見られない。りっぱな目鼻だちの、押し出しも堂々とした人物で、上背はあり、いかめしくフロックコートを着こなした姿には、大学教授にふさわしい威厳があふれている。とくに印象的なのは、その目だろう。炯々《けいけい》として、油断がなく、抜け目なくさぐるような感じは、ひとつまちがえば、狡猾《こうかつ》とも受け取れそうだ。

私たちの名刺を一瞥《いちべつ》して、言った。「どうぞおかけなさい。ところで、どんなご用件ですかな？」

ホームズは愛想よくほほえんでみせた。

「それはこちらからうかがいたいことですよ、教授」

「訊きたいと、わたしにか！」

「どうも少々行きちがいがあるようですね。さる筋を通して、ケンフォードのプレズベリー教授から、ぼくにご依頼の向きがあると、そう聞いてうかがったのですが」

「ほう、それはそれは！」射通すような灰色の目に、敵意がきらめいたかに思われた。「そうお聞きになった？　さる筋とはどこのどなたか、うかがってもかまいませんかな？」

「あいにくですが、教授、それは申しあげかねます。もしも当方のまちがいであれば、まだいまのところご迷惑をおかけしたわけでもなし、お詫びして、ひきさがるまでのことです」

「いや、詫びを言っていただくまでもありません。わたしとしてはむしろ、きみがこうしてここにこられた、その経緯のほうに興味がある。きみのその主張を裏づけるような書面――手紙でも、電報でもよいが――そういうものをなにかお持ちですかな？」

「いや、あいにくと」

「このわたし自身がきみを呼んだと、そこまでおっしゃるつもりはないのですな？」

「いかなる質問にもお答えいたしかねます」と、ホームズ。

「ふむ、そりゃそうだろう、答えられなくて当然だ」教授も辛辣《しんらつ》に応酬する。「しかしな、いまの質問に関するかぎり、きみの口を借りるまでもない。答えはおのずと得られるのだよ」

教授は部屋を横切ってゆき、呼び鈴を押した。まもなく、そのベルに応じて、ロンドンでわれわれを訪ねてきたベネット氏があらわれた。

「はいりたまえ、ベネット君。こちらのおふたりは、わたしの要請でロンドンから出向いてきた、そうおっしゃりたいようだ。当家の郵便物その他は、往信、来信ともきみが管理しているが、そのなかに、ホームズという人物に宛てたものが、なにかあったかね？」

「いえ、ありませんでした」ベネット氏は顔を赤らめながら答える。

「ふん、これで決まりだな」教授は目を怒らせて私の相棒を睨《にら》みつけながら言うと、テーブルに両のこぶしをついて、ぐっと身をのりだした。「どうだね、これできみの立場はいよいよ怪しくなってきたようだぞ」

ホームズは肩をすくめた。

「こちらとしては、いたずらにお騒がせしたことを重ねてお詫びするだけです」

「詫びてすむことだとでも思うのか、ホームズ君とやら！」ただならぬ敵意を満面にみなぎらせて、老教授はかんだかくうわずった声で叫んだ。叫びながら、すばやく私たちとドアとのあいだに立ちふさがると、怒りに身をふるわせつつ、こぶしをふりあげる。「それでのめのめとここから出ていけるとでも思ったら、大まちがいだぞ！」顔面を痙攣《けいれん》させ、歯をむきだし、怒りにまかせて、なおも支離滅裂なことを口走る。私はいまもって確信しているが、もしもこの段階でベネット氏が割ってはいってくれなかったら、私たちは腕ずくで強引に部屋からたたきだされるはめになっていただろう。

「先生、お願いです、お立場をお考えください！　学内のスキャンダルにでもなったら、とりかえしがつきません！　ホームズさんは有名な探偵さんですよ。こういう無礼な真似をなさっては、先生のお名前に傷がつきます」

それでようやく客を迎える立場を思いだしてか――といっても、実状はこちらが勝手に押しかけただけだが――教授はしぶしぶ脇にのき、道をあけた。ほっとして、われわれは早々に退散し、戸外の静かな並木道に出た。事の顚末《てんまつ》を、ホームズはおおいにおもしろがっているようだった。

「かの学識豊かなわれらの友は、どうも神経が少々おかしくなっているようだね。なるほどこっちの出かたもあまり感心したものじゃないが、じかにご本人に会ってみたいという目的だけは、ともかくも果たせたわけだ。しかし待てよ、追ってくるぞ、ワトスン。悪魔め、いまだにわれわれをおとなしく帰す気はないようだ」

背後から、ばたばた駆けてくる足音がした。だがさいわい、ドライブウェイのカーブを曲がって姿をあらわしたのは、かのおそるべき教授そのひとではなく、助手のベネット氏のほうだった。胸をなでおろしているわれわれにむかって、彼は息をはずませて近づいてきた。

「ホームズさん、まことに申し訳ありません。お詫びを言いたくて、やってきました」

「いや、気にしないでください。ぜんぜんかまいませんよ。探偵稼業をやっていれば、こんなことは日常茶飯事ですから」

「それにしても、先生のあれほど物騒な態度、ぼくもはじめて見ました。しかも、危険さの度がだんだんつのってくる。これでおわかりでしょう、お嬢さんやぼくがひどく気をもんでるわけが。それでいて、知性のほうは、あいかわらず明晰そのものなんですから」

「明晰すぎるくらいですよ！　その点はぼくの計算ちがいでした。記憶力なんか、こちらの勝手な思い込みよりも、はるかにしっかりしてるのはまちがいありません。そこで相談ですが、ここまできたついでに、プレズベリー嬢の部屋の窓というのを、見せていただくわけにはいきませんか？」

ベネット氏は先に立って植え込みをかきわけていった。すこし行くと、建物の横手が目にはいる位置まできた。

「あれです。あの三階の、左側の窓」

「ほう、あれじゃとても寄りつけそうもない。もっとも、壁の下のほうには蔦《つた》が這ってるし、上のほうには給水管もある。いちおうの足場にはなりそうだが」

「ぼくにはとてものぼれませんけどね」ベネット氏が言う。

「いかにも。常人ならば、あぶなくて、とてものぼれたものじゃない」

「ついでにホームズさん、もうひとつお伝えしたいことがあるんです。教授が文通している例のロンドンの住人、住所を手に入れました。けさも一通、書いたらしく、宛て名が教授の吸い取り紙に残ってたのを写しとったんです。信頼されてる秘書にもあるまじき行為ですが、場合が場合ですので、これもやむをえません」

　ホームズはちらりとその紙に目を走らせ、そのままポケットにしまった。

「ドラーク――妙な名だ。スラヴ系のようですね。ともあれ、連環の重要なつなぎめになりますよ。ところでベネット君、ぼくらはあすにでもロンドンへ帰ります。[5] これ以上ここにいても、得るところはなさそうですしね。教授はなにかの罪を犯してるわけじゃないから、逮捕するわけにもいかないし、狂気と立証されたわけでもないから、保護拘束するのも無理。いまのところは手詰まりというのが現状なんです」

「だったら、ぼくらはどうしたらいいんでしょう?」

「いましばらくの辛抱ですよ、ベネット君。近いうちに、必ず事態が動きだします。ぼくの目に狂いがなければ、来週の火曜日あたりがやまですね。その日には、われわれもあらためてこっちへ出向いてくるつもりです。それまでは、まあ全体としてすこぶる不愉快な状況になるのは否定できませんから、できればお嬢さんだけでも、しばらくロンドン滞在を延ばして――」

「それなら手配できます、造作《ぞうさ》もなく」

「ならば、もう危険は去ったと保証してさしあげられるまで、お嬢さんには、ロンドンにいてもらってください。かたわら、こちらでは、何事も教授のやりたいようにさせて、いっさい逆らわないように心がける。とくに機嫌を損ねないかぎりは、まずだいじょうぶでしょう」

「あっ、うわさをすれば影ですよ！」ベネットがはっとして声をひそめた。たしかに、植え込みの枝を透かしてみると、長身の、背筋をそらした人物が玄関口にあらわれ、あたりを見まわしている。そのうち、一転して前かがみの姿勢になり、頭を右へ、左へと向けながら、両手を体の正面でぶらぶらさせはじめた。秘書は挨拶がわりに軽く手をあげ、木の間《こ ま》を縫って姿を消したが、やがてその後ろ姿が雇い主のかたわらにあらわれ、両名は何事か声高《こわだか》に、ほとんど興奮しているとさえ見える調子で言葉をかわしながら、連れだって家へはいっていった。

「察するところご老体は、われわれが退散したあと、あれとこれとを足してみたんじゃないかな」そうホームズが言いだしたのは、ふたりして宿へ帰る道すがらだった。「ほんの短時間の面会だったが、それでも頭脳はとびきり明晰、論理的な思考の主だってことは知れた。たしかに癇癪持ちではあるが、向こうの立場になってみれば、探偵が身辺を嗅ぎまわってる、しかもそいつを雇ったのは、身内のだれかじゃないか、そう疑えるふしがあるとすれば、癇癪を起こすのも無理はあるまい。気の毒に、いまごろはわれらが友人ベネット君、さぞかし油を絞られてることだろう」

途中でホームズは郵便局に立ち寄り、電報を一通打った。その返事が届いたのは、夜になってからだったが、ホームズはちらと見て、そのまま私にほうってよこした。〝コマーシャル・ロードの住人ドラークを訪ねた。愛想のいいボヘミア人。初老。大きな雑貨店を営む。マーサー〟とある。

「マーサーというのは、きみがいなくなったあと、助手に使ってる男だ」と、ホームズが言った。「いわばぼくの万能雑用係、手順どおりの仕事なら、大半はまかせている。問題は、プレズベリー教授があそこまで秘密にしている文通の相手——どういう相手か、いくらかでも知っておくのが探偵として必須だろう。ボヘミア人だとすると、教授のプラハ旅行とも、なんらかの関連がありそうだし」

「ほっとするよ、なんであれ、多少なりとも関連のある事実が見つかったというのは」私は言った。「目下のところ、一連の不可解な事柄ばかりがずらっと並んでいて、しかもそれらが、たがいになんの脈絡も持たないときている。たとえばの話、ウルフハウンドがとつぜん狂暴になったのと、教授のボヘミア行きとのあいだに、どんなつながりがありうる？　また、それらと、夜中に廊下を這い歩く男とのつながりは？　とりわけ、ぼくから見て最大の謎といえば、きみがしきりに気にしている日付けのことだ」

ホームズはにんまりして、ひとしきり手をこすりあわせた。ちなみに、このとき私たちふたりは古びた旅亭の一室におさまり、ホームズの言っていた著名な銘柄もののワインとやらを一本、両名のあいだのテーブルに置いて、対座しているところだった。

「じゃあまず手はじめに、日付けのことをとりあげるとしようか」彼は両手の指先をつきあわせながら、講義でもするような調子で話しだした。「この日記帳――かの利発な青年の記録したものだが――これによると、まず七月二日に騒ぎがあってから、その後はずっと、たしか一回だけ例外はあったものの、ほかはきまって九日ごとに異変が起きている。最後の発作は九月四日の金曜日(6)だが、これもまた、その周期にあてはまる。その前の発作が起きたのが、八月二十六日だからね」

　私もうなずくしかなかった。

「そこでいま、ひとつの作業仮説として、九日ごとに教授がなにか強い薬を飲んでいるとしてみよう。生まれつき気性の荒い男が、薬のせいでますます荒くなる。プラハにいるあいだに、この薬の効用に味を占めて、いまはロンドンのボヘミア人の仲介業者から補充を買いつけているわけだ。どうだい、ワトスン、こう考えると、すべて辻褄《つじつま》が合うじゃないか！」

「しかし、犬のことはどうなんだ？　犬だけじゃない――窓からのぞいた顔とか、廊下を這いずり歩いていた男のこととかは？」

「まあまあ、そうあわてなさんな、ようやく目鼻がつきだしたばかりなんだから。どっちにしろ、来週の火曜日までは、新たな展開は望めそうもないから、それまではせいぜいベネット君と連絡を絶やさないようにして、このすてきな街の魅力をぞんぶんに味わうとしようよ」

　翌日の午前ちゅう、ベネット氏がこっそり宿を訪ねてきて、最新情報を聞かせてくれた。ホームズが危惧《きぐ》していたとおり、この青年はきのう、かなりつらい思いをしたようだ。私たちが押しかけたことについて、あからさまに彼の責任を追及しこそしないものの、教授はことごとに口汚い小言を浴びせかけ、いっぽうではまた、なにか強い鬱憤《うっぷん》をおさえかねているように見えもしたとか。それでも、けさはだいぶ落ち着き、いつもどおり、教室に詰めかけた学生を相手に、すばらしい講義をして聞かせたという。

「例の妙な発作をべつにすれば、じつのところ、いままでになく元気いっぱいで、精力的ですし、頭脳のほうも明晰そのものです。ところが、それもまた、普段の教授とはどこかちがうんですよね――いままでぼくらの知ってた教授とは、うわべはどうあれ、中身はどう考えても別人なんです」

「いずれにせよ、すくなくともこれから先一週間は、とくに心配するようなことは起こらないと思います。ぼくも忙しい体ですし、ワトスン博士も患者をほうっておくわけにはいかない。来週の火曜日、この時間に、あらためてここで落ちあうことにしましょう。つぎにお別れするまでには、きみの心労の種をすっかり取り除いてあげられるとまではいかなくても、せめて、なんらかの説明はしてさしあげられるはずです。そうならなければ、かえって不思議ですよ。それまでは、万一なにか起こったら、そのつどぼくらに知らせるようにしておいてください」

それから数日は、私が友人の顔を見ることもないままに打ち過ぎたが、あくる週の月曜夕方になって、あす、列車で落ちあおうという簡単な手紙が届いた。ケンフォードへ向かう車中でホームズが聞かせてくれたところによると、その後、プレズベリー教授宅ではなんの異変もなく、家内はきわめて平穏、教授の行状も、いたって尋常だということだった。同様の報告が、その晩、〈チェッカーズ〉のおなじみの部屋を訪ねてきたベネット氏からももたらされた。

「きょう、例のロンドンの男から、また便りがありました。手紙のほかに、小さな小包もひとつ。どちらも消印の下に、ぼくが手を触れてはならないというしるしの、×印の符牒《ふちょう》。それ以外には、とくにお伝えするようなこともありません」

「いや、それだけでじゅうぶんな証拠になりえます」ホームズはきびしい口調で言った。「そこでです、ベネット君、今夜にはおそらくなんらかの結論が出るでしょう。ぼくの推論に誤りがなければ、事件を一挙にクライマックスへ持ってゆける機会がつかめるはずなんです。ただしそのためには、教授の一挙一動をしっかり見張っている必要がある。ですから、きみ、今夜はひとつ不寝番を務めてください。万一、教授がきみの部屋の前を通る気配を聞きつけても、そのままやりすごして、あとをつけること。慎重なうえにも慎重にお願いします。ワトスン博士とぼくも、そう遠くないところにいますから。ついでですが、前に言っておられた例の小箱の鍵、それはどこにありますか？」

「教授が懐中時計の鎖につけておいでです」

「捜査の本筋は、どうしてもその線にあるはずなのでね。まあいざとなれば、錠前のほうは、なんとかなるでしょう。お屋敷にはほかに、まさかのときに使えそうな男がいますか？」

「御者《ぎょしゃ》がいます。マクフェールです」

「寝るときはどこで?」

「厩舎の二階で」

「ことによると、力を借りることになるかもしれない。といったところで、あとは事態の進展を見まもるばかりです。では失礼——いずれ朝までには、またお目にかかることになるでしょう」

真夜中近い刻限になってから、私たちは教授宅の玄関を真正面に見る位置にある、ちょっとした灌木《かんぼく》の茂みに身をひそめた。晴れてはいたが、夜気は冷たかったから、ふたりとも暖かいコートを着てきて、正解だったという気がした。わずかな風があり、あわただしく空を流れてゆく雲が、ときおりさっと半月をおおいかくした。おそらく、期待と興奮とに駆りたてられていなかったなら、そしてまた、ここまでわれわれの関心をひきつけてきたこの一連の奇怪な出来事も、いよいよ今夜、終局にさしかかっているというわが友の保証がなかったなら、この夜のこの寝ずの番は、ずいぶんとみじめなものになっていたはずだ。

「九日周期というぼくの説がもし的中していれば、今夜こそ教授の行状は最悪のやまにさしかかるはずなんだ」と、ホームズは言った。「ああいう奇怪な症状は、プラハ旅行後に見られるようになったということ、おそらくはプラハにいる何者かの代理人と思われる、ロンドン在住のボヘミア人とひそかに連絡をとりあっていること、そしてまた、きょうという、新たに先方から小包を受け取っていること——すべての事実が、ひとつの方向をさしている。教授がどのようなものをどんな目的で服用しているのか、その点は依然として不明だが、出所がどうやらプラハにあることは確かだと思われる。教授は厳密な指示のもとに、九日ごとにその服用をつづけているわけだが、まずぼくの注意をひいたのは、この周期の点だった。だがまあ、なんといっても、なにより注目すべきは、教授の症状そのものだよ。きみ、彼の指関節に気づいたかい？」

あいにく気づかなかった、そう言うしかなかった。

「目につくほどに分厚くなって、角質化してるんだ。こういうのは、ぼくもいままで見たことがない。いつの場合も、まず注目すべきなのは、手だよ、ワトスン。つぎに袖口、ズボンの膝、そして靴だ。とにかくあれは、まことに妙な指関節だった。あれを説明するとしたら、進化の一形態という、例のなんとかいう男の唱えた――」ここでふいに言葉をとぎらせると、ホームズはぴしゃりとひたいをたたいた。「ねえワトスン、ワトスン、ぼくとしたことが、なんとまぬけだったんだろう！　とても信じられないと思えるかもしれないが、これこそが真相にちがいない。すべてがその一点をさしている。どうしていままでそれらのつながりを見のがしていたものやら！　あの指関節――なんでまた、あの指関節を眼中に入れてなかったんだ？　それに犬のこともある！　それから蔦のこともだ！　このていたらくじゃ、そろそろぼくも、かねて夢想しているささやかな農場に隠遁すべきときがきたらしい。おっ、見ろ、ワトスン！　出てきたぞ！　いよいよぼくらも、じかにその怪異をまのあたりにすることができそうだ」

玄関ドアがゆっくりとひらき、ランプの明かりを背景に、プレズベリー教授の長身が浮かびあがった。部屋着をまとい、シルエットとなって戸口に立っているが、その姿は、直立こそしているものの、背は前かがみで、両腕を前でぶらぶらさせている。最後に見たときとおなじ姿勢だ。

やおらして、ドライブウェイまで歩みでてきたが、ここで奇っ怪な変化がその全身にあらわれた。腰を落としてしゃがみこむなり、両手と両足を使って這いずりはじめたのだ。しかも、這いずるあいまには、さながら精力と活力とを持てあましているように、何度もひょいひょいととびはねる。その姿勢のまま、家の正面づたいに進み、やがて建物の角を曲がって姿を消したが、と同時に、ベネットがするりと玄関ドアからあらわれ、そっとあとをつけていった。

「くるんだ、ワトスン、早く！」ホームズが叫ぶ。私たちふたりはできるかぎり足音を殺して植え込みをくぐりぬけ、やがて、半月の光をいっぱいに浴びた建物の横手が見えるところまできた。見れば、蔦のからんだ壁の下に、教授がうずくまっている。見まもるうちに、その黒い影は、信じがたい身軽さで蔦をよじのぼりはじめた。枝から枝へととびうつり、あぶなげなく手がかり、足がかりを確保しながら、まるでのぼること自体にはこれという目的もなく、たんに自分の力を楽しんでいるといった、そんなふぜいでのぼりつづける。部屋着の裾が体の左右でひらひらするようすは、家の壁に貼りついた巨大な蝙蝠《こうもり》さながら。月光に照らされた壁に浮かびあがる、大きく、四角い、真っ黒なしみといったところだ。

そのうち、ようやくこの遊びにも飽きたのか、ふたたび枝から枝を伝って這い降りると、さいぜんとおなじしゃがんだ姿勢になり、おなじ奇妙な這いずりかたで、厩舎のほうへ向かった。このときにはすでに、ウルフハウンドは厩舎の外にまで身をのりだし、やかましく吠えたてていたが、実際に主人の姿を目にするや、いっそう興奮して、激しく吠え哮《たけ》った。つながれた鎖をちぎれんばかりにひっぱり、もどかしさと憤《いきどお》りとに、全身をぶるぶるふるわせて。

ところが教授はというと、油断なく犬のわずかにとびつけぬあたりにしゃがみこむなり、怒り狂っている犬をさらにじらそうと、さまざまな悪戯をしかけはじめたではないか。ドライブウェイの砂利をひとつかみつかんで、犬の顔に投げつけてみたり、近くで拾ってきた枝の先でつついてみたり、ぐわっとひらいた犬の口からわずか二、三インチのところで、手をひらひらさせてみたり。ありとあらゆる手段を弄して、興奮しきっている犬の怒りをさらにかきたてようとする。これまで私たちもさまざまな冒険を重ねてきたが、これほど奇々怪々な光景にお目にかかるのははじめてだ。その人間らしい表情をなくした、それでいて威厳だけはなお損なわぬ人物、それが蛙そこのけに地面に這いつくばり、残忍な喜悦の色もあらわに、犬が怒り狂って後脚で立ちあがっては、なんとかとびつこうと身をもがくのを、あらんかぎりの詐術と、計算されつくした残酷さで、じらし、からかっているのだ。

と思うまもなく、一瞬にして事態が急変した！　鎖が切れたわけではない。首輪がすっぽり抜けてしまったのだ――もともとは、もっと首の太いニューファウンドランド犬用のものだったためらしい。がちゃりと金属の落ちる音がしたかと思うと、つぎの瞬間、犬と飼い主とは一体となって地面にころがっていた。いっぽうは、哮りに哮って、うなる犬、いっぽうは、奇妙な裏声で恐怖の悲鳴を発する飼い主。教授の命はまさしく風前の灯《ともしび》だった。猛犬はすでにしっかりとその喉に食らいついていて、私たちがどうにか双方を引き離すその前に、教授は意識

を失っていた。私たちにしても、猛犬を引き離すのはかなりの危険を伴ったはずだが、さいわいそこにベネットが駆けつけてきて、一声叱りつけると、巨大なウルフハウンドは即座におとなしくなった。厩舎の二階で寝ていた御者も、騒ぎを聞きつけて、驚き顔で目をこすりこすり居室から降りてきた。

「いつかこんなことになるんじゃないかって、ずっと心配はしてたんだ」と、首をふりふり言う。「先生がこいつをいじめなさるのを、たびたび見てきたからね。いつかはロイのやつが反撃に出るだろうとわかってたよ」

犬をつないでから、みんなして教授を階上の寝室に運び、医学の学位も持つベネットの手を借りて、私は引き裂かれた教授の喉の手当てをした。鋭い牙は、ほんのわずかなところで頸動脈をそれてはいたが、それでも出血はおびただしかった。半時間ほどして、どうにかやまは越したと見たところで、モルヒネの注射を打ってやると、患者は深い昏睡《こんすい》に陥った。そこではじめて、集まった一同はたがいに顔を見あわせ、善後策の協議にかかった。

「なにはともあれ、一流の外科医に診てもらうべきですね」私は言った。

「それだけは困ります!」と、ベネットが叫ぶ。「いまの段階では、スキャンダルもこの家のうちだけにとどまっています。事情を知るのが、内輪のものに限られているかぎりは安全ですが、いったん外部にもれてしまったら、もう防ぎようがない。どうか教授の大学でのお立場、全ヨーロッパに及ぶ名声、お嬢さんの心中などをお汲みとりください」

「それもそうですね」ホームズも応じた。「ここだけの話にとどめておくぐらいは、なんとかなるでしょう。いまはぼくらも自由に動けるようになったわけだし、再発を防ぐことも不可能ではありますまい。ベネット君、時計の鎖のキー、それをお渡し願います。この場はマクフェールにまかせて、万一、容態が急変しでもしたら、すぐに知らせてもらう、と。そのうえでわれわれのほうは、教授の謎の小箱の中身を拝見しにいくとしましょう」

箱にはたいしたものははいっていなかったが、それでもわれわれにはじゅうぶんだった。かちらの薬瓶が一本、まだ九分《くぶ》どおり中身の残っているのが一本、皮下注射器、外国人の手らしい読みにくい筆跡の文書が数通。封筒の×印から見て、それらが郵便物についてのこの家のルーティンから逸脱した、例のいわくつきの書状であることは明らかだったし、いずれも発信地はコマーシャル・ロード、差出人の署名も、〝A・ドラーク〟。内容は、手紙というよりも、補充の瓶を教授宛てに発送したという送り状と、代金を受け取ったという領収書を兼ねたものにすぎなかったが、なかに一通だけ、もうすこし教養のある人物らしい筆跡で書かれ、オーストリアの切手に、プラハの消印の押された封書があった。

「そうら、ついに手にはいった。これこそ探しもとめていた材料だ！」せかせかとその封筒をあけてみながら、ホームズが勢いこんで言った。

拝啓

先般ご来訪を受けてより、尊敬するご同輩のことでもあり、貴兄の問題について、種々勘案してみました。貴兄がこの療法を希望されるについては、それなりの特殊な事情がおありのことと拝察しますが、小生の実験の結果から見て、これにはある種の危険が伴わぬでもありませんので、くれぐれもご用心いただきたくお願いする次第です。

できれば類人猿の血清のほうが、より良好な結果を生んだと思われますが、過日もご説明申しあげたごとく、小生が黒面ラングールを使用してきたのは、もっぱら試料の入手しやすさによるものです。もとよりラングールは、匍匐し、かつ樹上生活をするのにたいし、類人猿は直立歩行するものであり、あらゆる点で、より人間に近い種ではありますが。

なお、この療法は、広く公表するには時期尚早であり、貴兄もこれが外部にもれざるよう、くれぐれもご注意いただきたく存じます。貴国には、他にもうお一方、この療法を受けておいでの顧客がおられ、今後はドラークがお二方にたいする小生の代理人を務めることに相成ります。

お手数ながら、毎週、経過をご報告たまわれば幸甚です。

衷心よりの尊敬をこめて

H・ローヴェンシュタイン

ローヴェンシュタイン！　そう聞いたとき、はからずも私は、いつぞや新聞で目にしたある短い記事を思いだした。どこかの無名の科学者が、なにやら未知の手法を用いて、回春と不老不死の秘法を研究しているという内容である。そう、あれはプラハのローヴェンシュタインだった！　驚異的な強精剤となる血清を開発しながら、その材料の入手方法を明かすことを拒んだため、学界から追放されたあのローヴェンシュタイン。私がいま思いだしたことをかいつまんで語って聞かせると、ベネットはさっそく書棚から動物学便覧をとりおろし、読みあげた——

「〝ラングール。ヒマラヤ山麓に棲息する、顔面の黒い大型のサルで、樹上生活をするサルのうちでは、もっとも大きく、もっとも人間に近似した種〟。ほかにもまだ、細かいことがいろいろ書かれています。それにしてもホームズさん、ほんとうにありがとうございました。おかげさまで、この不祥事の原因をつきとめることができたようです」

「ただ、ほんとうの原因はね」と、ホームズは言った。「言うまでもなく、教授のあの老いらくの恋にあるんです。性急なひとだから、自分が若返ることによってのみ、願望が達せられると思いこんだ。ひとは〈自然〉を征服しようとして、かえってしっぺがえしを食らうものなんですね。最高の知性の持ち主でも、定められた運命という道を踏みはずせば、ただのけものに逆もどりしかねないということですよ」

しばしホームズは問題の小瓶を手にして、なかの透明な液体に見入っていた。

「ぼくのほうからこの人物に手紙を書き、おまえの売りさばいている怪しげな毒液を手に入れたが、これは刑法上の取り締まりの対象になるぞ、とでも言ってやれば、これ以上こちらに難が及ぶことはないでしょう。とはいえ、こういうことは今後もくりかえされる可能性がある。ほかのだれかが、もっといい方法を考えつくかもしれない。そこがあぶないですね——人類にとっては、きわめて現実的な危険だと言っていい。

まあ考えてもみたまえ、ワトスン——物欲や肉欲にとりつかれた野卑《やひ》な俗物ばかりが、生きる値打ちのない人生を延々と生きつづける。ひきかえ、崇高な精神の主は、より高いところへのお召しを忌避《きひ》することなく受け入れる。これじゃまさしく、〝不適者生存〟ってわけだ。そうなったら、この世はいったいどんな汚水溜めになることやら」

と、ここでふいに夢想家のホームズは姿を消し、本来の行動のひとホームズが、勢いよく椅子から立ちあがった。

「さてと、ベネット君、これ以上はもはやつけくわえることもないでしょう。これでようやくさまざまな出来事が、おのずと全体的な構図のなかにおさまったわけだ。たとえばあの犬ですが、むろんきみよりもずっと早くから、主人の変化に気づいていた。嗅覚によるものでしょうね。要するに、ロイが襲いかかった相手は猿であって、教授ではなかった。ちょうどさっきのように、ロイをじらし、からかって、いきりたたせていたのが、猿だったのとおなじにね。猿ならば、壁をよじのぼるのも、さぞかし楽しかったことでしょう。そうやって気晴らしをしているうちに、たまたまお嬢さんの窓をのぞいてしまったというのは、ぼくに言わせれば、ほんのはずみですよ。

さてワトスン、午前ちゅうに出るロンドン行きの列車があるはずだが、その前に〈チェッカーズ〉でお茶を一杯飲むぐらいの時間はありそうだよ」

（1）ここで言及されている事件については、本全集『シャーロック・ホームズの冒険』所収の「椈の木屋敷の怪」を参照のこと。

（2）〝もつれた綛糸（〝a tangled skein〟）——作者コナン・ドイルは、この表現を好んでいたらしく、本全集『緋色の研究』第一部第四章の終わりのほうでも使っている――〝人生という無色の綛糸のなかに、殺人という緋色の糸が一筋まじっている。そしてぼくらの務めというのは、その綛糸を解きほぐし、分離して、すべてを白日のもとにさらけだすことにあるのさ〟。また、『緋色の研究』という題も、はじめは『もつれた綛糸』にするつもりだったとも言われている。

(3)ベネットの名は〝トレヴァー〟であるはずだが、まさか婚約者の名を呼びまちがえるはずもないので、ここは〝ふたりのあいだだけの愛称〟とでも受け取っておくのが妥当だろう。

(4)前項におなじ。

(5)原文は〝きょうの午後にでも〟だが、これではあとの記述と矛盾するので、訳者の一存で直してある。

(6)原文は〝九月三日の金曜日〟だが、これはたんに作者の書きまちがいと思われる。ワトスンの記述には、まま瑕疵《かし》が見受けられるのだが、ここはワトスンの記述うんぬんの問題ではなく、現実に一九〇三年九月三日は木曜日であって、金曜日ではないことが万年暦で確かめられるうえ、〝前回の発作から九日め〟という記述とも矛盾する（九月三日は八日め）。そのため、訳者の一存で四日に直してある。

ライオンのたてがみ

思えばまことに妙なことだが、長年にわたる私の職業探偵としてのキャリアのなかでも、ついぞお目にかからなかったような難解かつ異常な事件が一件、私の隠退後にとびこんできたのである。しかも、いってみれば、まさしくわが家の玄関先に持ちこまれるというかたちで。

このことが起きたのは、私が念願かなってサセックスのささやかな家にひっこみ、それまで長らく陰鬱《いんうつ》なロンドンのまっただなかに暮らしながら、折りにふれてはあこがれつづけてきた大自然を相手の静謐《せいひつ》な日常、それに心身ともにひたりきっていたころだった。この時期には、かの親愛なるワトスンともかなり疎遠になっていて、会えるとしても、たまさか週末などに訪ねてきてくれるときぐらい。というわけで、この事件についても、私が自ら年代記作者を務めねばならぬのである。

ああ！　あの男さえいてくれたら、この事件をどんなにかおもしろく仕立てあげ、あらゆる困難に打ち勝って私のおさめた窮極的な勝利、それにいっそうの輝きを添えてくれていたことか！　だがあいにくそうはいかないので、私は自ら慣れない筆で物語を書き綴《つづ》り、いかにして行く手に横たわる困難な道を一歩、また一歩とのりこえ、〝ライオンのたてがみ〟にまつわる謎をさぐっていったか、それを自分自身の言葉で解き明かすしかないのである。

私の住まう別荘ふうの家は、イングランド南東部を東西に走る丘陵、〈ダウンズ〉の南斜面にあり、英仏海峡を一望のもとに見わたすことができる。このあたりの海岸線は、全体が白亜層の絶壁であって、海へ降りるのには、たった一本の長く曲がりくねった小道があるだけ、しかもこれが、すこぶる急で、かつすべりやすいときている。小道を降りきったところには、小石と砂利の浜が百ヤードほどにわたってひろがり、満潮のときでも、この浜が波をかぶることはない。さらにそれ以外にも、いたるところにカーブやらくぼんだ箇所やらがあって、潮の干満のたびに水が入れ替わり、恰好のプールとなる。こうしたすばらしい海岸が、左右にそれぞれ何マイルかずつ連なり、途中に一カ所だけ、小さな入り江があって、海岸線のとぎれているここが、フルワースという村になっている。

わが家は一軒だけ孤立して建っている。私と、年配の家政婦と、そして蜜蜂の一家、これが家族の全員だが、半マイルほど離れたところに、ハロルド・スタックハーストの経営する著名な学校、〈ザ・ゲーブルズ〉がある。かなり規模の大きな施設で、いずれさまざまな知的職業に就くことをめざす青年たちが数十人、何人かの教師とともに起居しつつ、受験準備に明け暮れている。スタックハースト自身、若いころは大学代表にもなった名の知れたボート選手で、学業のうえでも、万能の優等生だった男だ。私がこの海岸に住みついて以来、この男とだけは親しいまじわりがつづき、たがいに招かれずとも夜間にふらりと訪ねていったり、あるいは向こうがやってきたりもする、そんな昵懇《じっこん》の仲なのである。

一九〇七年の七月も末のこと、おりしも激しい暴風がこの海岸一帯を襲い、海峡ぞいに北へむかって吹きあげる強風のため、高潮が崖のふもとを洗って、潮の変化とともに、あとに大きな潟《かた》が残された。ここで語ろうとするその朝には、風もようやくおさまり、万物はすがすがしく洗われて、新鮮そのものに見えた。こんなすてきな朝に、仕事が手につくはずもない。散歩でもして、うまい空気をぞんぶんに味わおうと、私は朝食前に家を出、浜へ降りる急な坂道につづく崖ぞいを、ぶらぶら歩いていった。すると、後ろから呼ぶ声がする。ハロルド・スタックハーストが快活に手をふり、挨拶を送ってくるところだ。

「すばらしい朝だね、ホームズ君！　きっと会えると思ってたよ」

「泳ぎに行くところだろう？」

「いつもながらの慧眼《けいがん》だね」笑って、ふくらんだポケットをたたいてみせる。「図星だよ。マクファースンが一足先に出かけてるから、たぶん向こうで合流することになるだろう」

フィッツロイ・マクファースンは、学校で自然科学を教える教師だった。背のすらりとした好青年だが、あいにくリュウマチ熱につづいて心臓病までわずらい、それで洋々たる前途を棒にふることになった。とはいえ、生まれついてのスポーツマンでもあって、心臓に過大な負担のかからぬものであれば、どんな競技でも、みごとにこなす。とくに水泳は夏冬問わず欠かしたことがなく、かく言う私なども、泳ぎは好きなほうだから、ちょくちょくいっしょに泳いだりもしたものだ。

ところが、うわさをすれば影とやら、ちょうどそこへ、当の本人が姿をあらわした。小道のてっぺんの崖のふちに、まず頭が見えたと思ったら、すぐつづいて全身が崖上にあらわれたのだが、それがどうしたことか、酔っぱらったようにふらふらしている。不審に思うまもなく、いきなり万歳でもするように両手をふりあげると、すさまじい叫び声とともに、ばったりとうつぶせに倒れ伏してしまった。

まずスタックハーストが、つづいて私も駆け寄り――距離はおよそ五十ヤードほどはあったろうか――抱き起こして、仰向けにしてみた。明らかに虫の息だ。落ちくぼんで、どんより曇った目、おぞましい土気色《つちけいろ》の頬、それらを見れば、瀕死の状態にあるとしか思えない。と、ほんの一瞬、その面《おもて》にかすかな生命の光がちらつき、懸命になにかを訴えようとするように、口から二言三言、言葉がもれた。呂律《ろれつ》がまわらぬ感じで、よく聞きとれなかったが、さながら悲鳴のように口からほとばしったその最期の言葉、私の耳にはそれが〝ライオンのたてがみ《ライオンズ・メーン》〟というふうに聞こえた。まったく場ちがいな、わけのわからぬ言葉だが、それでも、耳に聞こえた音をどうひねくってみても、それ以外の意味にはとれない。それから、必死に上半身をもたげると、腕をあげて虚空をつかむようなしぐさをし、そのままぐたりと横向きに倒れ伏した。はや、こときれていた。

かたわらのスタックハーストは、突然の凶事に茫然自失のていだったが、ご想像のとおり私のほうは、すでに五感のすべてが警戒態勢にはいっていた。そうするだけの必要もあった。いまやただならぬ事件の渦中にほうりこまれてしまった、そういう自覚がすぐさま生まれてきたからだ。

倒れたマクファースンは、ズボンの上にバーバリーのコートをはおっただけで、足には紐の解けたカンバスシューズを履いていた。倒れたはずみに、肩にはおったバーバリーがずりおちて、体がむきだしになったのだが、とたんに、私たちはともにぎょっとして目をみはった。露出した背中一面に、さながら細いワイヤーの鞭《むち》でしたたか打ち据えられでもしたように、赤黒いみみず腫《ば》れが縦横に走っているのだ。ざっくり裂けた長いみみず腫れが、肩から脾腹《ひばら》のあたりにまでまわりこんでいるところを見ると、この打擲《ちょうちゃく》を加えた凶器は、どうやらしなやかに巻きつくタイプの鞭ででもあるらしい。断末魔の痙攣《けいれん》に、知らずしらず下くちびるを嚙み切ったのか、あごにも血がしたたっている。ひきつり、ゆがんだその顔を見ただけで、苦痛がどれほどすさまじいものだったかは歴然としている。

私は遺体のそばにひざまずき、スタックハーストは呆然と立ちつくしていた。と、ふいに影がさしたので、見あげると、そばにイアン・マードックが立っている。マードックもおなじ学校の数学教師で、長身、色浅黒く、痩せぎすの男だが、ひどく寡黙なうえ、万事に超然として孤高を保つといった趣《おもむき》があるので、親しい友人づきあいをしているものはほとんどない。いってみれば、凡人の生活とはまず無関係な、無理数だの、円錐曲線だのといった高尚な抽象概念の世界に住んでいて、おかげで学生たちからは変人扱いされているし、悪くすると、嘲弄《ちょうろう》の対象にすらなっていたかもしれない。だがこの男には、どこかに特異な異国の血でも流れているのか、それが漆黒の双眸《そうぼう》や、浅黒い肌色などにあらわれているのみならず、ときとして癇癪《かんしゃく》を、それも獰猛《どうもう》としか形容のしようのない、すさまじいまでの癇癪を起こすところにもう

かがわれる。あるときなど、マクファースンの飼っている子犬に腹をたて、いきなりつかまえて窓にたたきつけ、ガラスごと外へほうりだすという乱暴を働いたこともあり、かりにこの男が教師として得がたい人材でなかったなら、よほどのことにスタックハーストも、免職にすることを考えたにちがいない。

まあこのような人物——偏屈、かつ複雑な性格の主——が、いま私たちのそばにあらわれたのだ。その場の光景をまのあたりにすると、さすがにこの男も強いショックを受けたらしい。犬の一件もあり、死者とこの男とのあいだに、さまで深い心の結びつきがあったとも思えないのだが。

「なんてこった！　気の毒に！　なにかぼくにできることでもありますか？　お手伝いできることでも？」

「いっしょだったんですか？　なにがあったのか話してください」

「いえ、いえ、けさはちょっと遅くなりましてね。浜へはぜんぜん行ってません。学校からまっすぐここへきたんです。お手伝いしましょうか？」

「だったら、大急ぎでフルワースの駐在所へ行ってください。すぐにこのことを通報するんです」

返事も忘れて、マードックは全速力で駆けだしていった。スタックハーストは依然として目前の悲劇に呆然として、遺体のそばに立ちつくしているきりなので、私がかわって事態の収拾にあたった。

真っ先になすべきことは、言うまでもなく、下の浜にだれがいるかを確かめることだ。小道のてっぺんに立つと、海岸全体が一目で見わたせるが、広い海岸にはまったく人影がなく、ただ、はるか遠くを二、三の黒い人影が、フルワースの方角へと動いてゆくのみ。

この事実をしっかと見定めておいてから、私は慎重に小道をくだりにかかった。地面は白亜層に粘土や泥炭土がまじった土壌で、そこここに足跡が残っている。上りも下りもともに同一人物のもので、どうやらけさは、この道を通って浜へ降りていったものは、ほかにひとりもいないらしい。一カ所、指をひろげた手のひらの跡が見つかったが、指先が崖上のほうを向いているところを見ると、気の毒にマクファースンがのぼる途中でころび、ここで手をついたとしか思えない。ほかにも何カ所か、円《まる》いくぼみが残っていて、彼が一度ならずよろけて、膝をついたことを物語っている。

小道を降りきったところには、潮のひいたあとに残された、かなり大きな潟がひろがっている。マクファースンはそのそばで服を脱いだらしく、岩の上にタオルが置きっぱなしになっている。たたんだままで、濡れてもいないから、服は脱いだものの、結局、水にははいらなかったのだろう。かたく締まったその砂利浜を見てまわっているうちに、一、二度、小さな砂地に出くわしたが、そこには彼のカンバスシューズの跡のほか、裸足《はだし》の跡も見てとれた。だとすると、服も、靴も脱いで、水にはいる寸前まで行きながら、実際には、タオルの示すごとく、そうはしなかったということになる。

こうなってくると、問題の性質ははっきり限定されてくる。いまだかつて私も出あったためしのない、奇妙きてれつな謎。マクファースンが浜にいた時間は、せいぜい十五分というところだ。スタックハーストが〈ザ・ゲーブルズ〉からずっとあとを追ってきたのだから、この点に疑問の余地はない。泳ぐために浜へ降りて、服も、靴も脱いだ。これは裸足の足跡が示しているとおりだ。ところがなぜか、そのまま泳ぎもせず、あるいはすくなくとも、体を拭いもせず、脱いだばかりの服や靴をあわただしく身につけ——ずんざいな着かたで、ボタンを留めてもいないし、靴紐も解けたままだ——逃げるようにひきかえしてきた。

目的をにわかに変更したのは、言うまでもなく、あのように残忍、かつ非人間的な鞭打ちを受けたためだろう。痛めつけられて、苦痛のあまりくちびるを嚙み切り、余力をふりしぼって這いずりつつ逃げはしたものの、ついに力尽きて、倒れた。いったい何者がかくも非道な暴虐《ぼうぎゃく》を働いたのか。いかにも、崖のふもとには小さな岩屋や洞穴がいくつかあることはあるが、まだ低い位置にある太陽が、それらの内部にまでまっすぐさしこんでいるので、そこに身を隠すのはむずかしい。では、はるか遠くの浜に見える人影は？　それらとこちらの犯罪とを結びつけるには、あまりに距離が離れすぎているし、だいいち、マクファースンがそこで泳ごうとしていた大きな潟の水が、崖下までひたひたと打ち寄せて、向こうとこちらとをへだてている。海上には、程遠からぬところに、二、三艘の漁船も見てとれるが、こちらはそのうちひまを見て、乗員たちにあたってみるとしよう。それやこれや、調査を進めるべき点はいくつかなくはないのだが、さて、これこそ有望だと思える線はまったくない。

やがてようやく遺体のそばにもどったときには、早くも野次馬が周囲に集まり、小さな人垣ができていた。むろんスタックハーストもまだそこにいたし、イアン・マードックも、ちょうど村の駐在のアンダースン巡査を連れてもどってきたところだった。巡査は大柄、赤い口髭《くちひげ》をたくわえ、頑丈で、のっそりした、いかにもサセックス人らしい風貌の男だ——といっても、そこはお国柄、鈍重にも見える寡黙な外見の下には、思いがけない物分かりのよさが隠されている。ひととおり話を聞いて、私たちの言ったことを逐一書きとめると、やおら私を脇へひっぱっていった。

「ホームズさん、なんとかお知恵を拝借できませんか。わたしには荷の勝ちすぎる仕事のようだし、かといってへまをやらかせば、ルーイスの本署のほうから油を絞られますしね」

そこで私は、ただちに直属の上司と医者と、双方を呼びにやるように助言した。さらに、彼らが到着するまでは、なにひとつ動かさぬように留意すること、できるだけ新たな足跡をつけないように気を配ること、などの点を注意したうえで、待ち時間を利用して、死者のポケットを検《あらた》めてみた。ハンカチが一枚に、大型のナイフ一梃、二つ折りにした小型の名刺入れなどが出てきたが、この名刺入れから小さな紙片がのぞいているのを見つけて、それをひろげてみてから、巡査に手わたした。

走り書きの女文字で、〝きっとまいります、必ず——モーディー〟とある。

日時も場所も不明だが、どうやら恋人同士の約束のようだ。巡査はこの紙片を名刺入れに入れなおすと、ほかの品といっしょに、バーバリーのポケットにもどした。ここではもうこれ以上、参考になりそうなこともないので、まずなによりも先に崖下の浜を徹底的に捜索させるよう手配したうえで、私は朝食をとりにわが家へもどった。

一時間か二時間ほどして、スタックハーストが立ち寄り、遺体が〈ザ・ゲーブルズ〉に運ばれたこと、検死審問もそこで行なわれることを教えてくれた。それ以外にも、いくつか重要かつ決定的なニュースが彼の口から伝えられたが、それによると、やはり崖下の一連の小洞窟からは、これというものはなにひとつ発見されなかったが、それとはべつに、マクファースンの居室のデスクを調べたところ、フルワースのモード・ベラミーとかいう娘と、親密な交際があったことを示す手紙数通が出てきたという。これで、例の名刺入れにあった伝言の書き手が特定されたわけだ。

「手紙はぜんぶ警察が押収していったから、ここできみに見せることはできないが、まじめな恋愛関係だったことはまちがいない。もっとも、それがこのたびのおそるべき出来事と関係があるとも思えないんだが――その娘さんが、どこかでマクファースンと会う約束をしていたことは事実にしても」

「約束していたにしても、あの潟で会うことなんか、まずないだろう――あそこはだれもが泳ぎにいくところなんだから」私は見解を述べた。

「それどころか、けさマクファースンが何人かの学生といっしょに行かなかったのは、たんなる偶然にすぎないんだ」と、スタックハーストが言う。

「たんなる偶然――ほんとにそうだったのか？」

スタックハーストは思案げに眉根《まゆね》を寄せた。

「イアン・マードックが学生たちをひきとめたんだよ。朝食前になって、急になにかの代数学の演習をするんだと言い張ってね。気の毒に、いまはそのことですっかりまいってるよ」

「しかし、ぼくの知るかぎりでは、あのふたり、仲はあまりよくなかったんだろう？」

「それはひところの話さ。ここ一年ばかりは、ほかのだれよりもマクファースンと親しくしていた。本来、そうだれにでも胸襟《きょうきん》をひらくといったたちじゃないんだがね」

「そのことは知ってる。たしか以前、犬をひどい目にあわせたとかで、そのことでふたりのあいだに確執があったと聞いた覚えがあるんだが」

「ああ。そのことなら、もうすっかりかたがついたんだ」

「しかし、多少の悪感情は残ったんじゃないのか？」

「いやいや、完全に仲直りしたのはまちがいない」

「なるほど。そういうことなら、問題の娘さんだが、そっちのほうを調べてみる必要がありそうだな。きみは知ってるのかね、その娘さんを？」

「だれだって知っているよ。近在では並ぶもののない美人だ――いや、ほんとうに、だれもが認める美人なんだ、ホームズ。どこに行っても、注目の的になる。マクファースンがあの娘に気があるのは知っていたが、まさか、ああした手紙からうかがわれるほど、深い仲にまで進んでいるとは思いもよらなかった」

「いったいどういう女性なんだ？」

「トム・ベラミー親父の娘だよ。フルワースの海岸の貸しボートだの脱衣小屋だの、その種のものは、ぜんぶあの親父の所有だ。もとは漁師だったんだが、たたきあげで、いまじゃちょっとした資産家になってる。せがれのウィリアムという若いのと、共同で事業をやっているようだ」

「これからフルワースまで出向いて、その一家に会ってみようじゃないか」

「どういう口実で？」

「なに、口実なんか、なんとでもつけられるさ。なんてったって、あの気の毒な青年は、自分で自分の背中にあんなむごい折檻《せっかん》を加えたわけじゃない。あれがまちがいなく鞭によってつけられた傷であるかぎり、必ずや何者かの手がその鞭をふるったにちがいないんだ。こういうへんぴな土地柄だから、交友関係もおのずと限られてくる。そのへんを片っ端から洗っていけば、きっと犯行の動機にぶつかるはずだし、動機がわかれば、そこから犯人をたぐっていける」

朝がたあのような悲劇をまのあたりにして、胸ふたがる思いさえしていなければ、香草《タイム》の香りにつつまれて〈ダウンズ〉を横切ってゆくそのひとときは、さぞかし心地よい散策になっていたことだろう。フルワースの村は、半円形に海をかこんだ入り江の奥にあり、古風な小村落を見おろす小高い地点に、幾棟かの当世ふうの家が建っていて、スタックハーストが私を案内したのは、そのうちの一軒だった。

「あそこだ。ベラミー本人は、〈港の安息所《ザ・ヘイヴン》〉とか称しているがね。隅に塔のある、スレート葺《ぶ》きの屋根の家。裸一貫からたたきあげた男にしちゃ、悪くはない趣――おや、驚いたな、見たまえ、あれを！」

〈ザ・ヘイヴン〉の庭木戸がひらいて、ひとりの男があらわれたのだ。長身で、骨ばった体つき、ぎくしゃくした動き、見まごうべくもない。数学教師のイアン・マードック。すぐに私たちは路上で彼と鉢合わせするかたちになった。

「やあ！」スタックハーストが声をかけた。

先方は軽く会釈しただけで、黒い目でうかがうようにちらりとこちらを見て、そのまま行き過ぎようとする。だが校長がそれをひきとめた。

「あの家になんの用があったのかね？」

マードックの顔がむっとしたように紅潮した。「ぼくはたしかに学校のなかでこそ、あなたに使われている身です。ですが、私行上のことまで、いちいち報告しなきゃならない筋合いはない」

いままで忍耐に忍耐を重ねてきて、スタックハーストの神経は爆発寸前に達していた。それさえなければ、もうちょっと辛抱していただろうが、ここでついに堪忍袋の緒が切れた。

「こういうときだというのに、きみのその返事、不遜に過ぎるぞ、マードック君」

「あなたのご質問こそ、そう呼んでさしつかえないんじゃありませんか？」

「これまでは大目に見てきたが、きみが反抗的な態度をとるのはこれがはじめてじゃない。とはいえそれも、きょうかぎりだ。一日も早く、つぎの勤め口を探してもらおうじゃないか」

「こっちはとっくにそのつもりでいましたよ。これまでなんとか〈ザ・ゲーブルズ〉を住むに堪えるところにしてくれていた唯一の友、それをきょうという きょう、失ってしまったんですから」

言ってのけるなり、マードックは立ち去っていった。その後ろ姿を、スタックハーストはその場に立ちつくしたまま、怒りに燃える目で見送り、「なんて傲慢な、鼻持ちならんやつなんだ」と、聞こえよがしに吐き捨てた。

ここで私が否応なしに印象づけられたのは、イアン・マードック氏が最初に訪れた機会をとらえて、まんまと犯罪現場から逃げだそうとしているということだった。もやもやとした疑念が、徐々に心のなかで形をとりはじめていた。これでベラミー家を訪ねてみれば、さらにいくばくかの光明がこの謎に投げかけられるかもしれない。スタックハーストも気をとりなおし、私たちはそのままめざす家へと向かった。

ベラミー親父というのは、燃えるように赤いあごひげをたくわえた中年の男だったが、どうしたわけか、ひどく機嫌が悪く、おまけにその顔面までが、たちまちひげに劣らぬくらいに真っ赤に染まった。

「うんにゃ、詳しい経緯なんか、なんも聞きたくねえです。ここにいるせがれなんかも――」と、居間の隅にいる頑丈な、いかにも鈍重そうな仏頂面の若者をゆびさして、「――マクファースンさんがモードに目をつけて、なにやかや言ってきなさるのは、わしらを見くだしてるってことだ、そう言ってますがね。わしもおんなじ気持ちでさあ。だってそうでしょうが。〝結婚〟なんてことはおくびにも出さねえで、そのくせ付け文をよこしたり、こそこそ逢い引きしたり。これじゃこっちだって、とうてい承服できませんや。娘は母親を亡くしてるし、わしらだけなんです、娘を護ってやれるのは。だからわしらとしちゃ、ぜったいに――」

だがここで、親父の言葉がとぎれた。当の娘が姿を見せたからだ。この女性がひとたび姿を見せれば、どんな席にもいっそうの光彩が加わるだろうことは否定できまい。このような類《たぐい》まれなる名花が、かかる環境の、かかる根っこから咲きいでようとは、だれが想像しえようか。私はつねに感情よりも理性の勝った人間だから、女性に心をひかれたためしなどめったにないが、その私でさえ、眼前の娘のくっきりととのった目鼻だちや、〈ダウンズ〉育ち特有の、えもいわれぬ肌理《きめ》細かな柔肌、そこからにおいたつ、ふんわりとして新鮮な印象に触れれば、若い男ならこの女性に出あって、まるきり心を動かさずにいることなどありえまい、とひとりうなずきたくなってくる。そのような女性が、いまドアを押しあけて姿をあらわし、目を大きくみはって、一途《いちず》な表情でハロルド・スタックハーストの前に立っているのだった。

「フィッツロイの亡くなったことでしたら、もう存じております」そう彼女は言った。「どうかお案じなく、詳しい経緯をお聞かせください」

「さっきもべつの紳士が訪ねてきて、そのことを知らせていきよったでな」と、父親が口をはさんだ。

「なにもそんな騒ぎにうちの妹がひっぱりこまれるいわれなんか、ねえんだ」息子のほうがうなるように言った。

娘はきっとなって兄を睨《にら》みつけた。「兄さんの知ったことじゃないわ。わたしだって、自分の身の始末ぐらい、どうにでもつけられますから、ほっといてちょうだい。だれがなんと言おうと、人ひとりが殺されたことは事実なんですから。わたしの手で犯人探しのお手伝いでもできれば、せめて、亡くなったかたへの手向《たむ》けにもなるでしょう」

私の連れの簡略な説明に、彼女はじっと耳を傾けたが、その落ち着いた、真摯《しんし》なようすから察するに、美しいだけでなく、よほどしっかりした女性と見える。おそらくこのモード・ベラミーこそは、私の知るもっとも完璧な、もっとも非凡な女性として、末永く記憶に残ることだろう。どうやら私を見知ってもいるらしく、話を聞きおわるや、こちらに向きなおった。

「どうかホームズ様、犯人たちを法に照らして罰してやってくださいませ。たとえどういう犯人であれ、わたしはどこまでもあなたさまにお味方し、お力添えさせていただきます」そう言いながら、ちらりと父と兄に向けたまなざしには、こころなしか挑戦の色があるようにもうかがわれた。

「ありがとう」私は答えた。「こういう問題では、女性の直感というのをぼくは高く買っています。いまきみは〝犯人たち〟と言ったけど、犯行には複数の人間がかかわっている、そう考えるわけですか?」

「マクファースンさんのことなら、わたし、よく知っています。勇敢で、強いひとでした。あのひとにそんなむごい仕打ちをするなんて、ひとりではとてもできるものじゃありません」

「できればお嬢さんとふたりだけで話させてもらえませんか」

「おいモード、つまらんことにかかりあうんじゃねえぞ」父親が腹だたしげに叫んだ。

娘は困ったように私を見た。「どんなお話でしょうか」

「どうせ世間にはじきに知れてしまうことだから、この場で話したところでかまわないようなものですがね」私は言った。「ぼくとしては内密に話したかったんだが、おとうさんがいかんと言われるのなら、じゃあおとうさんにも他言は無用ということで、聞いてもらいましょう」と、ここで死者のポケットから出てきた手紙のことを話した。「あれは当然、検死審問の場にも持ちだされるはずだ。ついてはあれについて、ここでいくらか説明してもらうわけにはいきませんか？」

「べつに隠すことでもございませんわ」彼女は答えた。「わたしたち、婚約していました。いままで秘密にしていたのは、フィッツロイの伯父さんに、もうずいぶんのお年で、先もあまり長くないというかたがいらして、その伯父さんの気に入らない結婚をすると、フィッツロイに遺されるはずの遺産が止められてしまうおそれがあるからと、それだけの理由でした。べつに他意あってのことじゃありませんの」

「そんならそうと、早く言えばいいものをよ」と、ベラミー親父が不服そうに言った。

「おとうさんさえ、もっと話のわかるひとだったら、わたしだってとっくにそうしてたわ」

「わしはな、身分ちがいの男に娘をくれてやりたかなかっただけなんだ」

「そういうふうに、頭からあのひとに偏見を持ってるから、できる話もできなかったのよ。その約束のことなら——」と、ここで彼女はドレスのふところをさぐって、くしゃくしゃになった一通の手紙をとりだした。「——あれはこれへの返事なんです」

いとしいひとへ。火曜日の日没直後に、浜のいつもの場所で。その時間しか、ぼくは出られない。

F・M・

「きょうがその火曜日です。今晩、会えるはずでしたのに」

私はその手紙をひっくりかえしてみた。「郵便できたものじゃないですね。どうやって届けられたんですか？」

「そのおたずねにはお答えいたしかねます。いまお調べの問題とは、ぜんぜんかかわりのないことですから、ほんとに。関係のあることでしたら、どんなことでもお答えしますけど」

その言葉のとおり、彼女はどんな質問にも答えてくれたが、これといって捜査に役だつような情報は出てこなかった。婚約者に隠れた敵がいたと思われるふしはない、そうも言ったが、それでも、自分に熱い思いを寄せてくる男が、ほかにも何人かいたことは認めた。

「無躾《ぶしつけ》ですが、たとえばイアン・マードック君なんかも、そのひとりですか？」

彼女は顔を赤らめて、困惑したようすになった。

「そんなふうに思ったことも一時はあったんですけど、でも、フィッツロイとの仲を知ってからは、そういうそぶりはまるきり見せなくなりました」

ここでまたしてもあの偏屈なマードックという男をとりまく影が、私の胸のなかで、より明確な形をとりはじめた。ここはやはり、いちおうあの男の経歴を洗ってみるべきだろう。居室もひそかに捜索してみねばなるまい。スタックハーストの心中にも、すでに同様の疑惑が湧きでてきていたと見え、喜んで協力を約束してくれた。〈ザ・ヘイヴン〉を出て、帰路につきながら、すでにして私たちは、〝もつれた綛糸《かせいと》(1)〟からはみでた一筋の糸の端だけはつかんだ、そんな気持ちで、希望に胸をふくらませていた。

一週間が過ぎた。検死審問でも、新たな光明が見えるどころか、謎は深まるばかりで、新証拠が出てくるまで、審問は一時延期となった。スタックハーストは慎重に数学教師の身辺を調査し、その居室もざっと捜索したのだが、これという結果は得られなかった。私自身もまた、事件の経過をいま一度、物心両面からおさらいしてみたが、新たな結論をひきだすにはいたらなかった。これまでの私の事件簿を残らずひっくりかえしてみても、読者はこの私がかくも完全に行き詰まり、自分の力の限界を思い知らされた例というのを、ほかに見いだすことはできないだろう。得意の想像力すら錆びついてしまったのか、いくら知恵を絞ってみても、謎の答えはいっこうに出てこない。ところが、そんな矢先に持ちあがった事件、それが犬の一件だった。

はじめにそれを聞きこんできたのは、わが家の年とった家政婦だった。どういうものか、こういう田舎には、なにか不思議な無線電信システムがあって、それを通じてひとびとはニュースを交換するらしい。

「かわいそうな話ですよ、旦那様。いえ、マクファースンさんの犬のことですけどね」と、ある晩、彼女が言った。

普段なら、この種のうわさ話にはあまり熱心に耳を傾けるほうではないのだが、このときばかりは、その言葉が心に残った。

「マクファースンの犬がどうかしたのかね？」

「死んだんですよ。ご主人の死を悲しんで、嘆《なげ》き死《じ》にに死んだんだとか」

「だれから聞いたんだ？」

「だれって、その話でみんなもちきりですよ。すっかり打ちしおれて、あれから一週間、なんにも食べなかったそうです。それがきょうになって、浜で死んでるのを学生さんたちふたりが見つけたんだとか。それもね、旦那様、ご主人の亡くなったのと、まるきりおなじ場所だったんですって」

「まるきりおなじ場所」意識の底から、その言葉がくっきり浮かびあがってきた。漠然とながら、これが大事なことだという認識が、むくむく頭をもたげてくる。犬には主人に殉《じゅん》ずるというるわしくもけなげな気質があるから、マクファースンの犬も、きっと主人のあとを追って死んだのだろう。だがそれにしても、〝まるきりおなじ場所〟でとは！　なにゆえにあの物寂しい浜辺が、その犬の死に場所とならねばならなかったのか。まさか、犬まで血祭りにあげるほどの、なにか執念ぶかい遺恨でもからんでいるのでは？　それともまた――？　そう、たしかにその直観はまだ漠然としてはいるが、早くもなにかが心のなかでかたまりかけている。
二、三分とたたぬうちに、私は〈ザ・ゲーブルズ〉にむかって急いでいた。スタックハーストは書斎にいて、私のもとめに応じ、犬を発見したというふたりの学生、サドベリーとブラントを呼びにやってくれた。

「ええ、そうです、潟のすぐ水ぎわに倒れていました」ひとりが言った。「きっと、死んだ主人の臭跡を追っていったんだと思います」

私はその主人思いの犬を見せてもらった。エアデールテリアで、ホールのマットの上に寝かされていたが、体はすでにかたく硬直して、目はとびだし、四肢はねじまがっている。どこを見ても、凄惨な苦悶《くもん》の跡は明らかだ。

〈ザ・ゲーブルズ〉からの帰りがけ、私は現場の潟へ降りていってみた。すでに太陽は沈み、巨大な断崖の影が、黒く水面をおおって、それを一枚の鉛板のように鈍く光らせている。あたりに人影は見あたらず、生き物の気配といっては、頭上の空を鳴きながら旋回している二羽の海鳥のみ。光は薄れかけているが、それでも、亡き主人のタオルが置かれていた、まさにその岩の周囲の砂地に、犬の小さな足跡がかろうじて認められる。

長いこと私はそこに立ちつくし、濃くなりまさる影のなか、深く思案にふけっていた。頭のなかには、さまざまな想念がうずまいている。読者諸氏にもたぶん経験がおありだろうが、夢のなかで、なにか非常に大事なものを探していて、それがすぐ目の前にあることもわかっているのに、手をのばすつど、するり、するりと逃げられてしまう、そのじれったさ。そのときその死の浜にひとり立ちつくして、私の味わっていたのが、まさにその感覚だった。ややあって、ようやくあきらめた私は、踵《きびす》を返し、とぼとぼと帰路についたのだった。

ふいにそれが頭にひらめいたのは、急な崖の小道をのぼりきったときだった。一瞬の閃光にも似て、それまで必死に追いもとめながら、むなしく裏切られつづけてきたその答えが、私を刺しつらぬいたのだ。

諸賢もご承知のとおり——すくなくともワトスンは、何度となくそれを得々として書いてきたはずだが——私という人間は、およそありとあらゆる風変わりな知識を山ほどたくわえていて、それらは科学的な体系こそ持たないものの、仕事のうえでは、ときに必要に応じて、すこぶる役に立ってくれる。いってみれば私の頭は、種々の荷物をごたごたと詰めこんだトランクルームのようなもので、あまりに収納物が多いため、それらひとつひとつがどこにあるか、私自身も漠然としか覚えがないのだが、その雑多な山のどこかに、今回の事件と関連していそうななにかがあると、それがいま、ぴんときたのだ。その実体は、依然としておぼろげなままだが、すくなくとも、いかにすればそれを明確につかまえられるかはわかった。およそ信じがたい、途方もない事実ではあるが、可能性だけなら、つねに存在する。それを納得のいくまでたどってみるとしよう。

わがささやかなる陋屋《ろうおく》には、そんな家には不似合いな大きな屋根裏部屋があり、書物がぎっしり詰まっている。私はこの屋根裏にとびこむなり、一時間の余もあちこちかきまわしたあげく、一冊のチョコレート色と銀色の装幀をほどこした小冊子を手にしてそこを出ると、おぼろげな記憶を頼りに、せかせかとある章をめくった。そう、まことに突拍子もない、ありそうもない命題ではあるが、はたしてそれがそのとおりであるかどうかを確かめてしまうまでは、とてもじっとしてはいられない。寝についたのはかなり遅くなってからだったが、そのときには、翌日さっそくにもとりかかるべき仕事が待ち遠しくてならなかった。

ところがこの仕事には、迷惑このうえない邪魔がはいった。早朝のお茶も飲むや飲まずで、すぐにも浜へ出かけようとしている矢先に、サセックス州警察のバードル警部の来訪を受けたのだ。警部はがっしりした、牛のようなタイプの男だが、目は思慮ぶかげで、その目がいま、どうにも弱りはてたといった表情をたたえて私を見た。

「あなたのすばらしい業績のほどは、よく存じあげています。もとよりこの訪問は非公式のもので、話はここだけのものとお含みおきください。それにしても、マクファースン事件には困りぬいています。問題は、逮捕すべきかどうかということなんですが」

「というと、イアン・マードック君を、ですか？」

「そうです。どう考えても、あの男以外に、これと目すべき人物はおりません。その点だけは、こういうへんぴな土地の強みですな。容易に容疑者の範囲がせばめられますから。あの男がやったのでないのなら、ほかにだれがおりましょう」

「証拠がありますか？」

聞けばこの警部殿も、私とおなじ畝《うね》づたいに、落ち穂拾いをしてきたようだった。そもそものマードックの性格。彼をとりまく謎めいた影。犬の一件にも見られる激しい癇癖《かんぺき》。過去にマクファースンと不仲だった事実。マクファースンがベラミー嬢に心を寄せるのを、快く思っていなかったと受け取れるふしもあること。ことごとく私の考えた線と一致しているが、これといって、新しい観点は見あたらない。私が知らなかったのは、マードックがすでにこの土地を離れるべく、あれこれ手配をしているらしいという事実だけだった。

「これだけ証拠がそろってるというのに、みすみすやっこさんに逃げられでもしたら、わたしの立場はなくなりますよ」このたくましく、落ち着いた警部殿も、内心ではかなり気をもんでいるらしい。

「しかしねえ、まあ考えてもごらんなさい」私は言った。「それだけじゃ、肝心な点が穴だらけですよ。そもそも彼には当日の朝、りっぱなアリバイがあります。出かける寸前まで、学生たちといっしょにいたんだし、マクファースンが崖からあがってきた二、三分後には、学校のほうからわれわれふたりに追いついてきた。それにね、忘れちゃならないのは、単独であれだけのすさまじい暴力を、体力ではほとんど差のない相手に加えるのは無理だということ。最後にもうひとつ、あれだけの傷を与えた凶器はいったいなんなのか、この問題もありますね」

「なにかと言われても、しなやかな鞭のようなもの、そうとしか考えられんでしょう?」

「傷跡をよく調べてみましたか?」

「見ましたよ。医者も調べました」

「ぼくはね、拡大鏡を使って仔細に調べたんです。いくつか特異な点が見つかりました」

「というと、どんな点です、ホームズさん?」

私はデスクに歩み寄り、一葉の拡大写真をとりだした。「こういう場合にぼくが使うのが、このてのものです」

「なるほど。たしかに何事も徹底してやられるんですな、ホームズさん」

「だからこそ、今日《こんにち》のぼくがあるようなものです。さて、このみみず腫れ、この右肩までまわりこんでいるやつですが、これを見てみましょう。なにか目につくことはありませんか?」

「いや、あいにくと」

「加えられた力が一定していないこと、これがはっきりしています。ほら、ここに内出血の跡が斑点《はんてん》になって残っていますし、おなじものがこっちにもあります。この下のところにあるみみず腫れ、これにも同様の特徴が見られます。これはなにを意味するものでしょうか」

「とんと見当もつきませんな。ホームズさんにはおわかりなんですか?」

「まあわかっているつもりですが、あるいはまちがっているかもしれない。その点はまもなくお答えできると思いますがね。この傷がなにによってつけられたか、その点が多少なりともはっきりすれば、そこから犯人には遠からずたどりつけるでしょう」

「いや、これはもちろんばかげた考えなんですが」と、警部は言った。「たとえば、真っ赤に焼けた金網ですな、それを背中に押しあてたとしたら、金網の交差する部分は跡が深く残り、それがこのような傷になるかもしれません」

「なかなか卓抜なたとえですね。でなければ、紐にかたい結びこぶのたくさんついた、非常に強靭《きょうじん》な〝九尾の猫鞭(2)〟とかね」

「あっ、そうか! そうだ、それにちがいありませんよ、ホームズさん」

「いやいや、それとはまったく異なる原因だって考えられます。いずれにしてもね、バードル警部さん、逮捕まで持ってゆくのには、あなたの説ではまだまだ根拠が薄弱すぎる。のみならず、故人のいまわのきわの言葉という問題もある――〝ライオンのたてがみ《ライオンズ・メーン》〟という、あれです」

「ひょっとするとあれは、〝イアンなんとか〟と言おうとしたんじゃ――」

「そう、それはぼくも考えましたよ。二語めが〝マードック〟に多少でも発音が似ていれば、それも考えられなくはないんですが、あいにくそうじゃない。ほとんど叫ぶような声でしたからね。〝たてがみ《メーン》〟だったことはまちがいありません」

「ほかに解釈のしようはないんでしょうか、ホームズさん」

「あるとは思いますがね。しかし、それをとりあげて論ずるだけのもうすこし確かな根拠、それが出てくるまでは、まだその点に触れたくはありません」

「では、いつになったらそれがはっきりしますか？」

「あと一時間か――ことによると、もっと早いかも」

　警部はあごをなでながら、あやぶむように私を見た。

「なにを念頭に置いておられるのか、それがわかりさえしたらねえ。ひょっとして、沖にいた漁船のことをお考えなのでは？」

「いやいや、あれはいくらなんでも遠すぎますよ」

「じゃあ、ベラミーと、やつのせがれですか？　せがれはでかくて、力も強そうだし、だいいちあの親子、マクファースン氏に好感情を持っていなかった。あいつらが彼に危害を加えたのだとは考えられませんか？」

「いや、だめ、だめ。いざというときがくるまでは、いかに鎌をかけられても、口はひらきませんよ」私は軽く笑いながら言った。「さてと、警部さん、おたがい忙しい体です。昼ごろにまた出なおしてきてくだされば――」

ここまで言いかけたとき、驚くべき邪魔がはいった。そして、とりもなおさずそれが、同時に、終わりの始まりでもあった。

玄関のドアがばたんとひらいて、廊下に乱れた足音がし、ほかでもないイアン・マードックそのひとが、よろよろと部屋にころがりこんできたのだ。顔面は蒼白、髪はざんばら、着衣は乱れ、骨ばった手ですがるように家具をつかんで体を支えながら、「ブランデー！　ブランデーを！」と、あえぎあえぎ言うなり、そのままうめきつつソファに倒れこんだ。

ひとりではなかった。すぐ後ろにスタックハーストがつづいている。帽子もかぶらず、息を切らせて、こちらも連れに劣らず錯乱したようすだ。

「そうだ、早く、ブランデーを！」と、叫ぶように言う。「虫の息だったんだ。ここまで連れてくるのがやっとだった。途中で二度も気を失った」

生《き》のブランデーをタンブラーに半分ほどあおるや、とたんにマードックのようすが一変した。片腕をついて半身を起こすなり、肩にはおっていたコートをはねのけて、「後生だ、なんとかしてくれ！」と、声を絞りだす。「頼む、油を塗るか、阿片か、モルヒネでも！　この地獄の責め苦をやわらげてくれるものなら、なんだっていい！」

一目見て、警部も私も思わずあっと叫んだ。むきだしになったその肩一面に、縦横に走る無残な傷跡、それこそまさにフィッツロイ・マクファースンの死の極印となったあれとおなじ、あの真っ赤に腫れあがった奇々怪々な網目模様だったのだ。

苦痛がすさまじいものであることは明らかだったし、それも局部的な痛みではない。ときには呼吸さえ止まりそうになって、顔が紫色になるかと思えば、ああっとあえいで、ひたいから玉の汗を噴きだしながら、胸をかきむしる。いまにもこのまま悶死してしまうのではないかと危惧《きぐ》されて、夢中でブランデーをつぎからつぎへ喉に流しこんでやると、ようやく一口ごとにわずかずつながら生気がよみがえってくる気配。サラダ油を脱脂綿にしませて、その奇怪な傷にあてがってやると、多少は痛みがやわらぐらしく、まもなく頭をぐったりとクッションに落とし、昏睡《こんすい》に陥った。消耗しきった体力が、おのずと眠りという最後の生命力の源泉に安らぎをもとめたのだ。眠りというよりも、なかばは失神しているのに近いが、それでもすくなくとも、苦痛からの解放ではある。

本人から事情を聞くのはとうてい無理だったが、どうにか一命はとりとめたらしいと見てとって、スタックハーストはほっと一息つくなり、その場で私をかえりみた。

「やれやれ！　なんなんだ、これはいったい、ホームズ！　なににやられたんだ？」

「見つけたのは、どこでだった？」

「浜だ。気の毒なマクファースンがやられた、あれとまったくおなじ場所だった。マクファースンみたいに心臓が弱かったら、この男も、とうていここまでは保《も》たなかったろう。連れてくる途中でも、何度、もうだめだとあきらめかけたことか。〈ザ・ゲーブルズ〉までは遠すぎるから、ひとまずここへ連れてきたんだが」

「浜にいるところを見たのかね？」

「崖の上をぶらぶら歩いてたら、叫び声が聞こえたんだ。水ぎわにいて、酔っぱらったようにふらふらしている。駆けおりていって、とりあえず服を着せかけると、支えてここまであがってきた。後生だ、ホームズ、きみのありったけの知力を総動員して、この土地にかけられた呪いを取り払ってくれ。もはや、毎日が堪えられないものになりつつある。どうなんだ、きみの世界的な名声をもってしても、われわれのためになんの手も打つことはできないのか？」

「いや、なんとかできるつもりだよ、スタックハースト。そんなら、ついてきたまえ！　それから警部さん、きみもいっしょにくるといい！　なんとかこの殺人者をきみの手に引き渡せないものか、やってみようじゃないですか」

昏睡状態にあるマードックの世話はわが家の家政婦にまかせ、われわれ三人は打ち連れて、おそるべき怪異を秘めた潟へと降りていった。砂利の上に残されて、小さな山になっているのは、かの被害者の衣類やタオルだ。私は水ぎわにそってゆっくりと歩きまわり、ほかのふたりも、縦一列でついてきた。潟の大半はごく浅かったが、崖の真下の、岩が大きくえぐれこんでいる箇所は、ほぼ四、五フィートの深さがあり、泳ごうとするものは、当然のように、ここをめざす。水晶のように透明な、美しく澄んだ碧緑の水をたたえて、天然のプールのようになっているからだ。そこを見おろす崖の基部には、ごろごろした岩が並んでいるので、私は先に立ってその岩づたいに跳び移りながら、足もとの深みに目を凝らした。潟のうちでも、もっとも深く、もっとも静かな淀《よど》みまできたとき、ついに探しもとめていたものが目にとびこんできた。私は思わず会心の叫びを発していた。

「キュアネアだ！　キュアネアだ！　見たまえ、これこそが〝ライオンのたてがみ《ライオンズ・メーン》〟の正体だよ！」

私のゆびさしたのは、まさしくライオンのたてがみをむしりとったとしか思えない、もつれた毛のかたまりに似た異様な物体だった。水面下三フィートばかりの岩棚に横たわり、奇妙にゆらゆら揺れたり、ぷるぷるふるえたりしている。黄色い房に、銀色の筋のまじった、毛むくじゃらなもの。それは息づいていた。ゆっくりと、重々しく、ふくらんだり、縮んだりと、搏《はく》動《どう》をくりかえしている。

「こいつだよ、いままでさんざんわるさをしてきたのが。だが、それももう終わりだ！」私は叫んだ。「さあ、手を貸してくれ、スタックハースト！　これかぎり、この殺人者めの息の根を止めてくれよう」

岩棚のちょうど真上に、大きな丸石がひとつあったので、三人で力を合わせてそれを押し、水中にころがし落とした。すさまじい水しぶきがあがった。波紋が静まってみると、石はまちがいなく岩棚にのっていて、そのふちの下から、黄色い膜状のものがひらひらのぞいている。どうやら敵が石の下敷きになっているのは確かなようだ。ややあって、その石の下から、なにやらどろりとした、油じみた青みどろのようなものがにじみでて、周囲の水を濁らせつつ、ゆっくりと水面まで浮いてきた。

「ひゃあ、こりゃ驚いた！」警部が声をあげた。「いったいなんなんです、これは、ホームズさん？　わたしは生まれも育ちもこの土地のものですが、こんな生き物、いままでこんりんざい見たことがない。どう考えても、このサセックス根生《ねお》いのものじゃないですな」

「根生いでないのは、むしろさいわいでしたよ、サセックスのためには」私は言った。「おそらく、こないだ吹いた南西の強風、あれに吹き寄せられてきたんでしょう。それではお二方、ぼくのうちまでもどりましょうか。おそるべき体験談を聞かせてさしあげます。こいつと同類の海の魔物にやられかけて、終生それを忘れられなかった人物の記録です」


わが家の書斎にもどってみると、マードックはすでにだいぶ回復して、起きあがれるまでになっていた。頭はまだぼうっとしているし、ときおり発作的な激痛に身をふるわせることもあったが、とぎれとぎれに語るところによると、いったい自分の身になにがあったのか、まったく見当もつかない。いきなり突き刺すようなすさまじい痛みが全身に走り、気力をふりしぼって浜に這いあがるのがせいいっぱいだったという。

「ここに一冊の本があるんだが」と、私は例の小冊子を手にとりながら言った。「この本こそが、ことによると永遠の謎に終わったかもしれない今回の事件に、はじめて光明をもたらしてくれたものなんです。著名な博物学者にして聖職者でもあるJ・G・ウッド師(3)の、『野外生活』という本ですがね。ウッド師自身、かの忌《い》まわしい怪物に遭遇して、あやうく命を落としかけた経験があり、その体験をこの本に詳しく書くことができた。この魔物、正式名はキュアネア・カピラータ[4]。こいつにやられると、生命に危険があるという点では、コブラに噛まれるのに匹敵し、そのうえ苦痛はコブラ毒のそれをはるかにうわまわる。ちょっと要点を読んでみましょうか」

　海水浴のとき、水中でもし淡褐色のひらひらした薄膜と、細い糸状の組織とから成る不定形の丸みを帯びた物体――一見、ライオンのたてがみと銀紙とをひとかたまり、無造作《むぞうさ》に寄せ集めて丸めたかに見える物体――を認めたときには、じゅうぶんな警戒が必要である。これこそは、かのおそるべき毒針をそなえたキュアネア・カピラータにほかならないからである。

「どうです、さっきお近づきになったあの無気味なやつ、あれをじつに明確に描写してるじゃないですか。
　これにつづけて著者は、ケント州の沖合で遊泳ちゅう、こいつに遭遇したときの体験を語っていますが、それによると、この魔物は、ほとんど目に見えない蜘蛛の糸のようなものを放射していて、その長さはときとして五十フィートにも及び、その範囲内にはいれば、だれでも刺されて死ぬ危険があるそうです。ウッドはかなり離れた距離にいたにもかかわらず、あやうく死ぬほどの目にあったとか」

このおびただしい繊維状組織が皮膚に触れると、そこに無数の緋色の線条が生じるが、これを仔細に観察すると、それぞれが微細な点、もしくは膿疱《プステル》の連続であることがわかる。この小膿疱のひとつひとつが、いわば赤熱した針のごとくに全神経を刺激し、堪えがたい疼痛《とうつう》をもたらすのである。

「ところが、こうした局部的な痛みは、著者の説明によると、そのとき経験した途方もない苦痛のうちでは、もっとも些細なものだそうでしてね」

刺すような痛みが全身をつらぬき、私は銃弾に撃たれたように倒れた。何度か鼓動も止まりかけ、心臓は六、七度、ぴくっ、ぴくっと大きくはねあがって、その勢いで胸からとびだしてしまいそうに感じられた。

「彼はあやうく命を落とすところだった。こいつに遭遇したのは、狭い潟のなかの穏やかな水中ではなく、波の荒い海上で、ほんのわずかかすっただけだったにもかかわらず。あとで見ると、顔は蒼白、皺《しわ》だらけで、しなびていて、とても自分の顔とは思えなかったとか。とりあえずブランデーをがぶ飲みして、まるまる一本もあけてしまったのがさいわいして、どうにか一命をとりとめた、と。そら、警部さん、この本をお預けしますから、これを見れば、気の毒なマクファースンの遭遇した悲劇の一部始終、それが余すところなく解明できるでしょう」

「ついでに、ぼくへの疑いも晴れるわけですね」と、イアン・マードックが苦笑しながら言った。「警部さんにしろ、ホームズさんにしろ、ぼくを疑われるのはもっともですから、べつに恨みには思いません。まさしく皮肉な運命のめぐりあわせで、逮捕されようとするまさにその直前に、不幸な友人とおなじ目にあった。そして、それゆえにこそ、逮捕をまぬがれることもできたというわけです」

「いやいや、それはちがいますよ、マードック君。ぼくはすでに真相への手がかりをつかんでいたし、けさ、予定どおりに早い時間から潟へ出かけていたら、きみにこういう恐ろしい経験をさせずともすんでいたはずなんです」

「それにしても、どうしてこれに気づかれたんですか、ホームズさん？」

「こう見えても、ぼくは乱読家でしてね。しかも、つまらないことを奇妙によく覚えている。マクファースン君の言い残した〝ライオンのたてがみ《ライオンズ・メーン》〟という言葉、これがずっと頭にこびりついていた。どこかおよそ意外なところで、おなじ表現に出くわした経験がある、そんな気がしてならない。いま読んだとおり、この表現がじつによくあの魔物の実体をあらわしてることはわかるでしょう。マクファースン君が見たときには、おそらく水面に浮かんでたんでしょうね。そして彼としては、自分を死にいたらしめた魔物のことを伝えるためには、あのように表現するのがせいいっぱいだったんです」

「じゃあすくなくとも、これでぼくは免罪というわけですね」マードックがそろそろと立ちあがりながら言った。「あとひとつふたつ、ぼくからも説明させてください――捜査がどっちの方面に向いてたかは承知してますから。ぼくがあの娘さんに心を寄せていたのは事実です。ですが、友人のマクファースンを彼女が選んだと知ったときから、彼女が幸福になれるように手を貸すこと、ただそれだけを願うようになりました。自分は身をひいて、ふたりの仲介役に甘んじることにしたんです。

これまで文使《ふみづか》いの役目も再三してきました。友人が亡くなったとき、いちはやくそのことを伝えにいったのも、ぼくならふたりに信頼されていたし、彼女もぼくにやさしく接してくれていたためにほかなりません。なにも知らない部外者が、ぼくの先まわりをして、性急な、心ないやりかたで悲報を伝えにいく、なんてことがあってはなりませんからね。彼女のほうも、あなたがたの心証を害して、ぼくを苦しい立場におとしいれないよう、ぼくら三人の関係について、軽々にしゃべったりはしないはずでしたし。

さて、それではそろそろお許しを願って、〈ザ・ゲーブルズ〉に帰らせてもらいます。やっぱり自分の寝床がいちばんですから」

スタックハーストが手をさしのべた。「おたがい事件のために神経がたかぶっていたんだ。どうかマードック、これまでのことは水に流してくれたまえ。これで、雨降って地かたまる、というところだな」ふたりは仲よく腕を組んで出ていった。

警部ひとりが残って、しばし牛のような目で黙然と私を見つめていたが、ややあって、大声で言った。「いやあ、おみごとですな！　あなたのお働きのことは、これまでにも読ませてもらっていましたが、じつをいうと、信じてはいなかった。じつにたいしたものです！」

私はかぶりをふらざるを得なかった。こういう称賛をのほほんと受け入れるのは、かえって自分をおとしめるだけだ。

「ぼくだって、はじめはずいぶんうすのろでしたよ――救いがたいほどとんまだった。あれで遺体が水中で発見されていたら、まずまちがいはしなかったでしょうがね。タオルのせいで、目をくらまされてしまった。気の毒に、被害者にはとても体を拭く余裕などなかったんでしょうが、それをとりちがえて、タオルが濡れていないから、てっきり水には浸《つ》からなかったと、そう思いこんでしまった。そうなれば、水中にひそむなにものかにやられたなんて、思いつきもしなくて当然です。そこがすべての誤りのもとだった。

というわけでね、警部さん、これまでさんざんきみたち警察官諸君をからかってきたぼくですが、今度ばかりは、あやうくあのキュアネア・カピラータのやつに、ロンドン警視庁《スコットランドヤード》の敵《かたき》をとられるところでしたよ」

（1）〝もつれた綛糸〟については、本作品集第八作「這う男」の訳注（2）を参照のこと。
（2）〝九尾の猫鞭〟――通常、結びこぶをたくさんつくった九本の紐を束ね、柄《え》をつけた鞭。かつては罪人を鞭打ったり、海軍で懲罰用の鞭として使用されたりした。なお〝九尾の猫〟とは、猫に引っ掻かれた傷の暗喩《あんゆ》であるともいう。
（3）J・G・ウッド師――ジョン・ジョージ・ウッド（一八二七―一八八九）。牧師、博物学者。ここで言及されている『野外生活』以外にも、一般向けの博物学啓蒙書を多数書いている。
（4）キュアネア・カピラータ――鉢水母《はちくらげ》類の一種で、有毒の触手を持つ刺胞《しほう》動物の一綱《いっこう》。

覆面の下宿人

わが友シャーロック・ホームズ氏が職業探偵として現役にいたのは、前後二十三年もの歳月に及ぶが、私はそのうち十七年間にわたってこの友人に協力し、かつまたその業績を記録にとどめることを許されてきた。それを考えれば、こうして回想録をしるすのに、自由に使える材料が私の手もとにはおびただしく存在すること、これはおのずから明らかだろう。

問題はつねに、材料を探すことにではなく、選ぶことにこそある。ざっと見ても、年鑑類がひとつの書棚をずらりと占領しているし、書類の詰まった文書箱も無数にあって、たんに犯罪のみならず、ヴィクトリア朝後期の社交界、官界のスキャンダルを研究しようとするものにとっては、これこそ完璧な知識の宝庫となるはずだ。ついでに、このスキャンダルなるものについて触れておくと、私のほうに泣訴《きゅうそ》の手紙を寄せ、家名や著名な先祖の名誉を傷つけないでもらいたい、そう訴えてきたひとびとが大勢おられるが、そのかたがたには、なんら危惧《きぐ》することなどない、と申しあげておこう。私の友人は、その思慮ぶかさや、職業的名誉を重んずることにおいて、つねに高い評価を受けてきたが、これら回想録のうちのどれを選んで公表するかという点でも、この良識は生かされていて、彼に託した信頼が裏切られるおそれはけっしてないのである。

にもかかわらず、先ごろ、これらの記録を奪い去り、かつ破棄せんと試みるという、言語道断な動きがあった。これについては、私からも強く抗議したい。かかる暴挙をなした張本人はわかっているから、万一、こういう試みが重ねてなされることでもあれば、そのときこそは私もホームズ氏の名において、ある政治家と、灯台と、そして調教された鵜《う》にまつわる物語の一部始終を、天下に公表する用意があると言っておこう。そう聞いて、心あたりのある読者が、すくなくともひとりは存在するはずである。

これまで私はこれらの回想録のなかで、ホームズの特異な直観力と観察力について明らかにしようと努めてきたが、かといって、記録された事件のすべてにおいて、それらが発揮される機会があったと考えるのは、いささか無理があろう。ときには、さんざん苦労したすえに、ようやく成果を手にしたこともあれば、ときには、棚から牡丹餅がころがりこんできたこともある。だが往々にして、ホームズ本人にはじかにかかわる機会のなかった事件にかぎって、なにより深刻な人間悲劇が隠されている、といった事例があり、これから物語ろうとする事件なども、その種のもののひとつである。文字にするうえで、人名や地名に多少の改変を加えはしたが、それ以外は、すべてありのままの事実であることをお断わりしておく。

ある日の昼前――一八九六年も末近くになってからだが――私はホームズからすぐにくるように、という急ぎの手紙を受け取った。行ってみると、友人は煙草の煙の濛々《もうもう》と立ちこめるなかにいて、差し向かいの席には、下宿のおかみタイプの、ふっくらした慈母を思わせる年配の女性がすわっていた。

「こちらは、サウス・ブリクストンのメリロウ夫人だ」ホームズが手真似で客をさしながら紹介の労をとった。「夫人は煙草嫌いではないそうだから、なんならきみも遠慮なくこの悪癖《あくへき》にふけるがいいよ。夫人の話はなかなか興味ぶかいし、おまけにけっこう奥が深そうで、先行きが楽しみなんでね、きみもいっしょに聞いてもらったらどうかと思った次第なんだ」

「ぼくでよければ、なんなりと――」

「よろしいですね、メリロウさん。かりにロンダー夫人のところへ出向くとなれば、こちらも立会人がひとりほしい。ですから、ぼくらが行く前に、その旨を向こうさんに通じておいていただけると好都合なんですが」

「ご懸念には及びませんよ、ホームズさん」客は答えた。「なにしろご本人は、あなたさまにおいでいただきたい一心なんですから。たとえ教区のひとたちをそっくり引き連れておいでになったって、いやとおっしゃったりするものですか！」

「それでは午後、早めに出かけるとして、その前に、あらためて事実を確認しておくとしましょう。この場でざっとおさらいすることで、ワトスン博士にも事情をのみこんでもらえますしね。さて、さいぜんのお話だと、ロンダー夫人はお宅に下宿するようになってから七年にもなるというのに、そのかんたった一度しか、家主のあなたにも顔を見せたことがないと、そういうことでしたね？」

「そのたった一度でも、見ないですんでたら、どんなによかったか！」と、メリロウ夫人。

「ということは、よほどひどい顔だったということですか？」

「そうですねえ——そもそもあれはひとの顔じゃありませんよ、ホームズさん。人三化七《にんさんばけしち》と言いますかね。いつだったか、あのかたが窓からのぞいているのを、うちにくる牛乳配達が見かけましてね。驚いたはずみに、さげていた缶をほうりだしたものですから、前庭が牛乳の海になってしまったこともあります。あたしが見たときには——向こうさんもうっかりしてたんですけど——すぐに気づいて、あわてて顔を隠しましてね、言いましたよ——『ね、メリロウさん、これでわたしがけっしてベールを脱がないわけ、おわかりになったでしょ？』って」

「これまでの経歴とか、そういうことをなにかご存じですか？」

「いいえ、なにも」

「入居したとき、紹介状のようなものでも持ってこなかったんですか？」

「ええ、それがね、かわりに現金を、それもたんまり払ってくれたものですから。四半期分の店賃《たなちん》を前払いで、耳をそろえて渡してくれて、おまけに条件のことでこだわるようなこともなく。きょうび、あたしみたいな貧乏人が、こんなありがたい話をお断わりするわけにはいきませんですよ」

「お宅を選んだ理由について、なにか言ってましたか？」

「表通りからはだいぶひっこんでまして、そのぶん、よそさんよりも静かですから。それに、下宿人はひとりしか置かないことにしてますし、あたしには家族もいない。たぶん、ほかもいろいろあたってみて、うちがいちばん条件にかなってると思ったんでしょう。要するに、あのかたのほしいのはプライバシーであって、そのためになら、お金に糸目はつけないってことですよ」

「たった一度、うっかり素顔をさらしたのを除けば、入居したときから現在まで、一度も顔を見せたことがない、と。ふうむ、おもしろい。じつに興味ぶかい。あなたが事情を調べさせたくなるのも、無理はありませんね」

「いいえ、調べていただきたいんじゃないんですよ、ホームズさん。あたしは店賃さえもらってれば、いまのままでなんの不足もないんです。あんなに物静かで、手間のかからない店子《たなこ》なんて、めったに見つかるものじゃありませんからね」

「だったら、なぜここに相談を持ちこむことにしたんです？」

「あのかたの健康が心配だからですよ、ホームズさん。なんですか、日に日にやつれていってるように見えるし、なにかよっぽど気にかかることがあるみたいで。『人殺し！』なんて叫ぶんですから。『人殺し！』って。一度は、『このけだもの！　ひとでなし！』とか叫んでるのを聞いたこともありますし。

それでね、ある朝、お部屋に出向いて、言ってあげたんです――『ロンダーさん、なにか心配事でもおありでしたら、牧師さんもいますし、警察ってものもございますよ。きっと力になってくれるんじゃないですか？』って。するとあのかた、『とんでもない、警察なんて、ぜったいにだめです！　それに牧師さんだって、過去にあったことを変えられるものでもなし。でもね、それはそれとして、死ぬまでにたったひとりでもいい、真相をわかってくれるひとが見つかれば、わたしの心もずいぶん休まるとは思うんだけど』そう言います。そこであたし、申しました――『警察がおいやなら、いつぞやどこかで私立探偵とかいうひとのことを読みましたけどね』――とまあ、失礼ですけどホームズさん、あなたのことを持ちだしたわけです。するとどうでしょう、すぐさまとびついてきました。『それだわ。どうしていままで思いつかなかったんだろう。お願い、メリロウさん、そのかたをお呼びしてくださいな。もし断わられたら、わたし、猛獣ショーのロンダーの妻です、そう申しあげて。それと、ついでにアッバス・パーヴァという土地の名も』そう言って、ほら、このとおり、〝アッバス・パーヴァ〟と書いてくれましたよ。『そのかたがもしもわたしの思ってるとおりのかたなら、これをお見せすれば、きっときてくださるわ』そう言って」

「なるほど、その護符は霊験《れいげん》あらたかだったわけだ」ホームズが言った。「承知しました、メリロウさん。ただし、出かける前に、ちょっとワトスン博士と打ちあわせておきたいことがあります。それが昼飯どきまでかかるでしょうから、そう、だいたい三時ごろまでには、ブリクストンのお宅に着くようにしますよ」

客がよちよちと出てゆくやいなや――実際、メリロウ夫人の歩きかたを表現するのには、これしか適切な言いまわしがないのだが――ホームズはすぐさま片隅に積んである切り抜きの山にとびつき、猛然とそれをひっかきまわしはじめた。数分間、さっ、さっとページをめくる音だけがつづいていたが、やがて、探していたものが見つかったのか、満足そうにうなるのが聞こえた。すっかり興奮しきって、奇妙な仏像然と床にあぐらをかいたまま、立ちあがろうともせず、分厚いスクラップブックを何冊もまわりに散乱させ、膝にも一冊ひろげている。

「ねえワトスン、この事件、当時もずいぶん気にはなっていたんだ。その証拠に、ほら、欄外にいろいろ書き込みがしてあるだろう？　白状すると、ぼくにもさっぱり筋道がつかめなかった。だがそれでいて、検死官のくだした結論がまちがってる、という確信だけはあるんだ。きみ、アッバス・パーヴァの悲劇について、なんにも覚えていないかい？」

「あいにくと、ないね、さっぱり」

「きみもここで暮らしてた時代なんだけどね。だが、そう言うぼくにしても、ごくうわっつらだけの印象しかなかったんだろう、きっと。判断の材料ってものが皆無だったうえ、ぼくに相談を持ちこんできた当事者もいなかった。なんならこの記録、読んでみるかい？」

「要点だけ聞かせてもらえないかな？」

「お安いご用だ。聞いていれば、そのうちきみも思いだすだろう。ロンダーと言えば、そのころはよく知られた名だった。巡回サーカスのウムウェルとか、当時最高のサーカス興行主、ジョン卿とジョージ卿のサンガー兄弟とか、こういう連中の好敵手だった男さ。ただあいにく、酒好きが祟《たた》ってか、このおおいなる悲劇が発生したころには、ロンダー自身も、彼の率いる猛獣ショーも、どっちも落ち目になってたふしがある。事件の起きたとき、彼の一座はバークシャーの寒村、アッバス・パーヴァに一泊したんだが、これはウィンブルドンに向かう途中のことで、アッバス・パーヴァ自体は小さな村だから、興行を打てるほどの客の入りは見込めず、たんに一晩、キャンプを張っただけだった。

一座の見世物のなかに、北アフリカ産のすばらしいライオンがいた。〈サハラ・キング〉と名づけられ、このライオンの檻のなかで、ロンダーとその細君とがライオンに芸をさせるというのが売りだったわけだ。ほら、ここに演技ちゅうの写真がある。これで見てもわかるように、ロンダーは図体の大きな、豚みたいな男だが、細君のほうは、すごいほどの美人だ。検死審問での証言によると、しばらく前からライオンには不穏な徴候があらわれていたということだが、そこがほら、よくあることで、慣れからくる気のゆるみというか、そういう気配にも、さして注意を払うことはなかったらしい。

このライオンには、いつも夜、ロンダーか細君かが餌をやる習慣だった。夫婦のいっぽうのときもあり、両方がそろって行くこともあったが、それでも、ほかの団員に餌やりをまかせることだけは、ぜったいにしなかった。自分たちが餌を運んでやっているかぎり、ライオンはふたりに恩を感じて、刃向かってくることはないという考えだったんだろう。七年前のこの問題の夜も、夫婦がそろって餌やりに出かけ、あげくに、戦慄すべき事件が発生したわけだが、事件そのものの詳細な経緯については、いまにいたるも、ついぞ明らかになっていない。

どうやら、真夜中近く、猛獣のすさまじい咆哮《ほうこう》と、女性の悲鳴とで、一座の全員が夢を破られたらしい。飼育係や団員たちが、各自のテントから角灯を手にして駆けつけると、その光のなかに、おそるべき光景が浮かびあがった。檻から十ヤードばかりのところに、ロンダーが倒れていて、その後頭部はぐしゃりとつぶれ、頭蓋には深い爪跡。檻の扉はひらいていて、ひらいたその扉のすぐそばに、細君のほうが仰向けに倒れているんだが、倒れたその体に、なんとライオンがのしかかり、牙をむきだしてうなっている。顔はライオンにかきむしられたと見え、ずたずたに引き裂かれたその顔を見れば、とても息があるとは思えない。

大力男《だいりきおとこ》のレオナルドーと、道化師のグリッグズとを先頭に、団員が数人がかりで長い棒を使ってライオンを追いたてると、けものはひらりと身をかわして、檻に逃げこんだ。そこですかさず扉には錠がおろされたんだが、さて、そもそもそいつがどうやって檻から出たのか、その点は謎のままだ。おそらく、夫婦が檻にはいろうとして扉をあけたとたん、そいつが襲いかかってきたんだろう、そう推定されたが、証言からは、ほかにこれといって興味をひく点も出てこない。ただひとつ、起居している幌馬車のほうへ運ばれてゆく途中、細君がしきりに、『卑怯者！　卑怯者！』と、うわごとのように叫んでいたという事実があるが、彼女がどうにか証言台に立てるまでになったのは、半年もたってから。ここでようやく型どおりの検死審問がひらかれたわけだが、結局、事故死という明々白々たる評決が出て、事件には幕がおろされた」

「事故死でなくて、ほかにどんな考えかたがあるっていうんだ？」私はたずねた。

「きみがそう言うのはもっともだよ。だが、バークシャー州警察の若いエドマンズ刑事にとっては、どうしても腑に落ちない点が二、三あったわけだ。いや、なかなかいい勘をしてるよ、あの男は！　のちに力量を買われて、インドのアラハバードへ赴任してるがね。とにかく、ぼくがこの事件に関心を持つようになったのも、このエドマンズがある日ぶらっと訪ねてきて、茶飲み話のあいまに話してくれたことがきっかけになってるのさ」

「たしか、痩せぎすの、黄色っぽい髪の男だったろう？」

「正解。きみもそのうちきっと思いだすと思ってた」

「だがそのエドマンズが、いったいなにが腑に落ちないって言うんだ？」

「いや、ぼくもさ。ぼくも腑に落ちなかったんだ。事件を再現してみようとしてみても、どうにも入り組んでいて、すんなりいかない。ひとつこれをライオンの立場から考えてみよう。いいかい、彼は檻から逃げだした。逃げだして、さて、どうする？　まっすぐ五、六歩、突進する。するとそこにロンダーがいる。ロンダーは逃げようとして背を向ける――爪跡が後頭部にあったのを覚えてるだろう――そこですばやくとびかかり、打ち倒す。ところが、そのままロンダーをとびこえて逃げるかわりに、わざわざ檻のすぐそばにいる細君のほうへひきかえし、これを打ち倒したあげく、顔をえぐる。

まだあるぞ、おかしな点は――細君のうわごとのことだ。言葉の内容だけ考えると、どうも夫が助けにきてくれなかったのを非難しているようにも聞こえる。しかし、夫はすでにやられてるんだ。逆立ちしたって、助けにこられるはずもない。というわけさ。へんだろう？」

「おっしゃるとおりだ」

「じつは、まだあるのさ。いま話してるうちに思いだしたんだが、べつの証言もあったんだ。ライオンが吼《ほ》えだし、女が悲鳴をあげる。それとまったく同時に、男が恐怖の叫び声をあげはじめたというのさ」

「そりゃ当然、亭主のロンダーだろう」

「しかし、頭をたたきつぶされてるのに、そのうえまだそんな声があげられるものかね？　すくなくとも、ふたりの証人がそう言ってるんだ――女の悲鳴にまじって、男の叫び声も聞こえた、って」

「そのころには、キャンプじゅうが大騒ぎになって、だれもががやがや騒いでいたはずだ。それに、細君の言葉の問題だが、それについてはひとつ、解釈がないでもない」

「ほう、ぜひ拝聴したいものだね」

「ライオンが檻から抜けだしたとき、夫婦は十ヤードばかり離れたところで、ふたりいっしょにいた。亭主のほうは、背を向けて逃げようとしたんで、打ち倒された。そこで細君はとっさに檻に逃げこんで、扉をしめようと思いついた。これしか逃げ道はない。それで檻にむかって駆けだしたんだが、あと一歩のところで追いつかれ、これまた打ち倒される。ああいう猛獣に背中を見せるのは禁物だ。それを忘れて亭主が逃げだしたんで、ライオンをいっそう興奮させる結果になった。細君は腹をたてる。逃げずに正面から立ち向かっていれば、必ずや制圧できたはずなのに。そこで、『卑怯者!』となったわけだ」

「すごいじゃないか、ワトスン、卓見だよ!　ただしあいにくそのご卓説にも、ひとつだけ欠陥がある」

「ほう、どんな欠陥だ?」

「夫婦がそろってそれだけ離れた位置にいたんなら、そもそもライオンはどうして檻から逃げだしたんだ?」

「だれか夫婦を恨んでるやつでもいて、そいつがライオンを放した、とか?」

「それにしても、普段からふたりには馴れていて、檻のなかでいっしょに芸までするライオンだよ。なぜ急に狂暴になって、ふたりに襲いかかったりするんだ?」

「ことによると、そいつを放した何者かが、わざと怒らせるようななにかをしでかしたのか」

ホームズは思案げな表情になり、しばし黙りこんだ。

「なるほどね、ワトスン。じつは、こういう事実があるんだ。きみのその説には、有利な裏づけになる。ロンダーという男、敵の多い人間だった。エドマンズも言っていたが、飲むと、手がつけられなくなったそうだ。体はでかいし、弱いものいじめもはばからない。見さかいなしに、そこらにいる人間に悪態をつき、鞭《むち》をふるう。さっきの客が言ってた、〝ひとでなし〟だの、〝けだもの〟だのといった叫びも、いまなお夜になると亭主を思いだし、うなされるためとも考えられる。だがいずれにしろ、細かい事実がはっきりしないうちは、あれこれ忖度《そんたく》してみても始まらないよ。さあワトスン、そこのサイドボードに、山鶉《やまうずら》の冷肉と、モンラッシェの一瓶がある。せいぜいそれで英気を養って、意気軒昂と出かけるとしようか」

私たちがメリロウ夫人宅の前で馬車を降りると、すでにその質素だが、ひっそり奥まった住まいの玄関口をあけはなって、ご本人がそのふっくらした巨体を見せていた。このおかみの主たる関心が、結構な下宿人を失いたくないという一事にあることは明白であり、私たちを階上へ案内する前にも、そういう好ましからざる事態を招くような言動は、厳に慎んでほしい、とあらためて念を押した。よくわかった、心配するな、と保証したうえで、ようやく私たちはおかみに案内されて、粗末な敷物を敷いたまっすぐな階段をあがり、謎の下宿人の部屋へと通された。

住人がめったに部屋を出ないという話から、まずだれもが想像するように、ここでも室内はむっとして、かびくさく、風通しも悪かった。かつて動物を檻にとじこめてきた因果が、いまはわが身にはねかえり、おのれ自身が檻のなかのけものと化してしまったかのようだ。そのご当人はいま、小暗い片隅の、こわれかけた肘かけ椅子にひっそりすわっていた。長年の運動不足から、体の線はすっかりくずれてしまっているが、それでもかつてはみごとな体形だったことは疑いないし、全体の印象も、いまなお豊艶《ほうえん》で、なまめかしい。顔は黒地の厚いベールにすっぽりとおおわれているが、そのベールは上くちびるのあたりでとぎれているので、非の打ちどころのない口もとと、繊細な円《まる》みを帯びたあごがのぞいている。それだけでも、たしかに以前はとびきりの美女だったことは想像に難くないし、そのうえ声がまた、よくコントロールされた、心地のよい響きだときている。

「わたしの名、お聞き覚えがおありですわね、ホームズさん?」と、その声が言った。「それを申しあげれば、きっときてくださると思っていました」

「おっしゃるとおりです、マダム。もっとも、ぼくがあなたの事件に興味を持っていたという事実、それをどうしてご存じなのかはわかりませんが」

「傷が回復して、州警察のエドマンズ刑事さんのお調べを受けたとき、そう聞かされたんですの。ただそのときは、あいにく刑事さんに嘘をついてしまいました。ほんとのことを申しあげたほうが、あるいは賢明だったかもしれませんけど」

「いつの場合も、真実を語ることこそが賢明ですよ。それにしても、なぜエドマンズに嘘をついたんですか？」

「あるひとの運命が、わたしの申し立て如何《いかん》にかかっていたからです。そうするだけの値打ちなんかないひとだったってこと、いまならわかっていますけど、それでも、わたしのせいでそのひとが破滅したとなれば、やっぱり気がとがめるでしょう。それほどそのひととは親密な仲だったんです――とても親密な！」

「だがいまとなると、その障害はもはやなくなったと、そういうわけですか？」

「ええ。いま言ったそのひとは亡くなりました」

「では、いまからでもご存じの経緯を警察に届けでられてはいかがです？」

「それができないのは、もうひとり、気にかけてやらねばならない人間がいるからです。ほかでもない、このわたし自身です。警察に調べられれば、当然、世間に知れわたって、スキャンダルにもなるでしょう。それには堪えられません。わたしもそう先の長い身ではありませんし、いまはただ穏やかに死んでゆきとうございます。でも、そう思ういっぽうには、ぜひともどなたか話のわかるかたに、呪わしい過去の体験談を洗いざらい聞いていただきたい、そしてわたしの死んだあかつきには、いっさいの事情が明らかになるようにしておきたい、そう望む気持ちもございますの」

「すると、このぼくを見込んでいただいたというわけですか。それは結構ですが、いっぽうぼくにも責任というものがある。お話をうけたまわったそのあとで、やはりこれは一個の人間としての義務からも、この先は警察にゆだねるべきではないか、そう考えないという保証はできません」

「そうなさるとは思えませんわ、ホームズさん。これまでいつもお仕事ぶりを見まもってきましたから、あなたのお人柄や、物事の進めかた、それはよく存じあげているつもりです。いまのわたしには、読書だけが残された楽しみですので、こう見えても、世間の事情には通じておりますのよ。でもいずれにせよ、その点は運を天にまかせようと思っております。わたしの悲しい過去をお聞きになったそのあとで、それをあなたがどう扱われようと、それはいたしかたございません。お話しするだけで、わたしの気持ちは楽になりますから」

「そういうことなら、喜んでうかがいますよ――ここにいる友人も、ぼくも」

相手は立ちあがると、引き出しから一葉の写真をとりだした。どう見ても、プロの曲芸師らしい、みごとな体格の男である。太い腕を、筋骨隆々たる裸の胸もとで組み、濃い口髭《くちひげ》の下でにっこり笑っている――幾多の征服歴を誇る、自己満足の笑みだ。

「レオナルドーです」依頼人が言った。

「レオナルドー――というと、大力男ですか。証人に立った、あの男ですね？」

「その男ですわ。そしてこちら――これがわたしの夫です」

見るもおぞましい顔だった。人間豚というか、いや、むしろ人間猪とでも言うべきか、おそるべき獣性のあらわれた顔。卑《いや》しい口もとからは、怒り狂って歯を嚙み鳴らし、泡を噴くようすが如実《にょじつ》に想像できるし、小さな、邪心に満ちたまなこは、純然たる悪意を放射しつつ世間をうかがっている。ごろつき、暴れ者、野獣——そうしたすべてが、この大きくあごの張った顔に、そのまま手にとるようにあらわれている。

「この二枚の写真をごらんいただけば、わたしの話をご理解いただく助けにもなりましょう。恥ずかしながらわたし、根っからのサーカス育ち、サーカスの床のおがくずにまみれて育った哀れな娘です。十歳にもならないうちから、輪抜けの芸などをさせられてまいりました。年ごろになると、この男が言い寄ってきました——まあ、あのような色欲が、かりにも愛情と呼べるものなら、ですけど。それで、こちらもつい魔がさして、妻になってしまったわけです。

でも、それからというもの、毎日が地獄の連続——この悪魔めにいじめぬかれることになりました。一座のなかに、この男のそうした仕打ちを知らぬものはおりませんでした。わたしの目の前で、ほかの女に手を出したり、それをこちらがとがめると、わたしを縛りあげて、乗馬鞭で打ったり。だれもがわたしに同情して、この男を憎んでいましたけど、さりとて、どうすることもできません。みんな、この男がこわいのです。日ごろから乱暴な男ですし、お酒ではいりますと、いっそう狂暴になって、もう手がつけられない。何度となく、やれひとさまに危害を加えた、やれ動物を虐待した、と訴えられましたけど、なにぶんお金だけはたっぷり持っておりますので、多少の罰金ぐらい、痛くも痒《かゆ》くもありません。

それやこれやで、芸のある座員たちはみんな離れてゆき、ショーも落ち目になっていきました。どうにか一座を支えていたのは、レオナルドーとわたしだけ——あとは小人の道化師、ジミー・グリッグズぐらいのものです。ジミーはかわいそうに芸なしで、道化師をやっても、あまりおもしろくはないんですけど、それでも一所けんめい、つなぎの役を務めてくれました。

そうこうするうち、レオナルドーの存在が、だんだんわたしのなかで大きくなっていきました。なにしろ、ごらんのとおりの男です。いまでこそ、このみごとな肉体のなかには、卑小な精神しか宿っていなかったってことがわかっておりますけど、それでも夫にくらべれば、大天使ガブリエルのようにすら思えました。しきりにわたしに同情して、なにかと救いの手をさしのべてくれまして、その親密さが、やがて愛へと発展していったわけです。深い、深い、情熱の愛でした――かねてわたしがあこがれながら、この世ではけっして味わえないとあきらめていたもの。

夫はわたしたちの仲を疑っていましたけど、乱暴者のくせに、根は小心な男ですので、大力のレオナルドーにだけは、恐ろしくて手が出せなかったのでしょう。その腹いせに、夫はますますひどくわたしを虐待するようになりました。ある晩など、わたしの悲鳴を聞きつけて、レオナルドーがわたしたち夫婦の幌馬車まで駆けつけてきたこともあります。そのときは、まさに一触即発、血の雨が降る一歩手前――そんなわけで、レオナルドーもわたしも、早晩それが現実になるのは避けられない、と覚悟したわけです。夫のような人間は、生かしておく値打ちなどない。わたしたちふたりは、夫を亡きものにする計略をめぐらしました。

レオナルドーは頭の回転が速くて、機略に富んでおりました。いっさいを計画したのはあのひとです。これはべつに、あのひとに罪をかぶせようとして、言っているのではありません。

わたし自身、地獄の底までもこのひとといっしょに、そう覚悟を決めておりましたから。ただ、わたしひとりでは、あれだけの計略を思いつく才覚はなかったでしょう。まず、棍棒をこしらえて――レオナルドーがこしらえたわけですけど――頭の部分に鉛を仕込み、さらに長い鉄の釘を五本植えました。とがった先端を外向きに、ちょうどライオンの前足の幅に合わせて打ちこんだわけです。これで夫を殴殺したうえで、ライオンを檻から放してやる。そうすれば、残された証拠から見て、いっさいはライオンの所業《しょぎょう》のように見えるはずだと。

夫とふたり、いつものようにライオンに餌をやりにいったのは、星ひとつない闇夜のことでした。ブリキのバケツには、生肉がはいっています。檻まで行く途中、大きな箱馬車のそばを通りますけど、そのかげでレオナルドーが待ち伏せしています。あのひとがちょっともたついているあいだに、わたしたち夫婦は前を通り過ぎてしまいましたけど、それでも、忍び足であとをつけてきたと見え、棍棒が夫の頭をたたきつぶす気配が聞こえました。それを聞くなり、してやったりとばかりにわたしは檻に駆け寄り、扉の掛け金をはずしました。

ところがそこで、とんでもないことが起きたのです。ご承知かもしれませんけど、ああいう野獣というのは、人間の血のにおいにひどく敏感で、またそれを嗅ぎますと、たいそう興奮いたします。このときも、なにか不思議な本能から、すぐ近くでひとが殺されたということを感づいたようでした。わたしが扉の閂《かんぬき》を抜くやいなや、ひらりと檻からとびだして、わたしに躍りかかってきたのです。

レオナルドーなら、あの場でわたしを救えたでしょう。すぐに駆け寄って、棍棒で打ち据え

ていれば、ライオンは制圧できたはずなんです。ところがあのひとは、臆病風に吹かれてしまった。おびえた叫び声が聞こえ、背を向けて走りだすのが見えました。と同時に、ライオンががぶりとわたしの顔に食らいついてきました。そのいやなにおいのする熱い息を吐きかけられて、わたしは早くも気が遠くなりかけていましたけど、それでもその血まみれの、しゅうしゅう熱い息を吐く口を、せいいっぱい両の手のひらで押しあげながら、悲鳴をあげて助けをもとめました。

キャンプのなかが騒がしくなりだしたのは感じていましたし、駆けつけてきた男たち――レオナルドーや、グリッグズや、そのほかの団員たち――に、ライオンの足の下からひきずりだしてもらったのも、ぼんやり覚えています。でも、覚えているのはそこまで。あとは何カ月も苦しみぬきました。ようやく回復して、鏡を見たとき、わたしはライオンを呪いました――ああ、どれだけ呪ったことか！――こんな顔にしてくれたことを呪ったのではなく、なぜひと、お、も、いに殺してくれなかったのか、それが恨めしかったのです。

ホームズさん、もはやわたしには、たったひとつの望みしかありませんでした。さいわい、それをかなえるだけのお金ならあります。その望みとは、二度とこの無残な顔をひとに見られないよう、すっぽりおおいかくしてしまうこと。そして、知り合いのだれにも見つからないところで、人知れず隠遁生活を送ること。わたしのなすべきことはこのふたつだけでした――そしてさいわい、これまではそれをやりとげてきました。傷ついたけものは、自ら穴にこもり、そこで死ぬと申します。そのけものこそ、このユージーニア・ロンダーの成れの果てなのでございます」

この薄倖の女性の身の上話を聞きおえたあと、私たちはしばし黙然とすわっていた。ややあって、ホームズがやおら長い腕をのばし、彼女の手を軽くたたいた。相手への同情をあらわすそのような彼のしぐさ、この私でさえめったに見たことがない。

「お気の毒に！　じつにお気の毒です！　運命というのは、ときにひどい悪戯《いたずら》をするものですね。今後の人生でなんらかの埋め合わせでもないことには、あなたにとってこの世は闇というものでしょう。それにしても、そのレオナルドーという男、その後、どうなったのです？」

「二度と会いませんでした。便りもありません。考えてみれば、あれほどあのひとを恨んだのは、筋ちがいだったかもしれませんね。こんなライオンの食べ残しみたいな女にくらべれば、一座の巡業に加わっていた見世物の女でも相手にしたほうが、まだましだったでしょうから。でも、女の愛は、そうあっさりと断ち切れるものではありません。あのひとは、けものの爪にかかったわたしを見殺しにし、絶体絶命のわたしに手をさしのべようとすらしなかった薄情男。ただ、そんな男とわかっていてもなお、わたしはこの手であのひとを絞首台へ送る気にはなれなかった。わたし自身は、もうどうなってもいいんです。こんな体で生きること以上に、この世におぞましいことなんてあるでしょうか。でも、あのレオナルドーには、なんとか運命の力が及ばないようにしてやりたいと、これまではせいいっぱいかばってきたんです」

「で、その男が、いまは死んだのですね？」

「溺れて死にましたの——先月、マーゲートの近くの海岸で。新聞に記事が出ていました」

「問題の五本爪の棍棒ですが、彼はそれをどう始末したんでしょうね？　なにしろその棍棒のことが、お話のなかではいちばん特異でもあり、また独創的とも思える点ですので」

「それはわたしにもわかりかねますわ、ホームズさん。そういえば、キャンプの近くに白亜坑がありました。底に水がたまって、どんよりした緑色の溜め池になっていましたけど、ひょっとして、その溜め池でも浚《さら》ってみたら――」

「いや、いや、いまとなっては、たいした問題じゃありません。事件はもう決着がついているんです」

「ええ、そうですわね。もう決着がつきました」

　私たちは辞去するために立ちあがったが、いまの女の声音《こわね》のなかに、なにかホームズの気にかかるものがあったらしい。彼はすばやく彼女のほうに向きなおると、言った――

「人間はひとりで生きているのではありませんよ。自分の命だからといって、それをもてあそぶことは許されません」

「こんな命が、ほかのだれの役に立ちまして？」

「立たないとは言いきれないでしょう。たとえば、ここにひとり、辛抱づよく苦しみに堪えて生きているひとがいるとなれば、辛抱の足りない世間には、またとない教訓になるんじゃありませんか？」

　それにたいする女の答え、それはまことに戦慄すべきものだった。いきなりベールをはねあげると、つかつかと光のもとに歩みでたのだ。

「あなたなら、これに堪えられますかしら」そう彼女は言った。

ぞっとする一瞬だった。どんな言葉をもってしても、そもそも顔そのものの存在しないところで、その顔容《かんばせ》を形容できようはずもない。その身の毛もよだつような惨害の跡から、ふたつの生きいきした、美しい褐色のまなこが、悲痛な色をたたえてこちらを見つめていて、その対照が、なおいっそう全体のおぞましさを強めている。ホームズはただ無言で片手をかざして、同情と制止とをあらわすしぐさをし、そのまま私たちふたりは、蹌踉《そうろう》とその部屋をあとにしたのだった。


二日後、ホームズを訪ねたところ、友人はいくらか得意そうに、炉棚の上の青い小瓶をゆびさしてみせた。とりあげて、ながめると、毒物を示す赤いラベルが貼ってある。蓋をとってみると、さわやかな巴旦杏《はたんきよう》のようなにおいが立ちのぼった。

「青酸だね？」私は言った。

「ご名答。郵便で送ってきたんだ。〝わたしを誘惑していた品、ここにご送付します。今後はお言葉にしたがって生きることにいたします〟と、これが添え状の文面だ。これを送ってきた雄々《おお》しい女性の名、まあきみにもたいがい見当はつくだろうけどね、ワトスン」

〈ショスコム・オールド・プレース〉

シャーロック・ホームズは、だいぶ前から倍率の低い顕微鏡をのぞきこんでいたが、いまようやく身を起こすと、得々としてこちらをふりかえった。

「膠《にかわ》だよ、ワトスン。まぎれもなく膠だ。ちょっとこの、顕微鏡の視野にひろがってるもの、これを見てみたまえ」

　私は接眼レンズに目をあて、焦点を合わせた。

「その毛のようなものは、ツイードのジャケットのけばだ。不定形の灰色のかたまりは、埃《ほこり》。左のほうの鱗《うろこ》状のものは、人間の上皮細胞が剝《は》がれたもの。そしてまんなかの茶色のしみは、まぎれもなく、膠だ」

「なるほど」私は笑いながら言った。「まあ、きみの言うとおりに受け取っておくとしよう。しかし、かりにそうだとして、それがなんだっていうんだい？」

「すばらしい実地証明になるのさ、これが」ホームズは答える。「例のセント・パンクラスの事件だが、巡査の遺体のそばに、帽子がひとつ落ちてたのを覚えてるだろう。被疑者は自分の帽子じゃないと主張してる。ところがこの男、額縁の製造を仕事にしていて、普段から膠を扱いつけているんだ」

「あの事件も、きみが依頼されてるのか?」

「いや。警視庁《ヤード》のメリヴェールに、ちょっと調べてみてくれと頼まれただけさ。いつぞや、例の贋金《にせがね》づくりの男を追いつめるのに、やっこさんのカフスの縫い目に食いこんだ亜鉛と銅の鑢《やすり》くず、あれをぼくが手がかりにしてからというもの、やっとヤードの連中も、顕微鏡検査の重要性を認識しはじめたらしい」そう言いながらホームズは、少々いらだったようすで懐中時計を見た。「新しい依頼人がくるはずなんだが、だいぶ遅れてるようだ。ときにワトスン、きみは競馬のことには明るいかい?」

「まあね。傷病軍人年金を半分がた、馬券につぎこんでるくらいだから」

「だったら、今後はぼくの『簡易競馬便覧』になってもらおう。ロバート・ノーバトン卿というと、どういう人物だい? 名前を聞いて、なにか思いだすことでもあるかね?」

「うん、ないでもない。住まいは〈ショスコム・オールド・プレース〉。この屋敷のことならよく知ってる。近くで一夏、過ごしたことがあるんだ。ノーバトン卿なる人物だが、かつて一度、きみの仕事の分野にもかかわってくるところだった」

「なにをしたんだ?」

「サム・ブルーワーといって、よく知られたカーゾン街の金貸しがいるんだが、こいつをニューマーケット・ヒースの競馬場で、したたかにたたきのめした——馬用の鞭《むち》をふるってね。あやうく死なせてしまうところだったと聞いてる」

「ほう、聞き捨てならんね！　ちょいちょいそういう乱暴を働くのかい？」

「まあ、危険な男だという評判ではあるね。自分でも馬に乗るんだが、おそらくはイングランドきっての命知らずな騎手だろう――何年か前の〈グランド・ナショナル〉(1)では、二着にはいっている。いってみれば、遅く生まれすぎた男なのさ。かりに摂政時代にでも生まれていれば、一代の伊達《だて》男で通っていただろう――ボクサーで、万能のアスリート、競馬ではむこうみずに大金をつぎこみ、美しい女性には目がない。おおかたのうわさでは、それやこれやでひどく金に困っていて、いずれ首がまわらなくなると見られている」

「すごいぞ、ワトスン！　簡にして要を得ている。おかげでだいぶわかってきたよ。じゃあ、つぎはその〈ショスコム・オールド・プレース〉だが、これについてなにか知ってたら、教えてくれ」

「と言われても、ぼくもそう詳しいわけじゃない。ただショスコム緑地の中心にあって、有名なショスコム種牡馬《しゅぼば》飼育場があり、調教施設もある。まあ、それぐらいかな」

「で、そこの主任調教師を、ジョン・メイスンという」ホームズが言った。「いや、なに、べつに驚くようなことじゃないんだ、ワトスン。いまげんにこうしてひろげてるのが、そのメイスンからの手紙だからね。しかし、それよりむしろそのショスコムという土地について、もうすこし詳しく教えてくれないか。どうやら豊かな鉱脈を掘りあてたらしい」

「まず、ショスコム・スパニエルという犬がいる。どこのドッグショーでも、必ず聞かされる名だ。わがイングランドでも、もっとも厳選された犬種だろう。〈ショスコム・オールド・プレース〉の女主人にとっては、なによりの自慢の種だよ」

「というと、サー・ロバート・ノーバトンの奥方ってことかい？」

「いや、サー・ロバートは独り身だ。これから先の身の上を考えると、むしろ結構なことじゃないかな。屋敷の女主人は、レイディー・ビアトリス・フォールダー――サー・ロバートの妹だが、彼は未亡人になったこの妹と暮らしてるのさ」

「妹がサー・ロバートと同居してるということかい？」

「ちがう、ちがう。家屋敷は、亡くなった彼女の夫、サー・ジェームズのものだったんだ。ノーバトンには、なんの権利もない。ただ、妹もたんに生涯不動産権を持ってるきりで、彼女が亡くなれば、財産はぜんぶサー・ジェームズの弟のものになる。さしあたりそれまでは、毎年の地代、小作料などは、彼女が受け取ることになってるってわけだ」

「で、それを、兄貴のロバートが勝手に使いまくってると、そういうことだな？」

「まあ、そんなところだ。とにかく、非道な男だから、あれでは妹もさぞかし不安な毎日を送ってることだろう。それでも、兄貴にはずいぶん尽くしてやってるといううわさだ。それはそうと、いったいショスコムがどうしたっていうんだい？」

「いや、それをこのぼくも知りたいのさ。と、そう言ってるところへ、ちょうどそれを教えてくれそうな人物のご入来《にゅうらい》だ」

ドアがひらいて、給仕に案内されてきたのは、長身の、きれいにひげを剃った男で、そのきびしくひきしまった顔は、多くの馬や厩務員《きゅうむいん》たちを監督し、叱咤する立場にある人間に特有のものだった。事実、ジョン・メイスン氏は、その両方を数多くかかえて、しかもりっぱに監督責任を果たしていることがうかがえる。まずは落ち着きはらった、冷静な態度で一礼し、ホームズが手真似で示した椅子に腰をおろした。

「手紙は届きましたか、ホームズさん？」

「ええ。しかしあれだけでは、事情はさっぱり」

「非常に微妙な問題なので、手紙では詳しく書けなかったのです。また、非常に込み入った問題でもありますので、お目にかかったうえでないと、どうしても」

「なるほど。そういうことなら、なんなりとうかがいましょう！」

「まず第一に、わたしの雇い主であるサー・ロバートですが、あのかたは頭がおかしくなっておいでです」

ホームズは眉をつりあげた。「ここはベイカー街ですよ。ハーリー街(2)じゃありません。しかしそれにしても、どういうわけで、頭がおかしいと言われるんです？」

「それなんですがね。まあ、妙な所業《しょぎょう》と言っても、ひとつやふたつなら、なにかわけのあることと見のがすこともできましょう。しかし、やることなすこと、すべてが常軌を逸しているとなると、これは正気を疑わざるを得ない。さだめし、〈ショスコム・プリンス〉とダービーのことで、頭に血がのぼってしまっているのにちがいありません」

「それは、あなたが出走させようとしている若駒のことですね？」

「イングランド随一の名馬ですよ、ホームズさん。このわたしがそう言うんですから、まちがいありません。ひとつあなたには率直に申しあげましょう。あなたは名誉を重んずる紳士であられるし、ここでの話が外へもれる気づかいはないでしょうから。じつは、サー・ロバートには、なにがなんでも今度のダービーに勝たねばならない事情があるのです。借金で首がまわらなくなっていて、これが挽回の最後のチャンス。すでに、工面できるかぎり、借りられるかぎりの大金をかきあつめて、あの馬に賭けています――それも、べらぼうな賭け率で！　いまなら一対四十で買えますが、あのかたが賭けはじめたころには、一対百に近かったありさまでした」

「しかし、その馬がそんなに強いのなら、どうしてそれほどの率になるんです？」

「あの馬がどんなにすごい馬か、世間は知らないからです。サー・ロバートは、そんじょそこらの予想屋なんかより、ずっと抜け目のない勝負師ですからね。じつは、〈プリンス〉の半兄弟[3]というのがいまして、普段、調教で走らせるのには、内緒でこちらを使うんです。ちょっと見には、だれにも見分けがつきませんが、いっしょに走らせてみると、一ハロンで優に二馬身の差がつく。いま現在、サー・ロバートの頭にあるのは、〈プリンス〉のことと、今度のレースのことだけです。なにぶん、一生の浮沈がこのレースの行方にかかっていますから。レースの決着がつくまでは、なんとか強欲な金貸しどもをおさえておけるでしょうが、万一、〈プリンス〉が負けでもしたら、そのときかぎり、あのかたはおしまいです」

「たしかに無謀な賭けのようですが、それにしても、頭がおかしいとは、どうしてそう考えるわけですか？」

「まずお会いになってみれば、一目でわかります。おそらく、夜も寝ていないんじゃないかと思いますね。四六時ちゅう、厩舎に入りびたりで、目も血走っていますから。なにかに取り憑かれて、神経がずたずたになっているという感じで。そもそも、レイディー・ビアトリスにたいする仕打ちだって、とても尋常な人間のやることじゃありませんよ！」

「ほう！　どんな仕打ちです？」

「これまでは、ずっと仲のいい兄妹だったんです。趣味もおなじですしね。妹さんもお兄さんに劣らず、たいした馬好きで、毎日、決まった時間に馬車を出させて、馬を見においでになります。なかでも〈プリンス〉が大のお気に入りで、〈プリンス〉のほうも、馬車の音が聞こえてくると、耳をぴくっとさせて、とことこ馬車のほうへ走ってゆき、角砂糖をもらっていたものです。ところが、そういった習慣も、いまはなくなってしまいました」

「なぜです？」

「なぜですか、馬にすっかり興味をなくされたみたいで。もうこれで一週間というもの、厩舎の前を馬車で素通りされるだけで、『おはよう』の一声もおかけになりません！」

「それであなたとしては、兄妹のあいだで、なにかいさかいでもあったのでは、と？」

「それもただの兄妹喧嘩ではなく、とびきり激しく、辛辣《しんらつ》で、遺恨を含んだいさかい。そうでもなければ、レイディー・ビアトリスがわが子のようにかわいがっておられたスパニエルを、あっさりよそへくれてやるはずなんかないでしょう？　ほんの二、三日前ですが、三マイルばかり離れたクレンドルで、〈グリーン・ドラゴン〉という旅籠《はたご》をやってるバーンズじいさん、そこへやってしまわれたんです」

「それはたしかにへんですね」

「レイディー・ビアトリスはもともと心臓がお悪いし、水腫《すいしゅ》もわずらっておられるから、お兄さんといっしょに出歩くのは無理だったでしょうが、それでも、これまではサー・ロバートも、毎晩たっぷり二時間は妹さんの部屋で過ごしておられたんです。妹さんはめったにないほどお兄さん思いのかたですから、サー・ロバートだって、それぐらいつきあってあげるのは当然でしょう。ところが、それもやっぱりやめてしまわれた。いまでは、妹さんのそばには寄りつきもしません。それを気に病んでおいでなのか、妹さんはむっつりふさぎこんで、お酒ばかり飲んでおいでです――それも、浴びるようにお飲みになるのですよ、ホームズさん」

「仲たがいされる前からなんですか、そんなふうに飲むというのは？」

「いえ。以前はグラスを手になさるぐらいのことはありましたが、それがいまじゃ、毎晩一本ずつあけてしまわれることも珍しくないとか。そう執事のスティーヴンズが言っていました。要するに、なにもかもいままでとは様変わりしてしまって、そのうえ、なにかがどこかで狂っている、そんな感じなのです。そもそも、夜ふけに古い礼拝堂の地下室なんかで、あるじはいったいなにをしているのやら。それに、その地下室であるじと密会しているあの男、あいつはいったい何者なのやら」

　ホームズがひとしきり両手をもみあわせた。

「つづけてください、メイスンさん。いよいよお話に興が乗ってきましたよ」

「あるじが出てゆくのを目撃したのは、執事です。夜中の十二時、しかも強い雨の降るなか。そう聞いたので、あくる晩はわたしが母屋のほうで見張っていますと、はたせるかな、またあるじが出かけていった。スティーヴンズとふたり、そっとあとをつけたんですが、万が一にも見つかったら、とてもただではすみませんから、それこそびくびくものでしたよ。なにしろ、かっとなると手は早いし、だれかれの見さかいなく乱暴を働くひとですから。それで、あまりそばまで近づくのは遠慮しましたが、それでも、姿を見失うことはありませんでした。あるじの行った先は、幽霊話のある納骨所で、しかもそこで男がひとり待っていました」

「なんです、その幽霊話のある納骨所とは？」

「いや、屋敷地のなかに、古い、荒れはてた礼拝堂があるんです。いつごろ建ったのか、だれも知らないくらい古いものなんですが、地下に納骨所があって、土地者のあいだでは、幽霊が出るというのが通り話になっています。暗くて、じめじめして、物寂しくて、昼間はともかくも、夜の夜中にあそこへ出かけていくような度胸のあるものは、まずおりません。ところが、あるじだけは平気。なにせ、世のなかにこわいものなし、といった人柄ですから。しかしそれにしても、夜ふけにあんな場所へ、いったいなにをしに出かけていくのやら」

「ちょっと待ってください。そこでべつの男が待っていたと言いましたね？　当然、屋敷の使用人か、でなくばあなたの厩舎の関係者でしょう！　だったら、いったいだれなのかを見きわめて、問いつめてみるだけでよかったんじゃありませんか？」

「それが、ぜんぜん知らない顔だったんです」

「どうしてそう言いきれるんです？」

「はっきり顔を見たからですよ、ホームズさん。その二晩めのことですがね。サー・ロバートは、しばらくするとひきかえしてきて、わたしどもの——つまり、わたしとスティーヴンズですが——ふたりの前を通り過ぎていきました。その晩は薄明かりがあったので、ふたりともそれこそ子兎みたいに、植え込みのかげでふるえていたものです。しかし、もうひとりの男はあとに残って、まだそこらにいるようす。そいつだけなら、べつにこわがることもありませんから、サー・ロバートの姿が見えなくなると、茂みから出て、さもなにげなさそうに、月明かりで散歩でもしているようなふりをしながら近づいていき、素知らぬ顔で声をかけました——

『やあ、そこのひと！　あんた、どこのどなたかね？』

　思うにその男、わたしどもの近づいていく気配に気づいていなかったみたいで、肩ごしにふりかえったその顔たるや、まるで地獄で魔王にでも出あったような形相。わっと叫ぶなり、足もとの暗いのもものかは、ころがるように走り去りましたが、いや、その逃げ足の速いのなんの！——それだけは認めてやってもいいでしょうな。あっというまに、姿はおろか、足音さえも消えちまって、結局、どこのどいつだか、そこでなにをしていたのか、なにひとつつきとめられずに終わったわけです」

「それでも、顔だけは月明かりでしっかり見てとったと？」

「はあ。やけに黄色っぽい顔をした——なんというか、けちな、薄汚い野郎です。あんなやつが、なぜまたサー・ロバートとつながりがあるんだか」

ホームズはしばらく黙然と思案にふけっていたが、ややしばらくして、たずねた——

「レイディー・ビアトリスのそばには、だれがついているんです？」

「メイドのキャサリン・エヴァンズです。五年ごし、お仕えしています」

「じゃあ言うまでもなく、忠実な奉公人なんでしょうね」

メイスン氏は、なぜか居心地悪げにもじもじした。

それから、思いきったように言った。「まあ忠実にはちがいありませんが、さて、だれに忠実なのやら」

「ははあ！」と、ホームズ。

「内輪の恥はさらしたくありませんからね」

「いや、よくわかりますよ、メイスンさん。言われるまでもなく、状況ははっきりしている。サー・ロバートの人柄が、さいぜんワトスン博士から聞かされたようなものだとすると、どんな女性も、おそらく無事にはすみますまいからね。兄妹喧嘩の原因も、あるいはそこらへんにあるとは思いませんか？」

「さあ、どうですかね——だいぶ前からうわさにはなっていましたが」

「しかし、妹さんご本人は、いままで気づいておられなかったのかもしれない。それがここへきて、にわかにばれたとしてみましょう。彼女はその女をお払い箱にしようとするが、お兄さんがそれを許さない。妹さんはひとの手を借りなくてはなにもできない体、おまけに心臓も弱っている。悔しくても、強硬に意思を押し通すだけの手段がない。憎らしいメイドは、依然と

してわがもの顔にふるまっている。妹さんはふさぎこんで、口もきかなくなり、酒に溺れるようになる。腹をたてたサー・ロバートは、妹の愛玩しているスパニエルまでとりあげて、よそへくれてしまう。どうです、これで話の辻褄《つじつま》は合うでしょう?」

「ええ、まあね──そこまでのところは」

「いかにも! ここまでのところは。しかしいったいそのことと、サー・ロバートが夜な夜な古い納骨所を訪れることと、ふたつのあいだにどんな関係があるのか。こっちの問題は、いまの筋書きにはあてはまりません」

「そうです。それに、あてはまらないことなら、まだほかにもありますよ。どうしてサー・ロバートが遺体を掘り起こさなきゃならんのか、このことです」

そう聞いて、ホームズはやにわにすわりなおした。

「じつはこの一件、きのうわかったばかりでして──こちらにお手紙をさしあげたあとのことです。サー・ロバートはきのうロンドンへ行かれましたので、留守をさいわい、スティーヴンズとふたりで納骨所に降りてみたんです。特段の異状はなかったんですが、ただ、片隅に人間の遺体の一部が置いてありまして」

「警察へは届けたんでしょうね?」

客は苦笑した。

「いや、それがね、警察ではさほど関心を持たないんじゃないか、と。遺体といっても、ミイラ化した頭と、わずかばかりの骨だけでして。おそらく千年はたっている古い骨。それでも、以前はそんなもの、なかったことは確かなんです。けっして思いちがいじゃないですし、スティーヴンズだって、そう言うでしょう。隅のほうに片寄せて、上から板をかぶせてありましたが、これまでは、なにも置かれていなかった場所なんです」

「で、それをどうなさいました?」

「はあ、そのままにしておきましたが」

「それは賢明でした。サー・ロバートはきのう留守にされたとのことでしたが、もう帰宅されましたか?」

「きょうじゅうにはもどるのではないかと思います」

「妹さんの犬をよそへやってしまわれたというのは、いつのことです?」

「ちょうど一週間前になりますか。古い井戸小屋の前で、そいつがひどく吠えたてましてね。その朝、サー・ロバートは虫の居所が悪かったみたいで、いきなり乱暴に犬をかかえあげたものですから、殺す気なんじゃないかと思ったほどでした。そのあと、騎手のサンディー・ベインに犬を渡して、こんな犬ころ、二度と見たくもないから、〈グリーン・ドラゴン〉のバーンズじいさんにくれてやってこいと、そう言いつけたわけです」

ホームズはしばらく黙って考えこんだ。それまでの話のあいまに、手持ちのパイプのうちでも、いちばん古くて、いちばん汚いやつに火をつけていた。

やがて、おもむろに言った。「メイスンさん、じつは、まだよくわからないところがありまして。いったいこの件でぼくにどう動けと言われるのか、そこのところを、もうすこしはっきりさせてくれませんか」

「そういうことなら、ホームズさん、これをお目にかければ、たぶんおわかりいただけるんじゃないかと思います」

そう言って、客はポケットから紙包みをひとつとりだし、慎重にひろげた。出てきたのは、黒焦げになった骨片だった。

ホームズは興味津々でそれを観察した。

「どこで手に入れました？」

「館の地下室に、全館の暖房用の炉があります。レイディー・ビアトリスのお部屋の真下にあたります。しばらく使わずにいましたが、サー・ロバートが寒いと言われるので、また火を入れたわけです。火焚き役はハーヴィーといって、わたしの下にいる若いもののひとりです。ところがそのハーヴィーが、けさ、わたしのところへきまして、炉の灰を掻きだしていたら、こんなものが出てきたと言いまして。気味が悪いのは」

「こちらもご同様ですよ」ホームズは言った。「どうだい、ワトスン、こいつをきみはどう見立てる？」

真っ黒焦げになってはいるが、解剖学上の所見はまぎれもなかった。

「人間の大腿骨上部骨端の顆《か》だね」私は言った。

「やっぱりそうか！」ホームズはひどく真剣な表情になっていた。「その若者が火の番をするのは、何時ごろですか？」

「毎晩、焚きつけるだけで、あとはとくに見まわりもしません」

「だったら、夜中ならだれでも炉の近くまで行けるわけですね？」

「はあ」

「外部からもはいれますか？」

「外部からの入り口なら、一カ所あります。ほかにもうひとつ、べつの入り口が階段のそばにあって、その階段をあがると、レイディー・ビアトリスのお部屋の外の廊下に出ます」

「そのへんになにかありそうですね、メイスンさん。底深いうえに、少々胡乱《うろん》でもある事情が。ゆうべ、サー・ロバートは留守だったということでしたね？」

「おっしゃるとおりです」

「すると、この骨を焼いたのが何者にしろ、サー・ロバートではありえない」

「そのとおりです」

「ええと、さっき言っておられた旅籠のことですが、なんといいましたっけ？」

「〈グリーン・ドラゴン〉です」

「バークシャーのあのあたりには、いい釣り場がありますかね？」

生真面目な調教師の顔に、ありありと当惑の表情があらわれた。そうでなくても悩み多き人生に、またぞろべつの〝左巻き〟が登場した、とでも言いたげなふぜいだ。

「さよう――たしか、水車の導水路では鱒が釣れるそうですし、屋敷うちの池では、川鰤《かわかます》も獲れると聞いたことがあります」

「それはいい。じつはね、ワトスンもこのぼくも、釣り師としてはいくらか知られたほうなんです――そうだよね、ワトスン？　ということで、これからはその〈グリーン・ドラゴン〉を連絡先にしましょう。今夜のうちには行ってるはずですから。むろん、わざわざ訪ねてきていただくまでもなく、なにかあったら、伝言をくだされればいいし、必要があれば、こちらから出向きもします。もうすこし深く探索してみたうえで、それなりの結論をお聞かせできるようにしますよ」


　という次第で、五月のある輝くばかりの夕方、ホームズと私は一等車をふたりだけで占領して、ショスコムの小さな、〝お声がなければ通過します〟駅へと向かったのだった。頭上の網棚には、釣り竿、リール、魚籠《びく》のたぐいが、目をむくほど大量に積みあげてある。目的の駅で降り、ちょっと馬車を走らせると、古風な旅亭に着いた。亭主のジョサイア・バーンズも、釣り好きでは人後に落ちない人物と見えて、近隣一帯の淡水魚を根絶やしにしようというわれわれの計画に、すっかり乗り気になった。

「お屋敷の地所のなかに、池があるだろう。川魳はいけそうかな？」

　亭主の顔が曇った。

「いや、お客さん、あそこはいけませんや。魚を釣りあげる前に、あんたさんのほうが池のなか、てなことになりかねませんで」

「ほう。そりゃまた、どうして？」

「問題はサー・ロバートでね。競馬の情報屋をえらく警戒してるから、あんたさんら見慣れないおひとが、調教馬場《ばば》のすぐ近くをうろうろしてようもんなら、けっしてただでおいちゃくれません。馬のこととなると、ぜったい隙を見せない御仁《ごじん》だからね、あのサー・ロバートは」

「たしか、ダービーにも持ち馬を出走させるそうだね?」

「へえ。それがまた、たいした若駒でね。あたしらも有り金残らず賭けさせられたし、もちろんご本人だって、身ぐるみそっくりつぎこんでまさ。ときにお客さん――」と、私たちをさぐるような目で見て、「――あんたさんら、まさか競馬の関係者かなんかじゃなかろうね?」

「いやいや、とんでもない。ふたりとも都会の生活に疲れはて、バークシャーのいい空気にあこがれてやってきたロンドンっ子だよ」

「そんならここはもってこいの場所ですぜ。いい空気なら、お釣りがくるほどあるからね。だけど、いまも言ったサー・ロバート、あのひとにだけはお気をつけなさいよ。口より先に拳固がとんでくる、てな御仁だから。館の地所には寄りつかないのがいちばんでさ」

「ご念にゃ及ぶ、だよ! ご忠告、肝に銘じておこう。ときにバーンズさん、ホールでくんくん鳴いてたあのスパニエル、ありゃめっぽういい犬だね」

「たいしたもんでしょうが。純粋のショスコム種だからね。イングランドじゅう探したって、あれほどのはほかにいませんわな」

「こう見えて、ぼくも犬好きでね――とくに犬の血統に興味がある」ホームズは言った。「これはべつに他意あって訊くんじゃないが、あれほどの犬になると、値段はどのくらいするものかね？」

「あたしなんかにゃ、とうてい手の出る値段じゃないですよ。うちにいるのは、ほかでもないサー・ロバートからお下げ渡しになったもので。だからこそ、ああしてつないであるんでさ。放してやったら、たちまちまたお館に逃げ帰っちまうから」

亭主が立ち去ると、ホームズは言った。「だいぶ手札がそろってきたようだね、ワトスン。むずかしい勝負だが、まあ一両日ちゅうには目鼻がつくだろう。それはそうとサー・ロバートは、まだロンドンからもどってきていないそうだ。してみると、今夜あたり、彼の至聖所に侵入しても、痛い目を見るおそれはないだろう。ひとつふたつ、確かめておきたいことがあるんだ」

「なにかめどでもついたのかい、ホームズ？」

「めどというほどでもないが、とにかく一週間ばかり前、〈ショスコム〉の一家の日常に、なんらかの異常な変化が起きたらしい、とだけは言える。ではそのなにかとはなにか。結果から推測するしかないんだが、それがまた、奇妙にこんぐらかってるみたいでね。しかし、だからこそまたありがたい、とも言えるんだ。なんの特徴もない、波瀾《はらん》のない事件なんて、およそどうしようもないからね。

そこでだ、まずは手持ちのデータを整理してみよう。兄は、仲のよかったはずの妹が病気だというのに、見舞いにも行かない。妹の愛玩していた犬を、よそへくれてしまう。妹の犬を、だよ、ワトスン！　そう聞いて、なにか思いあたるところはないかい？」

「さあね、べつに。たんに兄がそれほど腹をたててるってことだけだ」

「まあ、それはそうだろうけどね。しかし――べつの考えかたもある。ここはひとまず、状況の再検討をつづけるとしよう。兄妹喧嘩の始まったとき以来のだ――実際に兄妹喧嘩があったとしての話だけどね。以来、妹のほうは部屋にとじこもったきり、それまでの習慣もがらりと変えてしまう。メイドといっしょに馬車で出かけるとき以外、まるきり顔も見せないし、出かけても、いままでのように厩舎に立ち寄って、お気に入りの馬に会うこともしない。しかもどうやら、酒を浴びるように飲んでる気配もある。これで要点はカバーしてるかな?」

「納骨所の一件を除けばね」

「それはまたべつの筋さ。思考の筋道はふたつある。それを混同しないでもらいたいね。Aの線は、レイディー・ビアトリス関連のものだが、これにはどことなく不吉な趣《おもむき》がある。そうは思わないか?」

「そうかね、ぼくにはさっぱりぴんとこないが」

「おやおや。それなら、Bの線のほうを考えてみよう。これはサー・ロバート関連の線だが、この御仁、目下のところダービーに勝ちたい一心で、頭に血がのぼっている。高利貸しどもに首根っこをおさえられていて、いまにも全財産をそっくり競売にかけられるか、厩舎を差し押さえられるか、といった窮地に立たされている。元来が大胆不敵、捨て身の男だが、それが収入はというと、全面的に妹に頼りきってる。妹のそば近くに仕えるメイドは、彼の意のままに動く手先。どうだい、ここまではまずまちがいないだろう?」

「しかし、納骨所はどうなるんだ？」

「そうそう、納骨所ね！　そんならワトスン、ひとつ仮説をたててみようじゃないか。まあいささか人聞きは悪いが、あくまでも仮説、議論のための議論、ということにしてさ。こんなふうにだ——かりにサー・ロバートが妹を亡きものにしたんだとしたら？」

「おいおいホームズ、そりゃあんまりだよ」

「いやいや、ありうることだぜ、ワトスン。なるほどサー・ロバートは、名門の生まれかもしれん。しかし、鷲《わし》の群れにもときとして嘴細鴉《はしぼそがらす》がまぎれこんでることがある。まあ、さしあたりはこの想定にもとづいて、議論を進めようじゃないか。彼は妹を殺したものの、大金を稼いでからでなきゃ、高飛びすることもできない。しかもその大金を稼ぐためには、ぜひとも今度の〈ショスコム・プリンス〉のレースで、一山あてる必要がある。というわけで、ここしばらくは動くに動けないのが実情だ。それまでは、妹の遺体をなんとか隠しておくのと同時に、妹になりすまして、身代わりを務めてくれるだれかを探さなきゃならん。さいわいメイドが腹心だから、これはできない相談じゃない。遺体はとりあえず、めったにひとの出入りのない納骨所へ運びこんでおく。そして夜中《やちゅう》ひそかに暖房炉で焼却するが、その結果、われわれのすでに見たああいう証拠物件が残る。とまあ、こういうわけだが、どうだいワトスン、ぼくのこの推理は？」

「そうだなあ。発端の妹殺しという途方もない仮説を認めるならば、あとはまあ、ありえないでもないだろう」

「ぼくとしては、あす、これについてちょっとした実験をやってみようと考えてる。問題の解明に、いくぶんか新たな光明を投じるためだよ。それまでは、ただの釣り好きの客というふりをつづけて、亭主にせいぜい自分の店の酒でもおごってやり、鰻《うぐい》や石斑魚についての高邁《こうまい》なる議論にふけるとしよう。あの亭主の歓心を買うのには、それがいちばんだ。話がはずめば、そこからまたなにか、こっちの役に立つ土地のうわさ話でも聞きだせないとも限らない」

朝になると、川鮖用の疑似餌を忘れてきたことにホームズが気づいたため、おかげでこの日は、魚釣りに出かけるはめに陥らずにすんだ。かわりに十一時ごろ、散歩に行くことになったが、そのさい亭主から、例の黒いスパニエルを連れてゆく許しを得た。

まもなく、館をかこむ緑地の門にさしかかると、てっぺんに紋章のグリフィンをとりつけた二本の高い門柱を仰ぎながら、ホームズが言った――

「ここがその屋敷だ。バーンズによると、いつも昼ごろにレイディー・ビアトリスは馬車で遠乗りに出かけるそうだが、あの門扉をあけるあいだ、馬車は必然的にスピードを落とすことになる。そこでだ、ワトスン、馬車が門を出て、またスピードをあげるその前に、きみは御者《ぎょしゃ》になにか話しかけて、ひきとめてくれないか。ぼくのことは気にするな。この柊《ひいらぎ》の茂みに隠れて、なにが起きるかしっかり見届けるから」

そう長く待つには及ばなかった。十五分ほどすると、幌を後ろにたたんだ大きな黄色い四人乗り四輪馬車《バルーシュ》が一台、邸内の長い並木道を近づいてきた。牽いているのは、脚を高くあげて進む、二頭のみごとな芦毛の馬。ホームズは犬をかかえて茂みのかげにうずくまる。私は無造作にステッキをぶらぶらさせつつ、街道のまんなかに立つ。門番が走りでて、大きな門扉をあけはなつ。

馬が並み足に速度を落としていたので、私にも車上の人物のようすがよく見えた。亜麻色の髪の、化粧の濃い若い女が、左側の座席から小生意気な目つきであたりを睥睨《へいげい》している。いっぽう右側には、病身らしい年配の女性が、顔から肩へ幾重にもショールを巻きつけ、背を丸めてすわっている。馬が街道に出てきたところで、私はせいぜい威厳をもって片手をあげ、御者が手綱《たづな》を絞ると、〈ショスコム・オールド・プレース〉のサー・ロバートはご在宅か、と問いかけた。

と同時に、ホームズが茂みから出てくるや、かかえていたスパニエルを放った。うれしげにきゃんきゃん鳴きながら、犬は馬車に駆け寄るなり、ステップにとびのった。ところが、つぎの瞬間、その熱っぽい挨拶が激しい怒りに変わり、犬はステップにたれさがった黒いスカートに、がぶりとばかりに噛みついた。

「出しなさい！　早く馬車を、出しなさい！」けわしい声が響きわたり、御者の鞭が馬を駆りたてた。路上に取り残されたのは、われわれふたりと、そして一匹。

「どうだいワトスン、うまくいったじゃないか」ホームズはそう言いながら、いきりたつスパニエルの首に、ふたたび引き綱をつけなおした。「てっきりご主人だと思ったのに、ぜんぜん知らない相手だったというわけだ。犬はけっして人ちがいなんかしないからね」

「しかも、あれは男の声だったぜ！」私も声をたかぶらせた。

「まさしく！　これで手持ちの札がまた一枚ふえた。しかしねワトスン、勝負は依然として慎重を要する。これは変わらないよ」

この日は私の相棒にもそれ以上の予定はなさそうだったので、午後はほんとうに水車小屋の導水路で釣り糸をたれ、夕食に鱒料理の一皿をつけくわえることができた。

ホームズがふたたび動きだす気配を見せたのは、この夕食を終えてからだった。私たちはもう一度、午前ちゅうとおなじ屋敷地の門前へ出かけていった。そこで待っていた長身の黒い影の主、それはロンドンですでにおなじみの調教師、ジョン・メイスン氏であると知れた。

「こんばんは、ホームズさん。お手紙は拝見しました。サー・ロバートはまだ出先からもどられませんが、今夜にはご帰館だと聞いています」

「問題の納骨所ですが、母屋からの距離はどのくらいありますか？」ホームズが訊いた。

「たっぷり四分の一マイルはあります」

「じゃあ、サー・ロバートのことは気にしないですみますね？」

「あいにくですがホームズさん、わたしはごいっしょできないんです。あるじが帰ればすぐに呼びつけられて、〈ショスコム・プリンス〉のようすを訊かれるでしょうから」

「なるほど！　それなら、あなたの手を借りずにやるしかないですね、メイスンさん。とりあえず納骨所まで案内していただければ、あとはこっちでやりますから」

月のない闇夜だったが、メイスンは慣れたようすで先に立ち、しばらく草地を横切っていった。やがて、前方にひときわ黒い影がぬっとあらわれ、それこそがめざす古い礼拝堂であると知れた。かつてはポーチだったらしいくずれた石の隙間からなかにはいると、案内人はごろごろした石材の山につまずきながら、どうにか道を拾って建物の隅までたどりつき、そこから急な階段づたいに、地下の納骨所に降りていった。

案内人がマッチをすると、あたりのようすがおぼろげに照らしだされた。不快なにおいの澱《よど》んだ、陰々滅々たる光景。くずれかけた粗削りの石壁や、古い柩の山。あるものは鉛張り、あるものは石造りの柩の数々は、ことごとくいっぽうの壁ぎわに寄せて積みあげられ、天井のアーチや穹窿《きゅうりゅう》にまで届いて、その先は頭上の闇に消えている。ホームズが角灯をともしたので、その鮮やかな黄色の光が、ちっぽけなトンネルとなって闇をつらぬき、わびしく、暗い情景を浮かびあがらせた。光はそれぞれの柩に付された名札にあたって反射したが、それらの名札の多くは、この由緒ある一族の紋章である、冠をかぶったグリフィンの像に飾られ、死後もなお彼らが、先祖代々の栄光を担っていることを示していた。

「骨があったと言いましたね、メイスンさん？　もどられる前に、その場所だけ教えてください」

「ここの隅です」調教師は大股でそこへ歩いていったが、ホームズの角灯がその隅を照らしだすと、驚いて、棒立ちになった。「なんてこった、なくなっている」

「だろうと思いましたよ」ホームズはくっくと笑って言った。「さだめしいまごろは灰になってるでしょう——前にもその一部が見つかってる、例の暖房炉のなかでね」

「しかし、焼いたのがだれにしろ、なんだっていまごろ、千年も前の死人の骨を焼かなくちゃならんのです?」ジョン・メイスンが反問する。

「それをいまからつきとめようというのですよ」と、ホームズ。「だいぶ時間がかかりそうですから、これ以上おひきとめはしません。朝までには、なんとか解答が見つかるでしょう」

ジョン・メイスンが立ち去ると、ホームズはいよいよ本腰を入れて納骨所のなかの墓を検《あらた》めにかかった。はじめは奥のほうの、サクソン人のものと思われるごく古いものから始めて、ノルマン時代のユーゴーやオードーといった名のある長い列を経たのち、ようやく十八世紀のサー・ウィリアムだの、サー・デニスだののフォールダーたちのところへきた。一時間以上もかかって、ついに納骨所の入り口近くに立ててある、ひとつの鉛張りの柩までたどりついたところで、彼の口から軽い満足の叫びがもれ、さらにそのせかせかした、期するところありげな動きから見て、どうにかゴールに到達したらしいとわかった。

拡大鏡を用いて、その重い柩の蓋のまわりを仔細に点検していた彼は、やがてポケットから短い鉄梃《かなてこ》をとりだし、蓋の隙間に押しこんで、どうやらふたつばかりの鎹《かすがい》で留めつけられているだけらしいその蓋を、そっくりこじあけようとした。めりめりと裂けるような音がして、蓋がはずれかかったが、ようやく一部がずれて、わずかに内部が見えるようになってきたまさにそのとき、思わぬ邪魔がはいった。

だれかが頭上の礼拝堂のなかを歩いている。しっかりした、敏捷《びんしょう》な足音からして、明確な目的を持っているうえに、堂内のようすにも明るい人物にちがいない。と思うまもなく、階段から明かりがさし、すぐつづいて、その明かりを手にした人物が、ゴシック式のアーチの下にぬっと姿をあらわした。

見るからに恐ろしげな人物だ。堂々たる体軀《たいく》、獰猛《どうもう》そうな態度物腰。厩舎で使う大型の角灯をぐいと前へさしつけているが、その光が下から照らしだしているのは、濃い口髭《くちひげ》をたくわえたがっしりした顔、怒りに燃えるまなこ。その目がぎろりと周囲を見まわし、納骨所内部のようすをくまなく見てとると、最後に、その威嚇《いかく》的な視線は、わが相棒と私のうえに釘づけにされた。

「いったいきさまらは何者だ！」と、大音声で言う。「おれの屋敷うちで、いったい全体なにをしている！」それから、ホームズが答えないと見てとると、つかつかと二、三歩進みでて、手にした太いステッキをふりあげた。「聞こえんのか？　何者だ、きさま？　ここでなにをしている？」ステッキが空中でわなわなふるえている。

だがホームズはひるむどころか、逆に相手のほうへ歩みでた。

「サー・ロバート、こちらからおたずねしたいことがあります」と、持ち前のことのほか厳然たる口調で言う。「だれです、これは？　なんでここにあるんです？」

向きなおるなり、背後の柩の蓋を力まかせに押しあげる。強い角灯の光で私にも見てとれたもの、それは、頭から爪先まですっぽりとシーツにくるまれた人間の遺体だった。シーツの一端から、魔女のように鼻とあごの先ばかりがつきだした、無気味な顔がのぞいていて、くずれかけ、変色したその顔の奥から、どんよりした目がこちらを見つめている。

准男爵は一声叫んで、よろよろと後退すると、かろうじて石棺のひとつで身を支えた。

「なんできさまがこのことを知っているんだ！」怒号してから、また思いだしたように居丈高になって、「どっちにしろ、きさまの知ったことじゃなかろうが！」

「ぼくはシャーロック・ホームズというものです」私の相棒は名乗った。「名前ぐらいは、たぶんお聞き及びかと存じますが。ともあれ、ぼくの関心事は、他のすべての善良なる市民諸君とおなじ──すなわち、法を維持すること。けっして〝きさまの知ったことじゃない〟ではすまされない。思うに、お答えいただかねばならない問題が多々あるようですな」

サー・ロバートはしばし目を怒らせてこちらを睨《にら》みつけていたが、最後には、ホームズの落ち着いた口ぶりと、冷静かつ毅然とした態度とがその場を制した。

ややあって、彼は口をひらいた。「ホームズ君、神かけて誓うが、断じてやましいことはしておらん。たしかに怪しく見えることは認めるが、わたしとしては、こうするしかなかったのだ」

「ぼくにもそう思えればいいんですがね。しかしやはりそういう釈明は、警察にたいしてこそなさるべきか、と」

サー・ロバートはがっしりした肩をすくめた。

「必要とあらば、それもやむをえまい。ここはひとまず屋敷へおいで願って、どういう事情なのか、きみ自身で判断されるのがよろしかろう」

十五分後、私たちは館の一室におさまっていた。ガラス戸の奥に、ぴかぴか光った銃身がずらりと見えているところからして、どうやらこの旧家の銃器室かと思われる。部屋の家具調度も、心地よくととのえられてはいるが、サー・ロバートはここに私たちふたりを残して、しばらくいずこかへ姿を消した。

もどってきたときには、一組の男女を連れていて、いっぽうは、馬車に乗っていたあの化粧の濃い女、もういっぽうは、小柄で、鼠《ねずみ》を思わせる顔つき、挙措《きょそ》動作もこそこそした、いかにも感じの悪い男だった。ふたりとも、すっかりとまどっているようすなのを見ると、准男爵は事情の変わったことを、まだこの男女に説明してやっているひまがなかったのだろう。

「これはノーレット夫婦だ」と、サー・ロバートは手ぶりでふたりをさしながら言った。「細君のほうは、旧姓のエヴァンズの名で、長らくわたしの妹の腹心のメイドとして勤めてきてくれた。このふたりを連れてきたのは、ほかでもない、このさいわたしとして最善の途《みち》は、真実をきみに説明することにこそあると思うのだが、わたしの話を真実だと証明できるのが、この世のなかにたったふたり、この夫婦を措《お》いてほかにはないからなのだ」

「そんなことまでおっしゃる必要がございますんですか、旦那様? よくよくお考えになったうえでのことなんですか?」女のほうが叫びたてた。

「あたしのほうだって、このことにはなんの責任もないですからね」と、女の亭主も口をそろえる。

サー・ロバートは、ちらりとさげすみの目をその男に向けた。「全責任はわたしがとる。それではホームズ君、事情をひととおり聞いてもらおうか。
きみはどうやら、わが家の内情にはよほどよく通じておられるようだ。さもなくば、さっきのあの場所で出あうこともなかったろうからな。となれば、とうにご存じのことだと思うが、わたしはこのたびのダービーにダークホースを出走させる予定で、そのレースに勝てるかどうかに、これからのわたしのすべてがかかっている。首尾よく勝てれば、なにもかも円《まる》くおさまる。もし負ければ――さよう、その先は考えたくもないな！」

「お立場はよくわかっているつもりです」と、ホームズ。

「わたしは生活のすべてを妹のレイディー・ビアトリスに依存している。しかし、これもまた周知の事実だが、妹の所有する不動産権は一代限りのものであり、いっぽう、わたしはと言えば、高利貸しからの借金で、首もまわらぬのが実状。いまここでもし妹が死にでもすれば、債鬼どもが禿鷹《はげたか》の群れよろしく押しかけてくるだろうこと、これはかねてから覚悟している。そうなれば、いっさい合財がむしりとられるだろう。わたしの厩舎、持ち馬たち――すべてが。ところがだよ、ホームズ君、一週間前に、なんと妹がほんとうに死んでしまったのだ」

「そしてそのことをだれにも知らさずにおかれた、と！」

「どうして知らせられるものか。完全な破滅に瀕していたのだぞ。たった三週間、三週間だけここで事態を食いとめられれば、万事、無事におさまるのだ。妹に仕えるメイドの亭主――つまり、ここにいるこの男だが――これは元来が俳優でね。そこでふとわれわれの頭――いや、わたしの頭――にひらめいたのが、それまでのわずかな期間、この男に妹の代役を務めてもらおうという考えだった。代役といっても、日に一度、馬車で外に出て、姿を見せればすむことだ。メイド以外に、妹の部屋にはだれにも立ち入らせないようにするから、段どりをつけるのはむずかしくなかった。妹の死因は水腫だ。これを長らくわずらっていた」

「実際にそうだったかどうかは、検死官が決めてくれるでしょう」

「妹の主治医がそう証言してくれるはずだ——ここ数カ月来、病状が悪化していて、いつ最悪の事態に立ちいたっても不思議はなかった、とな」

「で、どうなさったんですか?」

「まさか遺体をそのまま置いておくわけにもいかないから、その夜のうちにノーレットに手伝わせて、いまは使われていない古い井戸小屋に運んだ。ところが、妹のかわいがっていたスパニエルがついてきて、小屋の外でしきりにきゃんきゃん騒ぎたてるものだから、どこかもうすこし安全な場所を探す必要に迫られた。そこで、スパニエルの始末をつけたうえで、ふたたびノーレットとふたり、遺体を古い礼拝堂の地下納骨所へ運びこんだわけだが、そのさい、べつに死者を冒瀆《ぼうとく》したり、不適切な扱いをした覚えはない。けっして死者の尊厳を傷つけたとは思っておらんよ、ホームズ君」

「しかしサー・ロバート、ぼくにはそうした行為自体が、許しがたいもののように思われますがね」

准男爵はいらだたしげにかぶりをふった。

「説教ならたやすくできる。しかしきみもわたしの立場に立ってみれば、また異なった判断をするのではないかな。人間たるもの、あと一歩のところで、おのれのすべての望み、すべての目論見《もくろみ》が一挙に瓦解するというのに、べんべんと手をこまぬいて、なんの努力もせずにいられるものじゃない。妹にしても、ほんの短期間のことではあり、夫の先祖のひとりの柩にでも安置されて、荒れてはいるがいまなお神聖なあの墓所に安らぐとすれば、けっして肩身の狭いことではあるまい。

そう思えたから、墓所の柩のひとつをあけて、なかのものを出し、かわりに妹の遺骸をそこにおさめた。とりだした古い遺骨のほうも、まさか納骨所の床に置いたままでおくわけにもいくまいから、これもふたりであらためて運びだし、夜中にノーレットが暖房炉で焼却した。以上がわたしの話のすべてだ。ただしホームズ君、きみがどうやって事の次第をつきとめ、こうしていっさいを告白せざるを得ないところまでわたしを追いつめられたのか、そこはこのわたしの知るところではないが」

ホームズはしばらくじっとすわったまま、考えこんでいた。

それから、おもむろに言った。「サー・ロバート、いまのお話には、ひとつだけ瑕疵《かし》がありますね。レースでの賭け、ひいてはあなたの将来への望み、これはかりに債権者に全財産を差し押さえられたとしても、それにはかかわりなく成立するんじゃありませんか?」

「レースに出走する馬も、差し押さえ財産の一部に数えられるはずだ。賭けの結果がどうあろうと、そんなことをあの禿鷹どもが斟酌《しんしゃく》するものか。ひょっとすると、出走すらさせてもらえんかもしれん。あいにくなことに、もっとも大口の債権者というのが、わたしとは仇敵《きゅうてき》同様の仲でね――サム・ブルーワーという悪党だが、こいつをいつぞやニューマーケット・ヒースの競馬場で、行きがかり上、馬の鞭でたたきのめしたことがあるんだ。そういう相手が、わたしに情けをかけようとするはずなんかあるものか」

「なるほど、よくわかりました、サー・ロバート」ホームズは腰をあげながら言った。「問題の処理は、当然、警察にまかせるべきでしょう。ぼくの任務は、事実を明らかにすること。それが終わったからには、これで失礼します。あなたのなさったことの道義的責任、ないし、事の善悪をうんぬんすること、それはぼくの任ではありません。さあワトスン、かれこれ真夜中に近い。そろそろわれらがつましき仮の宿に引き揚げるとしようか」

　いまでは周知の事実だが、その後、この風変わりな事件は、万事めでたしめでたしの大団円を迎えた――サー・ロバートの所業には、いささか不相応とも思えるほど好都合に。〈ショスコム・プリンス〉号はダービーで優勝し、大博奕《おおばくち》を打った馬主は、正味八万ポンドもの賭け金を手中にした。かたや債権者たちも、レースが終わるまでは貸し金の取り立てを控えていたおかげで、それぞれ全額の返済を受けたし、なおそのうえに、サー・ロバートの手もとには、まず見苦しくない程度に生活を立てなおし、面目を保ってゆけるだけの金が残された。警察も、検死官も、問題の処置には寛大な立場をとり、妹の死亡届けが遅れたことにたいしてのみ軽い譴責《けんせき》を受けただけで、幸運な馬主は、この奇妙な事件に伴うすべてを無傷で切り抜けることができた。いまでは事件のほとぼりも冷め、称号に恥じないりっぱな老後を約束するような近ごろの暮らしぶりではある。

（1）〈グランド・ナショナル〉――毎年春にリヴァプール近郊のエイントリ競馬場で開催される、競馬の大障害競走。

（2）ハーリー街は、リージェント・パークから南へ走る街路。一流の医師が集まる〝医師街〟として知られる。

（3）〝半兄弟〟――競走馬の世界で、母馬をおなじくする兄弟馬（姉妹馬も）をさす呼び名。父馬も母馬も同一の場合は、〝全兄弟〟、〝全姉妹〟となる。

隠退した絵の具屋

その朝のシャーロック・ホームズは、憂鬱《ゆううつ》そうな、どこか達観したような気分でいた。元来が俊敏かつ実際的な気質の主なのに、とかくこうした反動に陥りやすいのだ。

「見たかい、いまの男？」と、問いかけてくる。

「いま出ていった老人のことか？」

「そうだ」

「入り口ですれちがったけどね」

「どう思った？」

「みじめで、からっぽで、打ちひしがれた抜け殻――そんなところかな」

「まさにそれだよ、ワトスン。みじめで、からっぽ。しかしだ、そもそもどんな人生でもが、これすなわち、みじめで、からっぽなものじゃないのかね？　あの男の身の上こそ、人間社会の縮図じゃないのかね？　ひとはみな手をのばす。つかみとる。ところが、最後に手のなかに残るのは、なにか。まぼろしだよ。いや、まぼろしよりもなお悪い――失意だ」

「あれもきみの依頼人なのかい？」

「まあ、そう言ってもいいだろう。警視庁《ヤード》からまわされてきたんだ。医者が不治の患者と見立てると、もぐりのいんちき医者に押しつけてよこすのと似たようなものさ。押しつけたそのうえで、もはや手のほどこしようはない、なにをされようと、これ以上は悪くなりようがないんだから、そうのたまうわけだ」

「それで、どんな事件なんだい？」

ホームズはテーブルからかなり薄汚れた名刺をとりあげた。「ジョサイア・アンバリー。本人の言によれば、画材製造業ブリックフォール＆アンバリー商会の共同経営者だったそうだ。この会社の名なら、よく絵の具箱なんかで見かけるはずだよ。小金もたまったし、六十一歳で会社の経営からは身をひいて、ルイシャムに家を買い、これまでこつこつ働きつづけてきたその余生を、ゆっくり楽隠居で過ごそうと決めた。まあ、どこから見ても、悠々自適の生活が保証されていたわけだ」

「なるほど、結構なご身分だね」

ホームズはありあわせの封筒の裏に走り書きしたメモに目を通した。

「隠居したのが、一八九六年だ。あくる年、九七年になってすぐ、二十歳も年下の女性と結婚した――写真のとおりなら、見た目もなかなかの女性だよ。資産に不足はない、若い妻も迎えた、余暇もたっぷりある――こう並べれば、あとは一本道、安楽な老後へとまっしぐら、だれしもそう思うだろう。それがさ、あにはからんや、二年とたたないうちに、さっき見たとおりのみじめたらしく打ちひしがれた、卑屈を絵に描いたような御仁《ごじん》となりはてた」

「なにがあったんだ?」

「よくある話だよ、ワトスン。背信の友と、浮気妻という構図。あのアンバリーにも、ひとつだけ、ずっと打ちこんできた趣味がある。チェスだ。たまたまルイシャムの家から程遠からぬところに、これまたチェスを趣味とする若い医者がいる。名前は——そう、ここに書きとめておいた——ドクター・レイ・アーネスト。このアーネストがちょくちょく訪ねてくるうちに、アンバリー夫人とわりない仲になった——と、まあこれは、自然の成り行きだろう。なんせ、わが不運なる依頼人氏、中身がどれだけごりっぱかは知らないが、見た目はあのとおり、なんの取《と》り柄《え》もないご老人だからね。

で、まあつまるところ、若いふたりは先週、手に手をとって出奔した——以来、行方は杳《よう》として知れない。なお悪いことに、不貞の細君は行きがけの駄賃とばかりに、亭主の書類保管箱を持ちだしていったんだが、これには老人が一生かかってためこんだ、資産の大半がはいっている。逃げた女をなんとか探しだせないものか。金をとりもどせないだろうか。というわけで、まあここまでの展開から見るかぎり、いたって月並みな事件ではあるんだが、それでもあのジヨサイア・アンバリーにとっては、生きるか死ぬかの大問題というわけなのさ」

「それで、きみはどうするつもりなんだ?」

「そう、さしあたっての問題はね、ワトスン——たまたまきみのいまの質問、それをそのままお返しすることになる。きみはどうするつもりか、と——もしもぼくの代役をひきうけてくれるならばね。知ってのとおり、いまこっちは〝ふたりのコプト人の長老〟の事件にかかりきってて、これもちょうどきょうあたりが山場なんだ。実際、ルイシャムへ出かけていくひまなんかぜんぜんないんだが、反面、現場で集めた証拠には、またかけがえのない値打ちがある。ぜひともぼくにきてほしいと、先方はえらくご執心なんだが、どうにも無理だということを諄々と説いて聞かせた。代役が行くことは、先方も覚悟しているはずだ」

「むろん喜んで行かせてもらうよ」私は答えた。「正直な話、このぼくが行ったところで、たいして役に立つとも思えないが、やれるかぎりのことはやってみよう」

とまあ、こういった次第で、その夏の午後、私はルイシャムへと出かけていったわけだが、たよもやこれが一週間とたたぬうちに、国じゅうを震撼させるあのような大事件に発展しようとは、神ならぬ身の、知る由もなかったのである。

ベイカー街にもどって、託された任務についての報告を終えたのは、その夜もだいぶ遅くなってからだった。ホームズは深い椅子に痩軀《そうく》を横たえ、刺激の強い煙草の煙をゆっくりパイプから立ちのぼらせながら、ものうげに目を半眼にとじて聞いていたが、まるで眠っているかに見えながらも、ときおり私の話がとぎれたり、あやふやな点があったりすると、そのつどまぶたがぴくっと動いて、ふたつの灰色のまなこがその隙間からけわしく光り、私をえぐるように見据えるのだった。

「〈安息の港《ザ・ヘイヴン》〉というのが、ジョサイア・アンバリー氏の住まいの名なんだが」私は語った。「きみのおもしろがりそうな名だと思ったよ、ホームズ。なんだか落魄《らくはく》した貴族が、身をやつして陋巷《ろうこう》に侘《わ》び住《ず》まいしている、そんな印象があってね。あの界隈《かいわい》はきみも知ってのとおり、どこまで行っても単調な煉瓦《れんが》建ての街並みがつづいて、うらぶれた郊外の街道筋の典型、といった趣《おもむき》なんだが、そのまんなかにぽつんと一軒、古い文化と安逸との名残《なごり》をとどめる小島よろしく、その古びた家が建っている。建物をかこむ高い塀は、風雨にさらされて苔のまだら服をまとい、頭にも苔のとんがり帽子をかぶって、一種の――」

「詩人気どりはそのへんにしておけ、ワトスン」ホームズが強い口調でさえぎった。「要するに、高い煉瓦の塀にかこまれている、と」

「お説のとおり。そんな塀があるおかげで、ぼくも通りすがりの男に道をたずねなければ、とうてい〈ザ・ヘイヴン〉にはたどりつけなかったろう。その男、たまたまくわえ煙草で通りをぶらついていたんだが、とくにここでそいつのことを持ちだすのには、いささかわけがある。背が高くて、色が浅黒く、濃い口髭《くちひげ》を生やした、軍人あがりといったタイプの男――これがぼくの質問に応じて、問題の家のほうへあごをしゃくってみせながら、妙に詮索がましい目つきで、こっちをじろじろ見る。その目つきが、やがてこの男のことをあらためて思いださせることになったんだがね。

　門をはいったとたんに、アンバリー氏が車回しをこっちへやってくるのが目にはいった。けさ、ちらっと見かけただけだが、それでも変わった人物だという印象は受けた。それが、こうして明るいところであらためて見ると、ますます異様さがきわだってきた」

「むろんぼくだって、その点はじっくり観察したつもりだが、ここはひとつ、きみの受けた印象というのを、ぜひとも聞かせてもらおうじゃないか」ホームズが言う。

「いってみれば、気苦労で文字どおり体がねじまがってしまった、そんな感じかな。重荷でも背負っているように、腰が深く折れ曲がっている。ところがそれでいて、見かけほど弱ってはいないんだ。肩の盛りあがり、胸板の厚みなんか、それこそ巨人そこのけにがっちりしてるしね。ただ、腰から下はそのわりにはほっそりしていて、脚なんかひょろひょろだった」

「左足の靴には皺《しわ》が寄ってるが、右の靴には皺がなかった」

「そこまでは気がつかなかったな」

「まあそうだろうな、きみのことだから。あれは義足だよ。だが、まあいい、話をつづけてもらおうか」

「目についたのは、古ぼけた麦藁帽の下から、胡麻塩の髪がくねくね波打ちながらはみだしていたこと。ついでに、荒々しく、食いつきそうな表情と、深い皺の刻まれた顔――そんなところかな」

「なるほど、よくわかった。で、どんな話をした？」

「いきなりぶちまけはじめたよ、わが身の不幸をかこつ話をね。並んで玄関のほうへ歩きながらだったが、もちろんこっちもそのあいだ、あたりをじっくり観察した。およそあれほど手入れの行き届かない家ってのは、まず見たことがないね。庭は荒れはてて、草も木も茂りほうだい。庭園として造られたというより、荒れ地を自然のまま放置してあるといった趣。まともな女性なら、どうしてあんな状態を我慢していられたのか、不思議でしょうがないよ。

家に一歩はいると、これがまた、庭に輪をかけたひどさで、だらしないことこのうえない。もっともこの点は、老人も多少は気になってるのか、いくらか見栄えをよくしようと努めてはいたようだ。ホールのまんなかに、緑色のペンキを入れた大きな瓶《かめ》が置いてあったし、ご本人も出てきたとき、左手に刷毛《はけ》を持ってたからね。どうやら木部を塗りかえてるさいちゅうだったらしい。

通されたのは、老人の居室らしい、すすぼけたむさくるしい部屋で、そこで長々と愚痴を聞かされた。きみが自分で出向いてこなかったんで、失望しているのはいやでも目についた。『どうせおいでくださるまいとは思っとりましたがね。わしのような、とるにもたらん人間、それも、財産をそっくりなくしたばかりのじじいふぜいが、有名なシャーロック・ホームズさんのようなおかたを雇いきりにしようなんて、これは虫がよすぎるというものですからな』とかなんとか、嫌味を言う。

そこで、依頼人の資力なんか問題にしてるわけじゃない、そう言って聞かせた。するとと今度は、『はあ、はあ、そうでしたな。あのかたの場合は、芸術のための芸術というわけで』と、こうだ。『しかし、芸術的側面からも、ひとまずここへおいでになって、お調べいただければ、それなりに得るところもあったでしょうにな。それに、人間性という問題もある。そうでしょうが、ワトスン先生——とりわけこの、破廉恥《はれんち》な忘恩行為というやつ！　実際の話、このわしが一度だって家内の願いを聞いてやらなかったことなんて、ありますかね？　あんなにも甘やかされてきた女がありますかね？　それから、相手のあの青年——実の息子同然に扱ってきてやったのに。この家にも、自由に出入りさせてやっていた。それがどうです、今度のこの仕打ち！　実際ねえ、ワトスン先生、こうなると、世も末ですよ、末世です！』

とまあ、要するに、この嘆き節のくりかえしさ。一時間以上も、愚痴と泣き言から一歩も出ない。どうにかそのあいまを縫って訊きだしたところによると、ご老体、細君が不義を働いてるなんて、夢にも思っていなかったらしい。なにしろ、ふたりきりの静かな暮らしで、使用人も通いの女がひとりだけ、それも夕方六時には帰ってしまう。

そこで事件当夜だが、アンバリー老人、細君を喜ばせるつもりで、ヘイマーケット劇場の三階桟敷《さじき》の切符を二枚、用意しておいた。ところが、出かけるまぎわになって、頭痛がするから行きたくないと細君が言いだして、しかたなく、老人ひとりで出かけたわけだ。この話に嘘はないらしい。使わなかった細君の切符を見せてくれたからね」

「それはおもしろい――すこぶるおもしろいね」ホームズが言った。どうやらだんだん事件に興味を覚えはじめたようだ。「つづけてくれ、ワトスン。きみの話、おおいにぼくの関心をそそるよ。その切符とやら、きみはその目で見たのかい？　ひょっとして、座席の番号を覚えてやしないだろうね？」

「ところがたまたま覚えてるのさ」私はいくらか得意になって答えた。「ちょうどぼくの学生時代の学籍番号とおなじでね。三十一番だった。それで頭にこびりついているんだ」

「すごいぞワトスン、たいしたものだ！　すると、老人本人の座席は、三十番か三十二番ということになるな」

「そうなるだろうね」私はいくぶんあいまいに答えた。「それと、列はB列だった」

「ますますすばらしい。ほかにどんなことを聞かされた？」

「金庫室とか称する部屋を見せてくれたよ。実際、堅牢そのものの、そのまま銀行の金庫室と言っても通りそうな部屋さ。鉄の扉に、鉄のシャッター――盗難よけだと称してたけどね。ところが、あいにく細君は合い鍵を持ってたと見えて、相手の男とふたりして、七千ポンド相当の現金と有価証券、それらをそっくり持ちだしていったんだとか」

「有価証券だって？　そんなもの、どうやって処分するつもりなんだ！」

「なんでも老人に言わせると、持ちだされた証券のリストは警察に提出してあるから、どうせ換金は無理――それをあてにしている、と。自分が夜の十二時ごろ、劇場から帰ってきてみると、家じゅうが荒らされてて、ドアも窓もあけっぱなし、細君たちは風《かぜ》を食《く》らって逃げたあとだ。置き手紙もなければ、伝言もなし。以後もいっさい音沙汰なし。とりあえず、警察にはすぐに通報した、と。まあこんなところだ」

　ホームズは二、三分、考えこんでいた。

「ペンキを塗ってたと言ったね？　塗ってたのは、なんだい？」

「うーん、廊下を塗ってたようだね。ただ、いま話した部屋のドアとか木部、そこらはもう塗りおわってた」

「へんだとは思わないか？――そういう、いわば非常時だというのに、わざわざペンキの塗り替えをするなんて？」

「『なにか気のまぎれることでもしていないと、居ても立ってもいられませんから』と、これはご当人の弁だがね。たしかに常識はずれではあるが、もともとご当人がそれ、まるきり常軌を逸した御仁だから。なにしろ、ぼくの見ているその前で、細君の写真をびりびりに引き裂くんだ。『こんな胸くその悪い写真、見るのも目の穢《けが》れだ』とかなんとか、金切り声で叫びたてながら、ちぎっては捨て、ちぎっては捨ての狂乱ぶりさ」

「ほかにまだなにかあるかい？」

「うん、ひとつある。なにより驚いたのがこのことなんだけどね。帰りはブラックヒースの駅まで馬車をとばして、そこから列車に乗ったんだが、発車まぎわに、急いで隣りの車輛にとびのってきた男がいる。知ってのとおりぼくは、めったにひとの顔は見忘れないほうだが、あれはどう見ても、ルイシャムでアンバリー家への道をたずねた、あの背の高い、色の浅黒い男に相違ない。おまけにそのあともう一度、ロンドン・ブリッジ駅でもそいつを見かけたんだが、すぐに人込みにまぎれて、見失ってしまった。あれはぜったいこのぼくを尾行していたんだと思うな」

「そうだ、きっとそうだよ！　そうにちがいない！」ホームズはなぜか浮きうきした調子で言った。「背が高くて、色が浅黒くて、濃い口髭を生やしていた、そう言ったね？　それに、グレイのサングラス？」

「おいおいホームズ、まるで魔法使いだな、きみは。そのことは言い忘れたが、たしかにグレイのサングラスをかけてた」

「ついでに、フリーメーソンのタイピンもだ。だろう?」

「ホームズ!」

「なに、簡単なことなのさ、ワトスン。それよりも、実際的な問題のほうを煮つめよう。じつをいうとこの事件、当初はばかばかしいほど単純で、ぼくが出馬するまでもないと思ってたんだが、それがここへきて急に、まったく異なる様相を呈してきたようだ。きみがせっかく出かけていきながら、肝心なところはすっかり見落としてきたのは事実だが、それでも、あまりに見え透いてるので、きみですら否応なく目にとめた材料からだけでも、事は真剣な考慮を要する段階にきている、とは言えるだろう」

「ぼくがなにを見落としてきたっていうんだ!」

「まあまあ、気を悪くしたもうな。ぼくが仕事に私情をさしはさまないことぐらい、承知のはずだろう。きみだからこそ、そこまでの成果が挙げられたんだよ。そこまでできるものは、まずいないさ。だが残念ながら、肝心なところを見落としてきたってこと、これは否定すべくもないな。たとえばの話、あのアンバリーという男とその細君、この夫婦を近所のものはどう見ているのか。あるいは、アーネスト医師の評判は? はたして想像されるとおりの女たらしなのかどうか。きみの持ち前の魅力をもってすれば、どんな女性だって、喜んで協力者ないし味方になってくれたはずだ。さしずめ、郵便局の女性局員とか、八百屋のおかみさんあたり、どうだい? きみが〈ブルー・アンカー〉亭の姐さんに無意味なことをこちょこちょささやきかけ、その見返りに、おおいに手ごたえのある情報をひきだしてるようす、それがこのぼくにはまざまざと見えるような気がするがね。ところがあいにくきみときたら、こうしたことをまるきりやらずにすませている」

「なんなら、いまからでもやってこようか」

「もうやってしまったよ。電話という文明の利器と、ヤードの協力と、このふたつがあるおかげで、ここにいながらにして、枢要な情報はあらかた手にはいるのさ。実際の話、ぼくの得た情報によると、アンバリーという男の話は、いちおう裏づけられる。地元の評判では、あの男、守銭奴であるうえに、細君には口やかましく、横暴な亭主でもあるようだ。その金庫室とやらに、大金をしまいこんでたというのも嘘じゃない。さらに、若く独身のアーネスト医師が、しばしばアンバリーとチェスをやってたというのも事実だから、だとすると、亭主とチェスをし《プレイド・チェス・》ていた《ウィズ》いっぽうで、細君を手玉にとって《プレイド・ザ・フール・ウィズ》たというのも事実かもしれん。とまれ、ここまではとんとんと運んで、なにも問題はなさそうに思える――ところがだ！――ところが、なんだよ！」

「どこか問題があるのか？」

「あるいはぼくの思い過ごしかもしれんがね。しかしまあワトスン、この件はひとまず忘れるとしよう。しばらくこの、うんざりさせられる仕事の世界を離れて、音楽という脇道に逃避しようじゃないか。今夜はアルバート・ホールでカリーナ[1]が歌うんだ。せいぜいめかしこんで、腹ごしらえもして、思いっきり楽しんでくるとしようよ」

あくる朝、私は早起きしたつもりだったが、食卓にトーストのくずと卵の殻が二個分残されているのを見て、友人のほうがもっと早かったとわかった。見ると、走り書きの手紙がテーブルに置いてある――


おはよう、ワトスン――

ジョサイア・アンバリー氏の件で、ひとつふたつ、確かめておきたいことがある。それでこの事件のかたがつけばいいのだが――あるいは、それではすまないかも。いずれにしろきみには、午後三時ごろ、在宅していてくれるようにお願いしたい。手を借りることもあろうかと思うので。

――S. H.

その日一日じゅう、ホームズは外出したきりもどらなかったが、それでも、手紙に書かれていた時刻には、むずかしい顔をして、なにか思いつめたような、うわのそらといったようすで帰ってきた。こういうときには、そっとしておくのに限る。

「アンバリーはまだあらわれないかい？」

「ああ」

「さあて！　いまにもやってくるはずなんだが」

期待は裏切られなかった。まもなく、例の禁欲的なしかめつらに、ひどく気がかりそうな、とまどった表情を浮かべて、依頼人が姿を見せた。

「じつはホームズさん、電報がきましてな。さっぱりわけのわからん内容なんです」さしだされたそれをホームズが受け取り、読みあげた――

至急オイデヲ請ウ。コノタビノ失セ物ニツキ当方情報ノ持チ合ワセアリ。牧師館ニテ。えるまん。

「二時十分、リトル・パーリントンの発信となってる」ホームズは言った。「リトル・パーリントンという土地、たしかエセックスの、フリントンからもそう遠くないところだ。これは言うまでもなく、ただちに出向かれるべきですね。地元教区の牧師なんだから、ちゃんとした人物であることは確かですし。ええと、ぼくの『国教会聖職者名鑑』はどこへやったかな？　ああ、ここだ。載ってますよ――〝J・C・エルマン、文学修士、モスモア゠リトル・パーリントン併合教区司祭〟。ワトスン、汽車の時間を調べてくれないか」

「リヴァプール・ストリート駅発、五時二十分というのがあるね」

「ちょうどいい。ワトスン、きみもいっしょに行ってあげたまえ。なにかと手助けや助言が必要になるかもしれん。これでようやくこの事件も大詰めにきたようだ」

ところが、肝心の依頼人氏のほうは、いたって気乗り薄なようすだ。

「こんな情報、まったくばかげてますよ、ホームズさん。これだけ遠方のひとが、なんでこっちで起きてることを知ってるわけがあるんです？　時間と金の無駄づかいになるだけだ」

「なにも知らないんだったら、わざわざ電報など打ってくるわけがないでしょう。すぐに行くと返電をお打ちなさい」

「まあよしときましょうよ」

ホームズは、持ち前のきびしい顔をいよいよきびしく引き締めた。

「そういうことだと、警察も、ぼくも、非常によくない心証を持つことになりますよ、アンバリーさん。これほどはっきりした手がかりがあるのに、当の被害者本人が出向いてもいかないとなると、じつは捜査の進むのを望んではいない、とさえ勘ぐりたくなります」

ずばりと言われて、さすがの依頼人も縮みあがったようだった。

「いや、いや、もちろんまいりますよ、そこまで言われるなら。一見したところ、この人物がなにか情報を握ってるなんて、およそばかげているとしか思えませんが、ホームズさんがそういうお考えなら――」

「いかにもそういう考えですとも」ホームズは語気を強めて言い、かくして依頼人と私とは、連れだって旅に出ることになった。部屋を出る前に、ホームズが私を脇へ呼び、そっと注意を与えてくれたが、それから察するに、どうやらこの一件をすこぶる重大視しているらしい。

「どんなことをしてでも、あいつをまちがいなく向こうまで行かせるように、とりはからってほしいんだ。かりにも途中で逃げだしたり、ひきかえしたりするようだったら、すぐさま最寄りの電話交換局に駆けつけて、一言、『逃げた』と伝えてくれ。どこにいても、必ず連絡がつくように手配しておくから」

リトル・パーリントンは支線の沿線にあり、そうたやすく行けるところではない。いま思いだしても、うんざりするような旅だった。暑さは暑し、汽車はのろい。旅の同伴者は不機嫌に押し黙って、たまに口をひらけば、どうせ行ったたって無駄に決まってる、と皮肉っぽくくりかえすばかり。ようやくめざすちっぽけな駅に降りたつと、今度は牧師館まで二マイルも馬車に揺られたあげく、そこで出迎えてくれたのが、大柄で、もったいぶって、どちらかというと尊大な牧師。私たちは書斎に通されたが、相手の目の前には、こちらから打った返電が置いてある。

「よくおいでくださいました。ところで、どんなご用件ですかな？」と、切りだしてきた。

「そちらから電報をいただいたので、こうしてうかがった次第です」私が説明の労をとった。

「当方からの電報！　こちらは電報など打った覚えはありませんが」

「いや、そちらからジョサイア・アンバリー氏に宛てて、アンバリー氏の奥さんとお金のことで、電報をくださったでしょう？」

「冗談のつもりですか？　だとすると、まことにけしからん冗談ですな」牧師は腹だたしげに言った。「いま名を挙げられたようなかた、まるきり存じあげないし、もとよりどなたにも電報など打った覚えはありません」

依頼人と私とは、驚いて顔を見あわせた。

「どこかで行きちがいがあったようですね」私は言った。「ここにはもうひとつ牧師館があるんですか？　その電報をここに持参してきていますが、このとおり、差出人はエルマン、住所は牧師館となっています」

「牧師館はひとつだけ、教区司祭もひとりだけです。それにしても、こういう贋《にせ》電報はまことに言語道断。ぜひとも警察に頼んで、何者の仕業《しわざ》かつきとめてもらわねばなりますまい。とまれ、贋電報と判明したのですから、これ以上はお話をつづけても、意味はないと存じます」

という次第で、アンバリー氏と私とは路上にほうりだされる仕儀となったのだが、あらためてながめてみれば、およそイングランドじゅうにこれほどへんぴな村はふたつとないだろう。とりあえず電報局に行ってみたが、すでにしまっている。さいわい、駅前の小さな旅亭、〈レールウェイ・アームズ〉に電話があったので、そこからホームズに連絡をとったところ、事の意外な成り行きには、さすがの彼も驚いたようだ。

「そいつは面妖な話だな。摩訶不思議だ！」と、遠い声が言った。「だがそれはそれとして、気の毒だがワトスン、今夜はもう帰りの汽車はなさそうだぜ。はからずもぼくのせいで、田舎の宿のひどさというやつ、それを体験させる結果になったわけだが、しかしワトスン、ものは考えようだ。いつの場合も、〈大自然〉というものがある――〈大自然〉と、そしてジョサイア・アンバリー――まあせいぜいこのふたつと、仲よくやってくれたまえ」電話を切るとき、向こうでくっくと笑っているのが耳に伝わってきた。

　私の同行者が吝嗇漢《りんしょくかん》という評判にたがわぬ男であることは、じきにはっきりした。そもそもここへくる途中でも、旅費のことでしきりに文句をたれ、汽車も三等にすると言って聞かなかったのだが、いまはまた、宿賃のことでやかましく騒ぎたてる始末。ようやくあくる朝、ロンドンに帰り着いたときには、ふたりともぐったりして、いずれ劣らず不機嫌になっていた。「通りがかりだから、ベイカー街に寄っていったらどうですか？」私はすすめた。「あるいはホームズ君からも、なにか新たな情報が聞けないとも限らないし」

「と言われても、きのうみたいな贋情報ばかりじゃ、どうせろくな役にも立ちますまいが」アンバリーは気むずかしい渋面《じゅうめん》でそう言ったが、それでもひとまずついてきた。

私たちの帰着時刻は、すでに電報でホームズにも知らせてあったのだが、もどってみると、彼の置き手紙があって、ルイシャムに行くので、私たちにも追いかけてきてほしい旨がしるされている。これは意外だったが、それにもまして意外だったのは、ルイシャムの依頼人宅の居間で待っていたのが、ホームズひとりではなかったことだ。いかめしい顔つきの、無表情な男がひとり、そばにすわっている。色の浅黒い、グレイのサングラスをかけた人物で、タイからつきでているのは、大きなフリーメーソンの飾りピン。

「こちらはぼくの友人、バーカー氏です」ホームズが紹介した。「このバーカー氏も、じつはアンバリーさん、あなたの事件には関心を持っていましてね。これまでぼくとはべつの線で動いていたんですが、いまはふたりとも、たまたまおなじことをあなたにおたずねしたいと思っているところです」

アンバリー氏はどすんと腰をおろした。窮地に陥っていることを感知したらしく、それが緊張した目の色や、ぴくぴくひきつる顔の表情にあらわれている。

「なにをお訊きになりたいんですか、ホームズさん？」

「簡単なことです。死体をどうしました？」

と、いきなりアンバリーがしゃがれた叫び声をあげてとびあがった。骨ばった手が虚空をつかむようなしぐさをした。口を大きくあけたその形相は、一瞬、忌《い》まわしい猛禽類《もうきんるい》のそれかとも思えたが、そこに垣間見えたもの、それはジョサイア・アンバリーの真の姿――体と同様に心もねじまがった、人面獣心の悪魔の姿――であった。それきりまた椅子に腰を落とすと、口に手をあてがい、咳をこらえるようなしぐさをしたが、とたんにホームズが猛虎さながらに躍りかかるなり、その喉をつかんで、顔を下へねじむけた。激しくあえぐアンバリーの口もとから、白い錠剤がひとつ、ぽろりと落ちた。

「早く楽になろうったって、そうはさせるものか、ジョサイア・アンバリー。〝何事も宜《よろ》しきに適《かな》い、かつ秩序を守りて行なえ[2]〟とは聖書も言ってることだ。さてバーカー、この始末をどうつけようか」

「外に辻馬車を待たせてあるがね」と、われらの寡黙な友人が答えた。

「署まではほんの数百ヤードだ。ぼくもいっしょに行こう。ワトスン、きみはここで待っててくれないか。三十分もしたら、もどってくるから」

　老いた元画材商は、その頑丈な体軀《たいく》にライオンのごとき力を隠し持っていたが、それでも、こういう相手を扱い慣れたふたりの男にしてみれば、赤子の手をひねるのも同然だった。待たせてあった馬車へ、もがいたり、あばれたりしながら老人がひきたてられていったあと、私は

ただひとり、凶兆をはらんだその家に取り残された。さいわいホームズは、出る前に予告したのよりも早くもどってきたが、このたびは、きびきびした若手の警部がいっしょだった。

「ややこしい手続きのほうは、バーカーにまかせてきた」と、ホームズは言った。「きみはバーカーのことはよく知らなかったっけね、ワトスン。サリー州という〝河岸《かし》〟では、かねてからのぼくの商売敵《がたき》、好敵手なんだ。背が高く、色の浅黒い男ときみから聞いたとたん、なんなく正体に思いあたったよ。大きな事件をいくつも解決した実績もある。そうだね、警部？」

「あのひとには、何度か捜査の邪魔をされたものです」と、警部は控えめに答えた。

「たしかに彼のやりかたは、ぼくのとおなじで、変則的なんだ。しかし、変則的なのが役に立つことだって、ときにはある。きみなんかはその立場上、まず被疑者にむかって、今後おまえの言うことは、おまえに不利な証拠として用いられることがありうる、なんて警告しなきゃならないわけだけど、これでは残念ながら、今度の犯人のような悪党にはったりをかませて、事実上の自白をひきだすなんてこと、とうてい無理な相談だからね」

「まあ、それはそうでしょう。しかしホームズさん、われわれだって、いずれはそこへ漕ぎつけますよ。今度の事件にしたって、当局がいまだになんの仮説も持っていなかった、犯人をお縄にするのはとうてい無理だった、などと思われては心外です。はばかりながら言わせてもらえば、あなたがたがこちらの使えない手段を駆使して横合いからとびこんできて、こちらの鼻先から獲物をさらっていくのには、ずいぶんと腹に据えかねるところもあるんです」

「こちらはべつに獲物を横どりする気はないけどね、マッキノン。言っておくが、今後、ぼく自身は、事件の表面からは一歩、退くつもりでいるし、バーカーにしても、こっちの頼んだことをやったにすぎないんだ」

警部はすくなからずほっとしたようすを見せた。

「それはまた、ホームズさん、ずいぶんと雅量《がりょう》がおありで、痛み入ります。早い話、世の毀誉《きよ》褒貶《ほうへん》なんか、あなたにとっちゃどうということもないでしょうが、われわれにしてみれば、死活問題なんです。とりわけ、新聞がうるさく訊いてきますからね」

「そうだね、まさしく。しかし、どっちにしろ新聞は、うるさく訊いてくるものだ。それならそれで、あらかじめ答えを用意しておいたほうがいいだろう。たとえば、知的で、しかもやる気満々の記者に、きみがいったいどういう点から疑惑をいだくにいたったのか、また最終的にこれこそ真相にちがいないと確信したのは、どういう点からなのか、そうたずねられたら、いったいどう答えるつもりだね？」

警部は困惑顔をした。

「これこそ真相、なんてものは、まだぜんぜんつかんじゃいませんよ。ホームズさん、あなたは被疑者があなたがた三人の眼前で自殺をはかったのは、とりもなおさず、細君とその愛人を殺害した事実を認めたのも同然だ、そうおっしゃいますが、ほかにいったいどんな事実をつかんでおいでなんです？」

「家宅捜索の手配はもうしたのかね？」

「いま、巡査が三人、こちらへ向かっているところです」

「だったらじきに手にはいるさ――ほかのなによりも明白な事実がね。遺体のありかは、そう遠くないはずだ。まずは地下室、それから庭を探してみること。ここぞと思うところを掘ってみれば、そう手間はかかるまい。この家が建ったのは、水道管が敷設されるのより前の時代だから、どこかにきっと、もう使われていない古井戸がある。そこもやはり狙い目だろうね」

「それにしても、あなたはどうやって目星をつけられたんです？　犯行はどういうふうに行なわれたんですか？」

「それなら、まずそれがどういうふうに行なわれたのか、それを話して、そのあとで説明を聞いてもらうとしよう。きみはもちろんだが、じつはきみ以上に、ここにいる辛抱づよいわが友人こそ、その説明を聞く権利があると言えるだろう。この事件では、終始、かけがえのない働きをしてくれた当人でもあるしね。

だが、まずはその前に、この事件における犯人の精神構造を考察してみるとしよう。きわめて異常なものだよ、これは。この異常さを考えると、絞首台よりはむしろ、ブロードムアの精神障害犯罪者収容所に送るほうが似つかわしい、とすら思えるくらいだ。いずれにしろ、現代の英国人よりも、中世のイタリア人に、より近い気質。それを色濃く持っているとは言えるだろう。

ひどい吝嗇漢で、ことごとに金を惜しむので、細君もすっかり嫌気がさして、きっかけさえあれば、誘惑者の誘いにのりかねない状況にあった。その誘惑者が、チェス好きの若い医者というかたちであらわれたわけさ。アンバリーはチェスが強かったが、これはね、ワトスン、策士に特有の性向のひとつでもあるんだ。守銭奴はみんなそうだが、アンバリーも人一倍、嫉妬ぶかく、その嫉妬は偏執的な狂気にまで高まっていた。実際にそういう関係があったかどうかはともかくも、彼はふたりが密通していると勘ぐった。そこで、彼らへの復讐を思いたち、悪魔的な巧妙さで策謀をめぐらした。まあ、こっちへきてみたまえ！」

ホームズは先に立つと、あたかも自分の家のような物慣れた足どりで廊下を歩いてゆき、例の金庫室の、あけっぱなしになっているドアの前で立ち止まった。

「うへえ！　なんてひどいペンキのにおいだ！」警部が声をあげた。

「これこそがまず最初の手がかりだったのさ」ホームズが言う。「これについては、ワトスン博士の観察力に感謝すべきだろうね。あいにくワトスン本人は、それからなにかをつかむまでにはいたらなかったが、ぼくにとっては、これがはじめの一歩になった。いったいなぜこの人物は、こういう大事の起きたおりもおり、家じゅうに強いペンキのにおいをこもらせなきゃならなかったのか。明らかに、べつのにおいをそれでおおい消してしまいたいからに決まっている——なにか疑念を呼びそうな、怪しいにおいを。

と、そこで思いあたったのが、これこのとおり、鉄のドアとシャッターとをそなえた堅牢な部屋だ——これぞ鉄壁の密室。以上のふたつを結びつけてみると、さて、どういう答えがはじきだされるか。これはどうでもこの目で実地に家を検分する必要がある。すでに、これが容易ならぬ事件であることは確信していた。ヘイマーケット劇場の座席一覧表を調べて——これまたワトスン博士の慧眼《けいがん》のおかげなんだが——事件当夜、三階桟敷B列の三十番、三十二番は、ともに空席だったのを確かめてあったからだ。したがって、アンバリーが劇場に行ったというのは、真っ赤な嘘。思えば迂闊《うかつ》なことをしたものさ——細君のためにとったと称する座席の番号を、わが明敏なる友人に見せてしまったというのはね。

となれば、問題は、どうすればこの家をじかに検分することが可能かということ。そこで、思いつくかぎりのどこよりもへんぴな片田舎に代理人を送って、そこからアンバリー宛てに電報を打たせ、その日のうちにはとうていもどってこられそうもない時間帯に、その土地へあいつをおびきだした。手ちがいのないように、ワトスン博士にも同行してもらった。先方の牧師の名は、言うまでもなく、手もとの『国教会聖職者名鑑』から探しだした。どうだね、ここまでは——はっきりしたかね?」

「みごとなものです」警部はいたく感服したふぜいで答えた。

「こうして、邪魔のはいるおそれを排除したところで、いよいよ家に押し入った。ぼくはね、その気になれば、いつだって探偵じゃなく、侵入盗を稼業にできただろうし、その道でもきっと、第一人者になっていたと思う。

まあ、それはともかくとして、ここでなにを発見したかを見てもらおう。ここの壁の幅木《はばき》にそって、ガス管がひかれているのが見えるだろう? そう、これだ。管は壁の角づたいに上へ延び、この隅のところに栓がある。管はこのとおり、そのまま延びて金庫室のなかにひきこまれ、天井のまんなかの、あの漆喰《しっくい》の薔薇飾りまでつづいているが、先端は、装飾のかげに隠れて、見えない。ところが、その管の先端、そこは切りっぱなしなんだ。したがって、室外でガス栓をあけさえすれば、たちまち室内にはガスが充満する。ドアとシャッターをしめきったそのうえで、栓を開放したら、この狭い室内にいるものは、ものの二分とたたずに意識を失うことは必定。やつがどんなもっともらしい口実で犠牲者たちをこの部屋に誘いこんだのかは知らないが、いったんここにとじこめられてしまったら、もはや袋の鼠さ」

警部は興味津々でガス管を検《あらた》めた。「そういえば、うちの署内にもいましたよ——室内にガスのにおいがしていたと報告したものが。ただしそのときは、すでに窓もドアもあけはなってあったし、ペンキも——すくなくともある程度までは——塗りおえられていた。なんでも、アンバリー本人の説明では、前日からペンキ塗りを始めたとか。しかしホームズさん、それからあと、どうなったんです？」

「さよう、じつはここで、ぼく自身にも少々意外な成り行きになったんだ。調べをすませて、明けがた早く、食料貯蔵室の窓から抜けだそうとした。すると、いきなり襟髪《えりがみ》をむんずとつかまれて、『おい、この鼠《ねずみ》野郎、ここでなにをしている？』ときたわけだ。どうにか首をねじむけてみると、なんと目の前に、わが友人にして好敵手たるバーカー君のサングラス。いやまったく、妙な邂逅《かいこう》で、双方、顔を見あわせて苦笑い。

訊いてみると、向こうはレイ・アーネスト医師の家族に頼まれて、独自の調査にたずさわるうち、こっちとおなじく、犯罪があったという結論に達したのだとか。そこで、数日前から家を見張っていたところ、訪ねていったワトスン博士を見かけて、明らかに不審な人物と目星をつけた。あいにく路上でもあり、ワトスンをとりおさえるところまでは踏みきれずにいたものの、今度はあろうことか、食料貯蔵室の窓から這いだしてくるやつを見つけて、ついに実力行使に及んだ、と。そこでもちろんぼくからも、事件の経過を彼に話して聞かせて、その後は共同で捜査にあたることにしたというわけだ」

「なぜあの男と組んだんです？　なぜわれわれ、警察とじゃ、だめなんです？」

「なぜならばだ、ちょっとしたテストをやってみたかったからだよ。テストはさいわい上々の成果を挙げたが、警察とじゃ、まずそこまでは踏みこめなかったろうからね」

警部はにやりとした。

「まあ、そうでしょうね。ところで、先ほどのお話では、今後は捜査の前面から身をひいて、結果はすべてこちらにゆだねてくださるということでしたが、まちがいありませんね？」

「ないとも。それがぼくのいつものやりかただから」

「そうですか。では、警察を代表して、お礼を申しあげます。おかげで事件のあらましははっきりしたようですし、遺体の捜索だけなら、そう手こずることもありますまい」

「ついでにもうひとつ、証拠を提示しよう――いささかぞっとさせられる、おぞましい証拠だがね」ホームズは言った。「おそらくこれ、アンバリー自身も気づいてはいないと思う。いいかね警部、犯罪捜査で成果を挙げようと思ったら、いつの場合も他人の立場に立って、自分ならどうするかを考えてみることさ。多少の想像力は必要とするが、それでも、報いられるのは確かだ。

というところで、いまきみがこの狭い部屋にとじこめられ、あと二分しか生きられないとしよう。それでもきみとしては、なんとかして、扉の外できみを嘲笑《ちょうしょう》しているにちがいない悪魔めに、一矢《いっし》報いてやりたい。さあ、どうする？」

「なにか書き残しますね」

「いかにも。自分がいかにして殺害されたかを世間に知らしめたい。といって、紙に書いたのでは、だめだ。すぐ犯人に見つかってしまう。よし、壁にでも書いておけば、いつかだれかの目に触れることもあるだろう。というわけで、ここを見てくれ！　幅木のすぐ上のところ、深紅の消えない鉛筆でなぐり書きしてあるだろう。"We we――"と、これだけだが」

「どういうことでしょうね？」

「書かれている位置は、床からほんの十インチばかりのところだ。つまり、これを書いた気の毒な人物は、床に倒れて、虫の息だった。書きおえないうちに、意識を失ったんだろう」

「なるほど。"We were murdered"――〝われわれは殺されたのだ〟、そう書こうとしたんですね」

「と、ぼくも見立てたわけだ。だから、もしも遺体から消えない鉛筆が見つかったら――」

「わかりました。きっと探しだしてみせます。それはそうと、有価証券類のほうはどうなんですか？　むろん、盗まれたということはありえない。しかし、アンバリーがそれだけの証券類を所有していたのは確かなんです。その点はちゃんと確認してありますﾞ」

「どこか安全なところに隠してある――これはまずまちがいないだろうね。駆け落ち事件のほとぼりが冷めたころを見はからって、思いがけないところから見つかったふりをする。おそらく、不義のふたりが後悔して送りかえしてきたとか、道中で落としていったとか、そんなふうに言いたてるつもりだったんだろう」

「なるほど。どんな問題にも、ちゃんとした答えをお持ちのようで」と、警部。「それにしても、あの人物、われわれ警察に届けでるのは当然として、なぜまたのこのこ、あなたのところへ出かけていかなきゃならなかったのか。その点がどうも腑に落ちません」

「自惚《うぬぼ》れだよ、〝完全な！〟と、ホームズは答えた。「抜け目なくやったとばかりに鼻高々、だれがこの自分の尻尾をおさえられるものか、とたかをくくっていた。かりに詮索好きな隣人でもいれば、こう言ってやることもできる——『あらゆる手を尽くしましたよ。警察だけじゃなく、シャーロック・ホームズにまで頼んであるんですから』とね」

警部は声をたてて笑った。

「まあ、あなたのお働きに免じて、〝にまで〟というのは聞き流すことにしましょう。とにかくこれは名人仕事、わたしの記憶するかぎりにおいて、ほかに例のないものです」

二日ばかりたって、友人がひょいと私に投げてよこしたのは、《ノース・サリー・オブザーバー》なる隔週刊の地方紙だった。〈「ザ・ヘイヴン」の恐怖〉に始まり、〈警察の大手柄〉に終わるはなばなしい見出しの下に、ぎっしり詰まった活字で印刷されているのは、この事件に関する最初の一貫した報道だった。最後の一節などは、全体の論調をあらわす典型的な例だろうが、ざっとまあ、こんな調子だ——

ペンキのにおいから、なにかほかの、たとえばガス臭がそれでおおい消されているのではないかと推論したマッキノン警部の驚くべき慧眼と、金庫室がまた死の部屋でもあったのではという大胆な推理、さらにまた、それにもとづく家宅捜索の結果、巧妙にも犬小屋によって隠されていた古井戸より、二体の遺体を発見するにいたった経緯、すべてはわが警察捜査陣の叡知を示す不滅の実例として、長く犯罪史上に輝きつづけるであろう。

「いやはや。でもまあ、いいとしようよ――マッキノンは好漢だからね」ホームズは寛大な笑みとともに言った。「ワトスン、きみはこれをわれわれの事件簿に入れておきたまえ。いつの日か、真実を語るときもあるだろう」

(1)〝カリーナ〟なる歌手については、いっさい不明。シャーロッキアンのあいだでは諸説あるようだが、いずれも決め手に欠ける。

(2)引用は、新約聖書『コリント信徒への手紙　第一』第十四章四十節より。

新版・訳者あとがき

創元推理文庫のシャーロック・ホームズ全集最終巻、『シャーロック・ホームズの事件簿』をお届けします。

永遠の名探偵シャーロック・ホームズ。その晩年の事蹟を語るこの第五短編集は、いまから二十七年前の一九九〇年、ホームズの産みの親サー・アーサー・コナン・ドイルの没後六十年を経るまで、著作権上の問題で、創元推理文庫には含まれていませんでした。そのため、阿部知二氏訳によるホームズ・シリーズも、わずかに画竜点睛《がりようてんせい》を欠く憾《うら》みがないでもなかったのですが、一九九〇年に著作権の保護期間が切れ、いざ『事件簿』を、となったとき、すでにお亡くなりになっていた阿部知二氏に代わり、不肖深町眞理子が翻訳の大任をおおせつかったものです。

深町訳のこの版が世に出たのは、一九九一年五月。以来、二〇一五年三月刊の第二十五版まで、順調に版を重ねてきましたが、このかん、二〇一〇年からは、シリーズの他の八巻もすべて新訳に切り替わることとなり、その八巻め、『恐怖の谷』が、ようやく一五年九月に上梓されました。そこで、それら八巻との文体上、表記上の整合性をはかるため、かつまた、二十余年を経過して、九一年版にいくつか意に満たない箇所が見えてきたこともあって、このさい、この九巻めも改訳して、深町訳ホームズ・シリーズの締めくくりとしたい、そう考えた次第です。さいわい読者の皆様のご支持を得て、これまでの八巻ともども長く読み継がれてゆくならば、訳者として、これに過ぎる喜びはありません。なにとぞ皆様の絶大なるご支援を、今後ともこの創元推理文庫のシャーロック・ホームズ全集にたまわりますよう、伏してお願い申しあげます。

さて、本書におさめられた個々の作品の内容、あるいは、シリーズ全体に占めるこの第五短編集の位置づけ、といった点については、他の八巻とおなじく、戸川安宣氏による詳細な解題がありますし、さらに、これを含むホームズ譚《たん》全体のおもしろさについても、有栖川有栖氏が巻末の解説に書いてくださっていますので、ここではくりかえしません。たんに、訳者としての立場から、翻訳そのものについて、二、三しるしてみたいと存じます。

はじめに、二十七年前に翻訳に取り組むにあたり、まず考えたのは、これまでの先行訳により、長年にわたって培《つちか》われてきたシャーロック・ホームズのイメージ――これはそのまま訳者自身、早くから読者としていだきつづけてきたイメージ、ということでもありますが――これをこわさぬように、ということでした。もうひとつ、文章のうえでは、いまからちょうど百三十年前のヴィクトリア朝末期から、著者も「まえがき」で書いているように、ごく短かったエドワード時代を経て、さらにその後の第一次世界大戦の前後（現在からはおよそ百年前）にいたるまで、それぞれの時代の風潮、社会性といったものをそれなりに出しながら、なおかつ、古めかしい感じにはならないようにと、この点も心がけました。実際、翻訳にさいして原文をじっくり読み、やや意外に思ったのは、文章面で古色蒼然《こしょくそうぜん》といった趣《おもむき》の表現にはまず出くわさなかったことで、むしろ、ホームズのものの見かたや行動などには、当時のひととしてはとびぬけて明るい現代性、合理性がある、といま読んでも感じさせられます。結果として、そういう明るさが多少は訳文に反映されているかもしれません。

つぎに、原文について少々気になった点をいくつか挙げておきます。その第一は、「白面の兵士」における病者、「〈三破風館〉」における黒人等の描写に見られる差別感情と、「サセックスの吸血鬼」や、「ソア橋の怪事件」、「〈三破風館〉」に見られるラテンアメリカ系の女性への、そこはかとない偏見です。とくにこのラテンアメリカ系の女性への偏見というのは、これまでの巻でも何度か見られたもの（たとえば、『シャーロック・ホームズの復活』収載の「第二の血痕」など）ですが、いずれにしても、こうした偏見は、当時のイギリス人としてはやむをえないものであり、そういうものだったのだと割りきって受けとめるしかないでしょう。ただ、作者の根本的姿勢は変えるべくもないとしても、訳文のうえでは、なるべくそれをあらわにしないように努めたつもりです。なお、「白面の兵士」の病者にたいする誤った認識と、それに伴う差別意識については、戸川安宣氏も解題で説明してくださっています。

二番めは、「這う男」に出てくる日付けと曜日の食いちがいについてです。冒頭に、〝一九〇三年九月初旬のある日曜日〟とあり、万年暦で調べると、これが六日のことであるのがわかります。のちに依頼人も、〝おととい の九月四日〟と言っていますから、この四日＝金曜日を起点に、プレズベリー教授の身に異変が起きる日を見てゆくと、八月下旬の段階で一日のずれがあるものの、それ以外は叙述にほとんど破綻が見られないのですが、ケンフォードに出向いたホームズが、〝来週の火曜日あたりがやまだ〟と言うあたりから、怪しくなってきます。本来なら、つぎに異変が起きるのは、九月四日から九日めの〝十三日＝来週の日曜日〟でなくてはおかしいのです。

これについて、著名なシャーロッキアンであるウィリアム・S・ベアリング＝グールドの編纂した *The Annotated Sherlock Holmes*（邦訳は東京図書刊『シャーロック・ホームズ全集』一九八二―八三年、ちくま文庫刊『詳注版シャーロック・ホームズ全集』一九九七―九八年）では、〝ホームズがケンフォードへ出かけた日を、ワトスンの記述より一週間後、九月十四日の月曜日に設定すれば、すべて辻褄《つじつま》が合う〟としていますが、これは訳者としては首肯《しゅこう》できません。ホームズは六日の日曜日に依頼を受けたのですから、翌七日の月曜日には、さっそく現地へおもむいたと受け取るのが当然でしょう。ホームズ自身も、「すぐにもこちらから訪問すべきだと考えるのには、いくつか理由がある」と言っているのですから。

そのほか、おなじ「這う男」で、トレヴァーだったはずの依頼人の名が、いつのまにかジャックに変わっているなど、気にしはじめればいろいろ問題はありますが、しかし、ここで声を大にして言うなら、この種のいわば瑕瑾《かきん》は、細かく重箱の隅をつつくように読んでこそ目につくもの、楽しんで物語の世界にひたっているかぎり、けっして障りにはなりません。読者諸賢におかれましては、どうかこういう瑣末事《さまつじ》にとらわれず、あくまでも作品を作品としてまるごと味わう姿勢をつらぬかれますよう、これは訳者よりもひとえにお願い申しあげます。

というわけで、著者の「まえがき」に倣《なら》って言うなら、〝読者の皆様、今度こそほんとうにシャーロック・ホームズともお別れです！　長年の変わらぬご愛顧に感謝するとともに、いまはただ、皆様を日々の煩《わずら》いから解放し、真のロマンスの王国においてのみ見いだしうる気分転換をうながすというかたちで、なにがしかの貢献ができたことを願うのみ〟です。

ここまで、九巻全巻の個人訳を完成させるについては、東京創元社の皆様の、言葉には尽くせぬご尽力、ご助力をいただきました。わけても、二〇〇九年に『冒険』編の新訳にとりかかって以来、当初は一二年春には全巻を仕上げる予定だったのを、一七年の今日《こんにち》まで辛抱づよく伴走してくださった編集部の桑野崇氏、なにかと挫折しがちだった訳者を、折りにふれては励ましてくださった井垣真理氏、プリンターが故障して、困りはてているとき、富士通製のパソコン本体に合う機種を探してきて、設置してくださった坂川充氏。そのほか、校正や製作のかたがたをも含めて、皆様にはほんとうにお世話になりました。心より御礼申しあげます。このご恩返しは、これからも老けこむことなく、きちんと仕事をつづけてゆくことにしかない、と覚悟を新たにしています。

そして最後になりましたが、忘れてはならない戸川安宣氏。一九九〇年、それまではホームズ譚のパロディーやパスティーシュばかりを、ほとんど一手引き受けのかたちで訳していた翻訳者深町眞理子に、はじめて〈正典〉の『事件簿』をやってみないかと声をかけてくださった大恩人です。いまはお礼の言葉もありません。願わくは、深町訳シャーロック・ホームズ全集が長く売れつづけ、それが多少なりともご恩返しになってくれればと、それればかりを願っています。ほんとうにありがとうございました。

二〇一七年二月

解題

戸川安宣

本書はシャーロック・ホームズ譚《たん》五番目にして最後の短編集 *The Case-Book of Sherlock Holmes* の全訳である。

原著の初版は一九二七年六月十六日、ロンドンのジョン・マレイ社から刊行された。日本の暦でいうと、明治二十年に発表された『緋色の研究』以降、四長編五十六短編を積み重ねてこの最後の作品集刊行時には昭和の世になっていたのだ。リチャード・ランスリン・グリーンとジョン・マイケル・ギブスンの *A Bibliography of A. Conan Doyle* (Clarendon Press, 1983) に依ると初版部数は一万五一五〇部とのこと。定価は七シリング六ペンス。これと同時に、マレイ・インペリアル・ライブラリより植民地版《コロニアル》が五千部上梓されている。アメリカ版の初版もまったく同じ日に、ニューヨークのジョージ・H・ドーラン社から定価二ドルで刊行されているが、タイトルは *The Case Book of Sherlock Holmes* と Case と Book の間のハイフンがない。同じタイトルで、やはり六月にはトロントのザ・ライアスン・プレスからカナダ版が二ドルで、翌七月にはライプツィヒのタウフニッツ版がそれぞれ上梓されている。

この最後の短編集には〈ストランド・マガジン〉の掲載時でいうと一九二一年十月の「マザリンの宝石」から一九二七年四月の「ショスコム・オールド・プレース」まで五年半にわたって発表された短編十二編が収められている。ほぼ半年に一編というゆったりとしたペースで書かれたわけだ。

ところで、ここに収められた十二編の中にはホームズの一人称で綴《つづ》られた物語が二編含まれている。「白面の兵士」と「ライオンのたてがみ」である。どちらの物語にもワトスンは出てこない。しかし、シャーロッキャンの間では、ワトスンと出会う前の、たとえば「〈グロリア・スコット〉号の悲劇」や「マズグレーヴ家の儀式書」などではホームズが語って聞かせる話をワトスンが書き留めているのに、なんでこの物語ではそうしなかったのかとこのホームズ一人称形式に疑問を抱く向きがある。さらには冒頭からワトスンが登場するのに、なぜか三人称で綴られている「マザリンの宝石」にいたっては侃々諤々《かんかんがくがく》の論争が繰り広げられている。全作品中、三人称で記されているのはこれまでは「最後の挨拶」だけだった。これは物語の性格上、三人称で書かれていても仕方がなくもないが、「マザリンの宝石」はことさら三人称にする意味がないように思われる。かくして、シャーロッキャンはこの物語を三人称の形で書いたのは誰か、という議論をすることになる。というように、ファンの間ではホームズ譚中、最大の問題作なのである。

内容的にも、表面上は異常で不可解な様相を呈し、事件性を疑われるが、実は犯罪ではなく、

『アーサーとジョージ』書影

自殺であったり、事故であったり、病気であったりというものが多いのが、この時期の作品の特色である。現代の観点からすると偏見や差別と捉えられかねない描写が散見されるが、発表された時代や社会情勢に鑑《かんが》み、ドイルの書いたままにしていることをご了承いただきたい。

本書刊行の三年後に逝去したドイルは晩年、心霊学に凝り、スピリチュアリズムを熱心に説いて廻ったこともあって、世間から胡乱《うろん》な目で見られている面もあり、そのせいもあるのだろうか、考古学上の一大捏造《ねつぞう》事件として名高いピルトダウン原人の問題でもドイルを犯人扱いする人たちがいたほどである。ドイルの晩年は毀誉《きよ》褒貶《ほうへん》相半《あいなか》ばしていたと言って良いと思うが、この数年のドイル関連のニュースとして、『フロベールの鸚鵡《おうむ》』『イングランド・イングランド』などで知られるジュリアン・バーンズが、ジョージ・エダルジ（邦訳ではエイダルジ）の冤罪《えんざい》を晴らすために奔走《ほんそう》するドイルの姿を描いた小説『アーサーとジョージ』*Arthur & George*, 2005（邦訳は中央公論新社）が話題になるなど、法の正義を訴えるドイルの生き様が改めて評価されたことに加え、昨年、大英自然史博物館の研究チームによって晴れて考古学上の疑惑が払拭《ふっしょく》されたこともあって、ドイルの名誉が回復傾向にあるのは、ファンとして喜ばしい。いずれにしても亡くなる最後の最後まで、己の信念にあくまで忠実に精一杯生きようとしたことは間違いなく、そういった晩年のドイルの姿を限りない敬慕の念を込めて描いたジョン・ディクスン・カーの『コナン・ドイル』*The Life of Sir Arthur Conan Doyle*, 1949（邦訳は早川書房）がいっそうの精彩を放ってきたように思える。

さて、巻頭に置かれた「著者まえがき」は〈ストランド・マガジン〉一九二七年三月号に、シドニー・パジェットほかのエッセイを集めたA Sherlock Holmes Competitionを掲載した際ドイルが寄稿した文章を若干手直ししたもの。この中でドイルが、「かりにそのあいだ、どこかのより俊敏な探偵と、さほど俊敏でないその朋友とが、彼らふたりの空けた舞台の穴を埋めてくれるとすれば、それはそれで、また結構なことだ」と記しているが、それはまさにアーサー・モリスンの生み出したマーチン・ヒューイットをはじめとする《シャーロック・ホームズのライヴァルたち》の登場を念頭に置いて書かれたものだろう。

高名の依頼人　The Adventure of the Illustrious Client

この作品はニューヨークの〈コリアーズ・ウィークリー・マガジン〉一九二四年十一月八日号にジョン・リチャード・フラナガンの挿絵付きで掲載されたのが最初である。イギリスでは年を越して〈ストランド・マガジン〉の一九二五年二、三月号にハワード・K・エルコックの挿絵を付して分載された。

「高名の依頼人」前編が載った〈ストランド・マガジン〉1925年2月号

「高名の依頼人」挿絵

やんごとない身分の依頼人がホームズの許を訪れる、という発端はホームズ譚のひとつのパターンだが、今回は相対する相手にホームズがこれといった対抗策を打ち出せないのが、いささか歯がゆい。

事件の終盤、ワトスンが男の応急手当のために、油や脱脂綿、モルヒネの注射に使用する器具などを所持していたことになっているが、出かける場面に特にそのような描写はない。医師たる者、常に携帯していて当然、ということなのだろうか。

事件の起こった日にちは、「一九〇二年九月三日」と明記されている。当時ワトスンは「クイーン・アン街に居を構えていた」という。そして、モリアーティー教授は死に、セバスチャン・モラン大佐は「まだ生きてい」ると、ホームズは語っている。

この物語で、突然「シンウェル・ジョンスン」なる助手が登場する。「これまでこの回顧録のなかでは（中略）あまりとりあげる機会がなかった」とワトスンが言い訳をしているが、「今世紀初頭のころから、この男がわが友人にとっては、かけがえのない助手となってきた」といい、元は「きわめて危険な大悪人」で、「二度もパークハースト刑務所で服役した前歴の主」だが、「前非を悔いて、ホームズの盟友となり、かつまた彼の手先として、ロンドンの巨大な暗黒世界に潜入し、情報収集の任にあたるようになった」とある。そのうえ、「観察が鋭く、血のめぐりも速いとあって、情報収集役としてはうってつけの人物」だった。犯罪者から警察の高官にまで上りつめたフランスのヴィドックを髣髴《ほうふつ》とさせるではないか。

ホームズが名をあげた犯罪者――バイオリンの名手だというチャールズ（チャーリー）・ピース（一八三二―一八七九）は、映画にもなり、タッソー夫人の蠟人形館に蠟人形が陳列されているくらい著名な犯罪者。もう一人の並の芸術家ではないというトーマス・グリフィス・ウェインライト（一七九四―一八四七）は、画家で美術評論家だが連続殺人を犯した犯罪者。いずれ劣らぬ著名犯罪者だが、それに比すような犯罪人だというグルーナー男爵をうるさく嗅ぎまわっていたフランスの探偵が、ならずものの一団に襲われて、一生、足腰の立たない体にさせられた、とあるその名がル・ブラン Le Brun というのが、気になるところ。ご存じアルセーヌ・リュパンの生みの親、モーリス・ルブラン Maurice Leblanc のことをどうしても思い出してしまうのはぼくだけだろうか。ドイルからすれば、勝手に作品中にホームズを登場させて、いいように弄《もてあそ》んでいるのを、おもしろく思っていなかったのではないか。

「白面の兵士」挿絵

白面の兵士　The Adventure of the Blanched Soldier

この作品もアメリカ版のほうが早く、〈リバティ〉誌一九二六年十月十六日号にフレデリック・ドー・スティールの挿絵を付して掲載された。本国では、〈ストランド・マガジン〉一九二六年十一月号にハワード・K・エルコックの挿絵付きで発表された。

一九〇三年一月に、ボーア戦争終結で帰国した元兵士がホームズの許にたずねてくる。このとき、ワトスンは「私とはべつのところに細君と所帯を構えていた」とホームズは語っている。そのため、この件に関してはホームズが一人で捜査に当たり、ワトスンは関わらない。そこでこの物語と隠退後の事件「ライオンのたてがみ」はホームズが自ら筆を執ったという形になっている。このワトスンの結婚に関しては『四人の署名』で出会ったメアリー・モースタンとは別の、二度目以降の結婚だとする説がシャーロッキャンの間ではほぼ通説になっている。

有名なホームズ語録のひとつ――「ぼくの方法論は、まず、ありえない事柄をことごとく排除してしまえば、あとに残ったものこそ、いかにありそうになくても、真実にちがいない、という推定するところから出発しています」

マザリンの宝石　The Adventure of the Mazarin Stone
〈ストランド・マガジン〉一九二一年十月号にA・ギルバートの挿絵を付して発表。つづいて〈ハースツ・インターナショナル〉誌のアメリカ版一九二二年十一月号にフレデリック・ドー・スティールの挿絵付きで掲載された。

この作品は「シャーロック・ホームズ最後の挨拶」(『シャーロック・ホームズ最後の挨拶』所収)と並んで、三人称で綴られたわずか二編の作品の一つである。前述のようにシャーロッキャンの間ではこの作品の話者が誰なのか、大論争になっている。「白面の兵士」や「ライオンのたてがみ」にはワトスンが登場しないが、この物語には最初から出てくるにもかかわらずワトスンの語りで綴られていないのだから、論争の種になるのは当然だ。

この短編は、一九二一年五月二日、ブリストル演芸場で開幕し、以後十八ヶ月にわたって巡業したドイル作の The Crown Diamond: An Evening with Sherlock Holmes という一幕ものの戯曲を小説化したものである。ホームズを「紅はこべ」やシェークスピア劇に出演した俳優デニス・ニールスン－テリーが、ワトスンは初めレックス・ヴァーノン・テイラーが演じた。『シャーロック・ホームズ事典』***The Encyclopedia Sherlockiana***, 1977（邦訳はパシフィカ）などの著者ジャック・トレイシーの ***Sherlock Holmes: The Published Apocrypha***（Houghton Mifflin, 1980）にこの台本が収録されているので読んでみたところ、この戯曲では敵役がセバスチャン・モラン大佐とボクサーのサム・マートンになっていて、盗まれた王冠ダイヤモンドをホームズの詭計《きけい》で取り戻す、というプロットはそのままであった。ということは、「空屋《くうおく》の冒険」（『シャーロック・ホームズの復活』所収）の設定で宝石の奪還という話を絡《から》めた筋の一幕ものを芝居の台本として書き、それを小説化するに際し、モランは「空屋の冒険」の最後で捕まっているので敵役を別人に替えたというところだろう。モランをネグレット・シルヴィアス伯爵に置き換えているだけで、細部や基本的なプロットはそのままである。夕食はと聞かれたホームズが、「七時半だ、あさっての」と答えることや、敵役の住所（北西郵

デニス・ニールスン－テリー

ドイルとウィリアム・ジレット共作の戯曲 Sherlock Homes

便区、ムアサイド・ガーデンズ一三六番地）など戯曲そのまま。特大の黄色い宝冠ダイヤを取り返すというメイン・プロットも同様である。

本編に登場するビリーという少年は一八九九年十月二十三日から三日間、ニューヨークのスター劇場を皮切りに英米両国で上演された四幕もの（後に二幕五場ものに改められたようだ）の劇 Sherlock Holmes（ドイルとアメリカの俳優ウィリアム・ジレットの共作）で登場し、以後、一九一〇年六月四日から八月七日までロンドンのアデルフィ劇場を皮切りに、これも英米両国で上演されたドイル作 The Speckled Band: An Adventure of Sherlock Holmes にも、そしてもちろん本編の元となった The Crown Diamond にも出てくる。演劇版のホームズではレギュラーと言うべきキャラクターである。それを小説版にもうっかり、というか、そのまま使ってしまったので、その後一度だけ再登場させた、というのが真相だろう。因《ちな》みに Sherlock Holmes のイギリス公演で、一九〇五年十月十七日から十二月二日にロンドン、デューク・オブ・ヨークス劇場でビリーを演じたのは、弱冠十六歳のチャップリンであった。

エラリー・クイーンの作品で言えば、クイーン家の召し使いジューナを少年ものの主人公に使ったり、ラジオドラマの副主人公格として創造したニッキー・ポーターが小説にも登場するようになるのと似ている。

ところでこの作品では、ベイカー街の部屋の、張り出し窓の手前のアルコーブを仕切っているカーテンの陰にホームズそっくりの蠟人形が置かれている。ライヘンバッハの滝から生還したホームズが、セバスチャン・モラン大佐の襲撃に備えてしつらえたのを思い出すが、それはモランによって頭部を打ち砕かれてしまったはずだ。「空屋の冒険」ではホームズによると「グルノーブルのオスカル・ムーニエ」作だというのに対し、こちらは「フランスの彫塑《ちょうそ》職人、タヴェルニエの作」だという。

また、居間から「寝室を抜けて外に出」られる「もうひとつ出口がある」とあるのも、ほかの作品の描写と合致しない。

本編には、「近ごろできたあの蓄音機とかいう発明」が登場する。ご存じのようにエジソンが発明した蓄音機が改良を重ね、十九世紀も終わりに近い時期になってレコード製作が盛んとなり、カルーソーなどを擁したビクターが躍進した。しかし、一九二〇年代半ばまでは片面録音のみで、せいぜい五、六分の再生時間だったから、この作品の設定には無理があるように思う。

「〈三破風館〉」挿絵

〈三破風館〉 The Adventure of the Three Gables

アメリカ版は〈リバティ〉誌一九二六年九月十八日号にフレデリック・ドー・スティールの挿絵を付して掲載されている。〈ストランド・マガジン〉には一九二六年十月号にハワード・K・エルコックの

「サセックスの吸血鬼」挿絵

挿絵付きで掲載された。「ベイカー街にはちょっとご無沙汰していた私」が久しぶりの出会いを愉しもうとしていた矢先に、巨漢の黒人が飛び込んでくる。依頼人より先に敵側の人間が脅しに来るのは珍しい。「社交界のスキャンダルに関しては生き字引のような男」ラングデール・パイクが登場し、ホームズに情報をもたらす。ラングデール・パイクスというのは湖水地方の小連峰で、イギリス有数の景勝地である。従ってこの名は男がゴシップ記事を書くときのペンネーム、とするのが通説である。

サセックスの吸血鬼　The Adventure of the Sussex Vampire
〈ストランド・マガジン〉一九二四年一月号にハワード・K・エルコックの挿絵を付して掲載された。アメリカ版は The Sussex Vampire のタイトルで〈ハースツ・インターナショナル〉誌一九二四年一月号にW・T・ベンダの挿絵を付して掲載。

法律事務所から廻されてきた奇妙な依頼。吸血鬼に関する事件だというので、ホームズが扱った事件記録の分厚い索引帳を開き、〈グロリア・スコット〉号事件などを追憶している中に、「トランシルヴァニアの吸血鬼」というのが出てくる。「墓から抜けだして歩きまわる死体、それも、心臓に杭を打ちこまないかぎり死なないやつなんて」と言っているのは、明らかにブラム・ストーカーの『吸血鬼ドラキュラ』*Dracula* を指しているのだろう。一八九七年に発表されたその原作、というよりむしろ「サセックスの吸血鬼」が発表された頃は芝居になって人気を博していた頃だから、そちらのことを念頭に置いていたのかも知れない。

ガリデブが三人　The Adventure of the Three Garridebs

〈コリアーズ・ウィークリー・マガジン〉一九二四年十月二十五日号にジョン・リチャード・フラナガンの挿絵を付して、さらにニューヨークの〈カレント・オピニヨン〉誌同年十二月号に、こちらもジョン・リチャード・フラナガンの挿絵付きで掲載された後、〈ストランド・マガジン〉一九二五年一月号にハワード・K・エルコックの挿絵を付して掲載された。

ガリデブという珍しい姓の男性を三人揃えると莫大な遺産が手に入る——という突拍子もない話から意想外な結末に導くのは、「赤毛組合」（『シャーロック・ホームズの冒険』所収）を筆頭にドイルの得意とするところだが、プロットの練り具合は「赤毛組合」に遠く及ばない。

「ガリデブが三人」挿絵

ボーア戦争の終結直後、一九〇二年の六月、ホームズがその功によりナイト爵に叙せられるのを辞退した、とあるが、この年、作者ドイルがナイト爵に叙せられている。彼は初めこれを断るつもりでいたが、敬愛する母親がドイルの予想に反して強硬に叙爵を促し、やむなくコナン・ドイルはサー・アーサーとなった。一九二一年にその母メアリーが亡くなったので、ドイルは作品を通して己の気持ちを

「ソア橋の怪事件」挿絵

表明したかったのだろう。

　この作品には電話が登場する。ベイカー街の部屋にも電話があるようだが、グラハム・ベルが一八七六年に電話を発明して以来、電話網が整備され、一般家庭に通話の道具として使われるようになるのは一九二〇年代になってからである。「マザリンの宝石」の蓄音機などと同様、めざましい技術の進歩が、ホームズ譚にも反映されているのだ。尤《もっと》も、ワトスンの記述を信じるなら、この事件の翌年に起きた「這う男」では、別に居を構えているワトスンは電報でホームズに呼ばれている。ベイカー街にはあっても、ワトスンの家にはまだ電話は引かれていなかったのだろうか。

ソア橋の怪事件　The Problem of Thor Bridge

〈ストランド・マガジン〉一九二二年二、三月号にA・ギルバートの挿絵を付して分載された。アメリカ版も同じく〈ハースツ・インターナショナル〉誌の一九二二年二、三月号にG・パトリック・ネルソンの挿絵付きで掲載されている。

　チャリング・クロスのコックス銀行の貸金庫に、「古いブリキ製の文書箱」がある。その蓋に、「元インド派遣軍軍医、医学博士ジョン・H・ワトスン」と名が記され、「シャーロック・ホームズ氏がおりおりに手がけてきた、多種多様な珍しい事件を記録した」「書類がぎっしり詰まってい」る。これが所謂《いわゆる》、ホームズの未発表事件――語られざる事件記録なのだが、その中には、「自宅へ雨傘をとりにもどったきり、杳《よう》として消息を絶ってしまったジェームズ・フィリモア氏の事件」やら、「ある春の朝、港を出たあと、ちっぽけなかたまりとなってただよっていた靄《もや》のなかへと消えてゆき、それきり、乗組員もろとも、あとかたもなく消失してしまった」カッター型帆船〈アリシア〉号の事件、そして発見されたとき、「目の前にマッチ箱をひとつ置き、じっとそれを凝視していたのだが、このときには完全に発狂していて、マッチ箱には、現代の科学にもいまだその正体がつかめない、きわめて珍しい蠕虫《ぜんちゅう》が一匹はいっていた」という「著名なジャーナリストで、決闘好きでも知られた、イザドール・ペルサーノ」の事件記録が収められているそうだ。これらが後の同業作家を刺激してパロディ、パスティーシュの類いを生み出すきっかけとなった。

中でも家に傘を取りにいったまま消え失せてしまったフィリモア氏の事件は、カーがドイルの息子エイドリアンとともに書いたホームズのパスティーシュ集『シャーロック・ホームズの功績』*The Exploits of Sherlock Holmes*, 1954、（邦訳は早川書房）の中の一編「ハイゲイトの奇蹟事件」The Adventure of the Highgate Miracle で小説化しているのをはじめ、エラリー・クイーンがラジオ・ドラマにし、オーガスト・ダーレスがソーラー・ポンズ譚に仕立てるなど、語られざる事件の中では、一番人気と言ってもいい。

The Exploits of Sherlock Holmes 書影

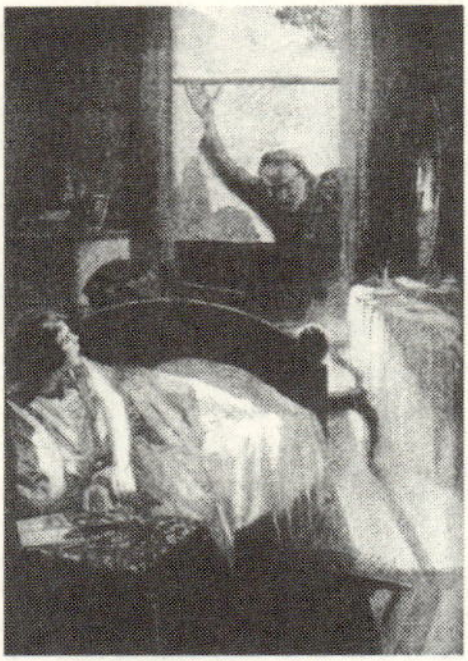
「這う男」挿絵

ベイカー街の下宿に新しく「料理女」がきていて、助手の少年ビリーが再登場する。

這う男　The Adventure of the Creeping Man

〈ストランド・マガジン〉一九二三年三月号に掲載された。挿絵はハワード・K・エルコックであった。アメリカ版は同年同月の〈ハースツ・インターナショナル〉誌で、フレデリック・ドー・スティールが挿絵を担当している。

一年ほど前に発表された前作「ソア橋の怪事件」冒頭に描かれたブリキの箱に収められた未公開事件記録のうちの一つ。珍しいことにホームズが「真相を私の手で公表すべきではないかと主張していた」とワトスンが述べている。時期としては「わが友ホームズが探偵稼業から身をひく直前、最晩年に扱った事件のひとつ」だという。「一九〇三年九月初旬のある日曜日」とあるから、六日のことであろう。

この物語の中にも「もつれた綛糸《かせいと》」という言葉が出てくる。良く知られているように『緋色の研究』は初め、「もつれた綛糸」というタイトルになる予定だった。ドイルはよほどこの言葉が好きとみえて、「〈ウィステリア荘〉」（『シャーロック・ホームズ最後の挨拶』所収）の中でも使っている。

ライオンのたてがみ　The Adventure of the Lion's Mane

ニューヨークの〈リバティ〉誌一九二六年十一月二十七日号にフレデリック・ドー・スティールの挿絵を付して掲載された。〈ストランド・マガジン〉は一九二六年十二月号にハワード・K・エルコックの挿絵付きで掲載。

これもホームズの一人称。隠退後、「サセックスのささやかな家にひっこみ」、「あこがれつづけてきた大自然を相手の静謐《せいひつ》な日常」にひたりきっている。その「別荘ふうの家は、イングランド南東部を東西に走る丘陵、〈ダウンズ〉の南斜面にあり、英仏海峡を一望のもとに見わたすことができる」フルワースという村だという。そこに「年配の家政婦」と一緒に養蜂をしながら住んでいる。ワトスンとは疎遠になり、「たまさか週末などに訪ねて」くるくらいだという。

「ライオンのたてがみ」挿絵

一九一七年に発表された「シャーロック・ホームズ最後の挨拶」では、ワトスンがホームズに対し、「きみはとうに隠退したんじゃなかったのか？　たしか、サウス・ダウンズの小さな農場にひっこんで、蜜蜂と書物だけを相手に、隠者の生活を送っていると聞いたはずなんだが」と言っている。「ライオンのたてがみ」で書かれているのとは異なり、週末などに訪ねては来ていないようだが。

ここで語られる事件は、「一九〇七年の七月も末のこと」だという。モード・ベラミーが相談に訪れたのが火曜というから、三十日のことだろう。「長年にわ

「覆面の下宿人」挿絵

たる私の職業探偵としてのキャリア」と言っていて、ホームズに「職業探偵」という意識があったことが表明されている。

　ここに出てくる「年配の家政婦」が、「最後の挨拶」のマーサと同一人物なのかは不明だ。

　この物語にも「もつれた綛糸」という言葉が出てくる。

　ホームズは自分のことを、「ぼくは乱読家でしてね。しかも、つまらないことを奇妙によく覚えている」と述べている。

覆面の下宿人　The Adventure of the Veiled Lodger

ニューヨークの〈リバティ〉誌一九二七年一月二十二日号にフレデリック・ドー・スティールの挿絵を付して掲載。本国では〈ストランド・マガジン〉一九二七年二月号にフランク・ワイルズの挿絵付きで掲載された。

　ワトスンはこの物語の冒頭で、「わが友シャーロック・ホームズ氏が職業探偵として現役にいたのは、前後二十三年もの歳月に及ぶが、私はそのうち十七年間にわたってこの友人に協力し、かつまたその業績を記録にとどめることを許されてきた」と記している。このそれぞれの歳月に関してもシャーロッキャンの間では議論百出である。

「一八九六年も末近く」「ホームズからすぐにくるように、という急ぎの手紙を受け取った」

とあって、ワトスンがホームズと一緒に暮らしていないことがわかる。

〈ショスコム・オールド・プレース〉　The Adventure of Shoscombe Old Place

ニューヨークの〈リバティ〉誌一九二七年三月五日号にフレデリック・ドー・スティールの挿絵を付して掲載。次いで〈ストランド・マガジン〉一九二七年四月号にフランク・ワイルズの挿絵付きで掲載された。全ホームズ譚の最終作となった作品である。

競馬のことについて明るいかい、と訊かれたワトスン。「傷病軍人年金を半分がた、馬券につぎこんでるくらい」だと言っている。賭博好きで女性に目がないワトスンの性格を表すものと、シャーロッキャンは分析している。

隠退した絵の具屋　The Adventure of the Retired Colourman

ニューヨークの〈リバティ〉誌一九二六年十二月十八日号にフレデリック・ドー・スティールの挿絵を付して掲載されたのが最初。それに次いで、〈ストランド・マガジン〉一九二七年一月号に掲載された。フランク・ワイルズが挿絵を描いている。

「ショスコム・オールド・プレース」挿絵

この事件でホームズは、まず自分の代わりにワトスンを調査に差し向ける。それでいて調査結果を聞いて「肝心なところはすっかり見落としてきた」とさんざんな言い様である。これではいかに温厚なワトスンといえども気色ばむのも無理はない。

ホームズ語録――「その気になれば、いつだって探偵じゃなく、侵入盗を稼業にできただろうし、その道でもきっと、第一人者になっていたと思う」またこうも言う。「犯罪捜査で成果を挙げようと思ったら、いつの場合も他人の立場に立って、自分ならどうするかを考えてみることさ」

本格推理小説としてのホームズ物語

有栖川有栖

小学生の頃に胸を高鳴らせて読んだシャーロック・ホームズの物語を、拙文を書くにあたって恐る恐る読み返してみました。こんなものだったのかと幻滅するのでは、との危惧《きぐ》もあったのですが、感服するところが多く、安心したというのが本音です。

ご承知のとおりホームズものの楽しみ方は一様ではなく、その魅力は多面的です。――奇人伝として（まずコレ）、冒険活劇として、伝奇小説として、捕物帖として、人情話として、ヴィクトリア朝英国への憧憬《しょうけい》と郷愁を誘うファンタジーとして、時にナンセンス小説として（例えば本書中のアレですよ、アレ）、とにかく楽しませてくれます。シャーロッキアンになるとその上、事件の発生順を考察したり、ワトスンの傷の部位だの結婚回数だのを推察するというパズル的、あるいは一種考古学的楽しみ方もあるようです。

私は前記のすべてを味わった上、本格推理小説としてホームズ譚《たん》を満喫しました。そんなこと当たり前？　ええ、そうでしょう。けれど、私の印象として巷《ちまた》の多彩なホームズ論において、本格推理小説としてのホームズ譚という論評が妙に後回しになっているように思えるのです。

私の目が届いていないだけかもしれませんが、ホームズ譚中のミスデレクションだのダイイング・メッセージについてを中心に論じた文章を見かけませんし、ホームズの時代には読者にあらかじめ解決のデータを提示するという約束事はなかったという指摘はよくありますが、ドイルが時折見せる鮮やかな伏線、ロジックの摘出は稀《まれ》です。

ホームズ譚の持つ面白さの多様性、豊かさは先に述べたとおりで、アンチ本格ファンも楽しめる作品であることは間違いありません。しかしその変な反動らしく、本格ファンの方にたかがホームズという考えが生じているように思えるのは私の気のせいでしょうか？　気のせいではないことにして話を進めさせていただきます。

実はたかがホームズ、という考えはある程度、再読する前の私自身のものなのです。ざっとまぁ、こんなふうです。

ホームズ譚は素晴らしく面白い。しかし本格推理小説として読むといかにも頼りない。本格であってもなくてもどうでもいいことではあるけれど、本格だと思って読まない方がいい。何故なら、ホームズの推理は論理的でなく、蓋然性《がいぜんせい》を弄《もてあそ》ぶという次元に留まっている。指先が平べったければ音楽家かタイピストだなどという推察に本気で納得する読者はいないだろう。また暗号を解読するにしても、同趣向のポオの「黄金虫」の探偵役は二百三文字の暗号文からある法則を読みとったのに、ホームズはわずか十五文字の暗号文を見てあっさり決めつけるように解いてしまう。初《うぶ》な子供の頃はホームズおじさんの迫力で納得させられてしまったが、いつまでもそうはいかない。

データを読者に与えないのも前近代の作品だから許されたのであって、現在では禁じ手だ。「きみの書くああいったささやかな事件記録――あれはまるきりうわべだけでひとを驚かすていのものだと思うが――あれだって、一部については効果の点でおなじことが言えるんじゃないかな。だってあれは、きみが二、三の事実を読者には知らせず、自分の手だけに握っているからこそ効果が挙がるんだから」(「背の曲がった男」の中でホームズがワトスンに)などよくもぬけぬけと、だ。この帽子の持ち主の家にはガスが引かれていないだって? 帽子に蠟《ろう》がぽたぽた滴《したた》っていることを先に聞いていたら、ワトスン以外の誰にでも言えたよ。

非常識も多い。蛇をミルクで飼育、調教できますか?(實吉達郎氏の有名な指摘)あんなことで教授が木に登りますか?(本書中のアレですよ、アレ)本格推理小説のファンならまだこの後にどんでん返しがあると思うぞ。

等々。もしホームズ譚が単に本格推理小説として書かれたものだったなら、これらは作品の瑕瑾《かきん》だったでしょう。ドイルはパズラー作家としてはエラーが多い。しかししかし、読み返してみると、パズラー作家としてもやはり、とんでもないファインプレーを数々演じていたのでした。ミステリ用語を交えつつ、気がついたファインプレーをいくつか挙げてみようと思います。

ミスデレクション。これこれと思わせて、実は……という騙しのテクニック。クリスティの得意技とされているものですが、ドイルの技も大きくて見事です。作例としてはもちろん「赤毛組合」にまず指を折りましょう。同工異曲に「株式仲買店員」と「ガリデブが三人」がありますが、いずれも「変な募集」の裏に巧みに犯罪が隠されていて、作者に騙される快感を堪能させてくれます。鮎川哲也氏の「新赤髪連盟」、島田荘司氏の「紫電改研究保存会」などは、ドイルに触発されて書かれた楽しい作品ですし、泡坂妻夫の作品にも似た味わいのものがあります。それだけ魅力的なパターンなわけで、乱歩はロバート・バーの「放心家組合」と合わせて〝赤髪トリック〟と命名したほどです。「変な募集」の内容そのものの奇抜さが面白いだけでなく、その募集のどこが不自然なのかをホームズが摘出する手際も論理的です。

ダイイング・メッセージ。死に際の伝言はお手軽本格の常套《じょうとう》手段で（自分のことは棚に上げて）、珍妙なメッセージがこれまでいくつも書かれています。ドイルも結構好きだったのが再読してみて判りました。『緋色の研究』で早速それらしいものが出てきます。壁に書かれた血文字「RACHE《ラッヘ》」です。この血文字は実に印象的でした。「先生、あの女です」（「金縁の鼻眼鏡」）「ライオンのたてがみ」（題名にもなっています）というのも自然なメッセージでいい。そして何よりも「まだらの紐」（これもそのまま題名）ですね。これらは、「犯人に悟られず、捜査側にだけ真意を伝える」という言い訳の下に犯される「ダイイング・メッセージの不合理」という罪を免れており、かつメッセージの言葉そのものがいかにも意味ありげで魅力的です。ドイルはダイイング・メッセージの趣味がよかった、と指摘しておきたいと思います。

ロジック。ホームズの推理は多分にはったり臭くて、あまり論理的とは言えません（それだから面白いことが多い）。しかし時折読者の反論を許さないデュパンやクイーン風の推理も披《ひ》露《ろう》してくれるのです。私が一番好きなのは「技師の親指」。不運な技師が馬車で運ばれたのは東西南北いずれの方角だったのか？　西だ東だと侃々諤々《かんかんがくがく》の議論があった後、ホームズが「いえ、こうです」と論証する。技師自身の話の中にデータがきちんと盛り込まれており、読者はぎゃふんとなります。名探偵が鮮やかに見得を切る名場面として感激したものです。「金縁の鼻眼鏡」における足跡の推理も納得せざるを得ないもの（かつ意外な展開）ですし、「ノーウッドの建築業者」中の手掛かり、血の指紋の発見が濡れ衣を着せられかけた青年の潔白を証明するという場面にもはっとしました（この時は事前の伏線をすっ飛ばしていますが）。犯人捜しの興味では「〈シルヴァー・ブレーズ〉号の失踪」が優れているでしょう。投薬の機会が現実的にあった人物は誰かで的を絞り、そのあとあの有名な「吠えなかった犬」の推論が出てきます。本編は理詰めのロジックで固めた作品ではありませんが、思わせ振りな伏線が多く、本格ミステリとしての秀作でしょう。「三人の学生」も軽いカンニング犯人捜しですが、消去法が楽しい。「六つのナポレオン像」は子供の頃読んで大喜びした作品ですが、「何故犯人はナポレオンの胸像を次々に壊すのか」が「論理のアクロバット」で解かれるカタルシスは本格ミステリの醍醐味《だいごみ》です。「同じ店で売られた像が」「明るい場所でわざわざ」等、壊され方の伏線がうまい。

トリックももちろんたくさん書かれています。それも今日《こんにち》に至るまで数多くのバリエーションを生んだ親トリック的なものが多い。無論、百年前の作品ですからトリック分野もまだ未開拓の部分が広大だったはずで、現在の推理作家よりは有利だったでしょうが、それにしても独創的なアイデアを創造しています。一人二役や動物犯人（作品名は伏せておくのが礼儀でしょう）、品物や人間の隠し場所（「レイディー・フランシス・カーファクスの失踪」が見事）等、トリックの冴《さ》えを存分に見せてくれます。密室トリックとして「まだらの紐」はやはり面白い。後々《のちのち》までバリエーションを生んだ「ブルース＝パーティントン設計書」や「ソア橋の怪事件」（これは実際にあった事件を元にしているそうですが）は名トリックですし、しかもそれらがホームズものの中期以降ないし後期の作品に現れているのは特筆していいのではないでしょうか。本文庫『回想のシャーロック・ホームズ』（旧版）の解説で中島河太郎氏は「ドイルはいろいろなトリックを編み出しているが、これまでの二十数編の中でも、類似の構想にたよるものがないとは言えなかった。かれがいったん筆を措《お》こうと決意したのも、毎月新しい形式を生み出すことの困難さが、隠れた原因の一つのように思われる」と指摘しています。おそらく正鵠《せいこく》を射た指摘でしょうが、ドイルは最後まで新鮮な発想を枯渇《こかつ》させることなく仕事をやり遂げたのです。惜しみない拍手を送りたいと思います。

最後に、名探偵の設定について。エキセントリックな探偵、ホームズに追随するように奇抜なキャラクターの名探偵が数々創り出されましたが（本文庫の『シャーロック・ホームズのライヴァルたち』のシリーズをご覧あれ）、彼らはたいてい本格推理小説の理想の探偵に具備していて欲しい資格を欠いているように思えます。単なる個人的見解かもしれませんが、その資格とは胡散臭《うさんくさ》さです。私たちが本格推理小説に魅了されるのはその奇抜なトリック、意外な結末、巧みなロジックといった局部への興味に魅せられた為だけでなく、また様式の整った物語性への執着の為だけでもないでしょう。下手な人間が書くととてつもなく長くなりそうなので、笠井潔氏の引用をお許し下さい。『機械じかけの夢』（講談社、筑摩書房より新版）の序説中の一文です。

「〈被害者〉と〈犯人〉が舞台から退場した後、探偵小説の謎は、それまで片隅の暗がりで舞台をまわしていた〈探偵〉の存在の謎に凝縮されて、読者の前に残されるのだ。だからこそ〈探偵〉は、〈犯人〉同様に都市の群衆に根拠をもった遊歩者なのでなければならない。〈探偵〉と〈犯人〉は、その遊歩者的本性において、本質的に相互転換的な存在なのであ」る。

笠井氏は、ポオによって幻想文学が探偵小説へと転化していき、やがてそれが風化していく過程を述べる中で、実はホームズ譚にその風化の芽が見られるとしています。しかし、ホームズは大衆小説のヒーローとしてあれほど多くの読者を獲得したにも係《かか》わらず、まだ充分に謎を身にまとった存在であったと思います。不完全な造形かもしれませんが、犯罪のナポレオン、モリアーティー教授にホームズのドッペルゲンガー＝分身を見ることも可能です。体制の為に尽力しても、信頼できる有名な職業探偵であっても、ホームズはとにかく遊民であり続けたから名探偵という本格推理小説ファンの見果てぬ夢を私たちに与えてくれるのだと思います。

本格推理小説としても素晴らしいシャーロック・ホームズの物語を再び読み終えた私の心に残ったのは、やはりホームズ＝名探偵という夢でした。そして、ガス燈に浮かぶ名探偵の横顔は、初めて読んだ時と同じで、ロンドンの霧のように深い謎をまとっていてくれたようです。

※本稿は『シャーロック・ホームズの事件簿』旧版の解説に加筆したものです。

検印
廃止

訳者紹介　1931年生まれ。1951年，都立忍岡高校卒業。英米文学翻訳家。ドイル「シャーロック・ホームズの冒険」，クリスティ「ＡＢＣ殺人事件」，ブランド「招かれざる客たちのビュッフェ」など訳書多数。著書に「翻訳者の仕事部屋」がある。

シャーロック・ホームズの
事件簿

1991年5月23日　初版
2015年3月10日　25版
新版　2017年4月14日　初版

著　者　アーサー・コナン・ドイル

訳　者　深《ふか》町《まち》眞《ま》理《り》子《こ》

発行所　（株）東京創元社
代表者　長谷川晋一

162-0814/東京都新宿区新小川町1-5
電　話　03・3268・8231-営業部
　　　　03・3268・8204-編集部
ＵＲＬ　http://www.tsogen.co.jp
振　替　00160―9―1565
暁印刷・本間製本

ISBN978-4-488-10124-4　C0197